Het verhaal van Mooi Meisje

www.boekerij.nl

Rachel Simon

Het Verhaal van mooi meisje

Boekerij

Voor degenen die werden weggestopt

ISBN 978-90-225-6028-0
NUR 302

Oorspronkelijke titel: *The Story of Beautiful Girl* (Grand Central Publishing)
Vertaling: Ellis Post Uiterweer
Omslagontwerp: © Hachette Book Group, Inc. en DPS, Amsterdam
Zetwerk: Mat-Zet bv, Soest

Het vertellen van onze verhalen is een gewijde taak.

– Dominee Nancy Lane, Ph D

DEEL I

Verborgen

Het verzoek van de bruid

De weduwe
1968

Aan het eind van de avond waarna alles zou veranderen, stond de weduwe op de veranda toe te kijken terwijl de jonge vrouw over de oprit werd geëscorteerd en in de auto geduwd. Het meisje verzette zich niet, aangezien ze vastgebonden was. Ze schreeuwde het ook niet uit in de kille, herfstige regen, en de arts en zijn helpers dachten daardoor ongetwijfeld dat ze hadden gewonnen. Maar wat ze niet wisten, toen de portieren werden dichtgeslagen, de motor werd gestart en de bestuurder hen over de modderige oprit naar de weg onder aan de heuvel reed, was dat de weduwe en het meisje op de achterbank hen zojuist hadden getrotseerd. De weduwe wachtte totdat de achterlichten aan het eind van de oprijlaan te zien waren, draaide zich toen om en ging naar binnen. En terwijl ze aan de voet van de trap bleef staan, hopend dat het meisje genade betoond zou worden, en bezorgd over de weggelopen man, hoorde de weduwe het geluid waar de dokter niet naar op zoek was geweest. Dat geluid zou haar voor altijd met het meisje verbinden, en aan de man doen herinneren. Het was de lieve, diepe ademhaling van iemand die verborgen was. Een slapende onbekende. Een baby.

Die dag in november was even gewoon begonnen als zovele in het leven van de zeventigjarige weduwe. De postbode had brieven bezorgd, vogels waren in zuidelijke richting over haar akkers gevlogen, en donderwolken joegen door de lucht boven Pennsylvania. Het vee was gevoed, de borden waren gebruikt en afgewassen, er werden brieven gelegd in de brievenbus aan de weg. Het ging schemeren. De vrouw stak de houtblokken in de haard aan en ging zitten in de stoel waarin ze zo graag las. Na een bladzijde of dertig braken de wolken open en was de regen met zo'n kracht naar beneden komen kletteren dat ze over haar bril met het schildpadmontuur naar het raam van de woonkamer had gekeken. Tot haar verrassing droop er zo veel regen langs dat het glas ondoorzichtig was geworden. Dat had ze in haar vijftig jaar op deze boerderij nog niet eerder meegemaakt; de volgende dag zou ze daar iets over schrijven in haar brieven. Ze trok de lamp dichter naar zich toe en richtte haar blik weer op het boek.

Een paar uur lang sloot ze de herrie buiten en concentreerde zich op haar boek, een biografie over Martin Luther King, jr., die nog maar een paar maanden geleden uit dit leven was verdwenen. Opeens drong tot haar door dat er op de deur werd geklopt. Ze keek achterom. Niet lang na de bruiloft, toen haar echtgenoot bezig was geweest de oorspronkelijke eenkamerwoning uit te bouwen om ruimte te maken voor een echtgenote, had ze beseft dat hij nooit iets had gezegd over het uitzicht, dat bestond uit glooiende akkers, dichte wouden en in de verte de bergen, dit alles onder het kleurige gewelf van de hemel. Hij had hier gewoond omdat deze boerderij aan zijn familie behoorde en vijftig kilometer, een uur rijden, van het dichtstbijzijnde stadje, Well's Bottom, lag, waar zij lerares op een school was. Terwijl ze had gekeken naar de muren die werden opgetrokken, was het haar opgevallen dat er weinig ramen in kwamen en dat die allemaal klein waren. Het was tot haar doorgedrongen dat ze zich tevreden zou moeten stellen met kleine stukjes van het landschap. De voordeur bestond bijvoorbeeld uit hout, zonder glas, en alleen in de muur links van de deur zat een raam. Maar de storm van deze avond verduisterde zelfs dat weinige uitzicht. Dus liep de weduwe de kamer door en draaide de deurknop om.

Eerst had ze gedacht dat er twee personen voor de deur stonden. Een man en een vrouw. Ze stonden onder het afdakje en de man, een neger, had haar geschrokken aangekeken, alsof hij niet had gemerkt dat de deur waarop hij had geklopt, net was geopend. De vrouw naast hem keek naar de grond. Ze had een bleke huid en beet op haar lip. Haar gezicht was mager, met donkere schaduwen. Was de vrouw echt zo dun als ze leek? Het was onmogelijk om dat te zien, met die grauwe deken om haar heen geslagen. Nee, meerdere dekens. Van wol, zoals die tijdens de oorlog waren uitgedeeld, en ze hingen in plooien om haar lichaam. De man had beschermend zijn arm om haar schouders geslagen.

De weduwe richtte haar blik op de man. Ook hij had lappen om zich heen, maar andere dan die van de vrouw. Op een ervan stond: TWEEDEHANDS AUTO'S, en op een andere: GEOPEND TOT NEGEN UUR. Ze herkende ze van bedrijven in Well's Bottom. Het water droop eraf, net zoals het uit de wollen dekens liep, op haar veranda stond inmiddels een flinke plas.

Angst drukte op het hart van de weduwe. Hoewel ze al vijf jaar met pensioen was, kende ze iedereen in Well's Bottom van gezicht, en deze herkende ze niet. Eigenlijk zou ze de deur moeten dichtslaan en de politie bellen. Het geweer van haar echtgenoot lag boven, zou ze de trap nog op kunnen rennen? Maar de geschrokken blik in de ogen van de man maakte plaats voor een radeloze, en ze besefte dat deze mensen ergens voor op de vlucht waren. De adem stokte in haar keel. Ze wou dat ze niet alleen was. Maar zij waren ook alleen, en koud en bang.

'Wie zijn jullie?' vroeg de weduwe.

Langzaam keek de vrouw op. De weduwe, die klein van stuk was, merkte die kleine beweging op, maar zodra de vrouw, die bijna zo lang was als de man, haar blik ontmoette, keek ze gauw weer naar de grond.

In tegenstelling tot de vrouw had de man niet gereageerd op de stem van de weduwe. Maar hij had wel de reactie van de vrouw opgemerkt en wreef even geruststellend over haar schouder. Het was een teder gebaar, en zelfs bij het zwakke schijnsel dat de leeslamp binnen naar de deur wierp, kon de weduwe zien dat de man veel om de vrouw gaf. Ze wist niet, meegesleept door de aanblik van wat ze zelf ooit had gevoeld maar was vergeten, dat haar gezicht zonder te spreken veel onthulde.

De man keek haar aan, een smekende blik kwam in zijn ogen, en hij hief zijn vrije hand. Ze vertrok haar gezicht omdat ze bang was dat hij haar wilde slaan, maar hij spreidde zijn vingers en maakte een fladderend gebaar naar binnen, als een vliegende vogel.

Op dat moment besefte de weduwe dat de man niet kon horen.

'O,' zei ze, en een zucht verdreef haar onwetendheid. 'Kom binnen.'

Ze stapte opzij. De man bewoog met zijn handen voor het gezicht van de vrouw, en die knikte en pakte een van zijn handen. Vervolgens stapten ze samen over de drempel.

'Jullie zijn zeker... Jullie, eh...' stamelde de weduwe tot ze de deur dichtdeed, en haar schooljuffenstem eindelijk vast werd, de juiste toon trof. 'Eerst die natte dingen eens uit.' Meteen drong tot haar door hoe onnozel ze deed, want de man kon haar niet horen, en de vrouw keek strak naar de lamp. Bovendien stonden ze met hun rug naar haar toe. Als één persoon schuifelden ze langzaam verder de kamer in, en uit hun provisorische regenjassen droop water, maar daar wilde de weduwe niets van zeggen. Het tweetal leek ontzettend opgelucht om binnen te zijn, en scheen zich enkel bewust te zijn van elkaars nabijheid.

De gespierde benen van de man staken onder de lappen van het garagebedrijf uit. Blijkbaar was zijn lichaam gewend aan harde, lichamelijke arbeid, maar waarom hij in november met blote benen liep, kon de weduwe zich niet voorstellen. Bij de vrouw hingen de dekens zowat tot op de grond, alleen haar schoenen waren zichtbaar, en die leken veel te groot. Ze liep een beetje onevenwichtig en gebogen. Onder een wollen muts piepten blonde krullen uit, en de weduwe dacht: ze is net een kind.

Het vuur was laag gaan branden, en nu trok ze het deurtje in het scherm open en legde er nog een houtblok bij. Achter zich hoorde ze de vrouw kreunen. Meteen draaide ze zich om. De vrouw staarde in de vlammen en op haar gezicht verscheen een uiterst nieuwsgierige uitdrukking. De man drukte haar steviger tegen zich aan.

Er stonden slechts twee stoelen bij de haard: de stoel waarin ze zo graag las, met kantwerk over de armleuningen, en de houten stoel waarop haar echtgenoot zijn sporttijdschriften en westerns had gelezen. De bank stond een eindje verder. Eigenlijk zou ik hun moeten vragen op de bank te gaan zitten, dacht ze terwijl het stel plaatsnam op de stoelen.

De weduwe deed een stap naar achteren en bekeek hen eens goed. Voordat haar echtgenoot was overleden, was hij aan één oor doof geworden. Verder kende ze niemand die doof was. En iemand zoals deze vrouw had ze nog nooit meegemaakt. Eigenlijk zou ik bang moeten zijn, dacht ze. Maar toen herinnerde ze zich een passage in Mattheus die ze al een hele poos niet had gehoord omdat ze niet meer naar de kerk ging: 'Ik was een vreemdeling en gij hebt Mij geherbergd...'

Ze begaf zich naar de keuken en keek vanuit de eetkamer even om. Het tweetal zat nog steeds dicht tegen elkaar aan. De handen van de man waren in de lucht, zijn woorden gebaren, en de vrouw kreunde weer, het geluid klonk als instemming.

Ik moet ze hun privacy gunnen, dacht ze. Iedereen heeft privacy nodig. Kinderen kunnen 13 en 29 niet optellen als je achter hen staat. Goed, privacy kan ook te ver gaan, kijk maar naar haar echtgenoot, wiens hart omsloten was geweest door stilte. Kijk maar naar haarzelf. Afgezien van het maandelijkse tochtje naar de markt was ze alleen, driehonderdvierenzestig dagen van het jaar, een bijna volledige cirkel van privacy. De enige uitzondering was Kerstmis, wanneer haar vroegere leerlingen, die nu uitgezaaid waren over het hele land, terugkwamen met hun kinderen en kleinkinderen voor familiebezoek in Well's Bottom en dan altijd even een bezoekje brachten aan de weduwe. Haar privacy was zo compleet dat het bijna nul was. Maar bijna nul, had haar oud-leerling John-Michael gezegd, is iets heel anders dan nul.

De weduwe ging de keuken in en zette water op. Toen ze de bloem, de suiker en de havermout pakte die ze nodig had voor de koekjes, stelde ze zichzelf belangrijker vragen. Wie zijn ze? Wat doen ze buiten in dit noodweer? Die laatste gedachte bracht haar weer terug bij de hevige regenval, en ze dacht aan de rivier die vast buiten haar oevers zou treden. De regen kletterde zo hard neer dat ze de pollepel niet door het deeg hoorde gaan.

Bij goed weer hoorde ze in huis allerlei geluiden. Het zingen van de vogels. In de verte het kabbelende water van de rivier. Af en toe een auto op Old Creamery Road, anderhalve kilometer van haar steile oprit verwijderd. Ze hoorde zelfs het busje van de postbode, waaruit radiomuziek schalde. Maar het fijnste geluid was wanneer de postbode stopte bij haar brievenbus en het vlaggetje horizontaal zette, nadat zij het omhoog had gezet toen ze de nieuwe brieven aan haar oud-leerlingen erin had gelegd. Dan wist ze dat de postbode haar groeten had meegenomen. Het vlaggetje van de brievenbus had ze niet altijd kunnen horen. Maar Landon, de leerling die zulke prachtige diorama's kon maken en later kunstenaar was geworden, had haar ooit met Kerstmis een zelfgemaakt vuurtorentje van metaal gegeven en dat met een koperen scharnier aan de brievenbus bevestigd. Het was geen gewone vuurtoren. Wanneer het torentje platlag, het teken dat er geen brieven waren die weg moesten, waren de raampjes donker. Maar wanneer het vuurtorentje rechtop stond, waren de raampjes verlicht en bleek de top van de toren het hoofd van een man te zijn. Haar vuurtorenman, zo noemde ze hem. Ze vond het heerlijk wanneer ze het koperen scharnier hoorde piepen.

Ze zette de koekjes in de oven, trok vervolgens de keukendeur op een kier en keek de woonkamer in.

De vrouw zat met haar gezicht naar het vuur gewend. De man was opgestaan om zich van de natte lappen te ontdoen. De weduwe verwachtte dat hij die op de grond zou laten vallen, maar nee, hij vouwde ze netjes als grote lakens op en legde ze voor de haard. Hij bleek alleen een hemd en ondergoed te dragen. Of hij was de laatste tijd erg afgevallen, of de kleding was niet van hem.

Waarvoor zijn ze op de vlucht? dacht de weduwe. Moet ik ernaar vragen? Of moet ik alleen voor hen zorgen?

Ze deed de deur weer dicht.

De koelkast zat goed vol. Die ochtend had ze de koeien gemolken en brood gebakken. Vorige week had ze appels geplukt en appelstroop gemaakt. Ze zette het allemaal op een eenvoudig dienblad. Het hoefde niet allemaal piekfijn te zijn. Nadat haar echtgenoot was gestorven, omringde ze zich niet met mooie dingen, en de luxe cadeaus die ze van haar oud-leerlingen had gekregen, zoals een prachtig theeservies, of het zilveren dienblad, wilde ze nu niet gebruiken. Maar toen het water kookte en het belletje van de oven ging, veranderde ze van gedachten.

Met het zilveren dienblad, beladen met koekjes, brood, appelstroop en kaas, duwde ze de keukendeur open.

In de woonkamer was de man gaan zitten, en de vrouw schudde de dekens van zich af, in een hoopje naast de stoel. Dat ergerde de weduwe eventjes, ze had gedacht dat de man die natte dekens wel netjes zou opvouwen. Maar toen bleef de vrouw, nog slechts in één deken gehuld, stokstijf staan en maakte zachte geluidjes. Deze keer klonken die niet als kreunen, ze waren ijler en hoger dan eerst.

De weduwe zette het dienblad op de tafel in de eetkamer en liep de woonkamer in. Nadat ze om de stoelen heen was gelopen, vroeg ze zich af waar ze de natte dekens het beste kon laten drogen. Ondertussen bleven die geluidjes maar klinken. Ze draaide zich om, met haar rug naar het vuur, en keek naar het onbekende stel.

Verstopt in een plooi van de laatste deken zag ze een kleine baby.

De vrouw – de jonge moeder, begreep de weduwe opeens – hield het kind in haar armen, haar schouders bedekt door de deken. De man boog zich naar het kind. Hij hield een vochtig doekje vast, het kantwerk dat de slijtplek op de armleuning van de stoel moest bedekken. Hij gebruikte het om het bloed van het gezichtje te wassen. Het was de baby die de klaaglijke geluidjes had voortgebracht, niet de vrouw.

De man deed het heel teder. Hij had een karaf water van de eettafel gepakt en daar doopte hij het doekje nogmaals in. Vervolgens schoof hij de deken een beetje weg en maakte het spartelende lijfje schoon. Het was een meisje, zag de weduwe. Ze zag ook dat het kindje een blanke huid had. Hoewel de man zich als een uiterst zorgzame vader gedroeg, was hij de vader niet. Op de een of andere manier waren de vrouw en hij bij elkaar gekomen, misschien had hij zelfs geholpen bij de geboorte. En dat had hij dan gedaan uit een ander soort plichtsgevoel dan die wordt opgewekt door het doorgeven van de genen.

'O hemeltje,' zei de weduwe.

De jonge moeder keek op. 'Nee!' riep ze uit. 'Nee, nee, nee!'

De man keek eerst naar de jonge moeder en volgde toen haar blik naar de weduwe. Er was geen angst in zijn ogen te lezen, wel een smeekbede.

'Het is in orde,' zei de weduwe, hoewel ze wist dat het helemaal niet in orde was, wat 'het' ook mocht zijn. Er was een baby, een stel op de vlucht, en deze mensen waren 'anders'. Ze waren niet 'in orde'.

Ze zou de politie moeten bellen. Ze zou het huis uit moeten rennen en ergens naartoe rijden waar het veilig was. Maar haar gedachten tuimelden over elkaar en werden links en rechts ingehaald door andere, door herinneringen aan lang geleden.

Gauw raapte ze de natte dekens op en rende daarmee door de voordeur, de veranda op.

Terwijl ze daar met de doorweekte dekens tegen zich aan gedrukt naar de regen staarde, dacht ze aan hem, haar enig kind, de zoon die nooit oud genoeg was geworden om een naam te dragen. Ze zag de dokter weer de ziekenhuiskamer in komen. Haar echtgenoot, Earl, naast haar op de stoel. Earl was opgestaan, en de dokter had diep ademgehaald. 'God weet wat voor kinderen zoals hij het beste is,' had de dokter gezegd. 'Hij neemt de kinderen tot zich aan wie iets mankeert.' Ze had gevraagd: 'Hoezo? Wat mankeert er dan aan hem?' De dokter had geantwoord: 'Het is weg nu. U moet maar vergeten dat dit ooit is gebeurd.' Met vertrokken gezicht was haar echtgenoot weer gaan zitten. Toen de maan die avond aan de hemel stond, waren ze in de auto gestapt, in die nieuwe stilte. Earl had geen naam op de grafsteen willen zetten.

Maar dit kindje, in haar huis, leefde wel.

Ze hing de dekens over de balustrade en ging terug naar binnen.

De woonkamer was verlaten. De keuken ook. Ze riep: 'Waar zijn jullie?' Ze moesten binnen zijn, want ze had de achterdeur niet horen opengaan. Ze ging naar de kelder en keek bij de wasmachine, in het groentehok, bij de pomp. Weer boven keek ze in de kast onder de trap. Vervolgens klom ze de trap op.

De deur van de badkamer stond nog open, precies zoals ze hem had achtergelaten, en de handdoeken waren niet gebruikt. Ze draaide aan de deurknop van de slaapkamerdeur. De sprei lag netjes op het bed. Er zat niemand in de kasten – de hare links van het bed, die van Earl rechts – en het geweer lag nog op zijn plek. De andere slaapkamer, die ze als werkkamer gebruikte en waar ze haar boeken, haar schrijftafel en kerstversieringen had, zag er niet anders uit.

Nee, toch wel...

Ze knipte de lamp aan. De bureaulegger – de kaart van Amerika die ooit in het lokaal had gehangen – lag scheef.

Ze keek omhoog naar het plafond. Waarschijnlijk hadden ze het luik boven haar schrijftafel ontdekt, het luik naar de zolder waar ze dertig jaar aan werkstukken van leerlingen had liggen, plus verstelwerk waar ze nooit aan toegekomen was. De man en de vrouw moesten naar boven zijn geklommen, op de zolder waar ze zelf zeer zelden kwam, en het luik weer hebben gesloten.

Deze mensen waren gewend zich te verstoppen.

Ze stapte op de bureaustoel. Al een paar jaar had ze last van artritis. Ze kon de klusjes op de boerderij nog wel aan, al deed ze er veel langer over, al waren er nog slechts een paar koeien over, en al liet ze het land, op een klein stuk tuin na, door onkruid overwoekeren. Dit was niet het moment om aan haar kwaaltjes te denken. Ze trok aan het touw van de vlizotrap en vouwde die uit totdat de poten naast de schrijftafel stonden. Ze legde haar hand op een trede en klom naar boven.

Het duurde even voordat haar ogen aan het schemerige licht op zolder waren gewend. En toen zag ze hen, op hun knieën over het mandje met verstelwerk gebogen, en in het mandje hoorde ze de baby.

Ze zag de liefhebbende blikken waarmee ze in het mandje keken. Uitgeput leunde de vrouw tegen de man aan, haar ene arm om zijn middel geslagen, en hij ook met een arm om haar schouder. Terwijl ze vol liefde het kindje gadesloegen, viel het haar op dat deze twee mensen, de een neger, de ander blank, duidelijk hoop en gevoelens koesterden voor dit kind, en voor elkaar. Hun huidskleur leek niets voor hen te betekenen, en ook niet het feit dat de vrouw zich zo kinderlijk gedroeg of dat de man doof was. En daarom, hoewel ze nog nooit met een dergelijk stel te maken had gehad, besloot ze dat die dingen voor haar ook maar geen betekenis moesten hebben. Ze bleef gewoon staan in het donker, vol bewondering voor hun zorgzame, liefdevolle gedrag.

Ineens besefte ze wat ze moest doen, en gauw klom ze weer naar beneden.

In haar slaapkamer opende ze de kast van haar echtgenoot. Al vaak had ze erover gedacht zijn kleren weg te geven. Maar ze was eraan gewend geraakt dat er bij het draaien aan de deurknop en het zien van zijn overhemden herinneringen naar boven kwamen, zonder het verdriet over de onvervulde kinderwens; herinneringen aan het begin van hun huwelijk, toen hij zijn tedere gevoelens nog niet had weggestopt en zij niet haar gevoelens van liefde. Deze keer haalde ze er een overhemd uit en legde dat op het bed. Bij de zoom legde ze een broek neer. Vervolgens haalde ze een jasje van de hanger. Ze herinnerde zich dat hij dat had gedragen toen hij de eerste keer met haar naar de boerderij was gereden, nadat ze uit Altoona was gekomen om op de school te gaan werken. In dat jasje had hij er heel knap uitgezien.

Ze opende haar eigen kast. Ook de vrouw had kleding nodig. De malle kleren die ze aanhad, waren versleten en verfomfaaid, als een stukgelezen boek. De weduwe legde een witte jurk neer, een jurk van toen ze nog naar de kerk ging. Ze vond witte sandaaltjes, een sjaal en ondergoed. Omdat ze nog wist hoe het was als je een kind had gebaard, haalde ze maandverband uit de badkamer, van een heel oude voorraad.

Toen hoorde ze hen van de zolder komen en de trap omhoogduwen. Ze stapte de gang op. Eindelijk kon ze hen eens goed zien. De man was ongeveer twintig jaar ouder dan de jonge moeder, en die was een schoonheid. Haar haren hingen in ongekamde slierten, maar ze had mooie jukbeenderen en helemaal geen uitgeteerd gezicht zoals de weduwe eerst had gedacht. Het was haast een elegant gezicht.

De weduwe wenkte hen de slaapkamer in.

'Voor jullie,' zei ze, en toen de vrouw verbaasd keek, wist de weduwe dat ze haar had begrepen. De vrouw maakte gebaren voor de man. Ze stapten naar voren, en zonder waarschuwing dat ze alleen wilden zijn, kleedden ze zich zonder pardon uit.

De weduwe ging naar beneden, waar ze het vuur oppookte en de tafel dekte. Deze twee, wie ze ook mochten zijn, zouden als echte gasten in gepaste kleding een goed maal kunnen eten.

Later, ver weg van deze plek, zou ze zich afvragen hoe het kwam dat ze het niet had geweten. Maar misschien zou niemand het hebben geweten. Haar boerderij stond er twee uur van verwijderd. Hoe kon ze zichzelf kwalijk nemen wat ze nooit had gezien?

Ze hoorde hen uit de slaapkamer komen, en ging bij de trap staan op het moment dat de man en de jonge moeder die af kwamen. Netjes gekleed en hand in hand waren ze adembenemend. Door het jasje werd de aantrekkelijkheid van de man zichtbaar. Hij zag eruit als een boer op zondag, keurig gekleed en trots. Hij had ook een pet van haar echtgenoot opgezet, die van bruine wol waar zij zo dol op was geweest. Hij stond ook deze man goed. En de jurk en de sjaal benadrukten de schoonheid van de jonge moeder. Ze straalden allebei.

De weduwe drukte haar handen tegen haar boezem. 'Jullie lijken wel een droom.'

Boink, boink!

Op de onderste tree bleef de jonge moeder stokstijf staan en hield de man tegen.

Met een ruk draaide de weduwe zich om. *Boink!* Er werd op de voordeur gebonkt.

De adem stokte in haar keel. Het geluid kwam boven het gekletter van de regen uit, het overheerste alles. Toen ze weer naar het stel keek, zag ze de doodsangst op hun gezichten.

'Nee, nee, nee!' zei de vrouw.

De man zei niets. Hij moest het harde bonken hebben gevoeld.

Het gebeurde allemaal zo snel dat de weduwe maar net tijd had om zich weer om te draaien voordat er koplampen werden aangezet die door het raam naar binnen schenen.

'Politie!' hoorde ze iemand op de veranda roepen. Het klonk eerder vermoeid dan bedreigend.

Weer keek de weduwe even naar het paar. Ze gaven de indruk te willen vluchten, maar niet te weten waarheen. De weduwe draaide zich terug naar de voordeur.

'Wat komen jullie doen?' vroeg ze. Ze moest schreeuwen om boven het lawaai van de regen uit te komen.

'Wilt u de deur opendoen?'

'Ik wil graag weten wat jullie hier komen doen.' Ze hield haar arm naar achteren gestrekt, ten teken dat het paar moest blijven waar het was.

'Martha Zimmer?'

'Ja.'

'Alles in orde, mevrouw Zimmer?'

'Ja, waarom niet?'

'Doet u alstublieft de deur open.'

'Maar waarom dan? Leg eens uit.'

'Maak dit niet moeilijker dan het is. We rijden al uren rond, we willen gewoon ons werk doen en naar huis gaan.'

'Volgens de grondwet heb ik er recht op te weten waarom jullie met dat licht mijn huis in schijnen.'

‘Er worden twee personen vermist, mevrouw Zimmer. We maken ons zorgen over hun veiligheid.’

‘Hun veiligheid?’

‘Ja.’

‘Ik dacht dat ik het misschien verkeerd had verstaan en dat jullie bezorgd waren om míjn veiligheid.’

‘Hoor eens, we rammen de deur liever niet in. Als u nou gewoon opendoet...’

‘Waar komen die personen die een risico vormen voor zichzelf en voor mij vandaan?’

‘Van een school.’

‘Ik heb lesgegeven op elke school van Well’s Bottom, afgezien van de middelbare school. Sinds wanneer stuurt een middelbare school de politie erop uit, en niet de leerplichtambtenaar? En waarom nog zo laat op de avond?’

Een korte stilte. Ze hoorde voeten schuifelen. Achter het raam naast de trap zag ze schaduwachtige gestalten die over de veranda naar de achterdeur op weg waren.

‘Ik stelde een vraag,’ zei ze. ‘Welke school is dat?’

‘De State School, mevrouw Zimmer.’

De woorden kwamen aan als een klap. Dit had ze kunnen weten. Ze zag weer die naam, in blokletters op de wollen dekens die over de balustrade buiten hingen, verlicht door de koplampen. PENNSYLVANIA STATE SCHOOL FOR THE INCURABLE AND THE FEEBLEMINDED; voor ongeneeslijken en zwakbegaafden.

Met een ruk draaide ze zich om. Het paar stond niet meer op de trap. Maar voordat ze kon zoeken, vloog de voordeur open en hoorde ze tegelijkertijd de achterdeur. Er kwamen agenten het huis in. Twee van hen had ze wel eens in Well’s Bottom gezien, de vier anderen nog nooit. Er was ook een lange man die ze niet herkende, gekleed in het wit als een ziekenbroeder. Waarschijnlijk werkte hij in de State School, de instelling achter die hoge muren, de plek voor zwakbegaafden, de plek waar haar echtgenoot niet meer langs had willen rijden nadat hun kindje – hun zwakbegaafde zoontje – was geboren en gestorven.

Het was een drukte van jewelste. Ze zwermden door haar huis, ze maalden niet om haar privacy, ze reageerden niet terwijl ze achter hen aan liep en zei: 'Toe, voorzichtig!' Ze keken in de kast onder de trap, in de woonkamer, in de eetkamer. Toen ze in de kelder verdwenen, ging ze weer bij de voordeur staan en keek naar buiten. Bij het felle licht van de koplampen kon ze tot halverwege de glooiende akker kijken, maar de weglopers zag ze niet. Alleen drie patrouillewagens en een personenauto waaruit een man stapte. Hij had een keurig verzorgd snorretje, had een dure regenjas aan en zijn grijze haar droeg hij in een middenscheiding. Hij stak zijn paraplu op en liep de oprit over.

'We hebben het meisje!' hoorde ze in de keuken iemand roepen.

'En die jongen?' hoorde ze een ander vragen.

'Niet beneden.'

'Kijk dan boven.'

Achter haar gingen voetstappen alle kanten op. Ondertussen was de man met de regenjas bij de voordeur aangekomen.

'Ik ben dokter Collins,' zei hij. Hij had een zachte stem, precies zoals ze van een dokter zou verwachten. 'Het spijt me dat uw avond zo ruw is verstoord.' Hij bood zijn hand aan.

Ze schudde die terwijl ze luisterde naar de voetstappen boven, naar het geluid van kasten die werden geopend. Achter haar werd ze zich bewust van een beweging, en ze draaide zich om. De jonge moeder werd de keuken uit geleid, de woonkamer in. Ze werd vastgehouden door de ziekenbroeder, een magere man met een sikje en een bril met metalen montuur. De jonge moeder hield haar blik op de grond gericht en zag er net zo angstig uit als toen ze was gekomen.

'Wat heeft dit allemaal te betekenen?' vroeg Martha terwijl ze de hand van de dokter losliet.

'Niets om u druk over te maken,' antwoordde de dokter. 'Niet nu we ze hebben gevonden.'

‘Hebben ze iets verkeerd gedaan?’

‘Ze kennen de regels. Zonder toestemming weggaan verstoort de rust op ons instituut.’

Martha draaide zich om naar de vrouw. De ziekenbroeder haalde uit de zak van zijn uniformjasje iets wat eruitzag als een dwangbuis met extra lange mouwen.

‘Wat is dat?’ vroeg Martha.

‘Dit jack is voor hun eigen bestwil,’ antwoordde dokter Collins.

De ziekenbroeder stopte de armen van de vrouw in de lange mouwen, sloeg die toen kruislings over de borst en trok de lege stukken naar de rug.

De jonge moeder keek naar Martha met woede in haar ogen, maar ze verzette zich niet, ook niet toen de ziekenbroeder de mouwen straktrok en vastgespte.

Martha vertrok haar gezicht tot een grimas. Toen de ziekenbroeder dat zag, zei hij: ‘We moeten wel. Ze kunnen niks leren, niks begrijpen. Dit is de enige manier om ze in bedwang te houden.’

‘Maar het is vast heel pijnlijk.’

‘Ze voelen geen pijn. Ze zijn niet... Hoor eens, als ze zich bewust was van goed en kwaad, zou ze *deze* kleren niet van u hebben gestolen.’

‘Ik heb haar die kleren gegéven.’

‘Een aardig gebaar, maar geheel overbodig,’ reageerde dokter Collins.

‘Ik zou graag willen dat ze ze mocht houden.’

‘Zo,’ zei de ziekenbroeder, en hij liep om de jonge moeder heen zodat ze hem kon zien. ‘En wat zei ze toen u haar die kleren gaf?’

De jonge moeder liet het hoofd hangen.

Martha wist dat de jonge moeder over een vocabulaire van slechts één woord beschikte. Ze kneep haar lippen op elkaar, zoals ze zo vaak bij Earl had gedaan.

‘Boven is hij niet,’ hoorde ze, en even later stommelden de agenten de trap af.

Ze keek omhoog naar het plafond. Boven hoorde ze geen voetstappen meer. De zolder, dacht ze, ze hebben de zolder overgeslagen! En ze hebben niet gezegd dat ze op zoek waren naar een baby!

'Misschien moeten jullie buiten zoeken,' opperde dokter Collins. 'Per slot van rekening is hij hier te voet gekomen. Hij is niet bang voor de buitenwereld. Ga maar eens in de bijgebouwen kijken.'

De agenten snelden naar buiten. De dokter ging in de deuropening staan en keek hen na.

Martha draaide zich weer om, zocht met haar blik naar de gevangengenomen jonge moeder en zag haar in de eetkamer, met de ziekenbroeder. Ze zou zo graag iets voor haar willen doen. Maar wat? Honderden gedachten kwamen in haar op en zonken weer weg, totdat er eentje overbleef. 'Hoe heet je?' vroeg ze de vrouw.

De jonge moeder keek haar even in de ogen en sloeg haar blik toen weer neer.

'Ze is niet goed bij haar hoofd,' zei de ziekenbroeder. 'Een heel laag IQ. Ze kent slechts één woord: "Nee". Meer kunnen haar hersentjes niet aan.'

'Dat is wel genoeg, Clarence,' zei dokter Collins zonder in de eetkamer te komen.

'Ik vertelde alleen maar waar het op staat,' zei Clarence. 'Mevrouw vroeg iets, ze kan het maar beter weten.'

Martha stapte dichter naar de jonge moeder toe. 'Hoe heet je?'

De vrouw vertrok haar gezicht, maar keek niet op.

'Dokter, kan ik haar al naar de auto brengen?' vroeg Clarence.

'Ze heet Lynnie,' zei de dokter, nog steeds in de deuropening.

'Lynnie,' zei Martha, en toen keek Lynnie op. Ja, haar ogen hadden die lege blik waarvan Martha dacht dat die bij zwakbegaafde kinderen hoorde. Waarom was haar dat niet eerder opgevallen? Omdat Lynnie zo mooi was, en omdat er in haar ogen zo veel gevoelens te lezen waren.

'En de man? Hoe heet hij?' vroeg Martha.

Clarence schoot in de lach. 'Die heeft geen naam. Dat is nummer 42.'

Martha keek naar de deuropening om de dokter om een verklaring te vragen, maar hij stond op de veranda te praten met een van de agenten, die naar de oprit wees.

Toen Martha weer naar Lynnie keek, ontmoetten hun blikken elkaar. Martha dacht dat ze in Lynnies ogen iets zag wat ze daar nog niet eerder had gezien en wat ze ook niet kon duiden.

Misschien had Clarence het ook gemerkt en zei hij daarom: 'Ze heeft u heus wel gehoord.' Het klonk plagerig, en hij ging naast Lynnie staan, maar hij keek Martha aan. 'Ze heeft gewoon geen manieren. Als je kleren van iemand krijgt, wat zeg je dan?' Hij gaf Lynnie een duwtje in Martha's richting.

Lynnie keek weg van Martha. Eerst dacht Martha dat Lynnie verlegen was of gedwee. Maar toen dacht ze dat er misschien iets anders achter stak, en ze volgde Lynnies blik. Die was gericht op het raam in de woonkamer, het raam waardoor Martha had willen kijken toen het noodweer net was begonnen.

Het raam stond open. Over de oostelijke akker zag ze een man rennen – nummer 42 – met zijn armen pompend en zijn benen krachtig en snel bewegend. Hij verdween in het bos.

Martha richtte haar blik weer op Lynnie, en deze keer was de uitdrukking op het gezicht van de jonge vrouw duidelijk. Martha zag een emotie die zijzelf vaak had gevoeld, maar die bij haar nooit op het gezicht had gestaan. Het was verzet.

'Je luistert niet,' zei Clarence tegen Lynnie. Hij duwde haar in de richting van Martha. 'Zeg dank je wel tegen de dame. Maak maar je beschaafdste gromgeluid.'

Lynnie stond zo dicht bij Martha dat die haar adem kon voelen. Ze verwachtte het enige woord dat Lynnie kende, het woord dat Martha al had gehoord. Het woord dat verzet betekende.

'Verstop,' fluisterde Lynnie.

Martha leunde naar achteren en keek Lynnie aan. Het gezicht was uitdrukkingsloos geworden.

Martha boog zich naar haar toe. 'Verstop,' fluisterde Lynnie weer, en deze keer voegde ze eraan toe: 'Haar.'

'Wat zegt ze?' vroeg Clarence. 'Is ze een brave meid?'

Even bleef Lynnie bewegingloos staan, toen draaide ze haar gezicht naar Martha.

Martha keek in Lynnies ogen. Ze waren niet dof. Het waren groene ogen, en mooi, en, ja, anders. Maar ze wist wel hoe de tranen tegen te houden, en daar was ze op dat moment mee bezig.

'We gaan weer,' zei dokter Collins.

'Hebben ze hem?' vroeg Clarence.

'Nog niet, maar ver zal hij vannacht niet komen. Het is donker, de rivier is buiten haar oevers getreden, en hij is vast uitgeput. Morgen komen ze hem wel weer op het spoor.'

'Daar boft nummer 42 dan mooi mee,' merkte Clarence op.

Hij trok Lynnie met zich meē. Martha voelde haar warme adem niet meer op haar wang, en ze bleef roerloos staan terwijl de jonge moeder door de kamer werd getrokken, hun ogen op elkaar gericht. Heel even vroeg Martha zich af of ze Lynnie echt had horen fluisteren, maar ze hoorde de woorden nog luid in haar hoofd, en ze wist dat ze zich niet had vergist. Uiteindelijk kwam ze tot zichzelf en liep ze snel naar de deur. Die stond wijd open, en ze keek naar buiten. Dokter Collins stapte net in de auto. De patrouillewagens waren aan het keren. Door de gestage regen heen werd Lynnie de treden van de veranda af geleid, zonder paraplu boven haar hoofd.

Martha keek achterom, naar de trap naar boven. Vervolgens draaide ze zich terug. 'Lynnie,' riep ze, en op de onderste tree van het verandatrapje keek het tere meisje met de vastgezette armen en de al kletsnat geworden witte jurk even om.

Onthoud alles, dacht Martha. Die groene ogen, de goudblonde krullen, de manier waarop ze haar hoofd een beetje schuin houdt.

Toen stapte Martha de veranda op en zei ze met meer zekerheid dan ze ooit had gekend: 'Ik zal het doen, Lynnie.'

De School

Lynnie
1968

Lynnie draaide zich weg van de vrouw op de veranda en liep verder over de modderige oprit, met Clarence achter zich aan. De plassen waar ze tot haar enkels doorheen plensde, voelden niet zo smerig als het water waar ze doorheen moest waden als de wc verstopt raakte en de viezigheid over de vloer stroomde. Ze had nog pijn van het baren. Eindelijk, na vele jaren van afschuwelijke gebeurtenissen, had ze iets van haarzelf: ze had innerlijke kracht gevonden, en die kracht had ze nu doorgegeven. Opeens kreeg ze een duw van Clarence, en ze kwam terug tot de werkelijkheid. Alles was haar afgenomen. Na drie dagen van vrijheid had ze niets meer, zelfs niet de keus waar ze haar voeten neerzette.

Haar armen zaten stevig vast, Clarence hield haar in de gaten, en algauw zou ze op de School worden bestraft. De School... Zo hadden ze het genoemd waar de bejaarde vrouw bij was. De bewoners die konden praten, noemden het de Zooi of de Bajes. In Lynnies hoofd, waar nog woorden zweefden die af en toe vorm kregen en dan weer niet, had ze er lange tijd aan gedacht als eenvoudigweg: die nare plek. Maar nadat Buddy – Buddy, herhaalde ze verheugd in gedachten, haar zelfbedachte naam voor hem – Lynnie zijn gebaar voor de School had geleerd, vond ze dat perfect: een val die dichtklapt om een dier te vangen. Terwijl haar voeten haar naar die val brachten, kreeg ze een misselijk gevoel en zin om iemand te bijten. Maar ze zou niet bijten, want daar werd alles alleen maar erger van.

Het achterportier van de auto stond al open. Achter het stuur zat meneer Edgar, de stevige kerel die voor dokter Collins werkte. Meestal zag Lynnie hem alleen wanneer ze uit het raam van de wasserij keek, waar ze kleren in de bakken op wieltjes deponeerde. Dan liep hij naar het administratiegebouw. Lynnies vriendin Doreen, die de post rondbracht, zei dat ze daar dure woorden gebruikten. Nu Lynnie bij de auto stond, kon ze het haar van meneer Edgar zien. Het zat vol Brylcreem, ze kon de streken van de kam in zijn haar zien, als de voren van een ploeg in de modder. Naast hem zat dokter Collins. Hij zat gebogen over Lynnies dossier, met in zijn ene hand een vulpen en in de andere een sigaret. Lynnie liet dat allemaal bezinken, al kende ze de woorden voor Brylcreem, dossier of vulpen niet. Ze kende de woorden 'dokter Collins' wel, maar de bewoners moesten hem oom Luke noemen. Lynnie daarentegen noemde hem nooit bij zijn naam. Niet lang nadat ze op de nare plek was gekomen, was ze opgehouden met praten. Het was oom Luke nooit opgevallen. Voor hem was ze gewoon een van de drieduizend bewoners. Soms zagen ze hem over de paden walsen, wanneer hij goed geklede mensen rondleidde, en dan zei Doreen dat hij zo iemand was die niet langs een schone, glimmende kraan kon lopen zonder er een blik in te werpen om zichzelf te bewonderen.

Oom Luke besteedde geen aandacht aan haar toen ze langs het raampje kwam, hij was veel te druk bezig notities in het dossier te schrijven. Ze stak haar tong naar hem uit, maar uiteraard zag hij dat niet. Clarence legde zijn hand op haar schouder. 'Stap maar in,' zei hij. Het klonk beleefd, maar dat was natuurlijk omdat oom Luke het kon horen. Vervolgens duwde hij Lynnie neer op de achterbank en sloeg het portier dicht.

Ze deed haar best door de voorruit nog iets van de boerderij te zien. Het licht van de koplampen kwam niet zo ver, ze zag alleen een verlichte rechthoek met daarin scherp afgetekend de vrouw die had beloofd te doen wat Lynnie haar had gevraagd. Het had Lynnie zo veel moeite gekost die twee woorden uit te spreken: verstop, haar. Bij de reactie van de vrouw was haar hart opgesprongen. Maar Lynnie kon het zolderraampje niet zien, en de bosrand al helemaal niet.

Clarence stapte aan de andere kant in, en Lynnie drukte zich tegen het portier. Ze wilde eruit. Ze moest op zoek naar Buddy. Maar ze kon er niet uit, ze kon alleen naar adem happen. Dit was niet best; als ze merkten dat je bang was, pakten ze je ruwer aan. Ze deed haar best aan Kate te denken, de aardige begeleidster met het rode haar. Maar ze moest almaar denken aan de Paffer, de begeleider met de honden, en daardoor ging ze steeds sneller ademen. Dus viel ze terug op een oude gewoonte. Toen ze nog klein was vond ze het fijn om, als ze zich slapjes voelde worden, haar hoofd heen en weer te bewegen zodat alle kleuren in elkaar overgingen als linten. Nadat haar spieren sterker waren geworden, liet ze haar hoofd nog wel heen en weer gaan, maar dan met haar ogen dicht, want ze had ontdekt dat wanneer ze bij het einde van een draai was gekomen, haar geest in een andere plek en tijd terechtkwam. Het was net als bij een wasmachine: na het centrifugeren vond je de verdwenen sokken. Dus terwijl de auto de oprit af reed, bewoog ze haar hoofd heen en weer totdat ze buiten het heden kwam.

'Hier heb je helemaal niks van jezelf,' had Lynnies eerste vriendin Tonette gefluisterd. 'Alleen wat er in je hoofd zit, dus dat moet je houden.' Op de avond van Lynnies intakegesprek in het ziekenhuisgebouwtje had Tonette op haar hoofd gewezen. Tonette was lang, bruin en mager, met warrige krullen, en ze had Lynnie een kommetje drilpudding gegeven. 'Je moet op goede voet beginnen.' Met het kommetje in de hand had Lynnie er niets van begrepen. 'Het gaat beter als je alles voor je houdt.' Pas na wat Tonette een poos later was overkomen, had Lynnie besloten te zwijgen.

Clarence schoof dichter naar haar toe. 'Zo te zien is ze tijdens haar avontuur afgevallen,' zei hij. Oom Luke en Edgar besteedden geen aandacht aan die opmerking. 'Ik zeg het maar,' ging Clarence iets harder verder. 'Voor in het dossier.' Lynnie begreep niet altijd waarom mensen iets deden, maar ze snapte wel dat Clarence hen niet echt wilde helpen. Hij wilde alleen maar dat ze iets lovends over hem zeiden tegen zijn maat, de begeleider die door iedereen de Paffer werd genoemd.

Lynnie wilde haar benen optrekken om hem met haar voeten van zich af te duwen, maar hield zich in omdat ze wist dat hij haar enkels dan zou vastbinden. Dus keek ze maar uit het raampje. Als Buddy zich ergens tussen die bomen bevond, zou ze zich niet tegen Clarence hoeven verzetten. Buddy zou gewoon naar de auto rennen, het portier opentrekken en haar redden. De auto bereikte de afslag naar de weg, en ineens zag ze iets bijzonders. Het was het vuurtorenmannetje dat ze eerder die avond ook al had gezien, toen ze hier hadden gelopen en radeloos op zoek waren naar een plek om te slapen. Ze had Buddy op zijn arm getikt. De vuurtoren leek erg op die van lang geleden, met haar zusje, en dat was een veilige plek geweest. Ze had hem ooit voor Buddy getekend, die hoge, sterke plek bij de zee. Ze had Buddy willen uitleggen dat ze door het vuurtorenmannetje wist dat ze daar veilig zouden zijn, maar ze had de baby in haar armen gehad.

Clarence volgde haar blik en keek ook naar het vuurtorenmannetje. Toen keek hij weer vooruit, legde zijn armen over de rugleuning en raakte haar schouder aan. Daardoor dacht ze aan allerlei dingen waaraan ze niet wilde denken: de emmer, de grommende honden, de smaak van de lap. Ze schoof bij hem weg, en hij legde zijn arm weer dichter bij haar. Toen ze langs een ander bos reden en langs andere huizen, vroeg ze zich af of Buddy misschien in die tuin zat. Of achter die boom. Hoe lang zou het duren voordat ze weer wegliepen? Hoe lang zou het duren voordat ze de baby weer in haar armen kon houden?

Lynnie wilde Clarence dolgraag trappen en bijten, ze wilde kronkelen en gillen. Maar dat deed ze niet. Wanneer Buddy terug zou komen om haar te bevrijden, moest ze in het gebruikelijke paviljoen zitten, en dat lukte niet als ze in de isoleercel zou belanden. Dus drukte ze haar voeten stevig tegen de vloer en klemde haar kaken op elkaar.

Vervolgens keek ze door de voorruit naar de lange landweg in de hoop dat Buddy opeens zou verschijnen voordat ze de rivier moesten oversteken.

Ze werd wakker toen de auto vaart minderde. Het was nog donker, en ze zag de hoge stenen muur van de School. Ze had niet gemerkt dat ze de rivier waren overgestoken. Ze had Buddy niet kunnen zien. Ze voelde zich leeg en teleurgesteld. Ze kon wel zien dat het niet meer regende, maar door het dikke wolkendek kon ze geen sterren zien, en van verdriet kreeg ze een zure smaak in haar keel. In de zomer had Buddy haar geleerd dat de sterren de hele nacht langzaam langs de hemel wentelden. Omdat ze op dit moment geen sterren kon zien, wist ze niet hoe ver weg de ochtend was.

En toen zag ze op de heuvel de klokkentoren. Vanaf de weg kon je alleen de klok zien, want de muur ontnam al het zicht, behalve op het hek. Maar Lynnie had er niets aan, want ze kon niet klokkijken. Terwijl meneer Edgar meeneuriede met de radio, Clarence trekjes van zijn pijp nam en oom Luke snurkte, staarde ze naar de klok. Die lichtte gelig op, net als de maan, en door al die regen leek hij te huilen.

Pas twee keer eerder had ze dit alles gezien. Drie nachten hiervoor, toen Buddy en zij waren weggelopen, had ze omgekeken. Daar was hij, de klok die licht wierp door alle ramen. Buddy had aan haar arm getrokken en gebaard dat ze moesten rennen. Met zijn hand in de hare, en haar vertrouwen in hem, waren ze gaan rennen.

Maar er was nog een andere keer geweest, voordat ze Buddy, Kate en Doreen had leren kennen. Het was zelfs nog voor Tonette geweest. Lynnie was toen nog klein. Haar kleine ik die ze verborg in zichzelf, als een kommetje in een grote kom. Ze sloeg haar ogen neer en keek naar haar kleine ik vanbinnen, naar de keer dat ze dit alles voor het eerst had gezien, toen ze nog niets wist over stenen muren.

Toen wist ze van de keuken waar ze in het onderste kastje met haar zusje speelde. Ze hadden de houten deurtjes opengetrokken en waren in het rijk van de potten en pannen gekropen, en zetten bakblikken op hun hoofd bij wijze van hoed. Haar zusje kende heel veel woorden. Ze wist ook hoe ze die hoog en laag kon laten klinken, in een liedje. Lynnie pakte dan de arm van haar zusje en gromde tegen haar polsen, want ze voelde de trillingen. Ze hadden een lievelingsliedje:

A-tisket, a-tasket.
A green and yellow basket.
I wrote a letter to my love.
And on the way I dropped it.

Lynnie wist toen nog niets over eetzalen. Ze kende wel de eetkamer en de onderkant van de eettafel, want onder de tafel hadden ze hun plaspoppen. Lynnie had daar gekeken naar de schoenen van mama en papa wanneer die ernstig zaten te praten en dingen hadden gezegd als 'ermee leren leven', 'geen toekomst' en 'waar hebben we een achterlijk kind aan verdiend?' Haar zusje was dan aan het bikkelen en zelf had ze aan de knoop in de veters van papa's schoenen getrokken. Soms vroeg haar zusje of Lynnie wist wat er op het fornuis werd klaargemaakt, en dan benoemde ze de geuren: gebakken aardappelen, warme chocolade. Lynnie was dol op geuren. Ze stak haar neus graag in de stoflaag onder de bedden, en kon zich nog steeds heel goed de geur van de kauwgum van haar zusje herinneren. Ze herinnerde zich zelfs dat ze haar wang tegen mama's borst had gelegd en haar parfum had geroken toen mama haar onder de tafel uit had getrokken en gezegd: 'Dat kan ik niet over mijn hart verkrijgen.'

Er waren sindsdien veel jaren voorbijgegaan, jaren van veertig ijzeren bedden in grote slaapzalen, en toch wist Lynnie nog hoe haar kamertje thuis eruit had gezien. Er hadden twee bedden met roze hoofdeinden in gestaan, eentje voor haar en eentje voor haar zusje Na-na. Dat was het eerste woord dat Lynnie ooit had gezegd. 'Eindelijk!' had mama uitgeroepen, en ze had haar handen van blijdschap tegen elkaar gedrukt toen Hannah haar stralend naar hun kamer had geroepen. Voor de ramen hadden gordijnen gehangen. Lynnie herinnerde zich ook een badkamer, maar zelf had ze heel lang op de commode gelegen terwijl papa zei: 'Vijf, en nog steeds in de luiers en ze maakt nog steeds babygeluidjes.' Dan zei mama nadat ze de veiligheidsspelden tussen haar lippen vandaan had gehaald: 'Heb het daar nou niet steeds over.'

Lynnie kon zich de woonkamer ook nog voor de geest halen. Er had een kleed op de vloer gelegen, er was een aquarium met vissen, en er waren boeken. Boeken waren lang niet zo leuk als de vissen. Na-na had vaak op de bank zitten lezen terwijl Lynnie zichzelf over de vloer had voortgetrokken om naar de glanzende vissen met al die kleurtjes te kijken. 'Kan ze nog steeds niet kruipen?' had de ene tante gevraagd. 'Ze is al zes!' De andere tante had gezegd: 'Het is wel duidelijk dat dokter Fechbach gelijk had.' 'Ze gaat heus nog wel kruipen,' had mama gezegd, 'en lopen.' 'Maar ze kan nooit naar school,' had de ene tante gezegd. De andere tante had gefluisterd: 'Denk je toch eens in hoe haar zusje zich voor haar zal gaan schamen wanneer ze beseft wat er aan de hand is.'

Mama had gehuild. Wanneer iemand huilde, deed dat iets met Lynnie. Dan kwam er een soort onweer in haar op en bleef het donderen, en ging ze op haar rug liggen trappen en schreeuwen. Het werkte altijd, want algauw stopte het huilen. Soms kwam Na-na erbij en zei: 'Ze begrijpt het niet.' Maar Lynnie begreep het wel. De manier om van huilen af te komen was door het verdriet terug de lucht in te schoppen.

Lynnie herinnerde zich ook een restaurant. Ze kon toen al lopen, en ze waren naar binnen gegaan en hadden plaatsgenomen aan een tafeltje. Toen haar ouders hadden gevraagd wat ze wilde eten, had ze gegild: 'Burger!' Dat was een van de langste woorden die ze kende. Andere mensen hadden naar haar gestaard, en dat hadden ze weer gedaan toen ze niet al het eten in haar mond kreeg en het als vingerverf van haar gezicht had gedropen. De serveerster had extra servetjes gebracht. De serveerster had niet naar haar gestaard, ze had haar niet eens aangekeken. 'Luister toch naar rede,' had papa gezegd. Mama had daar bijna om moeten huilen, en toen had Na-na snel gezegd: 'Hand in hand naar de auto!' Op de achterbank hadden ze nummers van Elvis gezongen.

En dan was er ook nog een plek die synagoge werd genoemd, met glas-in-loodramen en een enorme kamer waar ze doorheen moesten lopen naar een rabbi achter een bureau. Mama had Lynnie op schoot genomen, tegen die bolle, stevige buik aan, en had gezegd: 'Iedereen heeft er een mening over. U weet al wat mijn man ervan vindt. Dus heb ik een paar boeken geraadpleegd. Dale Evans vond dat de enige plek voor haar achterlijke dochter thuis was. Ze zegt dat het meisje een engel is. Maar Lynnie... Nou ja, soms schamen we ons voor haar.' Mama had iets weggeslikt. 'Pearl Buck heeft ook een achterlijke dochter, en zij zegt dat dat soort mensen gelukkig zijn onder elkaar. Maar Lynnie is mijn kleine schat!' De rabbi had zijn handen gevouwen en gezegd: 'Ik denk dat u er spijt van krijgt als u haar wegstuurt. Het zou zijn alsof u haar de wildernis in stuurt.' 'Dank u, dank u wel,' had mama snikkend uitgebracht. Lynnie had zich krijsend en schoppend op de grond gestort, en mama had haar excuses aangeboden en Lynnie mee naar buiten gesleurd.

Vaag herinnerde ze zich ook een speeltuin. Na-na had het bruine uniform van de scouting aangehad en spelletjes met vriendinnetjes gedaan, zoals touwtjespringen, en Lynnie was in de zandbak gebleven, waar ze met een stok in elkaar overlopende kringen had getekend, totdat er een jongen over de kringen was gaan lopen. Meteen was ze op hem gesprongen en had hem ervanlangs gegeven. Mama was komen aanrennen, met het wagentje met de tweeling erin. Ze had Lynnie uit de zandbak getild en was onderweg naar huis de hele tijd boos op Hannah omdat ze niet op haar zusje had gepast. 'Geef het maar toe,' had papa die avond gezegd toen Lynnie boven aan de trap had gezeten, met Na-na naast zich. Na-na had hun lievelingsliedje geneuried en voor de eerste keer haar lippen op Lynnies pols gedrukt. Maar toch had Lynnie papa kunnen horen. 'Ze is bijna acht. Als we haar nu niet plaatsen, wordt elke dag zoals deze. Voor de rest van ons leven.'

En toen had ze in de auto gezeten. Ze had achterin gezeten en had het deksel van de asbak aan het achterportier open en dicht laten gaan. Opeens had Na-na gevraagd: 'Is dat Lynnies school?'

Lynnie had opgekeken en de toren gezien. Die rees op achter een stenen muur, nog hoger dan die van de synagoge, en ze had zich heel trots gevoeld. Ze ging naar school en die school was heel groot.

De auto was blijven staan voor een opening in de muur met een hek erin.

'Ze hadden er best een slotgracht omheen kunnen graven,' had Na-na zacht opgemerkt.

Toch had papa het gehoord. 'Denk aan waar we het gisteravond over hebben gehad,' had hij gezegd.

'Niet zo kinderachtig, Hannah,' had mama gezegd.

Na-na had Lynnie aangekeken, en in de ogen van haar zusje had Lynnie iets gezien wat ze er nooit eerder in had gezien. Veel later, toen Lynnie een heel boek vol woorden en begrippen in haar hoofd had, herinnerde ze zich dat moment en wist ze wat die blik had betekend. Voordat ze die stenen muur had gezien, had ze op gezichten van anderen medelijden, angst, spot of afkeer gezien. Na-na had er altijd speels en liefdevol uitgezien. Maar op dat moment had ze schuldig gekeken.

Een bewaker had het hek geopend, en ze konden de heuvel op rijden waarop allerlei gebouwen stonden. Haar ouders hadden gewezen en verteld wat ze hadden gelezen in de brochure en de brieven van oom Luke. Dit waren de paviljoens waarin de bewoners woonden, elk voor een andere classificatie.

'Noemen ze dat paviljoens?' had Na-na gevraagd. 'Ze zijn stuk voor stuk groter dan mijn hele school!'

‘Heel indrukwekkend,’ had papa gezegd. ‘Het terrein beslaat wel vijfhonderd hectaren.’

In het midden stonden nog veel grotere gebouwen. ‘Dat zijn zeker de wasserij, de gymzaal, de klaslokalen en de ziekenboeg,’ had papa gezegd. ‘Ze hebben hier alles,’ had hij eraan toegevoegd terwijl hij in de achteruitkijkspiegel naar Hannah had gekeken. ‘Ze verbouwen zelfs hun eigen voedsel.’

Achter de gebouwen had Lynnie akkers gezien, weilanden met koeien, kippenhokken, en overal hadden mannen in tuinbroeken van spijkerstof en grijze T-shirts gelopen. Papa had gezegd dat die ‘werkjongens’ werden genoemd. Verder weg, waar ze het niet konden zien, was een energiecentrale, had papa verteld. Daar dichtbij was een honkbalveld, en daarachter lagen de huizen voor het personeel, die behalve een salaris ook kost en inwoning kregen. Achter die huizen, aan de andere kant van de heuvel, was nog iets, maar papa wist dat niet dus had hij het niet aangewezen. Pas later was Lynnie erachter gekomen dat het de begraafplaats was, op de dag dat ze had besloten nooit meer iets te zeggen.

Alle gebouwen waren met elkaar verbonden door wandelpaden, en onder die paden waren ondergrondse gangen zodat in de winter niemand kou hoefde te lijden. Althans, zo legde mama het uit. Afgezien van twee mannen in een wit pak, van wie eentje drie grommende honden bij zich had, waren de paden verlaten. ‘Ik denk dat iedereen druk bezig is,’ zei mama.

‘Met schoolwerk?’ vroeg Na-na.

‘Ja,’ antwoordde mama, maar ze had er niet helemaal zeker van geklonken.

‘Ze leren een vak,’ zei papa. ‘Ze leren kleedjes knopen en schoenlappen. Dat kan ze later goed van pas komen.’

Toen ze bij het parkeerterrein waren gekomen, zagen ze een vrouw in het wit die een jongen in een rolstoel voortduwde. ‘O, die volwassene is zeker een begeleider,’ had mama gezegd.

‘Een begeleider?’ vroeg Na-na. ‘Het is toch een school?’

‘Het is een ander soort school,’ merkte papa kortaf op. ‘Dat heb ik je toch verteld?’

Na-na keek Lynnie nog eens met zo’n schuldige blik aan, en toen werd Lynnie bang.

‘Lynnie, laat die asbak met rust,’ zei papa.

‘Het is nog maar heel eventjes,’ zei mama. Haar mond klonk alsof die gevuld was met water.

Nog één keertje keek Lynnie naar de toren en probeerde iets van de wijzers te begrijpen. Ze stonden allebei naar boven gericht, dicht tegen elkaar aan. Net een gesloten boek dat niemand wilde lezen.

Clarence trok Lynnie uit de auto. Een beetje wankel na de tocht bleef ze staan terwijl oom Luke iets tegen Clarence zei, dat hij zou worden gecompenseerd voor het overwerk. Ze keek naar de wolkenlucht. Hoewel ze de sterren niet kon zien, herinnerde ze zich dat sterren heel lang niets meer voor haar hadden betekend dan fonkelende stipjes. Maar toen had Buddy haar gewezen op de nachtelijke hemel in de landschappen die ze had getekend, en hij had een suikerklontje kapot geknepen en van de korreltjes patronen gemaakt. Hij had haar geleerd hoe die patronen heten: Beker, Veer. De volgende avond zouden de wolken wel weg zijn. En wanneer ze de volgende keer wegliepen, zouden ze weer naar de sterren kijken.

Met Clarence naast zich liep ze achter oom Luke de marmeren treden op van het gebouw met de toren. Dat stond een eindje van de andere bebouwing af en had een deur van eikenhout, een koperen leuning, mooie struiken ervoor en ramen zonder tralies. Terwijl Lynnie wachtte totdat oom Luke klaar was met de sleutels, huiverde ze in de dunne jurk van de bejaarde vrouw. Ze vond het vervelend dat jack te moeten dragen, maar ze was er ook blij mee omdat het haar beschermde tegen de wind. Toen oom Luke de deur opende, merkte ze dat ze naar de wc moest, en in dit gebouw was ze nog nooit naar de wc gegaan.

Omdat ze nog pijn had van het baren, wist ze niet of ze het wel kon ophouden. Maar ze wilde ook niet laten merken dat ze hoognodig moest, dus kneep ze haar dijen tegen elkaar. Ze voelde het maandverband zitten dat ze van de bejaarde vrouw had gekregen, en dat deed haar denken aan wat ze had geleerd toen ze met Buddy buiten was: ze kon veel meer zelf dan ze ooit had gedacht.

Na die eerste dag was ze hier niet meer geweest, maar alles zag er nog hetzelfde uit: het bureau van Maud, de secretaresse; het Perzische tapijt; de windsorstoelen; de staande klok en meer naar links de houten deur naar de werkkamer van oom Luke. Het rook er ook nog hetzelfde, naar leer, tabak en boeken. Genietend snoof ze de geuren op. Oom Luke haalde een sigaret uit een zilveren sigarettendoos en keek Clarence afwachtend aan. Met op elkaar geklemde kaken bood Clarence hem met een aansteker een vuurtje aan. Vervolgens draaide oom Luke hun de rug toe en pakte de hoorn van de haak. Lynnie hoorde de telefoon buiten overgaan, en haar hart maakte een sprongetje toen ze besefte dat het toestel ergens vlakbij was. Misschien was het dat in A-3, het paviljoen waar Lynnie woonde. In dat geval was Kate er misschien, en dan zou Lynnie veilig zijn.

Zoals iedereen van het personeel werkte Kate vaak langer door. Er was veel te doen met één begeleider per veertig bewoners. Misschien waren sommige begeleiders daarom zo vals tegen bewoners en elkaar, maar gelukkig waren er ook die aardig waren. De alleraardigsten namen soms iets lekkers van thuis mee en lieten foto's van hun kinderen zien. En ze gebruikten niet die akelige bijnamen, zoals Larry met de Linkse Hoek, Mister Magoo, Poepbroek of die voor Lynnie: Nee-Nee. Soms probeerden ze zelfs een vaardigheid van een bewoner aan te moedigen.

Dat had Kate bij Lynnie gedaan. Toen Lynnie hier vijf jaar was, nadat met een intelligentietest was vastgesteld dat ze imbeciel was en ze haar in een paviljoen met andere zwakzinnigen hadden gehuisvest, was het Kate opgevallen dat Lynnie de zwabber niet gewoon een beetje had rondgeduwd wanneer ze het schoonmaakwerk deed dat deel uitmaakte van haar behandeling. Lynnie had patronen gemaakt op het linoleum, ze maakte glanzende halvemanen met het sop. Kate had dat verteld aan een psychotherapeut, die Lynnie opnieuw had laten testen, en vervolgens was ze gepromoveerd naar een paviljoen voor debielen. Daar had ze Doreen leren kennen, een klein blond meisje met ogen die er Chinees uitzagen en dat in het ijzeren bed tien centimeter van dat van Lynnie af sliep. Een poosje later had Kate zich niet aan de regels gehouden en krijtjes meegebracht naar de woonkamer, en had toen gezien dat Lynnie paarden tekende, fiere blauwe paarden met wapperende groene manen. 'Heel goed gedaan, lieverd,' had Kate gezegd, en ze had geregeld dat Lynnie bij haar op de werkkamer mocht. Kate vertelde iedereen dat het was zodat Lynnie haar een beetje kon helpen, maar het was eigenlijk zodat Lynnie aan Kates bureau kon zitten tekenen. Kate had een heleboel schetsboeken en kleurpotloden in haar archiefkast. Zodra Lynnie er was, deed Kate de deur op slot en zette de archiefkast open, en wanneer Lynnie wegging, legde Kate Lynnies tekeningen in een la en draaide de sleutel om.

Onder aan de heuvel werd de telefoon opgenomen.

'We zijn er,' zei oom Luke. 'Kom haar maar halen.'

Hij legde de hoorn weer op de haak. Daarna opende hij de deur naar zijn werkkamer, liep zonder Clarence aan te kijken langs hem heen en sloot de deur.

Clarence, die op een stoel was gaan zitten, kneep zijn lippen samen tot een dunne streep. Als Lynnie niet zou hebben gehoord dat Clarence' vriend de Paffer de broer van oom Luke was, zou ze dat nooit hebben geraden. Oom Luke liet niet merken dat hij zijn broer of Clarence voortrok. Maar iedereen wist het, want de Paffer en Clarence konden ongestraft alles uithalen. Ze waren de enigen met honden. Ze waren de enigen die naar drank roken. Ze waren de enigen die...

Lynnie draaide zich naar het raam. Ze had iets leukers om aan te denken: Buddy die lachend de baby omhooghield, zijzelf die helemaal warm werd vanbinnen toen ze de baby in haar armen had.

De deur ging open, en met een ruk draaide ze zich om.

Kate!

Lynnie maakte een blij geluid, maar weerhield zich ervan naar Kate toe te rennen voor een knuffel.

Met een verdrietig lachje keek Kate Lynnie aan. Toen Kate hier voor het eerst was gekomen, nadat haar echtgenoot met een andere vrouw was weggelopen, had ze een mooi figuur gehad, was ze opgemaakt en droeg ze mooie, kleurige rokken. In de loop der tijd was ze aangekomen, maakte ze zich niet meer op en was ze gaan roken. Ze borduurde nog wel patronen op haar witte jas, maar droeg tegenwoordig grijze of bruine rokken en had een ketting met een gouden kruisje om. Ze was ook erg vermoeid, en Lynnie wist bijna zeker dat ze in Kates ogen een kleine Kate zag.

Oom Luke was teruggekomen en zei: 'Doe de intake zorgvuldig. We hebben geen idee wat hij met haar heeft gedaan.'

'Maar nummer 42 is een echte heer,' reageerde Kate. 'Hij zou haar nooit iets aandoen.'

'Als hij zo'n echte heer was, had hij dit niet uitgehaald,' zei oom Luke.

Kate zweeg terwijl oom Luke bleef doorgaan en precies vertelde wat hij wilde dat er met Lynnie gebeurde. Lynnie zag Clarence naar haar kijken. Gauw deed ze haar ogen dicht en beet op haar lip.

En toen voelde Lynnie een hand op haar arm en liepen Kate en zij naar voren. Achter zich hoorde ze nog: 'Anderhalf keer de tijd lijkt me wel voldoende, dokter.' Toen ging de deur open en stond ze buiten.

De wolken waren verdwenen en de sterren fonkelden aan de hemel. Lynnie keek omhoog en de namen schoten haar weer te binnen. Daar was het Veulen. En dichter bij de horizon zag ze de Beker. En precies boven haar was de mooiste: de Veer.

Lynnie pakte Kates hand en samen liepen ze langs de klaslokalen die nooit werden gebruikt, en langs de gymzaal met de verroeste ringen voor basketbal en het schimmelige plafond. Ze namen een ander pad. Het gedeelte voor de mannen was linksonder aan de heuvel, dat voor de vrouwen rechts. Soms hoorde ze 's nachts de slimmere mannen die elkaar sloegen en vieze dingen deden. Deze avond was het echter stil als de maan.

Opeens kneep Kate in haar hand. 'Ik was heel ongerust,' zei ze.

Lynnie keek Kate aan. Ze had graag willen zeggen: de baby kwam eraan en toen zijn we weggelopen, en het deed heel veel pijn, maar het was ook mooi. Ze wilde graag vertellen over de liefde die ze voor het kindje voelde, en dat ze haar had opgetild van de vloer van de vroegere schuilkelder waar het kindje was geboren. Ze wilde graag vertellen over het zoenen met Buddy in de slaapkamer van de oude vrouw, het soort langdurige zoenen zoals ze alleen in het maïsveld deden wanneer de halmen hoog genoeg waren om je tussen te verstoppen. Ze wilde graag vertellen dat ze bij de oude vrouw de trap af was gelopen, en over de politie en over Buddy die het bos in was gevlucht.

Maar afgezien van die keren met Buddy tussen de maïs gebruikte ze haar mond zo weinig dat ze het praten bijna had verleerd. Ze sprak via haar tekeningen, maar hier had ze geen potloden. Kon ze maar net zo goed met haar handen praten als Buddy... Maar alleen zij begreep wat hij met zijn handen vertelde, en niet eens alles.

'Zeg alleen even of alles goed met je gaat,' zei Kate.

Lynnie knikte.

'Gelukkig! Ik maakte me echt zorgen.'

Ze kwamen bij de ziekenboeg. Kate stapte de eerste trede op. 'Ik heb gevraagd of je vannacht hier mocht slapen, dan heb je een nachtje dat ik bij je kan blijven, alleen met jou.'

Lynnie trok haar de trede af.

'Wat is er?'

Ze wees naar A-3.

'Wil je vannacht echt liever terug?'

Ze had willen zeggen dat hij haar daar zou zoeken, maar dat kon ze niet. Dus knikte ze maar.

‘Oké,’ zei Kate. ‘Er komen vast problemen van, maar voor mij, gelukkig niet voor jou.’

Ze liepen verder. Langs het eerste vrouwenpaviljoen, A-1. Daarna langs A-2. Eindelijk kwamen ze bij A-3. De hele tijd dacht Lynnie eraan dat het de volgende keer veel lastiger zou zijn. Ze waren weggelopen op het drukste moment, wanneer het personeel iedereen naar bed bracht. Ze was stiekem weggeglipt, wetend dat ze pas veel later gemist zou worden. Ze had zelfs kussens in haar bed gelegd, en daarbij had Doreen haar geholpen. Doreen had gezegd: ‘Ingepakt als een mummie.’ Vanaf nu zouden ze Lynnie goed in de gaten houden.

Lynnie en Kate liepen de drie treden voor het paviljoen op. Kate moest uiteraard hard trekken aan de roestige deurknop, maar eindelijk ging de deur open en stapten ze naar binnen.

De stank, de stank... De eerste keer dat Lynnie die had geroken, had ze geprobeerd weg te rennen, maar de begeleider had haar te pakken gekregen, en toen had ze hem gebeten. De stank ging in je neus zitten, in je ogen en tussen je tanden. De stank maakte het ademen zo moeilijk dat sommige begeleiders waren gaan roken om eens iets anders te proeven. Lynnie sliep met de deken over haar hoofd getrokken tegen de stank.

Kate, je moest eens weten hoe lekker de nacht rook toen ik de juiste plek had gevonden, dacht ze. *Met de baby in mijn handen kon ik geen gebaren voor Buddy maken, dus toen maakte ik een blij geluid en drukte mijn lippen op die van hem, en toen maakte hij hoge en lage geluiden totdat we allebei hetzelfde geluid te pakken hadden, en die toon hielden we aan, met de baby tussen ons in. We neurieden samen met ons lichaam.*

Ze liepen door de kleine lobby. Suzette, de andere begeleider van die nacht, zat achterovergeleund achter het bureau met een open boek over haar gezicht, en haar mond open. Suzette kon nooit snel een gevecht beëindigen, maar voor zover Lynnie wist vochten de vrouwen niet zo vaak als de mannen. Het enige probleem was dat de mannen een keer naar deze kant van de school waren gekomen. Suzette was er die nacht niet geweest, en Kate ook niet en... Nee, daar moest ze niet aan terugdenken.

Ze liepen de woonkamer in. De banken en plastic stoelen waren leeg. De vloer was vies, de werkmeisjes moesten die tijdens het ontbijt in de was zetten. Zelfs de tv stond uit. Lynnie wist nog hoe erg het was geweest voordat het tv-toestel kwam. Toen hadden ze op de grond gezeten met niets anders te doen dan grappen vertellen en spelletjes verzinnen, of elkaar pesten en de spulletjes stelen die iemand van een familielid had gekregen. De bewoners claimden allemaal een plek en hielden die jarenlang.

Terwijl ze op weg waren naar de slaapzaal, fluisterde Kate: 'Je zult wel straf krijgen, maar ik doe mijn best die zo licht mogelijk te maken.'

Toen ze de woonkamer uit waren, gingen ze in de richting van de badkamer. Mooi zo.

Ze liepen langs de wasbakken. Er waren tien wc's, allemaal met een eigen metalen deurtje ervoor, maar zonder tussenschotten, want op deze manier kon een begeleider tien bewoners tegelijk in de gaten houden. Lynnie stak haar hand uit naar zo'n deurtje, maar het viel Kate niet op. Kate zei: 'Eerst moet je eens in bad. Ik zeg wel dat je goed meewerkte, misschien behandelen ze je dan minder streng.'

Kate bleef staan bij een badkuip en maakte Lynnies jack los. 'Vannacht kan ik bij je blijven, maar in de ochtend moet ik naar huis.'

Het jack was los en Kate gooide het op de grond.

'Hoe kom je aan zulke mooie kleren? Je haar valt over die jurk als dat van rapunzel.'

Lynnie gromde van blijdschap.

'Het spijt me dat je die jurk hier niet kunt dragen.' Kate maakt het bovenste knoopje los.

Die eerste nacht, jaren geleden, had de zuster van de intake gezegd dat Lynnie haar kleren mocht houden voor bij bijzondere gelegenheden. Dat bleken de keren te zijn dat oom Luke een officiële rondleiding gaf en opschepte dat het gemeenschapsgeld zo goed werd besteed. Lynnie wist niet dat toen de School in 1905 werd geopend, de bewoners uniformen aankregen bij zulke rondleidingen, de mannen alsof ze cadetten waren, de vrouwen als dienstmeid. Tegenwoordig droegen ze dan de kleren van thuis, die altijd mooi waren, maar in kluisjes werden bewaard waarvan de bewoners geen sleutel hadden. En toch verdween er soms kleding. 'Niemand heeft hier iets van zichzelf,' had Tonette haar die eerste avond verteld. 'Zelfs geen tandenborstel.' Tonette had gelijk gehad. Elke ochtend moesten de bewoners in de badkamer in de rij staan om die ene tandenborstel te mogen gebruiken.

Lynnie voelde de jurk rondom haar voeten vallen. 'Echt, hoor,' zei Kate, 'ik zou het fijn hebben gevonden als het je was gelukt te ontsnappen.' Ze maakte de haakjes van de beha van de bejaarde vrouw los en keek er bewonderend naar. Lynnie had nog nooit een beha gehad. De staat had pasgeleden een voorstel goedgekeurd om een gat in het dak van de schuur te laten repareren, maar had het verzoek om beha's weer afgekeurd. Deze beha had Buddy voor haar vastgemaakt.

Wat zou Kate doen als ze het merkte, dacht Lynnie. Ze had geen moeite hoeven doen om haar steeds dikker wordende buik te verbergen, want de kleding hier viel toch altijd heel ruim, het eten was slecht en ze werkte zich in de wasserij in het zweet. Nooit eerder had ze iets voor Kate verborgen gehouden. Zou Kate boos zijn? Zou ze het verklappen?

Kate trok de onderbroek naar beneden.

Daar stond Lynnie poedelnaakt in het kille vertrek, en alles wat ze niet had verteld, werd onthuld.

'Lieve hemel...' bracht Kate uit, en ze nam Lynnie in haar armen.

Die nacht lag Lynnie in haar bed naast dat van Doreen, en ze keek naar Kate, die rokend heen en weer liep. Ze wist dat Kate deze nacht op haar zou passen, en daardoor kon ze slapen, dromen en wakker worden.

Het zou net zo'n onrustige nacht als anders worden, maar deze keer hoefde ze niet bang te zijn.

In haar eerste droom hoort ze geluiden uit het mannenpaviljoen. Eerst klinkt het opgewekt, maar vervolgens wordt het griezelig en komt er een bepaald woord uit boven het gegil en geschreeuw: Nee. Ze pikt dat woord eruit, oefent het in bed en maakt zich dat woord eigen.

De droom wordt omgeslagen als een bladzij in haar schetsboek, en ze komt terecht in een droom waarin ze maar één woord tot haar beschikking heeft. De deur gaat open, ze deinst achteruit en de emmer valt om. 'Nee, nee, nee!'

Ze schrok wakker. Waar... Wat... O ja, het overspoelde haar weer. En als bewijs zag ze Kate op een stoel in de deuropening zitten roken.

Er kwam weer een droom. Lynnie is in de wasserij, de droger is kapot en dus rijdt ze de wasmand vol kleren naar buiten. Bij de waslijn blijft ze staan en snuift de geuren op van het gras en de bomen, en van de net geploegde akkers. Een voorjaarsbriesje tilt haar rok een beetje op, en dat herinnert haar eraan dat er iets in haar lichaam aan het gebeuren is, in gang gezet op een nacht dat 'nee' roepen niet voldoende was, maar wat ze begint te begrijpen. Terwijl ze de was ophangt, hoort ze gesputter van een motor en handgeklap. Ze kijkt om. Er komt een tractor aan, en op de stoel daarvan zit een gekleurde man met een strohoed op. Ze heeft die man klusjes zien doen en maïs naar de keuken zien brengen. Ooit heeft ze hem een graf zien delven. Nu zit hij daar heel hoog en klopt lachend op de zitplaats naast de zijne.

Op de School mogen mannen en vrouwen niet bij elkaar in de buurt komen, althans, niet wanneer iemand kijkt. Ze kijkt om zich heen. Er is verder niemand.

De man gebaart met zijn handen. Ze weet wat hij bedoelt: kom hier. Ze zet het mandje met wasknijpers op de grond. Hij steekt zijn hand uit en trekt haar omhoog. Ze zit naast hem, en hij steekt zijn hand in zijn zak en haalt er witte veren uit, een, twee, drie. Hij maakt er een boeketje van en geeft haar dat. Ze vraagt zich af hoe zijn pols tegen haar lippen zou voelen.

Ze werd wakker. Kate was gaan staan, en Suzette stond bij haar.

'Ga je dat in het dossier zetten?' fluisterde Suzette.

'Natuurlijk. Ze is bevallen van een baby.'

'Ik zou het niet doen.'

'Een baby! En die moet ergens zijn... En iemand hier is daar verantwoordelijk voor!'

'Dat bedoel ik. Je wilt toch niet voor problemen zorgen?'

Kate zei niets.

'Je weet toch wat ze dan met je doen?'

'Maar *zíj* dan?'

'Die komt er wel overheen. Het gebeurt zo vaak.'

'Tot een zwangerschap aan toe?'

'Je weet toch dat er een dokter in Harrisburg is die het weghaalt,' zei Suzette.

'Maar deze keer heeft niemand het gemerkt. Voor zover ik weet, was het kind voldragen.'

'Het was vast van nummer 42.'

'Nee.'

'Hoe weet je dat? Hij is niet gesteriliseerd. Echt hoor, die tehuizen waar ze steriliseren hebben groot gelijk. Scheelt een hoop gedoe. Jammer dat het niet meer wordt gedaan.'

'Ik weet vanaf wanneer ze zo vaak bij elkaar kwamen, en als je het uitrekent, klopt het niet.'

'Wat geeft dat nou?'

'Wat het geeft? Nou, het is wel duidelijk dat iemand hier er verantwoordelijk voor is! En... Jezus, die twee hebben het samen ter wereld gebracht, helemaal alleen...'

'Ik bedoel, wat maakt het uit wie de vader is? Goed, dan is het niet van nummer 42, maar van een andere bewoner. Nou en? Je weet wat er gebeurt als ze het kind vinden.'

'Ja...' Kate klonk verdrietig.

'Waarom zou je het dan vertellen? Trouwens, stel dat het naar buiten komt dat een bewoner is ontsnapt en bevallen? Dan sturen ze Collins weg en nog veel meer van ons. Hoe komen we dan aan een baan? Wat voor banen zijn er voor mensen die de middelbare school niet hebben afgemaakt? En je ex draagt niks bij aan de opvoeding van je kind. Het hele stadje zou naar de mallemoer gaan. Dat wil je toch niet op je geweten hebben?'

'Ik heb het niet over de plaatselijke economie. Ik heb het over de moraal. Het is niet goed om een baby zomaar buiten te laten liggen.'

'Vergeet het nou maar.'

'Ben je soms gek geworden?'

Toen droomde Lynnie verder, over ontsnappen. Ze rent met Buddy over de akkers van de School. Daar is de ladder bij de muur; daar is de ladder aan de andere kant; daar is de tas die hij heeft ingepakt, onder aan de muur. Nog een laatste keer kijkt ze om.

Dan kijkt ze voor zich uit, naar de bossen, dalen en weiden. Naar een plaatsje. Naar een achtertuin. Buddy tilt het luik op van een verborgen kelder. Er staat een bed, een generator, een lamp, blikjes en eetgerei. Buddy begrijpt hoe alles werkt. Daarom vertrouwen ze hem. Ze zeggen dat hij doofstom is en een laag IQ heeft, maar ze begrijpen niets van zijn handen. Hij vouwt een deken open. *Ga liggen*, zegt hij met zijn handen.

Terwijl ze droomde van de bevalling, hoorde ze Kate. Suzette was weer weg, en Kate zei: 'Moeder Maria, geef me alstublieft een teken. Zeg wat ik moet doen.'

Lynnie schrok wakker van de zonnestralen. Ze hoorde de andere bewoners opstaan.

Buddy was haar die nacht niet komen redden. De baby zou nog wel bij de bejaarde vrouw zijn.

'Je bent er weer!'

Ze draaide haar hoofd en zag Doreen rechtop in het bed zitten.

Lynnie wilde op haar zij gaan liggen, maar dat ging niet.

'Ze hebben je vastgebonden,' zei Doreen, die het ineens was opgevallen.

Toen Lynnie keek, zag ze leren riemen waarmee haar polsen en enkels aan het bed waren gebonden. Ze probeerde zich los te rukken, grommend bewoog ze haar armen en benen, maar de riemen zaten goed vast.

'Ze zijn zeker bang dat je weer wegloopt,' zei Doreen.

Lynnie draaide haar hoofd woedend in de richting van de deuropening. Kate was er niet meer. Suzettes dienst was ook afgelopen. Ze hoorde voetstappen naderen, maar niet van de slippertjes van de werkmeisjes die de bedden moesten afhalen, of de zachte zolen van de begeleiders die aan hun dienst begonnen. Het waren zware voetstappen: twee paar laarzen, en gekrabbel van heel veel hondenpoten.

Ze wist wie het waren en sloot haar ogen.

Minder betreden paden

Martha

1968

Martha zat voor het zolderraampje te wachten op het ochtendgloren. Ze had dit altijd een bijzonder prettig moment gevonden, na het eierrapen en voordat ze Earls ontbijt maakte en in haar Buick naar school reed. Zelfs nadat hun kind was gestorven en het stil werd in huis had ze uit het keukenraam gekeken om Earl over de akker te zien lopen, op weg naar de eerste klussen, met een wollen pet op zijn hoofd en scherp afgetekend tegen de lichter wordende hemel, en dan had ze zich zo dankbaar gevoeld voor het opgaan van de zon dat het verlangen naar alles wat ze was kwijtgeraakt een beetje minder was geworden. Tegenwoordig moest ze alles alleen doen, en wanneer ze op dit tijdstip terugging naar het huis dacht ze er wel eens aan om naar de bovenverdieping te gaan, een van de raampjes te openen en het dak op te klimmen om dan de dag echt te zien beginnen. Maar hoewel ze een beetje durf in haar leerlingen altijd had aangemoedigd, was onbezonnenheid niets voor haar. Toch had ze de afgelopen nacht op de donkere zolder gezeten om de baby in het mandje in het oog te houden, en na te denken over de enorme taak die ze ineens op zich had genomen. Omdat ze niet goed wist hoe het allemaal moest en hoe lang het zou duren, kon ze geen betere plek bedenken om haar blik op te richten dan de hemel. Misschien was staren in die onmetelijke verten in de wetenschap dat hoe donker de nacht ook was, de omwentelingen van de aarde altijd weer de dag brachten, een manier om antwoord te krijgen op de vraag hoe ze dit kind moest verstoppen.

Martha en de baby konden niet eeuwig op de zolder blijven. Het was er muf en schemerig, en het babygehuil zou buiten kunnen worden gehoord. Leven in afzondering was trouwens ook niet goed voor een kind. Martha herinnerde zich leerkrachten die hadden geprobeerd grapjassen en intelligente onruststokers in de klas tot zwijgen te brengen door hen de gang op te sturen. Zelf vond ze dat niemand iets aan zo'n verbanning had. Het kind op de gang kon niets van anderen opsteken, en de kinderen in de klas moesten het stellen zonder de nieuwsgierige vragen of grappige opmerkingen van de weggestuurde klasgenoten. Bij het eerste ochtendgloren was Martha tot een conclusie gekomen: dit kind moest verborgen blijven voor gezagdragers, maar als het nog een dag – of wie weet, een week – hier zou blijven, moest het de wereld in, het moest de hemel kunnen zien en door de hemel gezien worden.

Er waren dingen die Martha moest doen, dingen die ze had bedacht toen ze de auto over de oprit had zien verdwijnen en ze de voordeur had gesloten. Ze was alleen in huis, met een baby. En in de koelkast stond alleen verse melk, er waren geen luiers en ook geen babykleertjes. Ze was er misselijk van geworden. Waar was ze mee bezig? Vroeger had ze Earl geholpen met de pasgeboren dieren, en ze had de kinderen van haar oud-leerlingen op de arm gehad. Maar ze had geen ervaring met het voeden, kleden en luiers verschonen van een zuigeling. Stel dat ze dat niet kon? Waarom waren de man en de vrouw naar haar huis gekomen? Waarom was ze zelf nooit moeder geworden? Waarom had ze zich door Earls verdriet zoiets essentieels laten ontnemen?

Hou op, dacht ze. Zelfmedelijden is een sterkere tegenstander dan onwetendheid. Ze had niets aan de antwoorden op haar vragen, ze moest de benodigde spullen hebben.

In de nacht had ze als een echte plattelandsvrouw van wat ze in huis had iets bruikbaars gemaakt. Nadat ze diep adem had gehaald en tot zichzelf was gekomen, had ze in de keuken ineens moeten denken aan de oud-leerling die de afgelopen Kerstmis met haar echtgenoot en drie kinderen op bezoek was geweest en melkpoeder had achtergelaten. Martha had dat bewaard om de volgende keer te kunnen teruggeven. Het stond nog in de kast. Ze las de instructies. Eerst moesten de flesjes worden uitgekookt voordat je er melk in mocht doen. Dus was ze gaan zoeken en had haar keus laten vallen op een weckpot toen haar te binnen schoot dat Earl een paar flesjes had gebruikt voor jonge, moederloze kalfjes. Die flesjes vulde ze, zette de meeste zoals werd aangeraden in de koelkast, en nam er eentje mee naar boven. Daar haalde ze uit de linnenkast doeken die ze als luier kon gebruiken, en handdoeken die ze vochtig kon maken om de baby te wassen. Die spullen nam ze mee naar de zolder, waar ze de nacht doorbracht en het kind onhandig verschoonde en voedde.

Terwijl het perzikkleurige licht langzaam goud kleurde en de baby in het mandje sliep, drukte Martha zich tegen het raampje. Earl had hier een heel klein raam in gezet, maar door haar hoofd te draaien kon ze boven de boomtoppen in het oosten de eerste zonnestralen zien opkomen, die het bos waarin de man was verdwenen in een goudkleurige gloed zetten. De man had zich beschermend opgesteld, en teder. Ze herinnerde zich iets van de vorige avond wat ze niet goed had begrepen, namelijk dat Lynnie en nummer 42 voor hun eigen veiligheid terug moesten naar waar ze vandaan waren gekomen, en dat de agent zichzelf toen had tegengesproken door het over Martha's veiligheid te hebben. Wiens veiligheid was er in het geding geweest?

Een zonnestraal scheen op het raampje. Op dit tijdstip was ze nooit eerder op zolder geweest, dus had ze nooit gezien hoe de opgaande zon het glas verlichtte. En ze had ook nooit de barst in de hoek beneden gezien, die zorgde voor een driehoekje. Ze legde er een vinger op, en het glas week terug, alsof het had gewacht op vrijheid. Meteen stroomde er frisse lucht naar binnen. Dat kleine stukje van de lucht, het herfstbriesje dat de mufheid verdreef, en het uitzicht over de akker, nog nat van de regen, bracht helderheid. Ze kon de eerste stap van die dag zetten.

Het was geen grote stap, dacht ze terwijl ze de ladder af klom, een koffer onder het bed vandaan trok en de sluiting opende. Earl had altijd vooruitgekeken met de inkoop van zaad en het braak laten liggen van sommige akkers, maar zij had niet echt een plan. Earl vond dat je met plannen maken de chaos op afstand hield, maar Martha was daar nooit zo zeker van geweest. Ze hadden met veel zorg plannen gemaakt voor de babykamer, maar er was toch de meest genadeloze chaos ontstaan. Dus had ze alleen plannen gemaakt voor de lessen van de volgende week, en nadat ze met pensioen was gegaan, voor het open huis met Kerstmis. Maar terwijl ze had gekeken naar het begin van deze nieuwe dag, was het tot haar doorgedrongen dat de School door zou gaan met zoeken, en omdat ze de baby niet mochten horen huilen, moesten Martha en zij hier weg.

Geconcentreerd legde ze kleding in de koffer. Een katoenen jurk, een vestje, een nachtjapon, ondergoed. Genoeg om hen door de dag te helpen. Maar misschien was dat toch niet voldoende, dus deed ze er van alles bij voor nog een dag.

Daarna bracht ze de koffer naar haar werkkamer. De vlizotrap stond nog uit, maar ze haalde het kind nog niet naar beneden. Eerst moest er nog meer worden ingepakt.

Ze haalde een paar dozen met kerstversieringen van een plank. Zie je wel, daar waren de grote kerstmannen, elfen en engelen die een stevige oud-leerling met blozende wangen, Eva Hansberry, haar door de jaren heen had gegeven. Eva was een stil meisje en dreef nu in Well's Bottom een winkeltje, samen met Don, haar echtgenoot, en hun tienerzoon. Die winkel was al tientallen jaren in het bezit van Dons familie, en er werden conserven verkocht, schoonmaakmiddelen, hoestsiroop en frisdrank. Elk jaar bestelde Eva een heleboel kerstfiguren, en dan gaf ze er Martha een van. Eigenlijk vond Martha ze te sentimenteel, maar ze had ze bewaard omdat ze ze van Eva had gekregen, die ze in zelfgemaakte kleertjes van vilt en brokaat had gehuld. Toen Martha de afgelopen nacht had gepeinsd over wat ze de zuigeling moest aantrekken, waren deze kleertjes haar ineens te binnen geschoten.

Maar nu ze ze in haar handen hield, aarzelde ze. Wat voor soort volwassene groeit op uit een baby met dit soort kleertjes aan? Iemand met te veel fantasie? Een godsdienstfanaat? Een gestoord persoon? Ze liet de mogelijkheden de revue passeren, maar kon zich nergens in vinden. Toen dacht ze dat deze kleertjes een zo jong kind nog niet konden beïnvloeden. Bovendien was het geen uitgemaakte zaak dat degene die deze dag voor het kleintje zorgde, dat ook de dag daarop zou doen. Dus legde ze de kleertjes in de koffer.

Zodra dat klaar was, vroeg ze zich af waar ze naartoe moest. Ergens waar ze rustig kon nadenken. En ze moest ook meer melkpoeder hebben, en luiers, en echte babykleertjes... En goede raad over hoe om te gaan met een pasgeboren kind. Ineens wist ze het: Eva. Misschien was de winkel niet geschikt om een nacht te blijven slapen, maar daar was wel te vinden wat ze nodig had, plus kennis van het moederschap. Om acht uur ging de winkel open, dat was over een uur, en dat was precies de tijd die ze nodig had om erheen te rijden.

Ze pakte haar adresboekje van het bureau. Bij het benzinestation tussen de boerderij en Well's Bottom stond een telefooncel. Het was aan de Old Creamery Road, vlak na de brug over de rivier. Over een half uur kon ze daar zijn en van daaruit bellen, dat was beleefder dan dat zo vroeg al te doen. Gauw sloeg ze het boekje open en pakte een pen. Op dat moment rinkelde de telefoon.

Martha werd nooit gebeld, afgezien van op 24 december, wanneer haar oud-leerlingen belden om te vragen of het de volgende dag wel open huis zou zijn, en van het eerste telefoontje schrok ze altijd. Deze keer schrok ze nog meer, bang dat het de School zou zijn, of de politie, vast op weg om nummer 42 te zoeken.

Of... misschien wisten ze het van de baby...

Wat een haastig bedacht plan leek te zijn, kwam haar nu als belachelijk slome besluitvorming voor. Waarom was ze niet al 's nachts vertrokken? Waarom had ze tijd verspild door te gaan pakken?

En hoe snel kon ze met de baby weg zijn?

Ze gooide het adresboekje in de koffer en klikte die dicht.

Op zolder lag het kind nog te slapen. Voorzichtig tilde Martha het mandje op. De baby sliep gewoon door. Ondertussen bleef de telefoon rinkelen. Met het mandje klom ze naar beneden.

De telefoon bleef overgaan.

Terwijl ze het mandje met haar arm tegen zich aan drukte, tilde ze met haar vrije hand de koffer op. Opeens viel haar oog op de bureaulegger. Het was haar meest gewaardeerde bezit, net zo dierbaar als een familieportret. Haar oud-leerlingen waren uitgezwermd over negenendertig staten, en elk van hun woonplaatsen was aangegeven met een stip. Ze maakte hem los en haastte zich naar beneden.

De telefoon rinkelde een laatste keer.

Gauw haalde ze de volle flesjes uit de koelkast en pakte een jas van de haak. Toen ze instapte in de Buick, hoorde ze weer de telefoon rinkelen, maar ze zette het mandje op de passagiersstoel en legde de bureaulegger op de achterbank. Vervolgens startte ze de motor en keerde.

De oprit stond onder water.

'Verdomme.' Meteen sloeg ze haar hand voor de mond. Het was de ergste vloek die wel eens in haar opkwam, maar die ze nooit uitsprak. Nu het woord eenmaal over haar lippen was gekomen, voelde ze zich niet zo'n onbeschaafd mens als ze had gedacht dat ze zich zou voelen. Met haar handen op het stuur reed ze de oprit af en door de akker. Modderkluiten vlogen op, maar de wielen kregen grip en de auto reed naar beneden, de heuvel af. Het was spannend om over de akker te rijden, en het geluid dat ze hoorde toen ze bij de bomen onderaan kwam, was nog spannender. Dat was de laatste keer dat de telefoon rinkelde in alweer een poging haar te bereiken, gevolgd door stilte.

Even later was ze voorbij de bomen en reed ze al over Old Creamery Road.

Links stond het vuurtorenmannetje te wachten op de postbode. Zou ze haar oud-leerlingen met Kerstmis vertellen wat er was voorgevallen? Zou ze er iets over zeggen in de brieven die ze later deze week zou schrijven? Op dat moment maakte de baby een klaaglijk geluidje en kon Martha niet meer aan de toekomst denken. Ze ontweek de gevallen takken en zette koers naar het oosten.

Na een paar kilometer over de verlaten weg werd de baby weer rustig. Zelf was Martha dat echter totaal niet. Ze was op weg naar een oud-leerling in de hoop dat die haar kon helpen. En dat terwijl ze nooit eerder steun bij oud-leerlingen had gezocht. Per slot van rekening bestond er een universele wet die luidde dat ouders voor hun kinderen zorgen, vrouwen zich voegen naar hun echtgenoot en leerkrachten hun leerlingen de weg wijzen. Maar een moeder had de zorg voor haar kind overgedragen aan Martha, en Martha had iets gedaan wat haar echtgenoot nooit zou hebben gedaan. Zou het echt een overtreding zijn als ze voor één keertje een oud-leerling vroeg haar de weg te wijzen?

Ze was zich ervan bewust dat ze in de afgelopen nacht was veranderd. Ze was naar de zolder gegaan, had bij het kindje gezeten en gedacht: ik ben de enige die je hebt. En toen had er zich in haar iets geopend. Voorzichtig had ze haar hand naar het bedje van verstelgoed uitgestoken, en toen ze het huidje van de baby aanraakte, had ze opeens beseft dat ze haar eigen zoontje nooit had aangeraakt. Langzaam had ze het meisje uit het mandje getild. Het woog bijna niets, en haar oogjes waren gesloten. Martha had de baby tegen haar borst gedrukt en het kleine hartje voelen kloppen. Op dat gevoel had ze tientallen jaren moeten wachten, en ze had gedacht: hoe zal je leven eruitzien? Word je binnenkort weer herenigd met je moeder? Of zul je nooit weten wie je moeder is? Blijf ik deel uitmaken van je leven? Of kan ik alleen haar droom verwezenlijken als ik afscheid neem? Ze voelde iets trekken naar het kind, hun harten klopten samen. Dat van Martha was groter, dat van de baby klopte harder.

In de hoop iets over de wanhopige ontsnapping van de twee vluchtelingen uit de School te horen, zette Martha de radio aan. Het was net tijd voor het nieuws, maar er werd alleen iets gezegd over het noodweer en dat er een aantal wegen was afgezet. Eigenlijk had ze nauwelijks op de weg gelet, dus concentreerde ze zich. Bijna had ze de afslag van een alternatieve route over Scheier Pike bereikt, een kronkelige tweebaansweg door de heuvels. Maar Scheier Pike ging nog een heel eind verder voordat er een brug kwam, dus bleef Martha maar op Old Creamery Road, de snelste manier om in Well's Bottom te komen.

Algauw maakten de bossen op de hellingen plaats voor weiland en boomgaarden, en toen zag Martha dat lagergelegen gedeelten inderdaad onder water stonden. Op de radio ging het over sport, gevolgd door nog meer nieuws. Ze luisterde totdat het weer over het noodweer ging. Waarom werd er niets gezegd over twee verdwenen personen? Ze zette de radio uit.

Het kamp van de Boy Scouts, dat in dit jaargetijde gesloten was, kwam al in zicht. Daarna kwam de rivier, en eenmaal voorbij het kamp begon de weg te dalen en zag ze eindelijk een andere auto voor die van haar rijden. Die reed langzaam, en ze zag door de achterruit dat er andere auto's voor reden. Hoe dichter de langzaam rijdende file bij de rivier kwam, hoe meer het tempo vertraagde, en uiteindelijk stonden ze stil.

Terwijl ze afwachtte, stapte de man in de auto voor de hare uit en keek in de richting van de rivier.

Nadat ze het raampje omlaag had gedraaid, vroeg ze: 'Kunt u iets zien?'

'Volgens mij staat de brug blank.'

Daar had ze aan moeten denken, al was de brug nooit eerder afgesloten geweest.

'Verdomme,' zei ze weer, en deze keer sloeg ze haar hand niet voor de mond.

Na een poosje zette ze het portier open om deze nieuwigheid eens te bekijken. De mensen uit de auto's voor de hare liepen er al naartoe. Zij stond in de laatste bocht voor de rivier, dus ver wandelen was het niet. Maar stel dat ze een agent tegenkwam? Gauw trok ze het portier weer dicht en draaide het raampje omhoog. Ze keek op haar horloge: tien over acht.

Ze konden best blijven wachten, vond ze. Er stond al een pick-up achter haar, dus zat er ook weinig anders op. Maar opeens hoorde ze weer zo'n klaaglijk geluidje, en toen ze in het mandje keek, sperde de baby haar mondje open en ging huilen.

De paniek van de afgelopen nacht welde weer in haar op, hoewel deze keer om andere redenen. Waarom huilde de baby? Had het honger of een vieze luier? Vond ze het vervelend dat de auto niet meer bewoog? Het huilen werd steeds harder. En toen herinnerde Martha zich dat ze niet meer de Martha van de dag daarvoor was; ze wist hoe ze de fles moest houden, en ze wist dat ze een eerste stap kon zetten.

Doe maar gewoon wat je moet doen, dacht ze, doe wat iedere moeder zou doen.

Dus keerde ze moeizaam en reed de andere kant op, weg van de rivier.

Deze keer was ze onderhevig aan angst en twijfel. Ze had niets om haar de weg te wijzen, afgezien van een krijsende baby, de inhoud van de auto en de weg die zich voor haar uitstrekte.

Terwijl de gedachten door haar hoofd spookten, reed ze verder. En toen zag ze de ingang van het gesloten kamp. Ze kon hier de weg af en de baby rustig zien te krijgen. Ja, dat zou ze doen.

De ketting die de ongeplaveide weg naar het kamp afsloot, lag op de grond, dus reed ze eroverheen. Ze was hier al in geen jaren meer geweest, maar er was niets veranderd en algauw kwam ze bij een plek omringd door dennenbomen en houten schuilhutten. Het kamp stond aan de westelijke rivieroever, waar kon worden gezwommen en gevist, en verderop was een lage dam.

Op de modderige parkeerplaats zette ze de auto stil. Ze kon de rivier zien. Het water was bruin, stroomde snel en trad bijna buiten de oevers.

Ze haalde het kind uit het mandje. Het gezichtje was rood aangelopen van het huilen. Gelukkig begreep Martha al wat het huilen betekende. Het ging niet om de luier.

Met de baby in haar ene arm trok Martha het achterportier open, verschoof de koffer en haalde er een flesje uit. Ze nam weer plaats in de auto en al veel ervarener dan de afgelopen nacht hield ze de baby in de juiste houding. Het huilen hield echter niet op, en het kind weigerde de speen. Na een paar angstige momenten deed Martha wat haar inviel: met baby en flesje stond ze op en ging langzaam lopen.

Bijna meteen, nadat ze de eerste paar hutten hadden bereikt, werd het kleintje stil, en bij het tweede stel hutten accepteerde ze de speen wel.

Martha besloot te blijven lopen totdat de baby genoeg had gedronken. Bovendien was het fijn om onder de blote hemel te zijn, zelfs al kon ze er door de bomen weinig van zien. De frisse lucht was ook prettig. De geur van hars, dennen en natte aarde, het geluid dat de drinkende baby maakte, dat alles bracht Martha tot rust.

Na een poosje kwam ze bij de plek waar kon worden gezwommen. De steiger kwam nauwelijks boven het water uit. Nu ze even geen zorgen had, kon ze de steiger op lopen om naar het water te kijken. De baby maakte tevreden geluidjes, en ze liep verder, maar eenmaal bij de steiger zag ze iets aan een van de palen aan het eind. Voorzichtig zette ze een voet op de planken en liep verder. Dichterbij gekomen zag ze dat het een muts was. Nee, een pet, net zo een als haar echtgenoot altijd had gedragen.

Net zo een als ze aan nummer 42 had gegeven...

Stokstijf bleef ze staan. Ze kon de pet nu duidelijk zien, de bruine wol met het gat erin dat de motten hadden gemaakt.

Gauw keek ze achterom. Het was stil in de huisjes. Bijna was ze gaan roepen, maar ze besefte dat hij haar toch niet kon horen.

Aan de rand van de steiger gekomen pakte ze de pet met haar vrije hand. Ze drukte hem tegen haar gezicht. De pet rook naar Earl, en ze sloot haar ogen en voelde hem naast zich in bed liggen. Ze verlangde ernaar haar handen op zijn borstkas te leggen en met zo veel liefde in zijn ogen te kijken dat hij door het waas van verdriet kon zien en haar terugvinden, vlak bij hem. Vervolgens zou hij haar gezicht aanraken en het universum vergeven voor de chaos, en háár vergeven voor het kind dat niet had kunnen leven.

Ze opende haar ogen. Waar kon de man zijn?

Misschien had hij op een van de oevers geslapen, of was hij vanwege het water in een boom geklommen. Ze tuurde naar de rivier. Het water had een diepe aardekleur, en ze zag in de gezwollen rivier niets dan water dat snel stroomde in de richting van het net dat gespannen was om aan te geven tot hoe ver je kon zwemmen. Het net was vastgemaakt aan de lage dam. Eerst had ze niet gemerkt dat het water bij de dam behoorlijk brulde, maar op dat moment viel het haar op. Het was wel duidelijk dat de weg de hele verdere dag onbegaanbaar zou zijn. Er kon niemand over.

Ze draaide zich om en keek stroomopwaarts de andere kant op. Daar zag ze ongeveer hetzelfde, alleen dreef er een grote tak in het water en die kwam met grote snelheid op het kamp af. De stroming was zo sterk dat de tak in een mum van tijd onder de steiger door was en in volle vaart verder dreef. Die raakt vast in het net, dacht ze. Toen dat niet gebeurde, besefte ze dat het net kapot moest zijn gegaan. Ze zag de tak over de dam tuimelen.

Terwijl ze aan de pet voelde, speurde ze de oevers af naar een spoor van de man. Met de drinkende baby op de arm liep ze de steiger af en wandelde behoedzaam langs de oever. Ze zag niets bijzonders, alleen troep die werd meegevoerd door de rivier, voorbij het laatste vlot voor de zwemmers, door het gescheurde net, langs het bord waarop stond: HIERLANGS NIET VAREN. Ze bleef lopen tot ze bij de dam kwam. Zoals verwacht dreef daar van alles, werd onder het kolkende water gezogen om weer boven te komen, keer op keer. Ineens trok iets haar aandacht: het jasje van haar echtgenoot. Dat had ze de man gegeven. Het verdween onder water, en het shirt van haar echtgenoot kwam boven.

Meteen kreeg ze het helemaal koud vanbinnen. Nummer 42 moest in de regen de steiger hebben bereikt en hebben gehoopt de rivier over te kunnen zwemmen om naar Lynnie te gaan. De pet moest hij hebben afgezet en aan de paal gehangen. Daarna moest hij in het water zijn gedoken, midden in de nacht. En toen was hij meegesleurd door het water en over de dam geslagen. Door de sterke stroming moesten de kleren van zijn lijf zijn gerukt.

Het net was daar gespannen omdat er wel eens mensen uit hun omgeslagen kano vielen. Sommigen waren nooit teruggevonden.

Met kloppend hart reed ze de enige route die haar restte: in westelijke richting over Old Creamery Road. Ze kon nauwelijks geloven dat de man was verdronken. Ze kende hem nog maar net... Ze had gezien met hoeveel liefde hij naar de baby had gekeken, een liefde waarmee hij alle problemen had overwonnen die Lynnie en hij onderweg naar de boerderij waren tegengekomen. En toch was zijn kracht niet opgewassen gebleken tegen het kolkende, snelstromende water.

Weer raakte ze de pet op de stoel naast de hare aan, een aanraking met zowel Earl als de man. Toen hield ze haar hand op haar lippen en snoof de geuren op van de twee mannen die er niet meer waren.

Gelukkig was het kleintje in slaap gevallen. Het zou nooit hoeven weten wat er met de man was gebeurd. Maar nummer 42 had dit kind helpen ontsnappen; een waardiger herinnering was nauwelijks mogelijk. Misschien moest Martha alles opschrijven zodra ze op hun bestemming waren aangekomen, waar die ook was. Misschien moest ze het trieste verhaal in de pet stoppen en ervoor zorgen dat de pet en het verhaal bij het kind bleven, wat er ook zou gebeuren.

Ze zette de radio weer aan. Er zou toch wel iets worden gezegd over een lijk dat in de rivier was aangetroffen? Maar misschien werd dat stilgehouden totdat bekend was wie de man was, en omdat de man alleen nog de broek van Martha's echtgenoot droeg, zou identificatie nog moeilijk worden. Het was heel goed mogelijk dat de man een naamloze begrafenis zou krijgen.

Steeds keek ze even naar de baby, om daarna haar blik weer op de weg te richten. Alles liep verkeerd. Lynnie was opgepakt en nummer 42 was verdronken. En zelf reed ze weg van Well's Bottom, en het was al negen uur.

Eigenlijk kon ze beter teruggaan naar de boerderij. Daar was een schuur en een kas. De baby kon ze daar verstoppen. Ze was toch al onderweg ernaartoe, tenzij ze Scheier Pike nam. Daarover kon ze de andere brug bereiken, maar zou die ook onder water staan?

Het was moeilijk helder te denken. Ze voelde zich net een ei dat van grote hoogte was gevallen en waarvan de stukjes in allerlei hoekjes waren terechtgekomen.

Ze was al bijna bij de afslag. Ineens moest ze denken aan de dichter Robert Frost, die ook eens bij een tweesprong in een bos was gekomen. De ene weg was niet vaak betreden, en hoewel hij liever de andere had genomen, ging hij toch verder over het minder betreden pad, en dat had een groot verschil gemaakt.

Maar zij was geen dichter. Ze was geen avonturier, niet eens een moeder. Ze was iemand die iets had beloofd toen haar iets werd verzocht wat ze niet goed had begrepen. Voor de eerste keer vroeg ze zich af wat er zou gebeuren als het kind werd gevonden.

Durfde ze het risico te nemen?

Daar was de wegwijzer. Ze kon naar huis, over Old Creamery Road. Of ze kon naar het noorden over Scheier Pike, de kant die ze moest gaan. Eigenlijk wilde ze dolgraag naar huis, waar alles vertrouwd was, met bijna raamloze muren die haar beschermden. Haar, maar niet het kind. Weer voelde ze aan de pet, en ze wist zekerder dan ooit dat ze moest doen wat Lynnie haar had gevraagd.

Ze nam de weg naar het noorden.

Het Well's Bottom van 1968 leek nog sterk op dat van 1918, toen Martha en Earl waren weggereden van de kerk waarin ze pas waren getrouwd, en op weg gingen naar hun afgelegen boerderij. Er waren vooral winkels die familiebezit waren, in het plaatselijke theater hing een enorme kroonluchter, Onafhankelijkheidsdag werd gevierd op het met gras begroeide plein, goederentreinen beladen met kolen en staal reden af en aan, en het geboortecijfer was ongeveer gelijk aan het sterftecijfer. Er waren wel een paar verschillen die 1968 onderscheidden. Er werd gesproken over een ringweg waardoor er geen vrachtwagens meer over Main Street zouden denderen. Een Chinese familie had een restaurant geopend. Sommige mensen hadden kleuren-tv waarvan het beeld niet altijd even goed was. Maar de rellen in Detroit, Newark en Los Angeles, en de protestmarsen in Washington, waren dingen van verre. Er werd in Well's Bottom niet om verandering geschreeuwd, zelfs niet gefluisterd.

En toch beeldde Martha zich in dat ze gefluister hoorde toen ze het stadje bereikte. Ze parkeerde de auto op de minst opvallende plek die ze kon bedenken: in een oude stal aan een van de straatjes die parallel liepen aan Main Street. Het was middag, en afgezien van twee keer stoppen voor een voeding en verschoning had de baby de oogjes dicht gehad. Maar toen Martha het mandje optilde, leek het of haar eigen ogen werden geopend en alles wat ze altijd had gezien ineens was veranderd.

Met het mandje in de arm haastte ze zich naar Eva's achterdeur en liep daarbij langs twee kinderen. Gekleed in gele regenjassen en met regenlaarzen aan de voeten keken ze lachend naar een jong hondje dat rondsprong in de plassen, en voor het eerst viel het Martha op hoe vrijelijk die kinderen in de openlucht speelden. Ze keek omhoog naar de zilverblauwe hemel. Ergens onder die hemel bevond zich Lynnie, en ook ergens het lijk van de man. Dergelijke mensen had Martha nog nooit in de plassen zien spelen, en dat was haar nooit eerder opgevallen.

Op de achterdeur stond: HANSBERRY – AFGIFTE GOEDEREN. Ze stapte de houten trede op en drukte op de bel. Aan de andere kant van de deur hoorde ze stemmen. Het leek net de eerste schooldag na de vakantie, wanneer ze in de deuropening van de klas had gestaan en de kinderen aan de andere kant van de school door de ingang hoorde komen. Deze dag zou ze echter niet zeggen: 'Goedemorgen, kinderen,' of zelfs niet: 'Welkom in de vijfde klas.' Ze had het idee dat ze net zo weinig woorden tot haar beschikking had als Lynnie.

De deur ging open.

Eva was bezig haar donkerbruine haar in een staartje te doen en keek verbaasd naar de gestalte voor de deur. De wangen van haar ronde gezicht waren zoals gewoonlijk blozend, en ze was zo druk bezig geweest dat het even duurde voor ze begreep wie er tegenover haar stond. Gauw herstelde ze zich en zei: 'Mevrouw Zimmer?'

Martha deed haar mond open, maar er kwam geen geluid uit.

'Wat doet u...' vroeg Eva, en toen: 'Is er iets niet in orde?'

Ja, wilde Martha zeggen. Er was een heleboel niet in orde, zo veel waar ze zo weinig van wist en zo veel wat ze wel had moeten weten. Zo veel dat ze maar zwijgend bleef staan.

In de voortdurende stilte verscheen er een bezorgde uitdrukking op Eva's gezicht. Ze liet haar blik naar beneden gaan in een poging te begrijpen waarom haar vroegere onderwijzeres ineens op de stoep stond. Had ze haar elleboog geschaafd? Zich in haar vinger gesneden? Toen zag ze het mandje en zette grote ogen op.

Eva keek haar vroegere onderwijzeres aan en zei: 'Komt u binnen.'

Eva nodigde Martha uit plaats te nemen aan de tafel met formica tafelblad in het magazijn, waar Oliver, Eva's tienerzoon, vaak zijn huiswerk maakte, en waar ook een klein keukentje was zodat ze het avondeten kon maken zonder naar boven te hoeven. Eva zette water op en Martha dwong zichzelf alles te vertellen wat er de afgelopen avond was gebeurd. Er stond een vriendelijke blik in Eva's ogen, en toen ze door de klapdeurtjes verdween omdat er een klant in de winkel was, herinnerde Martha zich weer dat Eva op school de vertrouweling van vele meisjes was geweest. Eva was zachtmoedig en kon goed luisteren zonder te oordelen.

Na een poosje hoorde Martha het winkelbelletje weer. De klant was weg, en Eva kwam terug. 'Ik heb het bordje dat we gesloten zijn maar voor de deur gehangen,' zei Eva. Ze ontfermde zich over de baby, aanvoelend dat dat was wat Martha wilde. Terwijl ze in het kleine gezichtje keek, vertelde ze dat Don medicijnen was gaan afleveren bij een bejaard echtpaar dat aan de andere kant van het stadje woonde, en dat hij wel gauw terug zou komen. Ze vroeg of Martha de baby ook voor hem verborgen wilde houden.

'Hij mag het weten,' antwoordde Martha.

'Mag ik haar dan in bad doen?' vroeg Eva.

En toen, voor de eerste keer sinds er de vorige avond op haar deur werd geklopt, barstte Martha in tranen uit.

Eva vroeg niet wat Martha van plan was te doen. Ze pakte een badje, zette het in de gootsteen en vulde het met water. Voorzichtig waste ze de laatste sporen van de geboorte van het kind af. Ondertussen vertelde ze rustig wat ze deed en moedigde Martha aan haar te helpen, en na een poosje huilde Martha niet meer en was de baby schoon.

Nadat Eva luiers tevoorschijn had gehaald, en flanellen kleertjes plus een flesje, ging ze de baby wiegen. 'Ik weet niet wat ik zou hebben gedaan als ik in uw schoenen stond, mevrouw Zimmer.'

Martha wilde zeggen dat wat Eva deed haar heel goed leek, maar toen zwaaide de deur open en kwam Don binnen. Don was lang, had een baard en rossig haar. Verwonderd keek hij Eva aan, en die vroeg hem te gaan zitten. Eva vertelde wat er aan de hand was, en Martha dacht: ik sta er niet meer alleen voor. Pas toen merkte ze, terwijl de opluchting zich door haar verspreidde, hoe gespannen ze was geweest.

'Weet u,' zei Don, en hij boog zich naar haar toe, 'ik heb wel een beetje ervaring met de School.'

Daar schrok Martha van.

'Weet u nog dat ik een theologische opleiding volgde?' vroeg Don, om hoofdschuddend verder te gaan: 'Nou, daarna heb ik een poosje als geestelijke op de School gewerkt.'

‘Dat wist ik niet.’

‘Ik leidde diensten, maar het personeel bracht er eigenlijk nooit iemand naartoe, dus ging ik naar de paviljoens om met de bewoners te praten. Dat was heel verhelderend... en schokkend. Uiteindelijk kon ik het niet meer opbrengen en zei ik tegen Eva dat ik liever de winkel wilde overnemen.’

‘Het was geen makkelijke beslissing,’ zei Eva. ‘Maar wel de juiste.’

‘Ik denk dat ik wel weet waarom Lynnie haar kind verborgen wil houden. Soms haalt de staat kinderen weg bij ouders die niet goed voor hun kinderen kunnen zorgen, en de kinderen komen dan terecht op de School. Daar worden ze behandeld als de overige bewoners, en het spijt me het te moeten zeggen, maar die behandeling is niet best. Waarschijnlijk was Lynnie bang dat dat met haar kind zou gebeuren.’

‘Maar Lynnie kon toch een oogje op haar houden?’ zei Martha.

‘Dat betwijfel ik. De jonge kinderen worden gescheiden gehouden van de volwassenen. Ze zou haar kind waarschijnlijk nooit meer zien.’

Haar kind nooit meer zien, dacht Martha. Er viel een stilte waarin Martha de baby tegen zich aan drukte, haar vasthoudend op de manier die Eva haar had geleerd. Het lijfje was heerlijk warm tegen haar trui. Ze voelde de baby ademen.

Uiteindelijk zei ze: ‘Ik ben te oud om de zorg voor een kind op me te nemen. Zal ik naar de School gaan en proberen Lynnie eruit te krijgen?’

Eva en Don keken elkaar even aan en richtten hun blik weer op het tafelblad. ‘Ze laten haar nooit gaan, niet als ú het vraagt,’ zei Don. Hij keek op. ‘U bent geen familie, u bent geen voogd of zo. U hebt geen enkele band met haar.’

‘Maar ik kan de baby natuurlijk ook niet zomaar bij iemand in de buurt achterlaten,’ zei Martha. ‘Wat moet ik toch doen?’

Het duurde een poos voordat iemand iets zei. Eva stond op en liep met over elkaar geslagen armen door de keuken. Toen keek ze uit het raam en zei: 'Weet u nog wat u altijd zei bij de handarbeidles? U zei dat je je hart moest volgen en dat je dan op gedachten zou komen waarvan je niet wist dat je ze had.'

Dat herinnerde Martha zich. Jaar in, jaar uit had ze dat tegen haar leerlingen gezegd. Het was het tegengestelde van plannen maken. Het was het minder betreden pad.

'Dat ben ik nooit vergeten,' zei Eva, en ze draaide zich om. 'Niet dat ik er bij examens iets aan had...' Ze glimlachte. 'Maar wanneer ik voor een berg knutselpapier en glitters zat, stelde het me gerust; ik zou er iets moois van kunnen maken.'

Glimlachend legde Martha haar wang op het babybuikje en snoof de lekkere geur op. Melk en honing. Prachtig...

Ze keek op. 'Ik wou dat ik wist wat de eerste stap moet zijn.'

Even keek Eva haar man aan en toen Martha. 'Wij helpen u wel,' zei ze.

Toen het schemerde, gingen ze op weg. Don reed in de voorste auto: Martha's Buick. Martha en de baby zaten in de volgende auto, de tweedehands Dodge die Don die middag had gekocht. De dealer was zijn reclameborden kwijtgeraakt tijdens het noodweer, en omdat de wegen waren afgesloten, dacht hij niet veel zaken te doen. Daarom was hij blij met Dons klandizie, zeker toen hij erachter kwam dat de auto bedoeld was voor een jong gezinnetje heel ver van het plaatsje vandaan. Helemaal achteraan kwam Eva in de Ford van de familie Hansberry, samen met de jonge Oliver. Die had beloofd op Martha's boerderij de handen uit de mouwen te steken totdat ze terugkwam.

'Wanneer is dat eigenlijk?' had Oliver gevraagd voordat hij zijn jas over zijn footballshirt had aangetrokken.

'Over een poosje,' had Eva geantwoord.

'Ik zou het niet weten,' had Martha gezegd.

En toen hadden ze allemaal moeten lachen.

Terwijl Don onderhandelde over de auto, had Eva telefoonnummers uit Martha's adresboekje overgeschreven. Ze had Martha ook een spoedcursus babyverzorging gegeven. Daarna was ze gauw naar de bloemenwinkel gegaan, want ze hadden besloten dat er vier bloemen nodig waren.

Tegen de tijd dat de kleine karavaan de rand van het stadje had bereikt, was de zon al onder. Tegen de tijd dat ze bij de Old Creamery Bridge aankwamen, de brug die laat in de middag weer was opengesteld, stond de maan hoog aan de hemel. Nadat ze de rivier waren overgestoken, reden ze het kamp in.

De rivier was nog steeds buiten haar oevers. Achter Oliver met de zaklamp aan liepen ze over de steiger, waar Don voor het eerst in jaren weer iets zou hebben aan zijn opleiding. Hij ging hun voor bij Psalm 23 en bewees de laatste eer aan de man wiens lichaam misschien nooit zou worden gevonden.

Martha was zich bewust van het kloppende hartje van de baby toen ze allemaal zeiden: 'Al ging ik ook in een dal der schaduw des doods, ik zou geen kwaad vrezen, want Gij zijt met mij.' Ze was zich ervan bewust dat deze woorden voor Don en Eva veel betekenden, maar ze vroeg zich ook af of er wel een God bestond als een man zoals nummer 42 werd behandeld zoals hij was behandeld, Lynnie werd gedwongen te verblijven in een plek als de School, en dit kind gedoemd zou kunnen zijn tot een leven vol ellende.

Terwijl het gebed in het donker wegstierf, deelde Eva de chrysanten uit en gooiden Don, Oliver, Martha en Eva ieder een bloem in het water.

Bij de auto's omhelsden ze elkaar en reden vervolgens achter elkaar aan het terrein af. Vreemd genoeg voelde Martha zich heel anders, en ze wist dat dat het fluisteren van verandering was. Ze was niet meer wie ze nog pas de avond tevoren had gedacht te zijn.

Ze gaf richting aan en sloeg bij de afslag de weg naar het noorden in. De anderen reden rechtdoor en zwaaiden nog om haar succes te wensen.

De handenspreker

Nummer 42

1968

Nummer 42 wist niet dat er op die novemberavond voor hem werd gebeden door Martha, die met de baby in haar armen met de Hansberry's op de steiger stond, waar ze een psalm hadden opgezegd en een bloem in het water gegooid. Maar dat kwam niet doordat hij niet kon horen.

Het kwam door de nacht daarvoor, toen hij dezelfde weg in het water was gegaan als de chrysanten nu deden, stroomafwaarts, zwierig draaiend als de dameshoeden waarnaar zijn grote broer Blue en hij vanuit een pecannotenboom tijdens een bijeenkomst van de kerk hadden gekeken. De dam wachtte erop de bloemen vast te houden in zijn draaikolk, net zoals de dam nummer 42 had willen vasthouden, iets wat Martha al had vermoed. Maar zij kon niet weten dat hij ooit had gezien hoe gevaarlijk een dam kon zijn, toen Blue met hem was gaan vissen en ze een wasbeertje bij een dam steeds weer kopje-onder hadden zien gaan, niet in staat te ontsnappen. En ze kon ook niet weten dat hij de afgelopen nacht, toen hij door het water werd meegesleurd naar de betonnen damwand en naar beneden werd gezogen, in paniek was geraakt en zich daartegen had verzet. Hij had Mooi Meisje in zijn hart gesloten, en het was heerlijk geweest Kleintje in zijn armen te houden. Hij moest terug naar hen. Dus had hij woest met zijn armen en benen gemaaid, maar toch was hij voor de tweede keer kopje-onder gegaan, en werd zijn jasje van zijn lijf gezogen, de knopen werden van zijn shirt getrokken, en de mouwen waren van zijn armen gegleden als een ziel die het lichaam verlaat. Zijn borst had pijn gedaan, hij had gesnakt naar lucht, en voor de derde keer was hij onder water verdwenen. Hij had gedacht aan alles wat hij had overleefd, hij had gedacht aan de vrijheid die hij bijna had bereikt en was woedend geworden omdat hij op het punt stond te verdrinken. En toen was hem het wasbeertje te binnen geschoten. Blue en hij hadden indertijd gegist naar wat een mens in dergelijke omstandigheden zou doen, en dat had hij gedaan. Hij had zijn kin ingetrokken, zijn knieën tegen zijn borst gedrukt en zijn armen eromheen geslagen. Het water had hem vooruit geschoten, als een menselijke kanonskogel. En toen had hij zich gestrekt totdat hij eindelijk was bovengekomen; op dezelfde plek waar de drie overgebleven chrysanten bovenkwamen.

Daarna was hij naar de oever gezwommen, en dat was lastig geweest vanwege de sterke stroming die hem steeds verder meesleurde. Voorbij het net dat na het kamp van de Boy Scouts was gespannen. Onder de Old Creamery Bridge door. Daarna verbreedde de rivier zich en was nummer 42 meegedreven op de stroom, langs schuren en caravans. Er waren bedrijven in zicht gekomen: een timmerbedrijf, fabriekjes, maalderijen, waar een groot rad later twee chrysanten opschepte. En toen, op het punt waar de rivier nog breder werd, had hij in het snelstromende water een losgeslagen deur zien drijven.

Nummer 42 had zich op die deur gehesen. Uitgeput en verzwakt had hij zich eraan weten vast te klampen en was onder bruggen door gedreven, langs waterkeringen, en door een stuk dat baadde in de gloed van een stad. Alweer, had hij gedacht, en zijn gedachten hadden geklonken in het zuidelijke accent van voordat hij hoge koorts had gekregen. Toch niet te geloven, ik ben alweer op de vlucht...

Hij dwong zijn gedachten naar prettiger dingen. Naar Kleintje die in het mandje van de bejaarde dame sliep. Naar Mooi Meisje dat haar hoofd had geschud bij de eerste huizen waar ze waren langsgekomen, totdat ze een huis hadden bereikt dat goed aanvoelde. Naar die eerste rit op de tractor, toen hij met gebaren met Mooi Meisje had gesproken en zij haar best had gedaan met gebaren iets terug te zeggen. Al die jaren in de Valstrik hadden ze hem genegeerd, hem uitgelachen en de baas over hem gespeeld. De enigen die ook gebaren hadden gebruikt – een beambte die hij slechts één keer had gezien, en een man die er net als hijzelf vastzat – hadden onzingebaren gemaakt, en toen hij had voorgedaan hoe het wel moest, hadden ze hem niet begrepen. Maar die dag op de tractor had Mooi Meisje goed gekeken wat hij deed, met een geconcentreerde rimpel in haar voorhoofd, en toen had ze vol ontzag naar hem gelachen.

Maar – en dat deed hem zo'n verdriet dat hij er buikpijn van kreeg – Mooi Meisje wist niet hoe hij heette.

In wat hij de Valstrik met Stenen Muren noemde, had hij geen eigen naam gehad. Zonder het te weten was hij daar de tweeënveertigste naamloze bewoner. Van zijn moeder had hij leren tellen. Hun hutje bestond uit twee ruimtes, er waren vier windrichtingen, hij had zeven broertjes en zusjes, tien zilveren munten stonden gelijk aan een groen bankbiljet, er stonden twaalf huizen in hun dal. Nadat hij was opgesloten in de Valstrik, had hij geteld hoe vaak het circus was langsgekomen: drieëntwintig keer al. Na het laatste zaaiseizoen kon hij tweeënveertig keer ademhalen terwijl hij van de schuur waar de tractoren stonden naar het kantoor van Mollige Roodhaar liep, waar Mooi Meisje op hem wachtte. Daarom hield hij van het getal 42. Maar hij wist niet dat dat ook zijn naam was, want hij had nooit zijn dossier gelezen. Hij had nooit iets gelezen. Hij had nooit voet in een school gezet.

Alleen hij wist hoe hij echt heette.

Zijn moeder had hem een naam gegeven nadat de vrouw die bij de geboorte had geholpen, was vertrokken: Homan, omdat mama moest denken aan *homing pigeons*, de postduif die altijd terugkeerde naar huis. Ze had gehoopt dat die naam een boodschap aan zijn vader zou zijn, dat die moest terugkomen uit het huis van die andere vrouw. Maar het had niet gewerkt, en toen hij tandjes kreeg, had zijn moeder bij oma en haar kleine broertje moeten intrekken. Dat broertje heette eigenlijk Bludell, maar iedereen noemde hem Blue. Nadat Homan ziek was geworden en zijn broertjes en zusjes bij hem uit de buurt bleven omdat ze bang waren ook doof te worden, had Blue een gebaar voor Homans naam verzonnen, en elke keer dat Homan iemand had leren kennen, had hij dat gebruikt en er tegelijkertijd bij gezegd: Homun. En dan hadden de mensen gelachen en hun hoofd geschud, alsof Homan ze niet allemaal op een rijtje had. Algauw was Homan net als Mooi Meisje twee personen geworden: de echte die vanbinnen zat, en de andere voor de buitenwereld, zoals bijna iedereen dacht dat hij was.

De eenzame chrysant dreef verder stroomafwaarts. Verderop was een betonnen scheepshelling met daarbij een pakhuis met kapotte ramen. Het was het soort plek dat aantrekkingskracht uitoefent op jongeren die het op een zuipen willen zetten, op soldaten die worden uitgezonden en wiens vriendinnetjes eindelijk met hen willen vrijen, en op hippies. En op een radeloze, uitgeputte man die er op een deur naartoe was gedreven en er was aangekomen op het moment dat nacht oploste in dag.

Zodra Homan was bijgekomen, wilde hij vluchten. Maar hij lag op zijn zij, en toen hij zijn ogen opende, zag hij de benen van een man en een vrouw die over hem heen gebogen stonden. De man tikte tegen zijn benen, met zijn voet, alsof hij wilde controleren of Homan nog leefde. Omdat de zon achter hen opkwam, kon Homan hun gezichten niet zien. Maar in elk geval wist hij nu waar het oosten was, en hij moest naar het oosten omdat Mooi Meisje daar was.

Het leek een goed idee om eerst om zich heen te kijken voordat hij tot actie overging, dus richtte hij zijn blik op het paar dat over hem heen gebogen stond. Blue had hem dat geleerd toen Homan nog kon horen: je moet altijd goed weten wie de gozer in je buurt is.

Aan hun haar kon hij zien dat het blanken waren. De vrouw was mager en haar haren krulden op haar schouders, zoals bij een vrouw die hij op tv had gezien. Toen ze dichterbij kwam, kon hij ook haar kleren zien: een kort bontjasje, een rode jurk met witte stippen met een rood sjaaltje, en witte laarzen die tot haar knieën kwamen. De man liep om Homan heen, alsof die een stinkdier was dat elk moment kon gaan sproeien, en toen de man niet meer tegen het licht in stond, zag Homan dat zijn wangen bedekt waren met een wit schuim. Scheerschuim, wist Homan. Wat deed die gozer buiten met scheerschuim op zijn gezicht, vroeg Homan zich af. Waren de mensen buiten de Valstrik gek geworden? De man, die een leren jas over een spijkerbroek droeg, was dik als een vetgemest varken.

De vrouw knielde bij Homan neer. Ze was mooi, maar lang niet zo mooi als Mooi Meisje. Mooi Meisje was vast al terug in de Valstrik en wachtte op hem... Hij duwde zich op zijn elleboog omhoog terwijl de vrouw de man met het scheerschuim aankeek. Haar mond bewoog. Homan had nauwelijks kunnen begrijpen wat zijn moeder en Blue bedoelden als ze hun lippen bewogen, en bij iemand anders was het helemaal onmogelijk. Hij merkte dat zijn been pijn deed en wilde kijken waarom dat zo was. Maar net op dat moment stak de vrouw (Stippel) haar hand uit naar Homans been, en kneep de man (Spekkop) zijn ogen tot spleetjes en lachte daar spottend bij. Stippel keek naar hem op, en hij schudde zijn hoofd alsof hij afkeurde wat ze deed, en bij elke hoofdbeweging leek de vrouw in elkaar te krimpen.

En toen liep Spekkop weg en maakte een gebaar alsof hij een deur dichtsloeg. Ondertussen voelde Stippel aan Homans pijnlijke been, en hij kon zien dat ze jonger was dan Mooi Meisje. Ze had een uitdrukking op haar gezicht alsof ze bang was voor zichzelf en medelijden had met hem, en opende haar mond om iets te zeggen.

Verwoed schudde Homan zijn hoofd en wees op zijn oren.

Iedereen verstarde. Vijf keer in- en uitademen gingen voorbij.

Toen rende Spekkop terug en zette een Schreeuwgezicht op, en Stippel een Kindertaalgezicht. Dat deden de meeste mensen wanneer ze snapten dat Homan doof was. Hij hoopte dat ze het schreeuwen of kinderachtig praten gauw zouden opgeven. De McClintocks hadden vaak gebaard: *Laat je niet kleineren alsof je een lastige vlo bent. Anderen spreken tot doven alsof ze een volwassen kraai zijn die het tegen een jong kraaitje hebben. Maar eigenlijk zijn het kraaien die het tegen een leeuw hebben.*

Stippel en Spekkop gingen maar door, tegen elkaar. Homan ging zitten. Links zag hij een pakhuis, en voor zich een parkeerterrein met daarachter verweerde picknicktafels. Op eentje stonden allemaal dingen, zo te zien blikjes soep en scheerspullen. Verderop waren nog gedumpte wasmachines. Op het parkeerterrein stond een roestige auto met op de achterbank een hoop kleren.

Hij herkende het allemaal, ook al was hij niet opgegroeid met pakhuizen, wasmachines of scheepshellingen om zich heen. Hij was opgegroeid tussen katoenvelden, metalen badkuipen en houtkachels. Hij was opgegroeid met tochten naar het bos om met Blue hertensporen te volgen, of hij was met hem naar de rand van de Fork gegaan, waar de blanken woonden, om naar de bestrate wegen te kijken. In het laatste negerhuis voor de Fork hadden de broers McClintock gewoond, die een autoreparatiebedrijfje hadden gehad. Net als hij waren ze doof geweest. Hij had samen met hen de clown uitgehangen en gekeken naar hoe ze praatten met hun handen. Blue en hij hadden hun vaak de vis gebracht die ze in de kreek hadden gevangen.

Ooit had Blue uitgelegd dat het water van de kreek in wolken veranderde en dan weer neerviel in de vorm van regen. Veel later, nadat Homan een door Mooi Meisje gemaakte tekening had gezien van een hoge toren bij de zee, stond hij er versteld van dat er zo veel water kon zijn, zo heel anders dan het water van de kreek, met schuim en omslaande golven. Mooi Meisje, die had gemerkt dat het hem verwonderde, had toen nog een tekening gemaakt, van iemand die huilde. Ze had gewezen naar de tranen en vervolgens naar de zee. Homan had het begrepen: huilen kwam van de zee en ging terug naar de zee. Hij had de tekening opgevouwen en in zijn zak gestopt, en die later verstopt in de schuur, onder het hooi.

Stippel en Spekkop waren nog aan het ruziën, en Homan besefte dat dit het moment was om te vluchten. Hij kon zien dat de rivier in zuidelijke richting stroomde. Hij hoefde alleen maar stroomopwaarts langs de oever te lopen totdat hij bij de steiger kwam, en daar moest hij naar het oosten. Hij had geen idee hoe ver hij door de rivier was meegesleurd, en hij vermoedde dat hij stukken tegen de stroom in zou moeten zwemmen, en over land moest waar hij niet mocht komen. Maar hij had wel moeilijker tochten gemaakt.

Hij stond op, en toen begaf zijn been het. Net een motorkap die dichtviel.

Met een ruk draaide het paar zich om. Hij keek naar zijn been. Er zat bloed op. Ineens werd hij bang, want hij besefte dat hij met een gewond been de lange weg naar Mooi Meisje strompelend zou moeten afleggen. Op dit moment kon hij niet eens stáán.

Maar kijk eens? Stippel keek Spekkop smekend aan. Spekkop schudde zijn hoofd, maar toen streek Stippel door Spekkops pluizige grijze haar, maakte het sjaaltje los en veegde daarmee het scheerschuim van Spekkops lippen. Die kreeg een zachte blik in zijn ogen. Vervolgens sloegen ze Homans armen over hun schouders en ondersteunden hem naar een picknicktafel.

Ze vormen geen gevaar, dacht Homan. Wacht maar rustig een moment af om weg te gaan.

Stippel ging iets uit de auto halen, en Spekkop nam plaats aan de tafel met de blikjes scheerschuim en soep. Hij pakte een stuk metaal op en hield het omhoog. Het was een scheermes. Vanuit zijn ooghoek keek Spekkop of hij wel Homans aandacht had, en stak het scheermes toen in het hout van het tafelblad, waar het rechtop in bleef staan.

Even later kwam Stippel terug met allerlei dingen in haar armen en een bezorgde uitdrukking op haar gezicht. Ze legde de spullen op Homans tafel: een papieren zak, een fles van bruin glas, en een witte doos met een rood kruis erop. Uit de zak haalde ze een sandwich, ze draaide de dop van de fles en gaf ze allebei aan Homan. Even aarzelde hij. Maar ondanks haar bezorgdheid lachte ze naar hem, en toen pakte hij alles aan. De sandwich was lekker, maar het drankje niet. Er zat een beetje prik in en het smaakte bitter, net als wat de bewaker met de honden elke dag dronk. Maar Homan had te veel dorst en dronk door.

Toen knielde het meisje naast hem en maakte met een doekje de wond schoon.

Al die tijd lepelde Spekkop soep uit een blikje naar binnen. Toen hij klaar was, trok hij het mes uit het hout. Homan begreep dat dat een teken was, want Stippel legde meteen het doekje weg en ging schrijlings op zijn schoot zitten. Toen nam ze het mes over van Spekkop, ging ermee over het scheerschuim en veegde het steeds af aan de rand van het tafelblad.

Terwijl Homan ernaar keek, at hij de sandwich op. In drieëntwintig jaar moest de wereld sterk zijn veranderd... Vrouwen die mannen schoren, waar iedereen het kon zien!

Toen Stippel klaar was, stak Spekkop het mes weer in het tafelblad. Stippel zoende hem, en hij trok haar tegen zich aan. Gauw keek Homan weg. Het speet hem dat hij zich niet goed genoeg voelde om in de rivier te springen. En hij zou ook graag willen weten waar hij was, of kunnen kaartlezen. Bij de McClintocks had hij ooit een landkaart bekeken, maar hij had er alleen een springend hert in gezien.

Plotseling voelde hij zich ontzettend moe. Hij legde zijn hoofd op het tafelblad. Hij proefde de bittere smaak van het drankje nog, en daardoor leek zijn tong opgezwollen. Dus toen Stippel van Spekkops schoot kwam, het gebaar van je hoofd op het kussen leggen maakte en naar de auto wees, liet hij zich op hen steunend naar de auto brengen. Nog lange tijd zou hij, wanneer hij terugkeek op deze bocht in de rivier van zijn leven, zich erover verbazen dat hij dat drankje zomaar had gedronken en dat hij zo gemakkelijk had toegegeven aan het slaperige gevoel.

In de auto stonk het naar schimmel en chips. Hij wist dat Mooi Meisje graag geuren opsnoof, maar alleen als die lekker waren, zoals van dennenappels, seringen en de lucht vlak voordat het ging regenen. Ooit had hij een heerlijk zoetgeurende witte bloem geplukt van de magnolia bij het hoofdgebouw, en die had hij verborgen gehouden totdat hij Mooi Meisje weer zag en hem toen achter haar mooie oor gestoken.

Stippel schoof de kleren van de achterbank en wierp Homan daarna een slaapzak en een kussen toe.

Ga maar een poosje uitrusten, zei hij tegen zichzelf terwijl het paar naar het pakhuis slenterde. Spekkop trok zijn jasje uit en Stippel haar bontjas. De zon ging steeds hoger staan en het paar bleef maar weg, en Homan dacht aan hoe heerlijk het haar van Mooi Meisje had geroken met die bloem achter haar oor, en aan hoe hij zijn gezicht in die geur had verborgen. Toen de auto wegreed, sliep hij.

Hij droomde dat hij rende.

Hij was nog klein en holde over het erf naar de boom met de autobandschommel. Zijn oom Blue pakte hem op en ze gingen samen schommelen. Homan kietelde Blues buik, en lachend gingen ze steeds hoger en hoger. Blue was elf jaar ouder en zei tegen Homan dat hij hem als zijn grote broer moest beschouwen. Er bestond geen betere grote broer dan Blue.

De volgende droom over rennen was een verdrietige. Hij was zes jaar oud en zag Blue wegrennen uit hun hut. Het was drukkend en het regende. Blue was zeker naar de weg gerend waarover de vrouwen terugkwamen nadat ze klaar waren met andermans huizen schoonmaken, want hij kwam teruggerend met Homans moeder. Met een angstige blik in de ogen kwam ze bij Homan zitten. Toen werd zijn voorhoofd gedept met een vochtige doek, en vervolgens werd hij op Blues muilezel gezet en draafden ze allemaal mee naar het ziekenhuis. Hij had overal pijn. Zijn moeder holde het ziekenhuis in, kwam weer naar buiten en wees in de richting van het volgende stadje, waar een ziekenhuis was waarin zwarten werden toegelaten. Tegen de tijd dat ze daar aankwamen, regende het niet meer en stond de maan hoog aan de hemel. Maar Homan hoorde de insecten niet zoemen, en ook hoorde hij de stem van zijn moeder niet. Hij klampte zich vast aan Blue en zei: 'Wat gebeurt er? Ik hoor niks meer!' En het drong tot hem door dat hij zichzelf niet hoorde.

In de periode daarna werd hij vaak uitgelachen, en daar werd hij zo boos van dat hij tegen de bomen op het erf ging schoppen. Op een dag trok Blue hem met zich mee en rende met hem naar de garage van de McClintocks. Nooit eerder had hij veel aandacht aan de broers McClintock besteed, maar die dag kwam hij erachter dat ze doof waren en met elkaar konden praten via de gebaren die ze vroeger van hun vader hadden geleerd. Daarna ging hij elke dag met Blue op Ethel de muilezel naar de McClintocks en leerde daar een taal van wijzen en een vuist maken en zwaaien, en je wenkbrauwen fronsen en je ogen tot spleetjes knijpen en je lippen op elkaar persen en je hoofd schuin houden. De woede verdween en hij voelde zich weer gelukkig.

Toen er een opwekking in het plaatsje was, ging iedereen naar de kerk. Homan en Blue klommen in de pecannotenboom en gluurden door de ramen naar binnen, hun handen tegen het glas gedrukt. Homan voelde de ruiten trillen door het gezang, en hij dacht dat hij zijn oren niet meer zo miste omdat hij nu met zijn ogen en handen kon horen en spreken. En toen gebaarde de dikke McClintock: *Wat denk je dat God is?* En Homan had gebaard: *Hij is net als de seizoenen, hè? Als je de seizoenen vraagt een einde te maken aan een periode van droogte of kou, dan luisteren ze na verloop van tijd naar je.* Vervolgens had de dikke McClintock gebaard: *Ja, dat is God.*

Toen. Die middag.

Homan was vijftien en Blue zesentwintig. Ze waren bij de McClintocks aan het klooien en kletsen rondom de auto waaraan werd gewerkt. Ethel at uit haar haverzak. De jongens aten stroopkoeken. Op een gegeven moment reed Wayne Sullivan langs in zijn grote, nieuwe auto, om even later nog eens langzamer langs te rijden. Zijn vader was meneer Landis, de blanke eigenaar van de schoenenwinkel die met zijn echtgenote in het huis in de Fork woonde waar Homans moeder schoonmaakte. Waynes moeder was Landis' buitenvrouw, Velma Sullivan, die zo'n licht getinte huidskleur had dat je nauwelijks kon zien dat ze eigenlijk zwart was. Meneer Landis onderhield haar en Wayne, en ze hadden een huis aan de rand van de Fork. Wayne reed een derde keer langs de werkplaats van de McClintocks. Hij had vrienden bij zich, en hij knipperde met de koplampen totdat hij de aandacht van de McClintocks had getrokken. Toen zette hij grote ogen op en bewoog zijn tong heen en weer. Zijn maten krabden zich onder hun oksels en deden hun mond open en dicht alsof ze beesten waren.

Treurig gedrag voor een rijkeluiszoontje, mopperde de langste McClintock met gebaren.

De dikke McClintock legde uit: *Hij is gewoon kwaad omdat zijn vriendinnetje ons gisteren haar auto heeft gebracht.*

Hij is vooral kwaad op hém, gebaarde de McClintock met de vooruitstaande tanden, en hij wees naar Blue. *Want hij heeft haar daarna op zijn muilezel naar huis gebracht.*

Homan kreeg weer zin om tegen bomen te schoppen. Hij zei tegen zichzelf dat hij Wayne moest negeren, en dat zou zijn gelukt als Blue niet iets had geroepen. Homan kon alleen maar gissen naar wat Blue had gezegd, maar aan de uitdrukking op diens gezicht te zien was het een scheldwoord. Misschien iets als: zwijnenreet.

Wayne trapte op de rem, en voordat Homan het wist stapten Waynes maten met honkbalknuppels in de hand de auto uit en bewerkten met die knuppels de auto waarmee de McClintocks bezig waren. Ze mepten tegen de voorruit en tegen de achterlichten. Toen de McClintocks hen wilden tegenhouden, werden ze tegen de grond gewerkt. Blue werd zo kwaad dat hij Wayne tackelde, zodat die ook op de grond viel. De McClintocks kwamen lachend overeind en gebaarden: *Dat zal hem een lesje leren!* Wayne wierp Blue een woedende blik toe toen hij opkrabbelde, zich afklopte en zich met de knuppel op de schouder omdraaide om weg te gaan. Met zijn blik op zijn auto gericht liep hij weg, maar toen hij die bijna had bereikt draaide hij zich opeens om en sloeg Ethel met de knuppel de kop in.

Homan zag Blue gillend en schreeuwend achter de auto aan rennen, maar die had al te veel vaart.

Die nacht, toen Blue huilend in hun bed lag, sidderde Homan van woede.

Hij zou zich altijd blijven herinneren dat Blue en hij de volgende dag naar Waynes huis gingen, en dat de kamperfoelie bloeide. Ze hadden geen wapen en geen plan.

De glanzende nieuwe auto stond voor het huis.

Door woede gedreven rende Homan naar de auto toe, opende het voorste portier en nam plaats achter het stuur.

Blue keek hem aan door de voorruit, zo van: wat doe jij nou?

Homan glimlachte, alsof hij wilde zeggen: dat merk je nog wel. Blue sloeg op de motorkap. Maar Homan deed wat de McClintocks hem hadden geleerd, en de auto reed naar voren. Toen drukte hij het gaspedaal in, en zodra de auto op snelheid was gekomen, sprong hij eruit. De auto reed stuurloos de stoep op, over het gazon en tegen de muur van de woonkamer op.

Homan voelde de grond trillen van de klap. Blue sperde opgetogen zijn ogen open, maar keek toen geschrokken omdat de voordeur openzwaaide. Velma stapte in haar ochtendjas naar buiten, gevolgd door Wayne.

Blue maakte een van de weinige gebaren die hij kende: *Rennen!*

Homan rende weg van het huis, met Blue achter zich aan. Hij rende helemaal tot aan de hoek van de straat, en toen besefte hij dat Blue achterbleef. Blue moest sneller rennen, net zo snel als Homan...

Hij keek achterom.

Blue lag een heel eind terug op de grond. Doodstil. Er zat een rood gat in zijn borst. Wayne was nergens te bekennen, maar meneer Landis wel, die torende boven de liggende Blue uit. Blijkbaar had hij de nacht bij Velma doorgebracht en had hij zijn geweer meegenomen. Hij hield de loop niet meer gericht op Blue, maar op het eind van de straat, hij keek recht in Homans ogen...

Homan rende weg.

Hij stormde door een andere straat, hij sprong over hekken, van de ene tuin in de andere. Hij holde door bosjes, door een meertje, door tabaksplantages en door kreken. Hij rende alsof zijn voeten in brand stonden. Blue was dood. Ze zaten achter Homan aan. Zijn moeder zou zonder werk komen te zitten. Zijn moeder zou hem niet meer in huis willen. Hij had niets meer, hij kon alleen maar blijven rennen.

De hele dag en de hele nacht was hij blijven rennen. En de volgende dag en nacht ook. Hij was door plaatsjes gerend waarvan hij zich de naam niet meer kon herinneren. Hij was staatsgrenzen overgestoken. Hij had door de regen, de hitte en de sneeuw gerend. Hij had nog gerend toen hij deze periode in zijn leven allang een naam had gegeven: de Rentijd. En hij was nog aan het rennen geweest toen hij in Well's Bottom werd opgepakt, en daar had niemand geloofd dat je met je handen kon spreken.

Hij merkte dat de auto tot stilstand was gekomen. Het was donker, maar omdat hij geen horloge had, wist hij niet hoe laat het was. Hij draaide zijn hoofd om de sterren te kunnen zien, maar het was mistig.

Het portier ging open. Spekkop gebaarde met zijn duim dat Homan moest uitstappen.

Zijn been deed nog pijn, maar hij kon er wel op staan. Het was koud, dus trok hij de slaapzak als een mantel over zijn schouders. Toen hij om zich heen keek, zag hij dicht op elkaar staande gebouwen, opgetrokken uit baksteen, en straten zonder bomen. Voor de winkels waren rolluiken neergelaten. Een heel eind verder was een verhoogde spoorwegovergang. Hij besefte dat dit een stad was. Waarom waren ze hier gestopt? En waarom zat Stippel op de motorkap met haar haren te spelen terwijl Spekkop iets uit de kofferbak haalde? Nog een bontmantel, zag Homan. Van konijnenbont. Hij herinnerde zich dat hij een keer een konijn had gevonden bij de schuur, en dat hij dat had opgepakt zodat Mooi Meisje het kon aaien. Ze had ervan moeten lachen.

Spekkop gedroeg zich heel merkwaardig. Hij klopte op de mantel alsof er iemand in zat en hij controleerde of de mantel goed paste. Vervolgens overhandigde hij de mantel aan Homan.

De mantel voelde fijn, de voering was glad tegen zijn huid, en het bont aan de buitenkant was heel zacht. Hij had nog nooit een bontmantel aangehad, en hij voelde zich chic en een bofkont, ook al kon hij de knopen niet dicht krijgen. Daarom hield hij de mantel met zijn handen zo goed mogelijk dicht.

Toen wees Spekkop naar iets aan het eind van de straat.

Het was een parkeerterrein met een hek eromheen, en er stonden grijs-oranje vrachtwagens, in keurige rijen, en in het midden was een gebouwtje. Boven het hek was prikkeldraad gespannen.

Vragend keek hij Spekkop aan, maar die zwaaide met zijn hand en gebaarde dat Homan moest doorlopen. Toen keek Homan naar Stippel, die op de motorkap voor zich uit zat te staren. Misschien mocht hij weg, en bij die gedachte moest hij bijna lachen van opluchting. Maar omdat Stippel aardig tegen hem had gedaan, klapte hij in zijn handen om afscheid te nemen.

Spekkop stak zijn handen in de lucht. Hij sperde zijn neusgaten, fronste zijn wenkbrauwen en zei iets. Stippel boog haar hoofd en zei iets terug, sprong vervolgens van de motorkap en liep naar Homan toe.

Homan begreep er niets van. Spekkop wees naar Stippel, en Stippel maakte gebaren naar Homan alsof ze iets at en wees vervolgens naar het gebouwtje. Hij wilde niet meer lachen, hij wilde wegrennen. Maar toen dacht hij aan Spekkops mes. Als Homan niet deed wat Stippel wilde, wat zou er dan met haar gebeuren?

Ze pakte Homans arm en liep met hem naar het parkeerterrein. Ze liep steeds sneller en keek af en toe om naar Spekkop. Toen wreef ze over haar buik, alsof ze Homan duidelijk wilde maken dat het eten achter het hek hem goed zou doen.

Bij het hek stak ze haar hand uit naar het slot en draaide ergens aan. Het hek ging open. Samen liepen ze door de opening. Het parkeerterrein werd niet goed verlicht en het rook er niet naar eten. Opeens voelde hij dat ze haar hand van zijn arm haalde. Hij draaide zich om. Stippel rende door de opening en sloot het hek achter zich.

Hij pakte het hek beet en trok en duwde. Maar hoe hij ook schudde, hij kon er niet uit.

Spekkop leunde tegen de auto en wees naar het gebouwtje. Homan keek naar Stippel. Ze keek hem niet aan en wreef over haar wangen. Vervolgens draaide ze zich om en liep weg.

Hij kon het nauwelijks bevatten. Zo gauw nadat hij uit de Valstrik was ontsnapt, zat hij opgesloten op een parkeerterrein met niets dan geparkeerde vrachtwagens en een gebouwtje. Zonder eten. Niet eens verlichting.

En toen zag hij een man achter de glazen deur van het gebouwtje. De man droeg een onderhemd en had een brilletje op, maar hij opende de deur en gebaarde dat Homan binnen moest komen. Als Homan dat deed, raakte hij misschien in de problemen. Maar wat moest hij buiten? En de man leek wel een garnaal vergeleken bij de kleinste bewaker in de Valstrik. Als Homan het water bij de dam de baas kon, kon hij een ukkie als die man ook de baas. En misschien was er iets te eten...

Hij ging naar binnen en stond in een ruimte met een balie waarop een kassa stond. Zonder het licht aan te doen gebaarde de man naar een deur en vervolgens naar een trap. Homan ging voorop, blij dat er een raam in het trappenhuis was waardoor licht viel van een straatlantaarn buiten. Even keek hij uit het raam en zag dat er onkruid groeide tussen de vrachtwagens en het hek. En op één plek lag alleen aarde.

Boven was een vertrek met een bank en een tafel. Op de tafel stond een bord met een hotdog erop.

Hij stapte ernaartoe, maar de man greep hem bij de arm en trok hem geërgerd terug. Homan maakte een smekend gebaar. De man zei iets, en Homan haalde zijn schouders op. Uiteindelijk krulde de man zijn vingers als de poten van een spin. Dat begreep Homan, het betekende: *Geef op!*

Wat moest Homan hem geven? Homan verwachtte juist iets van de man...

De man trok aan Homans bontmantel.

Homan deinsde achteruit. Toen de man zijn ogen tot spleetjes kneep, deinsde Homan nog verder terug.

Ineens schoot de man naar voren, greep Homan bij zijn mantel en liet zijn handen eronder glijden. Homan voelde de voering scheuren. Toen stapte de man bij hem vandaan, met in zijn handen een klein pakje.

Homan begreep het: de mantel was een soort envelop, en de man had willen hebben wat erin zat.

Vervolgens gaf de man Homan een echte envelop en duwde hem in de richting van de trap. Zo snel hij kon stormde Homan die af en holde door de receptie en het parkeerterrein op.

Stippel stond achter het hek te wachten. Met een grijns rende hij op haar af en zwaaide met de envelop. Straks kon hij eindelijk naar Mooi Meisje toe.

Maar Stippel rende weg, en zijn blik werd getrokken door bewegende lichten. Hij keek om zich heen. Drie patrouillewagens reden met hoge snelheid naar het parkeerterrein.

Hij rende weg. De envelop stopte hij terug in de voering, en hij rende verder. Niet naar het hek, waar agenten al uit hun auto's sprongen. Hij rende naar de verre kant van het parkeerterrein, waar hij zich optrok aan de bovenste trede van de grootste vrachtwagen. Hij keek achterom. De agenten zwermden uit over het terrein. Hij wilde niet naar de gevangenis in Edgeville. Of terug naar de Valstrik. Hij wilde niet gearresteerd worden voor datgene waarvoor Stippel en Spekkop wegvluchtten in hun auto.

Het portier van de vrachtwagencabine zat niet op slot. Het was makkelijk om de motor te starten. Het was ook makkelijk om het gaspedaal in te drukken en op het hek af te rijden. En het was ook makkelijk om via het andere portier uit de cabine te springen en de rijdende vrachtwagen na te kijken.

De agenten renden achter de vrachtwagen aan. Zelf rende hij de andere kant op, achter het gebouwtje langs. Hij rende naar de plek aarde bij het hek en groef daar op zijn knieën zittend de aarde onder het hek weg.

En toen was hij van het terrein af. Hij holde door de straat, hijgend en zwetend.

Een eind verderop zag hij een goederentrein op de spoorbrug. Goederentreinen had hij ook vaak gezien toen hij die andere keer op de vlucht was geweest. Hij dacht dat hij het wel zou kunnen, ook al was hij geen vijftien meer.

Hij klom de spoorbrug op. 'Laat je door niemand kapotmaken,' had Blue vaak gezegd wanneer hun onrecht werd aangedaan. 'Als je je niet laat kapotmaken, zul jij winnen.' Homan trok zich op en toen stond hij vlak boven de trein. Hij sprong en kwam terecht op een goederenwagon. Hij drukte zich tegen het dak.

De trein ging steeds sneller rijden door de stad, hoog boven de straten. Homan wist niet waar hij was of waar de trein naartoe ging. Hij wist alleen maar dat hij terug moest, en gauw ook.

In de koets van Assepoester

Martha
1968

Voordat Martha haar ogen opende, hoorde ze in de verte een trein. Het was een geruststellend geluid, net zoals het ademen dat ze hoorde. Want dat geluid moest afkomstig zijn van Earl, en het was fijn om weer dicht bij hem te zijn. Maar toen herinnerde ze zich dat Earl al in geen jaren meer naast haar sliep, en dat er in de buurt van de boerderij geen treinen reden. Ineens werd ze zich bewust van onbekende geuren, landelijke geuren, zeep, meubelwas. Ze draaide zich om en tastte naar Earl. Ze had een snoepachtige, zoete smaak in haar mond. Ze had echter nooit snoep in huis. Maar toen herinnerde ze zich dat ze twee snoepjes had gepakt uit het schaaltje bij de receptie in het hotel. Met haar hand had ze de rand van het bed bereikt; het bed was leeg. Toch hoorde ze iemand ademen. Plotseling zag ze het allemaal weer voor zich: de koffer, de rit naar Well's Bottom over Scheier Pike, het bord voor het hotel van haar oud-leerling Henry, het belletje bij de receptie.

En de baby.

Ze ging rechtop zitten. Het zonlicht wierp drie schaduwen op de blinden. De baby lag in het reiswiegje dat Eva Hansberry haar had meegegeven en dat Martha had opgemaakt toen ze de afgelopen nacht om drie uur in het hotel waren aangekomen. Terwijl ze het wiegje bij het voeteneind van het bed had gezet, had ze gedacht dat ze nog nooit zo laat was opgebleven, en zeker niet om een baby te verschonen. Ze had in de gang de houtgeur opgesnoven van de open haard in de lobby, en geluisterd naar de geluiden van de bergen buiten. Ze had tussen de blinden door gekeken, maar het was in dit gedeelte van de staat New York 's nachts te donker om iets te kunnen zien. Toen de baby eindelijk in slaap was gevallen, had Martha haar nachtjapon aangetrokken en de dekens teruggeslagen. Pas toen ze later wakker werd van babygehuil, merkte ze dat ze de dekens niet over zich heen had getrokken. Het was toen tien over vijf geweest. Gauw was ze naar het kind gaan kijken, bang dat ze alweer iets verkeerd had gedaan, maar gelukkig had het alleen maar honger gehad. Om tien voor zeven was het weer tijd voor een voeding geweest, en toen was het niet meer zo donker en had ze de geur van koffie en gebakken eieren geroken. Omdat ze nog zo moe was, was ze weer in slaap gevallen. Maar nu de zon echt op was, was ze nog steeds moe en niet echt in staat de wereld tegemoet te treden.

Verdrietig omdat ze even had gedacht dat Earl bij haar was, wat niet waar bleek te zijn, keek ze naar de klok op het nachtkastje. Kwart over negen? Hoe kon dat? Ze had nooit uitgeslapen, ze was het met Earl eens geweest dat lang in bed blijven liggen gelijkstond aan luiheid. De klok was vast van slag. Ze keek op haar horloge, en tot haar verrassing liep de klok toch gelijk.

Ze ging naar het voeteneind van het bed en knielde bij het wiegje. Earl was er niet meer, maar de baby was al vertrouwd. Martha streek over het pluizige bolletje. Elke keer dat Martha naar haar keek, ontdekte ze iets nieuws in het gezichtje, zoals je in boeken ook steeds iets nieuws ontdekt. In het ochtendlicht, dat werd gedempt door de blinden, leken de wangetjes en lipjes meer te bewegen. Martha keek nog eens goed. Aan het lijfje was vast ook veel te ontdekken. En toen zag ze voor het eerst dat het kindje een vuistje maakte en daarop zoog alsof het een flesje was. Ze herinnerde zich dat Eva had gezegd dat de baby om de paar uur een voeding moest hebben, en het drong tot haar door dat ze niet een boek herlas om daar diepere betekenis in te vinden, maar dat haar werd gevraagd om eten. Zelfs wanneer baby's sliepen, vroegen ze daar blijkbaar om.

Ze moest om haar eigen, zweverige gedachten lachen en maakte de koeltas open waarin Eva de flesjes had gedaan en waarin ze zelf ijsblokjes had gestopt nadat ze had ingecheckt. Na elke voeding had ze er een flesje uitgehaald om ervoor te zorgen dat het op temperatuur was voor de volgende voeding. Ze pakte het flesje van de ombouw bij de wastafel, tilde de baby uit het wiegje en ging op het bed zitten.

Toen ze de speen in het roze mondje had gedaan en het kind zoog, dacht ze aan alles wat ze al in dit gezichtje had ontdekt, en merkte dat ze veel daarvan al uit haar hoofd kende. De huid was bleek, het gezicht hartvormig, de ogen stonden dicht bij elkaar. Het neusje wipte een beetje en was behoorlijk groot, en de neusvleugels krulden naar binnen. De lippen kwamen omhoog als een golfje. Het kinnetje leek de punt van een driehoek. De oortjes hadden kronkelingen als van een riviertje. Martha moest goed denken aan alle stappen die ze moest doorlopen: op de rug kloppen totdat het meisje een boertje had gelaten, de luier verschonen, de vieze luier in de bak doen die ze van Eva had gekregen, en vervolgens de schone omdoen. Ze was blij dat ze geen instructies nodig had bij het bestuderen van het babygezichtje.

Terwijl ze het kind tegen haar schouder hield en het zachtjes op de rug klopte om het in slaap te sussen, opende ze de blinden. Het zonlicht viel tussen de dennen door, en ze zag ook een stukje teerblauwe lucht. Een poosje bleef ze staan kijken terwijl ze nadacht over wat ze met de baby moest doen. De opties leken net zo wazig als haar herinnering aan het inchecken bij de receptie. Hoe lang kon ze in deze kamer blijven? Moest ze de baby aan iemand geven die meer geschikt was als moeder? Terwijl het kind al ademend in slaap viel, worstelde Martha met deze vragen waarop ze het antwoord niet wist. Toen legde Martha haar in het wiegje en keek weer aandachtig naar het gezichtje. Het was fijn om daarnaar te kijken, en terwijl ze elk detail in zich opnam, herinnerde ze zich iets wat haar als onderwijzeres was opgevallen. Er waren twee soorten kinderen die het prettig vonden om naar de bibliotheek te gaan: degenen die het ene boek na het andere verslonden, en degenen die hetzelfde boek vaak herlazen. Sommige collega's vonden het eerste soort voortvarend en het tweede aarzelend. Maar Martha had gedacht dat een bekend boek een soort troost kon zijn, dat het geduld bevorderde en ontdekkingen opleverde. Op dit moment had ze meer begrip voor de herlezers. Zich ervan bewust dat het heel onkarakteristiek was om halverwege de ochtend weer in bed te kruipen, besefte ze dat het nieuwe inzicht niet door het herlezen kwam. Het lag aan de herlezer. Want wanneer iemand vanbinnen verandert, is het onvermijdelijk dat er nieuwe dingen worden ontdekt.

Een klop op de deur, niet de baby, wekte Martha de volgende morgen.

Ze ging rechtop in bed zitten. Het kloppen hield op. Ze keek naar het wiegje, dat al baadde in het licht van de vroege ochtend. De baby sliep nog. Wat is ze toch een makkelijk kind, dacht Martha, en toen moest ze om zichzelf lachen omdat het leek alsof ze wist waarover ze het had.

Er werd nogmaals geklopt, en door de deur kwam een mannenstem. 'Mevrouw Zimmer?'

'Ik kom zo,' fluisterde ze.

Nadat ze haar slippers aan had gedaan, liep ze naar de deur, maar opeens drong tot haar door dat ze de nachtjapon droeg waarin ze al twee nachten had geslapen, en dat ze eigenlijk niet toonbaar was. Beschaamd zette ze de deur op een kier, zodat alleen haar gezicht zichtbaar was.

In de gang stond Henry. Ze dacht nog steeds aan hem als aan haar leerling, ook al was hij geen tien meer. Henry was een man, een stevige kerel met donker haar. In zijn brieven had ze gelezen over zijn avonturen en met Kerstmis had hij haar zelf verteld dat zijn echtgenote en hij bezig waren een hotel in de staat New York te kopen. Hij was vroeger een ondernemend joch geweest en dat was hij nog steeds. Met een grote grijns stond hij daar met heel theatraal een dienblad op zijn hand balancerend.

‘Roomservice,’ zei hij opgewekt. ‘Van het huis.’

Martha glimlachte, maar ze deed de deur niet verder open. Eigenlijk wilde ze dat wel, want de geuren van spek, eieren en geroosterde boterhammen die onder het zilverkleurige bolle deksel op het blad uit kwamen, herinnerden haar eraan dat het laatste wat ze had gegeten de snoepjes waren die ze uit het schaaltje had gepakt toen ze incheckte. Maar ze was het niet gewend om in haar nachtgoed te worden gezien. ‘Wat lief van je, Henry. Maar het is helemaal niet nodig, hoor.’

‘O jawel,’ zei Henry. ‘Als je lievelingsjuf midden in de nacht komt opdagen, worden je kinderen helemaal enthousiast en willen ze haar alles vragen over hoe hun vader als jongetje was. En dan komt ze niet eten, en ze heeft het kind van haar achternicht bij zich, en toch komt ze anderhalve dag de deur niet uit... Nou, dan ga je je toch zorgen maken of ze niet doodhongert.’

Hoe kon iemand aan Martha hebben gedacht terwijl ze dat zelf helemaal niet had gedaan? ‘Je hebt gelijk. Ik heb de tijd zeker uit het oog verloren.’

‘Ik zei steeds tegen Graciela dat we eens bij u moesten gaan kijken, u iets te eten brengen, dat soort dingen. Maar Graciela zei dat ik u met rust moest laten, maar toen zei ik dat we echt iets moesten doen...’

‘Het spijt me dat ik zo veel last veroorzaak.’

‘Last? Ik heb hier het lekkerste wat er op het ontbijtmenu staat. U hoeft echt niet aldoor op uw kamer te blijven, hoor. Mijn kinderen zijn in de gang...’ Toen hij een hoofdgebaar maakte, hoorde Martha gegiechel. ‘Ze zouden heel graag bij u aanschuiven in de eetzaal.’

‘Daar ben ik niet op gekleed.’

‘Dat geeft toch niet? U mag bestellen wat u wilt, en dan geeft Gracie uw bestelling voorrang. Niet dat er veel gasten zijn. We moeten nog een klantenbestand opbouwen.’ Hij haalde zijn schouders op. ‘Maar er zijn een boel leuke dingen. Mijn kinderen. En ik ben de recreatiezaal aan het verven. Mijn kinderen. Bij het zwembad staat trouwens een wasmachine. Ik ben een moderne man, ik weet hoeveel luiers een baby vies maakt.'

Alsof het nog niet beschamend genoeg was iemand in haar nachtjapon te woord te staan... Aan de luierwas had ze niet eens gedacht. Waarschijnlijk stonk het al op de kamer. Ze durfde niets te zeggen.

'Van Graciela moet ik zeggen dat ze u graag komt helpen zodra ze klaar is met haar eigen werk. Een muur verven is nou niet bepaald haar pakkie-an. Dus als u me de luiers wilt geven, zorgt zij dat ze worden gewassen en laten we u verder met rust. We weten dat u binnenkort verder reist naar uw zuster, maar totdat het zover is, willen we graag onze gastvrijheid op u oefenen.'

Weer wist Martha niets te zeggen, maar om een andere reden. Eerst had ze er geen bepaalde aandacht aan geschonken toen hij het woord 'achternicht' gebruikte, maar nu drong het ineens tot haar door. De nacht dat ze was voorgereden bij het grote hotel, was ze heel moe geweest en wilde ze de baby zo graag laten slapen dat ze tegen Graciela, die op Martha's gebel was verschenen met een glazige blik in haar bruine ogen en het tot haar middel reikende haar door de war, een verhaal had opgehangen. Het had haar zelf verbaasd dat ze zo goed kon liegen. Ze had verteld dat haar achternicht zo'n modern probleem had – ze had het expres heel vaag gehouden – en dat ze was opgenomen en dat Martha op weg was om de baby naar haar zuster te brengen. Henry en Graciela wisten niet dat Martha geen zuster had. Ze wisten alleen dat Martha's echtgenoot was overleden en dat ze geen kinderen had. Aan Graciela's reactie te merken, die geïnteresseerd was geweest in de baby en hen zonder iets te vragen naar kamer 119 had gebracht, wist Martha dat deze leugen voldoende was geweest.

'Dank je wel voor de hulp met de luiers. En wat het eten betreft: wat je me hebt gebracht, lijkt me meer dan genoeg.'

'Wat u maar wilt, mevrouw Zimmer.'

'Ik leg de vieze luiers straks wel in de gang. Zou je het blad ook in de gang willen achterlaten?'

‘We waren er al op voorbereid de luxe van de eetzaal naar uw kamer te brengen.’ Hij tikte met zijn voet op de grond, en een jongetje dat duidelijk zijn tanden aan het wisselen was duwde een met een doek bedekte trolley naar zijn vader.

Martha toverde de vertrouwde juffenlach op haar gezicht, de lach die elk jaar in september op haar gezicht had gestaan wanneer de nieuwe leerlingen achter hun tafeltje gingen zitten en nieuwsgierig naar haar keken. Het was een lach alsof er een deur werd geopend en de kinderen werden uitgenodigd daardoor naar binnen te komen.

‘En wie hebben we hier?’ vroeg Martha.

‘Ricardo,’ zei de jongen, een beetje verlegen en toch zelfverzekerd.

‘Wat kun jij goed helpen, Ricardo,’ zei ze.

Hij giechelde. ‘Ik kan ook goed helpen met de kleine verfkwast.’

‘En ik met de roller!’ riep een meisje vanuit de gang, net buiten het zicht.

‘Niet voor je beurt praten, Rose,’ zei Henry op liefhebbende toon.

‘Ik zou je graag meer te doen geven, Ricardo,’ zei Martha. ‘Maar voorlopig vind ik het het prettigst als jullie de trolley en het dienblad voor de deur laten staan. Ik haal alles zelf wel naar binnen.’

‘Komt u straks wel voor het avondeten?’ vroeg Ricardo.

‘Dat weet ze nog niet, Ricky,’ zei Henry.

Het leek alsof hij nog meer wilde zeggen. Maar dat deed hij niet. Hij mompelde alleen iets tegen Ricardo en diens onzichtbare zusjes en broertjes over dat de klant altijd koning was. Vervolgens lieten vader en zoon het eten achter in de gang en liepen ze weg, naar het troepje kinderen dat opeens heel spraakzaam werd.

Martha besefte pas dat ze grote honger had toen ze de trolley naar binnen reed. Er waren allerlei heerlijke dingen, sommige zelfgemaakt: roerei, vers brood, jam, gebakken spek, en vreemde maar heerlijke pasteitjes die Graciela vast had leren maken toen ze opgroeide in Peru. Martha genoot van elke hap.

Na het ontbijt keek ze in het wiegje. Ze vond het maar merkwaardig dat ze steeds naar de baby wilde kijken, maar ze kon er niets aan doen, en een poos bleef ze op de grond naast het wiegje zitten en streelde die heerlijk zachte, ronde wangetjes. Eerst schrok het kind er een beetje van, maar toen ontspande het. Het viel Martha op dat het meisje voortdurend haar vuistjes gebald hield. Blijkbaar is het een instinct om de vuisten te ballen, dacht ze, en vervolgens dacht ze aan alle manieren waarop die vuisten door de geschiedenis heen waren gebruikt. Ze raakte het piepkleine vuistje aan, en het speet haar dat ze niet kon voorkomen dat deze baby ooit over oorlog zou weten. Op dat moment ging het vuistje open en pakte Martha's pink beet. Martha lachte zacht omdat de baby nu háár vasthield. Een wonder. Een mens komt met een vuist op de wereld, en met een stevige greep, dacht ze. We zijn gemaakt om elkaar te bestrijden én te omhelzen. Wat zijn we toch slim geschapen...

En toen herinnerde ze zich dat Earl zijn blik altijd afwendde wanneer ze langs een kerk kwamen. Geschapen, dacht ze weer. Zelf had ze nooit veel stilgestaan bij de Schepping, en ze had ook nooit overwogen weer naar de kerk te gaan.

Maar op dit gezichtje stond heel veel te lezen, en al die kenmerken waren uit het niets gekomen. Nee, elk kenmerk had de moeder de baby gegeven. De moeder die uit een wreed oord was ontsnapt en die haar kind had willen verbergen. De baby moest ook een vader hebben, maar dat was niet de zwarte man. Zou de vader ook een bewoner van dat oord zijn? Misschien een bewoner die niet goed begreep wat er tussen Lynnie en hem was voorgevallen? Misschien hield hij van haar, ook al hield zij niet van hem. Misschien vond ze hem niet eens aardig. Misschien was ze...

Nee, daar wilde Martha niet aan denken.

Gauw stelde ze zich een andere, misschien wel moeilijker vraag. Als het volmaakte gezichtje van het kind een bewijs van het goddelijke was, wat bewees dan een onvolmaakt of gehandicapt kind? Was het een bewijs dat er geen hogere macht bestond, zoals Earl had gedacht nadat ze hun zoontje ter aarde hadden besteld? Of bewees het wel het bestaan van een opperwezen, maar dan een dat fouten kon maken?

De baby liet Martha's pink los, en ze trok haar hand terug.

Een poosje ijsbeerde ze door de kamer en haalde haar handen door haar haren. Het was onverstandig om in een spirituele afgrond te vallen. Er was veel waaraan ze moest denken, en ze had nauwelijks voldoende energie om in bad te gaan. In de hoop dat ze op haar gebruikelijke wijze afleiding zou kunnen vinden, trok ze een bureaula open en zag daarin pen en papier liggen. Gauw zocht ze in haar adresboek naar iemand aan wie ze een brief kon sturen. Maar de personen die verheugd zouden zijn met godsdienstige vragen, zouden zich overvallen voelen door haar zorgen... Bovendien wilde ze eigenlijk niets vertellen over de lastige situatie waarin ze zich bevond. Dus legde ze het adresboek neer en luisterde naar de wind en de ademhaling van de baby. Maar het papier lag nog voor haar, en ze pakte de pen op. Zodra ze de pen op het papier had gezet, werd het een brief aan iemand die ze nog nooit een brief had gestuurd. In het mooie handschrift waarmee ze jarenlang kinderen netjes had leren schrijven, schreef ze: Voor het geval ik het je zelf niet meer kan vertellen, is hier het verhaal van je begin in de wereld.

'Mevrouw Zimmer?'

'O,' bracht Martha verschrikt uit, en ze drukte haar hand tegen haar borst.

Vervolgens bedekte ze de vellen papier met haar handen en draaide zich om naar de deur. Terwijl ze aan het schrijven was, was het donker geworden.

'Het spijt me dat ik u stoor.' Dat was de stem van Graciela, zachter dan die van Henry en met een Spaans accent. 'Maar ik moet binnenkomen.'

Martha opende de deur.

Gekleed in een broek en een coltrui stond Graciela met een dienblad in de gang. 'We maakten ons zorgen toen u niet kwam eten. Daarom kom ik u iets lekkers brengen. En ook schone luiers.'

Klonk er ergernis door in Graciela's stem? Ze had een aantal kinderen om voor te zorgen, en had het druk met het hotel. Uiteraard vond ze het vervelend dat Martha zich niet aanpaste aan de tijden die het hotel hanteerde. Martha vond dat heel onbeleefd van zichzelf. 'Het spijt me dat ik zo lastig ben.'

'We waren gewoon ongerust.'

Gelukkig begon op dat moment de baby te huilen. 'Excuseer,' zei Martha terwijl ze zich terugdraaide naar de kamer. 'Als u het blad zou willen neerzetten...'

Maar Graciela duwde tegen de deur en stapte naar binnen. 'Ik weet precies hoe u zich voelt. Zoiets hoort niemand in haar eentje te doen.' Vastberaden beende ze naar het reiswiegje en keek erin. '*Hola,* kleintje.' Vervolgens zette ze het blad op de trolley. 'Ik zorg wel voor haar terwijl u eet.'

'Maar...'

'Geen gemaar.' Graciela tilde de baby uit het wiegje.

Martha schaamde zich diep dat ze nog in nachtjapon was. En haar haren waren vast vies en in de kamer was het ongetwijfeld een rommeltje.

Graciela ging naar de badkamer om het kind te verschonen.

Opgelucht dat iemand de leiding had genomen, kon Martha de verleiding niet meer weerstaan, ging zitten en at.

'Kom, we gaan vandaag een ommetje maken,' zei Graciela op een ochtend.

Al zes dagen lang kwam ze langs wanneer de kinderen en zij de gang stofzuigden waaraan de kamer van Martha en de baby lag. Dan nam ze meteen de vieze luiers mee en bracht flesjes met melk. Henry, die het druk had met de verbouwing, kwam drie keer per dag met een dienblad met eten. Martha had er allemaal niet om gevraagd, maar ze was er blij mee. In haar eentje dacht ze te veel na, worstelde ze met te veel vragen, sliep ze te veel en keek ze te vaak in het wiegje. De baby was al een week oud en kon al terugkijken.

'Buiten?' vroeg Martha ontzet. 'Het is bijna december, we zitten hier in de bergen!'

'We kunnen door de gangen wandelen.'

'Ik vind het hier binnen prettig.'

'De baby gaat mee. U moet het bloed weer eens door de aderen laten stromen.' Graciela gebaarde naar de gang, waar ze een kinderwagen had neergezet.

Martha's opluchting omdat er voor haar werd gezorgd, groeide. Ze trok een van haar twee jurken aan en kamde haar haren. Vervolgens legde ze de baby in de wagen.

'Het hotel is nog een hele klus,' vertelde Graciela terwijl ze de wagen keerde en ze samen de kamer uit gingen. Het tapijt op de gang was versleten, en het behang was ook niet meer al te best. 'Toen we het kochten, leek het wel een bouwval.' Ze lachte. 'En nu nog steeds.'

Maar terwijl ze verder liepen, met Graciela achter de kinderwagen, vond Martha die gang een geweldige plek. Het leek wel alsof ze haar hele leven in haar kamer opgesloten had gezeten.

'Aan die kant, waar u bent binnengekomen, is de lobby. De open haard daar is het oudste ding van het hele hotel. We willen er op vrijdagavond marshmallows in roosteren. Dat is een van de ideeën die Henry heeft om klanten te trekken.' Graciela streek haar weelderige haar achter haar oren. 'De eetzaal moet nog een nieuw verfje krijgen. En er komt een recreatiezaal. Henry heeft allerlei ideeën om van het hotel een succes te maken.'

Ze gingen alweer een bocht om, een gang in die het ene gedeelte van het hotel met het andere verbond.

'Die kant op...' Graciela wees. 'Die kant op ligt een prachtig meer. Daarom viel onze keus ook op dit hotel.' Zachter ging ze verder: 'Toen

Henry voor het eerst voorstelde uit Brooklyn weg te trekken, hadden we wekenlang ruzie. Hij zei dat we ergens iets konden kopen waar de kinderen de vrijheid zouden hebben, waar ik kon pottenbakken, en waar onze zoon Alfonzo kon drummen zonder dat de buren er last van kregen. En toen gingen we dit hotel bekijken.' Ze lachte even bij de gedachte aan die eerste keer, en zei toen opgewekt: 'En nadat we hadden rondgelopen en hij allerlei mogelijkheden ontdekte, en mij het meer had laten zien, nou, toen had hij me voor het project gewonnen.'

Verrast en met bewondering keek Martha Graciela aan. Dit huwelijk was niet een pact van somber samenleven zoals Martha het had ervaren. Graciela en Henry waren allebei heel anders en waren het niet altijd met elkaar eens, en toch steunden ze elkaar en wisten het samen eens te worden. Ze liepen door nog een gang met afbladderende verf, en terwijl Graciela het had over al het werk dat nog op hen wachtte, maar dat ze er alle vertrouwen in had dat het allemaal goed zou komen, vroeg Martha zich af wat ze moest zeggen als Graciela zou vragen hoe lang ze nog wilde blijven. Een week was al erg lang na de leugen die ze had verteld. Hoe veel langer konden de baby en zij hier nog blijven?

Bij de deur van kamer 119 zei Graciela: 'De keuken is die kant op. U kunt natuurlijk voor uzelf koken, maar we zouden het heel fijn vinden als u met ons mee wilde eten. En jíj mag ook mee,' zei ze tegen de baby in de kinderwagen.

Martha stak de sleutel in het slot. 'Henry en u zijn allervriendelijkst.'

'Het is prettig om iemand te kunnen helpen,' zei Graciela. 'Maar ik heb wel een vraagje.'

Martha omklemde de deurknop.

Graciela haalde een envelop uit haar schortzak. Het viel Martha op dat er het adres van het hotel op stond en dat hij was afgestempeld in Well's Bottom. Ze herkende het handschrift, maar wist niet goed van wie het was. O nee, dacht ze, ook al leek het vrijwel onmogelijk dat de School haar had weten te vinden.

'Een van uw andere oud-leerlingen heeft ons geschreven,' zei Graciela.

O ja, natuurlijk. Martha was zo radeloos geweest dat ze haar plan helemaal was vergeten. Nu wist ze het weer. Het was Eva's idee geweest om naar Martha's oud-leerlingen te schrijven. Uiteraard niet naar allemaal, alleen naar degenen met wie ze een band had gehad, en die goede herinneringen hadden aan de tijd dat ze bij Martha in de klas hadden gezeten. Die oud-leerlingen zouden waarschijnlijk wel willen helpen. Henry was er een van. Deze brief verklaarde waarom Henry en Graciela al zo lang uiterst behulpzaam waren.

'Wanneer hebt u die gekregen?' vroeg Martha.

'Bijna direct nadat u was gekomen.'

En ze hadden er niets over gezegd, dacht Martha.

'Het kan hier heel eenzaam zijn,' ging Graciela verder, en in haar stem klonk een beetje verlangen door. 'We zitten hier nu al een jaar, en u bent een van onze weinige gasten. Ik zou graag willen dat u bleef zolang u maar wilt.'

'Ik... Dank u.' Martha legde haar hand op de stang van de kinderwagen. 'Wat schreef Eva allemaal?'

'Dat we u geen vragen moesten stellen.'

Eva was volledig betrouwbaar gebleken. Martha had een wijs besluit genomen toen ze haar keus op Eva had laten vallen.

'U zei dat u nog een vraagje had,' zei Martha. Ze haalde de baby uit de wagen en mompelde: 'Ze is echt lief.' Daarmee hoopte ze dat Graciela haar vraag niet zou stellen.

'U bent hier nu al een week,' zei Graciela. 'En we weten nog steeds niet hoe ze heet.'

Aan het eind van de tweede week ging Martha alleen met de kinderwagen op pad. Na drie weken zat ze vaak in de lobby en warmde zich bij het haardvuur terwijl de kinderen om de beurt de baby op schoot namen. Na een maand stelde Graciela voor met de baby naar een bevriende arts te gaan. 'Voor de eerste controle.'

Graciela zat achter het stuur. Het was een winderige dag en het sneeuwde in de dalen en op de bergen. De kou gaf de kreken een saffierblauwe glans. Martha wilde het kind hoog houden en zeggen: kijk eens naar de wereld! Die is van jou! Maar ze moest voor het eerst in weken denken aan de brief die ze zelf van Eva had gekregen. Eva had verteld dat Oliver bandensporen bij het bos had gezien, en dat ze daaruit afleidden dat er naar de vermiste man werd gezocht. Maar ze vertelde erbij dat er geen sporen bij de boerderij waren aangetroffen, en dat moest betekenen dat niemand iets af wist van de baby. Eva had niet gevraagd hoe lang Oliver nog op de boerderij aan het werk moest blijven, dus had Martha bij haar antwoord een cheque ingesloten voor twee keer het afgesproken bedrag. Zo werd in het ongewisse gelaten hoe lang ze nog zou wegblijven. Ondertussen was ze bang dat aan het poststempel kon worden afgelezen waar ze was.

De dokter met het witte haar had een praktijk aan huis. Nadat Martha had verteld dat ze de grootmoeder van het kindje was, legde ze het op de kleine onderzoektafel. Tot haar plezier keek háár gemakkelijke kind, hoewel dat niet aan artsen gewend was, de dokter gewoon aan en maakte zelfs geluidjes toen hij het aanraakte.

De dokter praatte er tijdens het onderzoek opgewekt op los. 'Wat zie je er gezond uit,' zei hij. 'Zo goed verzorgd.' Toen hij bijna klaar was met het onderzoek, vroeg hij: 'Heeft je oma nog een geboortebewijs nodig?'

Martha keek uit het raam naar de sneeuw. 'Ja.'

'Dan moet ik twee dingen weten voordat ik iets uitschrijf,' zei de dokter. 'Ten eerste: de waarheid.'

Martha keek hem aan.

'Ik weet van Henry dat u een betrouwbaar iemand bent. Het kind moet dus met een goede reden onder uw hoede zijn gekomen. U kunt het mij gerust vertellen. Er zijn veel dingen die ik geheimhoud, dat hoort bij mijn vak.'

Nadat ze diep adem had gehaald vertelde ze hem alles. En toen ze klaar was, draaide hij een officieel document in zijn Smith Corona en begon te tikken. 'Vader: onbekend. Moeder: onbekend. Adres: onbekend.'

Toen keek hij op. 'Het andere ding is haar naam.'

Martha schudde haar hoofd. 'Ik weet het niet.'

Die avond, in de schemering, keek Martha naar buiten, naar de bomen. Door zich voor te doen als de grootmoeder van de baby kreeg ze het gevoel dat ze Lynnie verraadde. Kon ze nog verder gaan en het kind een naam geven?

Het was hoogst oneerlijk. Martha's pink werd stevig vastgehouden, ze kon het kleine hartje voelen kloppen, en de baby keek naar haar alsof haar gezicht een stukje hemel was. Martha gaf haar te eten, baadde en kleedde haar. Martha ging met de baby in de kinderwagen wandelen. Al die dingen deden haar veel plezier.

Langzamerhand werd Lynnie een bittere herinnering.

Terwijl een windvlaag de boomtoppen liet bewegen, dacht ze: de beste manier om iets te verbergen is niet om het aan het zicht te onttrekken, maar het overtuigend te vermommen. Door voor de baby te zorgen, leek het alsof ze bij elkaar hoorden. Door grootmoeder te worden en de baby een naam te geven, leek het nog meer alsof ze bij elkaar hoorden. Het was geen verraad, ze gaf gehoor aan haar geweten. Van dit kind houden was het enige juiste.

Met Kerstmis reden Martha's oud-leerlingen naar de boerderij om daar een briefje op de deur aan te treffen met de tekst: MARTHA IS DIT JAAR ELDERS OP BEZOEK, KOM TERUG IN 1969.

Henry kwam de lobby in en vertelde zijn kinderen, Martha en de baby dat hij Kerstmis dit jaar extra feestelijk wilde vieren. Toen de kinderen vroegen wat hij van plan was, zei hij dat ze dat 's avonds wel zouden merken. 'Het is een plan van papa om meer gasten aan te trekken,' zei Graciela met een veelbetekenend lachje. 'In Central Park werkt het, dus hier misschien ook. In elk geval moeten we ons allemaal goed inpakken.'

Toen de zon onderging, hulde Martha zichzelf en het kind in een paar lagen kleding en ging vervolgens met Graciela en de kinderen marshmallows roosteren in de open haard. Nog steeds wist ze geen naam voor de baby. Toen ze naar Graciela en de kinderen keek, zag ze heel veel vertrouwen en liefde op alle gezichten, en het drong tot haar door dat het kind en zij ook zo'n liefdevolle band hadden.

Henry kwam binnen, gekleed in een negentiende-eeuwse jas en met een hoge hoed op. 'Dames en heren,' zei hij met een Brits accent, 'er wacht u een avontuur.' Vervolgens nam hij zwierig zijn hoed af en maakte een diepe buiging.

Iedereen haastte zich naar buiten, en daar, in de bocht van de oprijlaan voor het hotel, stond een rijtuig met paarden ervoor. Het was een schitterend en hoog rijtuig, een beetje rond en bol. 'Het is net de koets van Assepoester!' riep Rose, de oudste dochter. Aan het tuig van de paarden hingen belletjes. Opgewonden legde Henry uit waaruit zijn plan bestond. Terwijl de adem in wolkjes uit zijn mond kwam, vertelde hij dat hij jonge stelletjes in het rijtuig naar het meer wilde rijden en weer terug. Het was een romantische plek om een meisje ten huwelijk te vragen en om als pasgetrouwd paar champagne te nippen. En op deze avond zou hij zijn gezin, Martha en de baby op de eerste rit trakteren.

De koetsier hield het portier open. Martha stapte in, met de baby lekker warm onder haar jas. Ze ging zitten op het bankje dat vooruitkeek. Ook de anderen stapten in, en Henry spreidde een schapenvacht over hun knieën. 'Zo blijven jullie wel warm,' zei hij voordat hij het portier sloot.

Henry en Ricardo klommen op de bok. 'Hortsik,' zeiden ze, en ze hanteerden de teugels. De belletjes klonken vrolijk.

Het was een rustige en prachtige rit. Graciela en de kinderen wezen de helling aan waar je zo geweldig vanaf kon sleeën, en de vijver waarop je kon schaatsen, en de plek waar papa een tuinhuisje wilde laten bouwen. Graciela vertelde dat Henry haar voor het project had weten te winnen toen ze over dit pad hadden gelopen, en dat hij het toen al had gehad over de aanschaf van dit rijtuig. 'Soms denk je dat je weet wat je wilt,' zei ze terwijl ze haar armen om de kinderen sloeg, 'totdat je ziet wat er allemaal nog meer mogelijk is.' Martha keek naar de scherp afgetekende, donkere boomstammen. In de wind leken de boomtoppen haar toe te knikken.

De baby in haar jas bewoog, en ze drukte het even zacht tegen zich aan. Toen ze opkeek, hadden ze het meer bereikt. Dit was de plek waar de man een aanzoek kon doen, zoals Henry zei.

'Graciela,' vroeg Martha, 'hoe heet dit meer?'

'We hebben het vernoemd naar Tía Julia,' antwoordde Rose.

'Ja,' bevestigde Graciela. 'Maar dan op z'n Engels, met een dzj-geluid. Het Juliameer.'

'Het Juliameer,' herhaalde Martha. 'Dat klinkt goed.'

'Het is geweldig!' juichten de kinderen.

Martha sloeg haar jas een beetje open. De baby keek naar haar op met de breedste lach die Martha ooit van haar had gezien. De schapenvacht betekende niets, het was die lach die haar door en door verwarmde. Dit was de liefde die haar lang geleden was ontnomen en die nu eindelijk in haar armen lag.

'Welkom op je eerste kerstfeest,' zei ze. Het kon gaan stormen, dat wist ze. Onweer, regen en hagel. Maar op dit moment leek de lach van het kind voor eeuwig te zijn.

'Mogen we altijd zo gelukkig zijn,' zei Graciela.

'Mogen *wíj* altijd zo gelukkig zijn,' herhaalde Martha, en ze liefkoosde het gezichtje van de baby. En toen voegde ze eraan toe: 'Julia.'

Bladzijden omslaan

Lynnie

1968

Met Kerstmis werd Lynnie eindelijk teruggestuurd.

Dat had ze niet verwacht. Ze had gedacht dat haar straf eeuwig zou duren, want Clarence had gezegd dat Nee-Nee haar schuld aan de gemeenschap moest voldoen, en daarbij had hij meelevend gekeken, al meende hij er niets van. Vijf weken lang had ze gewoond en gewerkt in Q-1, de afdeling voor moeilijke gevallen. Q-1 was het paviljoen waar je werd ondergebracht als je niet voor jezelf kon zorgen of niet wilde meewerken. Sommige bewoners lagen de hele dag in een spijlenbed, tenzij iemand als Lynnie hen naar de woonkamer bracht om tv te kijken. Clarence en zijn maat de Paffer waren Lynnie de ochtend nadat ze was opgepakt komen halen om haar naar Q-1 te brengen. Ze hadden haar voor onderweg met leren banden geboeid zodat ze niet nog eens de benen kon nemen, zoals de Paffer had gezegd toen hij de gespen losmaakte, met een lege blik in zijn ogen en een tandenstoker tussen zijn lippen. Lynnie had beseft dat die banden er waren om haar op haar nummer te zetten, maar toch had ze zich verzet en krijsend geprobeerd in zijn handen te bijten.

De leren banden waren niet de enige vernedering. Toen Clarence en de Paffer haar naar Q-1 hadden gebracht, had de Paffer gezegd: 'Je krijgt een spijlenbed omdat je een grote baby bent.' Hij had Clarence aangekeken, en die had moeten lachen. Nadat ze weg waren gegaan, had Janice Lynnie laten zien waar haar spijlenbed was, en Bull had haar weinige spulletjes opgeborgen. Ze hadden Lynnie een droge mop gegeven, een soort zwabber met een betonnen blok eraan, waar ze een met was ingesmeerde lap om moest doen om de toch al glimmende vloeren te boenen. Ze had de mop wel in hun gezicht willen gooien, maar ze dwong zichzelf te doen wat haar was opgedragen, maar wel zo dat ze altijd uit het raam kon kijken. Ze bedacht dan dat Buddy onder dezelfde hemel was en dat hij zou terugkomen. Ze stelde zich voor dat hij achter de ruit zou verschijnen en gebaren dat ze weer zouden vluchten. Ze zag al voor zich dat ze weer door de ondergrondse gangen holden, voorbij de muur bovenkwamen en terugrenden naar de oude dame, die zou aanwijzen waar ze de baby had verborgen.

De eerste paar dagen, terwijl de melk in Lynnies borsten opdroogde en ze ernaar hunkerde het kind in haar armen te houden, was ze zo blij met het visioen van Buddy voor het raam dat ze zich niet erg stoorde aan haar straf. Maar na een week begon ze ongerust te worden. Stel dat er iets met Buddy was gebeurd? Stel dat hij was teruggekomen om haar te halen, maar niet wist dat ze in Q-1 zat? Stel dat hij verdwaald was in de ondergrondse gangen terwijl hij naar haar op zoek was? Of stel dat iemand hem had gevonden die vermoedde dat hij wist wat er in de kast was gebeurd?

Het was wel prettig dat je zo met de bewoners van Q-1 kon lachen. Gina schaterde het uit wanneer er een reclame voor Benson & Hedges op tv kwam waarin rokers allerlei ongelukken kregen waardoor de sigaretten in tweeën braken. Tammy stond te wiebelen naast de linnenkast, zodat wanneer Bull die van het slot haalde, ze kon wegrennen met een handdoek die ze dan uit elkaar rafelde om zichzelf aangenaam bezig te houden. Marion deed de irritante personeelsleden na, ook oom Luke, en soms gewoon achter hun rug. Maar Lynnie vond het akelig dat de bewoners van Q-1 zo weinig aandacht kregen, en Tammy tot bloedens toe met haar hoofd tegen de muur kon bonken, of Gina de hele dag in haar eigen vuil moest liggen. En Lynnie vond het heel vervelend dat haar werk zo leek op wat het personeel deed dat Marion háár soms ook nadeed.

Het allerprettigste aan Q-1 vond ze dat het ver weg was van Clarence en de Paffer. In die vijf weken keek Lynnie niet alleen naar het raam in de hoop dat Buddy daar zou staan, maar ze keek ook naar het mannenpaviljoen. Dag en nacht slopen Clarence en de Paffer daar rond, ook al hadden ze niet voortdurend dienst, maar omdat ze op het terrein woonden, waren ze er altijd. Het mannenpaviljoen was drie gebouwen verwijderd van A-3, en Q-1 was verder de heuvel af, waar Janice en Bull overdag dienst hadden en Ruthanne in de nacht. Alle drie waren ze stevig en fors, zoals de meeste begeleiders in paviljoens voor zwaargestoorden. Maar vals waren ze niet, het ontbrak hun louter aan aandacht voor de bewoners.

Dus toen Lynnie wakker werd en Janice en Bull zag, hoefde ze niet op haar hoede te zijn, al was het geen prettig ontwaken. In A-3 was het heel anders geweest, want voordat ze daar haar ogen had geopend, was Doreen al aan het kletsen geslagen en had ze de mooie kleren beschreven die ze in haar fantasie zou aantrekken wanneer ze zouden opstaan. Terwijl ze dan hun gewone, saaie kleren aantrokken en deden alsof ze filmsterren waren, zagen ze Kate aankomen om de dienst over te nemen. Ze zagen haar gezicht verschijnen in de slaapzaal, en altijd droeg ze een wit schort dat met borduurwerk was versierd; haar rode haar had ze opgestoken.

Lynnie vermoedde dat het de bedoeling was dat ze ongelukkig wakker werd. Ze was weggelopen, en dat was op geweldpleging na het ergste wat een bewoner kon doen, en daarom was haar het weinige ontnomen wat haar plezier gaf: Doreen, de wasserij, bezoekjes aan Kates kantoortje. Wanneer ze daaraan dacht, klemde ze haar kaken op elkaar. Maar ze was blij dat niemand wist dat haar iets veel belangrijkers was ontnomen. Als ze goed opletten, zouden ze hebben gemerkt dat Lynnie steeds slomer werd, en dat de opstandigheid waardoor ze over de muur was gevlucht, was veranderd in berusting.

Op deze kerstochtend, terwijl ze de vloer in de was zette, keek ze op en zag iets rossigs in de gang.

Ze hield op met boenen. Kon het Kate zijn? In al die weken was Kate hier slechts één keer geweest. Ze was dan wel opzichter, maar ze moest zich ook aan de regels houden. In tegenstelling tot Clarence en de Paffer, die overal konden rondlopen waar ze maar wilden – ook met de honden – omdat de Paffer de broer van oom Luke was, had Kate een paar paviljoens onder haar hoede en dat was alles. Zelfs toen ze een keer op zoek was naar een oud weefgetouw om de bewoners te leren weven, had ze de regels overtreden. Dat deed Kate nu eenmaal.

Het was inderdaad Kate. Kate stond in de deuropening van de slaapzaal.

Lynnie bleef doodstil staan, en Kate ook, met een bedroefde uitdrukking op haar gezicht. Bijna maakte Lynnie Buddy's gebaar voor: kom hier. Er ontsnapte haar een kreunend geluidje.

Uiteindelijk kreeg Kate haar gezicht weer in de plooi. Ze schraapte haar keel. 'Dag, lieverd,' zei ze een beetje hees. 'Ik kom je halen. Je gaat terug naar A-3.'

Lynnie liet de mop vallen en rende tussen de rijen spijlenbedden door, haar armen gespreid. Kate hield haar armen ook al uitgestrekt, en even later sloeg ze ze om Lynnie heen.

Het was heerlijk. Kate rook naar Kate: naar sigaretten, zeep met gardenia en zichzelf, en haar wangen en boezem waren zacht. Lynnie besefte dat ze zelf stonk naar alle vieze geuren in het paviljoen. Maar toch hield Kate haar tegen zich aan.

Als Kate kan terugkomen, kan Buddy dat ook, dacht Lynnie.

Na een poosje lieten ze elkaar los. In Kates ogen zag Lynnie zichzelf weerspiegeld, een heel kleine Lynnie, kleiner dan ooit. Vervolgens keek Lynnie naar de rest van Kates gezicht. Kate glimlachte, maar het was een beetje een bedroefde glimlach. Lynnie glimlachte net zo terug.

'Zullen we je spullen dan maar pakken?' stelde Kate voor, en ze wees naar een kartonnen doos die ze bij de deur had gezet. 'Ik moet je voor de lunch terugbrengen.'

Dus Lynnie ging meteen al weg? Even bewoog ze haar hoofd heen en weer, niet om aan het heden te ontsnappen, maar om Buddy uit haar herinneringen op te diepen om dit moment met hem te kunnen delen. Na één beweging was hij er al. Hij liep door het maïsveld, en ze lachten omdat de maïs hen voor iedereen verborg, en toen draaide hij haar om, nam haar in zijn armen en kuste haar. Ze ging helemaal op in de kus en alles om haar heen vervaagde. Het leek heel lang te duren, en toen ze de kus beëindigden, kwam er een rood veertje uit de lucht zweven dat neerkwam tussen hun tegen elkaar gedrukte borstkassen. Zij keek naar hem en hij naar haar, en toen gebeurde er iets wat ze zich niet had kunnen voorstellen.

Achter Kate aan liep ze tussen de rijen spijlenbedden naar haar kluisje, en ook al voelde ze zich lichter dan in de afgelopen vijf weken, toch kon ze niet verend lopen. Toen ze het bed hadden bereikt, vroeg Kate of Lynnie alleen wilde kijken terwijl Kate inpakte, en Lynnie knikte.

Kate liet de zijkant van het spijlenbed zakken, en terwijl Lynnie op het bed ging zitten, haalde Kate de sleutels van de kluisjes tevoorschijn. Iemand doet iets voor mij, dacht Lynnie. Maar de blijdschap daarover kon het verdriet niet laten verdwijnen.

Er zat een deuk in de deur van het kluisje. Toen Kate het eindelijk open had gekregen, tuurde Lynnie naar binnen.

In het kluisje lagen al haar schatten. De adem stokte in haar keel bij alle herinneringen toen Kate haar spullen op het bed legde. Eerst de witte jurk die ze van de bejaarde dame had gekregen, een heel tere jurk, ragfijn als een spinnenweb. En de prop kleren die Lynnie van thuis had meegekregen: een jurk met een wijde rok, een capribroek, een zonnepakje, een blouse, schoenen met een riempje over de wreef, ondergoed... Ze was er veel te groot voor geworden. Nadat Kate de kleding uit het kluisje had gehaald, gaf ze Lynnie een foto. Haar familie stond erop, uit de tijd dat de tweeling nog niet was geboren: papa en Na-na voor het aquarium. Mama knielde, en Lynnie zat wijdbeens op de grond, met kinderschoenen aan, haar ogen halfdicht en haar mond halfopen. Mama hield Lynnie vast omdat ze niet zelf kon blijven zitten. Lynnie schoof de foto weg.

En toen zag ze in een hoekje het buideltje met haar liefste bezittingen.

'Wil je kijken of alles er nog is?' vroeg Kate, en toen Lynnie knikte, knoopte Kate het buideltje open en haalde een voor een de dierbare dingen eruit.

Het plastic paardje dat Na-na haar had gegeven op de ochtend dat ze naar deze nare plek waren gegaan, een prachtig blauw paard met groene manen dat het ene been fier hief. Lynnie moest vaak aan dit paard denken wanneer ze paarden in de wei tekende, en dat was moeilijk omdat paarden steeds bewogen. Maar deze stond net zo stil als Na-na, die voor Lynnie nooit ouder was geworden.

De veter die Lynnie had gered toen papa een keer andere veters in zijn schoenen had geregen. Die veter had hij willen weggooien, maar Lynnie had zich erop gestort toen hij ermee onderweg was naar de vuilnisbak. Dat leek hem te ergeren, maar toen had hij een zachte blik in zijn ogen gekregen, de veter in haar hand gelegd en haar vingers erover gesloten. En de blik die hij toen had, herinnerde ze zich graag.

Het bedelarmbandje dat mama haar had gegeven toen ze een keer op bezoek was gekomen. Bij elk bezoek had mama erger moeten huilden, dus had Lynnie harder moeten duwen om dat huilen eruit te krijgen. Uiteindelijk was mama gekomen met een zonnebril op omdat haar ogen zo gezwollen waren. Ze had Lynnie het armbandje gegeven en gezegd: 'Dit kun je dragen wanneer je groot bent.' Nadat mama met de handen voor haar gezicht snel was weggelopen, had Lynnie het armbandje in haar kluisje gelegd. Ze had het nooit gedragen. Na een poosje had ze beseft dat mama niet meer zou komen.

O, en kijk eens? De veren! Allemaal van Buddy gekregen. Er was het boeketje witte veren van tijdens hun eerste ritje op de tractor. En de bruine, de blauwe en de gele, sommige met zwarte strepen of bruine stippen. Die had hij haar gegeven elke keer dat hij in de wasserij iets moest repareren. Oranje pluimen die hij Doreen had gevraagd af te geven wanneer ze de post naar de schuur of de garage bracht. De veren die hij met een buiging had overhandigd wanneer hij in Kates werkkamer kwam, en die een blauwe, groene en paarse glans hadden. En haar lievelingsveer: de rode die op die dag in het korenveld naar beneden was gezweefd. Ze had ze allemaal in haar ceintuur verstopt, en Kate had ze in het buideltje gedaan.

Er zat nog iets in. Een metalen puntenslijper die Doreen van Maude, de secretaresse van oom Luke, had gejat. Lynnie wilde die gebruiken als ze ooit eigen kleurpotloden zou hebben. Kate had haar wenkbrauwen opgetrokken toen ze de puntenslijper in Lynnies hand had gezien, maar toen had ze gezegd: 'Eigen schuld, dikke bult.' Vervolgens had ze hem onder in het buideltje gestopt.

Terwijl Kate al deze schatten terugstopte, dacht Lynnie niet aan kleurpotloden om erbij te doen. Er was geen tijd geweest om iets van het kind te bewaren. Natuurlijk droeg ze wel de herinneringen met zich mee: het gevoel van het lichaampje tegen haar huid, het slapende gezichtje van het kleintje dat nog niets had meegemaakt van wat Lynnie zo welbekend was, de wetenschap dat de baby hulpeloos was en zich nergens tegen kon verzetten. Lynnie had nog niet eens een lokje haar van haar kind.

'Het spijt me dat ik je hier niet eerder kon weghalen,' zei Kate terwijl ze de doos op het bed zette en Lynnies spullen erin deed. De kleren vouwde ze netjes op. 'Maar ik ben blij dat het toch nog zo snel is gegaan. Volgens mij waren ze van plan je hier tot sint-juttemis te laten zitten.'

Lynnie wist niet wat Kate bedoelde met 'sint-juttemis', maar ze kon niet om uitleg vragen.

'Ik heb geen rapport uitgebracht,' ging Kate verder. 'Ik was bang dat ze dan nog ergere dingen met je zouden doen. En met mij.' Even zweeg ze. 'Weet je, als wij stampij maken, gebeuren er nare dingen met ons.'

Dat wist Lynnie. Jaren geleden had ze iets gehoord over een begeleider die op een ochtend op zijn werk was verschenen, en dat die had gemerkt dat een bewoner toen naar zijn voeten had gewezen. Die waren bloederig en gezwollen, en hoewel de jongen niet had willen zeggen wat er was voorgevallen, vermoedde de begeleider dat er iemand kwaad was geworden om iets wat de jongen had gezegd en op zijn voeten had getrapt. De schuldige had iedereen wel kunnen zijn, want er zaten geen sloten op de deuren van de paviljoens, en tijdens de nachtdienst werd er niets bijgehouden. De begeleider had het aan een opzichter verteld. De volgende dag had de begeleider poep in zijn jas aangetroffen, en die avond met een sleutel gemaakte krassen op zijn Ford. Hij had meteen ontslag genomen en had helemaal naar Elmira moeten uitwijken voor een nieuwe baan. De bewoner was in het gips gezet en niemand was er ooit achter gekomen wie zijn voeten had gebroken.

Kate keek rond in de slaapzaal vol spijlenbedden. 'Ik weet nog dat het hier ooit voor kinderen was. Allemaal baby's die hier op een leeftijd van een paar weken naartoe waren gestuurd. Gelukkig wordt dat nu niet meer gedaan.' Weer zweeg ze even. 'Doreen is hier toch ook als ukkepukkie gekomen?'

Lynnie knikte. Ze had gehoord dat Doreens ouders beroemd waren. Haar moeder was een bekend actrice en haar vader een gerespecteerd toneelschrijver. Ze hadden Doreen hier gebracht toen ze een week oud was. Omdat ze nooit op bezoek kwamen, wist Doreen niet of het waar was. Op een dag, toen Doreen de foto van Lynnies familie had gezien, was ze zo dapper geweest om Maude te vragen of er van haar familie geen foto in het dossier zat. Maude had gezegd dat de bewoners niets met de dossiers te maken hadden. Vanaf dat moment was Doreen de ochtend begonnen met fantasiespelletjes. Hemden waren baljurken, onderbroeken waren nylons. De begeleiders hadden een naam voor Doreen verzonnen: Siamese Tweeling. Zelf noemde Doreen zich liever: Bridget Bardot.

Ooit had een oude begeleider Lynnie over de kinderafdeling verteld. Het personeel was zo overwerkt geweest dat ze de rijen kleintjes afgingen om de luier te verschonen, of dat nu nodig was of niet. Zo ging het ook met de voedingen. De begeleider had het vergeleken met werk aan de lopende band, maar dan beter betaald.

Toen Lynnie had gedacht aan alle ellende die zou kunnen ontstaan wanneer iemand wist van haar baby, had ze moeten denken aan dit verhaal. Maar er waren ergere dingen dan opgroeien in Q-1.

'Zo,' zei Kate, en ze vouwde de bovenkant van de doos dicht. 'We kunnen op pad.' Ze keek op haar horloge en voegde er toen opgewekt aan toe: 'Ik loop voor op schema.'

Net zoals Lynnie niet begreep wat 'sint-juttemis' betekende, snapte ze ook niets van 'voor op schema'. Het had allebei met tijd te maken, maar Lynnie vond tijd verwarrend. Ze kon niet klokkijken, ze snapte niets van kalenders en had geen begrip van geschiedenis. Tijd kon je niet zien, afgezien van wat Buddy haar had aangewezen bij de sterren, of het wisselen van de seizoenen. Ze beschouwde tijd als iets wat bij anderen hoorde. Daarom wisten zij welke tijd het was en Lynnie niet.

En daarom zette ze ook geen vraagtekens bij de haast waarmee Kate Lynnies dossier van Janice aannam en Lynnie naar de deur joeg. Ze lagen voor op schema, wat dat ook betekende, en daarom moesten ze blijkbaar gauw weg. Maar Lynnie vroeg zich wel af waarom Kate dan niet de snelste weg nam, over het hoofdpad. In plaats daarvan liep Kate de helling af naar de ondergrondse gang. Wanneer het sneeuwde of regende werden de bewoners daardoor geleid, en je kon je er goed in verstoppen. Daarom zouden Buddy en zij weer door de gangen vluchten wanneer Buddy terug was. Maar Kate hoefde zich niet te verstoppen, en het was mooi weer, ook al was het Kerstmis. En toch hield Kate de deur naar de ondergrondse gang open, en Lynnie stapte naar binnen.

De ondergrondse gangen waren van beton en werden door peertjes verlicht. Lynnie hield niet van de donkere stukken, dus liep ze snel door naar waar een peertje hing. Hier moest je dapper zijn. Buddy had aangetoond dat hij dapper was toen ze door deze gangen waren gevlucht naar de vrijheid. Tonette had ook aangetoond dat ze dapper was toen ze door de gangen was gelopen voor een stiekem praatje met een begeleider. Maar Tonette had er niets voor teruggekregen.

Toen Kate zich bij Lynnie had gevoegd, zei ze: ‘Ik vraag me steeds iets af, Lynnie. Je bent drie nachten weg geweest. Ik was verschrikkelijk ongerust. Ik wist wel dat je bij nummer 42 veilig zou zijn, maar er zijn veel dingen waarover je geen macht hebt. Dat geldt ook voor slimme, kranige kerels zoals hij.’ Ze sloeg de gang naar rechts in. ‘Eigenlijk hoor ik het niet met je te hebben over wat er is gebeurd. Maar juist daarom heb ik je hierheen gebracht. Ook al is ons gezegd dat je alles snel vergeten zou zijn.’ Ze knipte in haar vingers. ‘Maar je bent niks vergeten, hè?’

‘Nee.’

‘Dat dacht ik al.’ Ze was even stil. ‘Moet je er steeds aan denken?’

Lynnie knikte heftig.

‘Ik zou er ook graag aan willen denken, als ik tenminste wist waaraan.’

Dat begreep Lynnie niet zo goed. Het personeel verschilde in dit opzicht sterk van de bewoners, want ze praatten in raadselen. Soms logen ze ook door te zwijgen. Ze hielden niet verborgen wie ze waren, ze hielden verborgen wat ze wisten.

Nadat Kate diep adem had gehaald, zei ze: ‘Ik wil je graag helpen. Maar dat kan alleen als ik weet wat er is gebeurd. Ik heb in je dossier gekeken.’ Ze gebaarde naar de map die ze uit Q-1 had meegenomen. ‘Maar er zijn dagen uit gescheurd. Lynnie, als we vanmiddag naar mijn kantoortje gaan, zou je dan voor me willen tekenen wat er is gebeurd toen je was weggelopen?’

Lynnie dacht aan Tonette, en aan wat er was voorgevallen nadat Lynnie was verteld dat ze naar de begraafplaats kon gaan om afscheid van Tonette te nemen. Lynnie was met een paar begeleiders meegegaan, en samen hadden ze gekeken naar een man die bezig was een graf voor Tonette te delven. Als Lynnie had kunnen lezen, zou ze hebben gemerkt dat er op de grafstenen geen namen stonden maar nummers, in de volgorde waarin iedereen was gestorven. Tonette was de zeshonderdtweeënzeventigste. Terwijl de werkjongens Tonette in het gat lieten zakken en de blonde geestelijke met de baard een gebed uitsprak, begreep Lynnie wel dat Tonette voor zichzelf had willen opkomen, en dat ze ineens hier was terechtgekomen. Lynnie had zich herinnerd wat Na-na en zij hadden gedaan toen hun grootvader was overleden, en ze droogde haar ogen, bukte en legde een kiezelsteentje op de kist.

Dat was het moment waarop ze had besloten niets meer te zeggen.

Ze kwamen bij de deur van de uitgang. 'Denk er maar over na,' zei Kate. 'Na het middageten kom ik je halen, oké?'

Tijdens het middageten dacht Lynnie diep na. Zoals altijd was het rumoerig in de eetzaal. Vroeger moest iedereen verplicht stil zijn, maar er was te weinig personeel om de stilte te handhaven, en trouwens, iedereen was opgewonden omdat er die avond een film zou worden vertoond. Meestal was er slechts eens per week een filmvertoning, maar omdat het een feestdag was, kregen ze er eentje extra.

Verder was de eetzaal zoals altijd. Daar zaten een paar vriendinnen, en daar drie anderen. Lynnie ging bij Doreen en Betty Lou zitten, ook al mocht ze Betty Lou niet vanwege haar hese stem en de lelijke dingen die ze zei. Voordat Lynnie was weggelopen, was ze tot de conclusie gekomen dat ze schoon genoeg had van Betty Lou, maar ze had geen actie ondernomen. Niemand mocht weten dat ze goed kon denken.

Op dit moment kon ze echter niets anders dan denken. Moest ze Kate laten weten wat er was gebeurd? Kate vond blijkbaar van wel, en Lynnie had haar nog nooit moedwillig teleurgesteld. Ze wist ook dat Kate het goed met haar voorhad, dat had Kate al vaak bewezen. Kate had nooit haar mond voorbijgepraat over Lynnies tekeningen of het buideltje vol schatten, en ze had niemand verteld over al die keren met Lynnie en Buddy in haar werkkamer. Als Lynnie iemand de waarheid wilde vertellen, dan zou het aan Kate zijn.

Maar Lynnie herinnerde zich ook de laatste keer dat ze Tonette had gezien. Op een dag, toen Lynnie uit de woonkamer kwam om naar de eetzaal te gaan, had een andere bewoner haar een duw gegeven. Omdat ze daar een bloedneus aan had overgehouden, was ze naar de ziekenafdeling gestuurd, waar Lynnie haar had gezien. Nadat haar neus was schoongemaakt, was Tonette naar Lynnie toe gekomen en had gefluisterd: 'Zie je die verpleegster daar?' Ze had iemand aangewezen. Vervolgens had ze gezegd: 'Die komt net uit het ziekenhuis in Scranton. Ze is niet ziek in haar geest, zoals Clarence en die anderen. Ik ga haar vertellen wat ik heb gezien.' Dat was tegen de raad in die Tonette Lynnie zelf had gegeven. 'Waarom?' had Lynnie gevraagd. Dat woord had ze al heel lang niet meer gebruikt. 'Omdat er dingen gebeuren die niet zouden mogen gebeuren,' had Tonette geantwoord, en ze had haar ogen even gesloten om ze meteen weer te openen. 'Ik weet dat het een risico is, maar het wordt persoonlijk.' Lynnie had geen flauw idee wat ze bedoelde. 'Na het avondeten ga ik ze vertellen dat ik terug moet hiernaartoe om te werken. En dan ga ik met haar praten en haar alles vertellen.' 'Wees voorzichtig,' had Lynnie gezegd.

Die avond in bed had Lynnie aan Tonette gedacht, die met die verpleegster ging praten. Ze had zich afgevraagd of de volgende avond alles anders zou zijn. Nou, dat was het zeker. Bij het ontbijt had het personeel er heel gespannen uitgezien. Twee dagen lang hoorde ze er niets over, en toen waren de verhalen begonnen. Een bewoner die Wanda heette, en die gauw boos werd en dan met meubels ging gooien en niemand in haar buurt liet, was in de isoleercel gezet. En toen Tonette werd betrapt bij het praten met de verpleegster, werd ze ook geïsoleerd, in dezelfde cel waarin Wanda zat te wachten om alles en iedereen aan stukken te rijten. Dat verhaal was ook buiten de muren terechtgekomen, en oom Luke had tegen de pers gezegd dat het een ongeluk was geweest. Het personeel had niet geweten dat Wanda ook in die cel had gezeten. De politie was nog gekomen, maar niemand van het personeel had er iets over willen zeggen, en Tonette had dat niet meer gekund. Die lag al op de begraafplaats.

Lynnie keek om zich heen. Kate veegde eten van Gina's gezicht. Ze deed het niet ruw, zoals sommige van de begeleiders, en terwijl ze bezig was, praatte ze tegen Gina. Toen Kate klaar was met Gina voeren, keek ze op en ontmoette Lynnies blik. Ze glimlachte. Niet zo'n bedroefde glimlach, maar zo eentje als waarmee ze Lynnie in de ochtend begroette. Een glimlach die zei: ik ben blij je te zien.

Lynnie dacht: het is Kate maar. En ze hield op met denken aan Tonette. Maar terwijl ze haar eten naar binnen lepelde, wist ze dat er nog een reden was waarom ze iets veel ergers niet wilde vertellen. Ze had er niet meer aan willen denken sinds ze een verhaal voor Buddy had verzonnen. Terwijl Kate naar haar glimlachte, wilde ze er op dat moment ook niet aan denken.

Dus tekende Lynnie.

Ondertussen was Kate bezig achter haar bureau. De radio stond zachtjes aan, een man zong: '*And I think to myself, what a wonderful world...*'

Hoewel Lynnie dat een mooi liedje vond, hoorde ze het nu nauwelijks. Ze ging te veel op in het blauw en het paars dat ze voor de nachthemel gebruikte, en in het grijs en het wit voor de muur. De ladder was bruin, en Buddy en zij waren zwarte schimmen op de vlucht.

'Dat dacht ik al,' zei Kate toen Lynnie klaar was. Een hele poos bleef ze naar de tekening kijken. Toen vroeg ze: 'En daarna?' Ze schoof een leeg papier naar Lynnie toe.

Een tijdje staarde Lynnie naar dat vel papier. Ze had niet beseft dat Kate meer wilde weten. Er was ook meer, maar wanneer ze voor Buddy haar herinneringen had getekend, had ze altijd slechts één tekening gemaakt. Ze had nog nooit 'en daarna' getekend.

Kate wachtte. Ze zette de radio uit zodat Lynnie zich beter kon concentreren. Vervolgens pakte ze een boek van de plank. Na-na had ook boeken gelezen, en net als in Na-na's boeken stonden in dit boek plaatjes.

Nadat Kate naast Lynnie was gaan zitten, zei ze: 'Dit boek vertelt een verhaal door de plaatjes. Elk plaatje brengt het verhaal een stapje verder.' Ze sloeg de bladzijden om. Het boek ging over een gele eend die Ping heette, en die met zijn eendenfamilie op een boot woonde. Op een dag werd hij verleid om in de boot te stappen van iemand die hij niet kende, en daar werd hij gevangen onder een omgekeerde mand. Dat vond hij heel erg, want het zag ernaar uit dat hij nooit zou kunnen ontsnappen. Maar toen werd hij door een jongetje bevrijd en kon hij terug naar huis.

Lynnie begreep iets wat haar indertijd was ontgaan. Je kon een boek niet zomaar openslaan en dan weer op zomaar een andere bladzijde. Bij een boek moest je vooraan beginnen en dan verdergaan, van de ene bladzijde naar de volgende. Elke bladzijde droeg iets bij aan de vorige, en bij elke bladzijde werd het verhaal spannender. Het was net zoiets als de maïs die in het voorjaar ontsproot uit de geplante zaadjes en uitgroeide tot lange rijen halmen waartussen je je in het najaar kon verstoppen. Een verhaal groeide ook.

Omdat ze nu iets begreep wat haar vroeger niet duidelijk was, ging ze verder met tekenen. Eerst tekende ze de schuilkelder, en de baby die daar was geboren. Vervolgens tekende ze Buddy en zichzelf die in de regen de reclamedoeken stalen. En toen dat ze samen over de Old Creamery Bridge renden, en daarna dat ze over een weg liepen die omzoomd was met bomen. Daarna tekende ze hen stilstaand bij de brievenbus met het vuurtorenmannetje. En ze tekende de bejaarde dame die hen had binnengelaten.

'En toen?' vroeg Kate. 'Wat gebeurde er toen?'

Lynnie maakte nog één tekening. De bejaarde dame stond in de deuropening. De baby was zichtbaar door het zolderraam en lag te slapen in het mandje. Nummer 42 rende het bos in, en de auto reed de oprit af.

Kate pakte de laatste tekening en bekeek die aandachtig. Toen vroeg ze: 'Je hebt het kind dus daar achtergelaten omdat je het wilde beschermen?'

Lynnie knikte.

'Maar waarom? Je kende die vrouw niet.'

Meteen ging Lynnie tussen de andere tekeningen zoeken en trok die met het vuurtorenmannetje ertussenuit.

'Dat snap ik niet,' zei Kate.

Lynnie wilde Kate dolgraag vertellen over de zee. Over die keer dat Na-na en zij op het strand waren geweest, ver weg van mama en papa en alle anderen op het feest, omdat papa opeens had gezegd: 'Het is zulk mooi weer, Hannah, ga maar een eindje wandelen met Lynnie.' Ze wilde Kate vertellen over het onweer dat plotsklaps was losgebarsten toen ze al een heel eind over het strand hadden gelopen. En dat ze naar de hoge toren waren gerend en door een deur waren gegaan en een trap op die steeds maar bochten maakte, rond en rond. En dat ze eindelijk boven waren gekomen, bij een raam. En dat ze naar het onweer hadden gekeken en Na-na had gezegd: 'We kunnen niet naar ons plekje terug, maar we zijn hier heel hoog en bij mij ben je veilig.'

Ooit had Lynnie die toren voor Buddy getekend, als een hoog baken naast de zee. Hij had heel lang naar het water gekeken en zich afgevraagd wat dat was. Toen had ze iemand die huilde voor hem getekend en naar de zee gewezen. Die eerste tekening had hij opgevouwen en in zijn zak gestoken.

Maar al deze herinneringen kon ze Kate niet vertellen.

'Ik begrijp het niet goed,' zei Kate. 'Wil je dat ik hier verslag van uitbreng?'

Lynnie schudde haar hoofd. Nee.

'Ik had graag gewild dat je ja zei.'

Meteen schudde Lynnie haar hoofd nog heftiger.

‘O, Lynnie...’ verzuchtte Kate, en ze keek uit het raam. ‘Waarom niet?’

Lynnie keek naar haar potloden en rolde ze tussen haar handen.

‘Goed dan,’ zei Kate. ‘Ik denk dat ik wel kan raden waarom je het niet wilt, en als ik gelijk heb, kan ik het begrijpen. Ik vind het niet fijn, maar ik begrijp het wel.’

Op dat moment keek Lynnie op.

‘Dacht je soms dat de baby zou moeten doormaken wat er hier met de andere baby’s is gebeurd? Die van de kinderafdeling?’ vroeg Kate.

Een hele poos bleef Lynnie haar aankijken. Toen gebeurde er ineens iets in haar. Dat was al eens eerder gebeurd, hier in dit kantoortje, toen Buddy het gebaar had gemaakt van een baby wiegen en met gebaren had gevraagd wat er was gebeurd. Toen had ze even gewacht om vervolgens te doen wat ze wist dat ze zou doen als Kate haar ooit die vraag zou stellen. Ze had naar buiten gewezen, naar het mannenpaviljoen, het paviljoen van waaruit maanden geleden een overval op A-3 was gepleegd.

Buddy had met gebaren gevraagd: *Wie?*

En toen had ze jongemannen getekend die in het donker uitzwermden, het licht te zwak om goed te kunnen zien.

Kwaad had Buddy aan de tralies voor de ramen geschud, en de volgende dag was hij plannen gaan maken voor hun vlucht.

Moest ze het nog eens tekenen? Zodra een bladzij was omgeslagen, kon die niet worden teruggeslagen. Nee. Ze was de nieuwe Lynnie, en die wist hoe het voelde om te liegen.

‘Daarom heb je het kindje bij haar achtergelaten, hè?’ vroeg Kate weer.

Lynnie wendde haar blik af en knikte.

Lynnie bedacht dat ze wel had moeten liegen, toen Kate haar naar het hoofdgebouw bracht om naar de film te kijken. De zon stond al laag, en toen buiten de lantaarns aangingen, zag Lynnie Clarence, de Paffer en de honden. Meestal ging ze ver van de ramen zitten wanneer er een film werd vertoond, maar deze keer kwam ze laat binnen. Ze deed haar best zich op de film te concentreren. Die ging over een zingende dame die hangend aan een paraplu kon vliegen. Doreen zat een heel eind verderop met haar benen te zwaaien. Betty Lou riep dat ze niet zo stom moest doen. Maar Lynnie keek steeds even uit het raam. Het was lastig dat niet te doen, want binnen was het donker en buiten stonden de Paffer en Clarence onder een lantaarn. Clarence rookte pijp, en de Paffer wond een hondenketting om zijn pols. Toen drong het tot haar door dat de Paffer een hond naar Clarence liet springen. Clarence deinsde achteruit, hij zag er bang uit. De Paffer lachte. 'Watje,' hoorde ze hem pesterig zeggen. 'Je bent een mietje.' Even verstarde Clarence, toen zette hij een stap in de richting van de hond. Die ontblootte zijn tanden. Clarence gaf het dier een klap op de kop, en de hond kromp jankend in elkaar. Vervolgens veegde Clarence zijn handen af, ten teken dat de klus was geklaard. Goedkeurend nam de Paffer een onzichtbare hoed af.

Ze had wel moeten liegen, want zij kon geen paraplu openen en wegvliegen.

Algauw werd het een routine. Ze luisterde naar Doreen totdat die in slaap was gevallen, en keek dan door het raam naar de torenklok terwijl ze dacht aan Buddy die terugkwam en haar naar de ladder droeg. Hij moest haar dragen omdat ze zich elke dag slapper voelde. Haar benen wilden haar niet vooruit helpen, in de wasserij had ze moeite met haar armen. Ze wist dat dit kwam door het verlangen. Ze herinnerde zich dat ze zich ook zo als verdoofd had gevoeld na het eerste bezoek van mama, toen Na-na niet mee was gekomen en mama had gezegd dat Na-na ook niet meer zou komen, en oom Luke had gezegd dat dat voor iedereen beter was. Lynnie herinnerde zich een andere keer dat ze ook zo verdoofd was geweest, toen het tot haar was doorgedrongen dat mama nooit meer zou komen. Sindsdien had ze zich vaak afgevraagd wat erger was: een plotseling afscheid waarvan je weet dat het een echt afscheid is, of een uitgerekt afscheid waarvan je maar moet raden dat het voorgoed is. Terwijl het sneeuwde en de sterren helder fonkelden zoals altijd op winternachten, ging ze zich zorgen maken over haar plotselinge afscheid van de baby, en vroeg ze zich af of het afscheid van Buddy er zo eentje was waarnaar je maar moest raden.

Soms deed Kate iets wat ze 'bidden' noemde, en Lynnie wist dat het een manier was om een gunst te vragen. Ooit had Kate haar uitgelegd van Jezus en Maria. Lynnie herinnerde zich wel eens iets over God te hebben gehoord, en die had geen naam. Hij had wel een liedje, en dat had haar moeder gezongen wanneer ze in de winter de kaarsen aanstak en ze allemaal chocolademunten aten die in goudfolie waren verpakt, en Lynnie een grappig tolletje mocht laten draaien. Maar Kate zong dat liedje niet, en Lynnie kende de naam van God niet. Dus kon ze niet bidden.

Daarom dacht ze maar aan de plaatjes die kwamen na de bladzijden die ze al kende. Ze stelde zich tekeningen voor van de baby op de boerderij, met de bejaarde dame. Soms zat het kind, soms stond het, en een enkele keer rende het zelfs. Ze deed haar best de kleur van de ogen en het haar te zien. Zouden die net zo zijn als de hare? Of zouden ze... Nee, het kind móést op haar lijken. Het kind móést blij en gelukkig zijn. Het kind móést vriendinnetjes krijgen die met haar zouden neuriën, die op blauw met groene paarden zouden rijden, die met haar met plaspoppen zouden spelen.

Dit spelletje met plaatjes speelde ze ook in gedachten met Buddy. Hoewel ze hem alleen kon zien terwijl hij op de tractor reed, of machines aan het repareren was, of veren aan haar gaf. Meer bladzijden kreeg ze niet getekend, zelfs niet voor hem.

Lynnie werd heel ongerust toen Doreen op een dag Kates werkkamer in stapte. Lynnie was net klaar met een tekening, maar die ging niet over de toekomst die ze niet kon zien. Ze had het verleden getekend, want dat kon ze wel zien. Veren in allerlei kleuren kolkten als rook door de lucht.

Kate keek net in de la toen Doreen met de postzak over haar schouder binnenkwam en zei: 'Iemand is naar Lynnie op zoek.'

Onmiddellijk deed Kate de deur dicht. 'Waar heb je het over?'

Doreen vertelde dat ze op de administratie was geweest, en dat er een stevige vrouw met een paardenstaart was binnengekomen die tegen Maude had gezegd dat ze bij Lynnie op bezoek wilde. 'Maude vroeg of ze familie van je was, en toen zei ze: "Nee." Maude zei dat het tegen de regels was, en toen ging de vrouw weg.'

'Lynnie,' zei Kate, 'ken je die vrouw die je wilde spreken?'

Lynnie schudde haar hoofd, maar ze besefte dat het iets met haar vlucht te maken had.

Daarna bedankte Kate Doreen en ging Doreen weg. Vervolgens opende Kate de archiefkast. Ze bladerde door alle tekeningen. Maar er was niets wat op deze vrouw leek.

Kate ging zitten en legde haar gevouwen handen op het bureaublad. 'Ik weet dat je niet wilt dat ik het iemand vertel, en ik had beloofd mijn mond te houden,' zei ze. 'Maar Lynnie, ik maak me grote zorgen om de baby. Want ergens op de wereld is jouw kind. Jouw baby. Deze vrouw weet misschien iets over haar.'

Lynnie keek Kate aan. Misschien kende die vrouw de bejaarde dame wel. Misschien kon Lynnie iets over de baby te weten komen. Misschien kon ze er zelfs achter komen wat voor kleur haar het had.

'Ik vraag het je niet, ik smeek het je: laat me alsjeblieft proberen uit te vinden waarom ze je wil spreken.'

Daar moest Lynnie heel lang over nadenken. Zelfs als ze zelf niet bij de baby kon zijn, zou ze in elk geval meer van haar weten. Ze zou de bladzijden kunnen tekenen die ze nooit kon zien.

Nee. Ze kon het niet.

Ze keek weg.

Kate legde haar hand op die van Lynnie totdat Lynnie haar in de ogen keek. 'Ik weet dat je nog treurt om alles wat je bent kwijtgeraakt,' zei Kate. 'Maar toch wil ik je iets vragen. Wees alsjeblieft eerlijk tegen me, dan zal ik doen wat je wilt.' Ze haalde diep adem. 'Wil je dat ik op zoek ga naar je kind?'

Dat was nog nooit bij Lynnie opgekomen.

'Zeg maar dat het mag,' ging Kate verder. 'Dan ga ik op zoek naar het huis van de bejaarde dame en kan ik zien dat het goed gaat met de baby. En dan kan ik je alles vertellen wat je wilt weten, en niemand anders krijgt dat te horen!'

Het zou heel fijn zijn. Lynnie zou de ontbrekende bladzijden kunnen tekenen. Ze zou weten dat ze de baby had gered. Ze zou zeker weten dat ze haar dochter had gered.

Maar als het allemaal uitkwam, zouden die bladzijden niet worden zoals Lynnie ze voor zich zag. Dan zouden ze lijken op Tonette nadat Wanda met haar klaar was. Dan zouden ze lijken op een dier wanneer de honden daarmee klaar waren. Dan zouden ze lijken op wat Lynnie die nacht in zijn ogen had gezien.

Lynnie staarde naar de vuurtoren. Bij de bejaarde dame was de baby veilig. Vervolgens keek ze op, in Kates ogen. En toen sloeg ze weer een bladzijde om, de bladzijde die ze veel liever niet had willen omslaan.

'Nee,' zei ze.

De grote tekening

Homan

1969

Eindelijk, na vijf maanden, een hut waarin hij kon uitrusten.

Homan kon zijn ogen nauwelijks geloven. Wat een geluk... Onder aan een rotswand stond een hut. Hij staarde er in de schemering naar terwijl hij in het hoge gras stond en een ijzige wind jonge boompjes deed buigen. De hut had twee ramen en een schoorsteen. Het was verrassend hier een hut aan te treffen, want er was verder niets; geen mensen, geen bebouwing. Maandenlang had hij buiten geslapen, verscholen onder een deken die hij van een waslijn had gejat. Het stoorde hem dat de knopen van zijn jas van konijnenbont de knoopsgaten niet bereikten. Had hij maar niet zo'n brede borstkas... Was hij maar niet dat shirt en dat jasje van Onderdakgever kwijtgeraakt in de rivier, toen hij alleen nog maar in oostelijke richting hoefde te gaan om bij Mooi Meisje te komen. Maar hij had wel een brede borstkas, de kleren waren wel weg, en de trein had hem naar het westen gebracht.

De eerste keer dat hij had geboft, was toen hij na veertig nachten in een bos een zak oude kleren had gevonden. Daarna had hij niet meer steeds hoeven klappertanden. Uiteraard was hij uit de buurt van huizen, winkels en auto's gebleven, en hij had vaak achteromgekeken om te zien of de politie niet achter hem aan zat terwijl hij zocht naar dingen om zijn honger mee te stillen. Maar wanneer het te koud werd, had hij toch beschutting gezocht in verlaten garages, of onder de veranda van een huis. Hij had een hekel aan de zonsopgang, want dan schrok hij altijd wakker. Maar hij vond de zonsopgang ook fijn, omdat hij hen dan in gedachten kon zien. Mooi Meisje in het maïsveld, haar haren fladderend in het briesje. Kleintje in een wiegje; ze kon haar handje al uitsteken naar zijn gezicht. Vlak voordat hij dan verder ging rennen, hief hij zijn handen. *Goedemorgen, Mooi Meisje,* gebaarde hij dan, *ik kom zo gauw mogelijk terug.*

Hij zette de buidel van de deken, met al zijn spullen erin, op de grond. De kleren die hij had gevonden, de besjes, de hengel en de speer die hij had gemaakt om aan eten te kunnen komen, een tentje, een zakmes en een veldfles die hij ergens had aangetroffen op een verlaten plek. Vervolgens sloop hij langzaam door het gras, dat tot zijn knieën reikte.

Toen hij de deur van de hut had bereikt, legde hij zijn handen tegen het hout in de hoop dat trillingen het zouden verraden als er iemand binnen was. De deur trilde echter niet onder zijn handen, dus keek hij eerst door het ene raam naar binnen en vervolgens door het andere. Binnen zag hij niets bewegen, en in het glas zag hij alleen de sterren weerspiegeld, als de korrels van een vergruisd suikerklontje. Een poosje wachtte hij, om moed te verzamelen. Toen pakte hij de deurknop en duwde de deur voorzichtig open.

Bij het maanlicht kon hij een klein eindje naar binnen kijken. Hij zag een omgevallen stoel, een tafel met een kapotte tafelpoot, en in de muur een stenen haard. Op de schoorsteenmantel zag hij iets glinsteren: het zilverfolie van een pakje sigaretten, met daarnaast een luciferboekje. Misschien wachtte een roker op het goede moment om hem te bespringen. Maar in de hut hing de muffe geur van een huis dat al lang onbewoond is. Met zijn voet hield hij de deur open, hij griste de lucifers van de schoorsteenmantel en stak er eentje aan.

Meteen zag hij alles helder. Aan de wanden hingen met stof bedekte planken. De vloer was kaal en tussen de planken kwam onkruid naar boven. De achterwand bleek niet te bestaan uit het steen van de rotswand, maar de hut liep verder door, de rotswand in. Aan een spijker hing een lantaarn, en toen hij die had ontstoken, keek hij recht in een grot.

Terwijl hij de lantaarn hooghield draaide hij zich om, om zich ervan te overtuigen dat hij echt alleen was. Er was niemand. Toen keek hij nog eens de grot in. Die was leeg, afgezien van een van takken gemaakt bed. Er lagen geen dekens of kussens op, en ook geen grijsaard die hem kwaad aankeek. Had hij maar zo'n hut gevonden toen de baby op het punt stond geboren te worden, in plaats van een ondergrondse ruimte in een achtertuin. Dan zouden ze niet zijn weggejaagd... Dan hadden ze niet mijlenver door de regen hebben hoeven lopen, of al die maanden gescheiden zijn geweest.

Nog steeds met de lantaarn omhooggehouden rende hij naar buiten om zijn buidel op te halen.

Pas toen hij de deur dicht had gedaan en de stoel onder de deurknop had geschoven, drong het tot hem door dat hij nog meer geluk had dan hij had gedacht. Op de planken stonden blikjes vis en pakjes met jerky. Hij at tot hij niet meer kon en ging toen volledig gekleed in de grot liggen, achter een paar rotsblokken voor het geval er toch iemand binnen zou komen. Voor de eerste keer in lange tijd viel hij ontspannen in slaap.

Toen Homan was ontsnapt van het parkeerterrein en aan de uitzwermende agenten, was hij er niet op voorbereid geweest dat hij zo lang alleen zou zijn, om uiteindelijk een schuilplaats in een grot te vinden.

Terwijl hij zich stevig vasthield aan de snel rijdende goederenwagon, had hij de hoop gekoesterd gauw weer terug te zijn bij de Valstrik. Hij hoefde alleen maar zijn angst onder controle te houden totdat ze bij een rangeerterrein kwamen, daar op een goederenwagon te springen die terug zou rijden naar de plaats waar hij vandaan was gekomen en op zoek te gaan naar de rivier. Makkelijk zou het niet zijn, maar hij zou het best kunnen. Dat moest gewoon. Die nacht had hij, liggend op zijn buik op het koude metaal terwijl de wind zijn bontjas en broek deed opbollen, de angst onderdrukt door te denken aan háár. Mooi Meisje die de schuur in was geglipt en had gelachen terwijl hij haar leerde melken. Mooi Meisje in het kantoortje van Mollige Roodhaar, waar ze de radio in zijn broekzak had gepropt zodat hij de trillingen kon voelen, en ze langzaam hadden gedanst. Mooi Meisje die hem had omhelsd in het maïsveld, de dag die hij de Dag van de Rode Veer zou noemen.

Zich nog steeds goed vasthoudend had hij zijn hoofd gedraaid. Hij wist niet hoe lang hij al op het dak had gelegen, maar aan de sterren te zien was het bijna ochtend. De trein reed met hoge snelheid door een landelijke omgeving.

Het drong tot hem door dat hij alweer op de vlucht was. Maar hij werd niet overweldigd door woede, zoals die andere keer, toen de poort van de Valstrik achter hem was dichtgeklapt. Toen was hij laaiend geweest op de politie, de rechter, en ja, ook op zichzelf, omdat hij zijn naam had gezegd. Hij had zich toen voorgenomen nooit meer een woord te spreken. Maandenlang had hij zich verzet en met dingen gesmeten. Hij hoorde hier niet, hij was niet gestoord! Vanwege die driftbuien werd hij ondergebracht in een paviljoen met de meest gewelddadige mannen en kreeg hij een soort goedje toegediend waardoor hij niet meer helder kon denken. Radeloos had hij zich herinnerd dat Blue zich altijd had verzet tegen onrecht. Blue had gezegd dat hij zich nooit zou laten breken. Niet door mensen die dachten beter te zijn dan hij. Hij was Homans grote broer, en hij zou zich er door niets of niemand van laten weerhouden om voor Homan op te komen. Ook al was het nog zo warrig en vaag in Homans hoofd, toch begreep hij wat Blue had bedoeld. Blue had een plekje in de wereld veroverd door zichzelf in dienst te stellen van een ander. Het was een vervelende gedachte dat Homan dat zou moeten doen voor kwijlende lieden die met hun hoofd tegen de muur bonkten. Maar hij móést weer helder kunnen denken.

Op een dag viel het hem op dat Ukkie, die iedereen mepte die bij hem in de buurt kwam, pas uithaalde nadat de begeleider op wie hij het meest gesteld was in de avond was weggegaan. Vlak voordat er van dienst werd gewisseld, rolde Homan een paar keer een bal naar Ukkie. Het duurde een poos voordat Ukkie dat leuk ging vinden, maar toen lette hij door de bal niet meer op de begeleider en mepte hij niet meer zo vaak. Algauw begon Homan zich af te vragen wie hij nog meer van dienst kon zijn. Hij ging Man-Als-Boom schone luiers omdoen. Hij vogelde uit hoe hij Draaitol aan tafel kon krijgen: naast hem gaan staan, hem ronddraaien totdat hij er genoeg van had en uit zijn kringetje stapte. Op een dag hielp Homan Dikbuikige Klusjesman een raam repareren. En na korte tijd kreeg hij een paar privileges.

Hij had gemerkt dat het hem een trots gevoel gaf wanneer hij anderen van dienst kon zijn. En door die trots liet hij vaker zien waar hij goed in was: afvoeren ontstoppen, scharnieren oliën en op de tractor rijden. En doordat hij die klusjes allemaal goed deed, mocht hij steeds meer. Uiteindelijk had hij zo veel vrijheid als een Levenslanger maar kon hebben. Maar toen was Mooi Meisje een vrouw geworden en ging hij naar nog meer vrijheid verlangen.

Toen het eerste ochtendlicht door de ramen van de hut scheen, dagdroomde Homan. Mooi Meisje kamde haar haren met haar vingers, haar gezicht naar de hemel geheven, glimlachend terwijl de bloesemblaadjes vanuit een boom op haar neer dwarrelden. Kleintje, die snel groeide, kroop onder de boom en trok klavertjes uit het gras. Ook al wist Homan niet goed wat er allemaal was gebeurd, toch hield hij zichzelf voor dat de baby veilig was bij Onderdakgever. Maar wanneer hij 's ochtend Mooi Meisje voor zich zag, was Kleintje bij haar en wenste hij hun allebei een goede morgen. Vandaag, bedacht hij zich, hoefde hij niet op te staan en op de vlucht te slaan. In een hut met de deur gebarricadeerd kon hij net zo lang blijven liggen als hij maar wilde.

Al heel lang had hij graag een keer willen uitslapen, al toen hij nog in Edgeville woonde en bijna geen kleine jongen meer was. Dan werd hij wakker, dacht aan een vrouw die naast hem lag en raakte helemaal opgewonden, vooral in zijn kruis. Eigenlijk had hij daar dan iets aan willen doen, en op de zeldzame ochtenden dat zijn broers, zusters en moeder weg waren en Blue buiten Ethel verzorgde, deed hij dat ook. Toen hij op de vlucht was geweest, had hij die luxe niet meer. Dan werd hij met kloppend hart wakker, spiedde om zich heen, stond op en rende weg. Hij was erg jaloers geweest op mensen die een voordeur hadden die kon worden afgesloten. Hij had door het raam mannen gezien die hun vrouw omhelsden, haar op de mond en in haar hals kusten, die hun shirt losknoopten en vervolgens de blinden neerlieten. In de Valstrik was het nog erger geweest. Als de begeleiders een man betrapten die met zichzelf bezig was, kreeg hij met een riem klappen op zijn vingers.

Al een hele poos had hij zijn oog niet meer op een vrouw laten vallen. Zelfs Mooi Meisje had in het begin niet dat effect op hem gehad. De eerste keer dat hij haar had gezien, was ze nog heel jong, en hij was toen bezig geweest een graf te delven. Waardoor zij hem opviel, waren niet haar lange blonde haren en haar brede, open gezicht. Het was omdat ze zo had gehuild toen de kist in de grond zakte. Daarna was hij op haar gaan letten, in de eetzaal, of wanneer ze ergens liep. Ze was nooit brutaal of driftig. Ze had een vriendin, en ze ging op bezoek bij een bewaker met rood haar. Veel lachte ze niet, maar als ze dat wel deed, was het alsof de zon doorbrak. Pas toen ze langer was geworden en de welvingen en het loopje van een vrouw had gekregen, was het tot hem doorgedrongen dat ze vanbuiten net zo mooi was als vanbinnen. Vanaf die tijd dacht hij in de ochtend aan háár. Maar zodra hij had gemerkt dat er een kind in haar groeide, en dat ze leed onder wat de mannen hadden gedaan, had hij besloten te wachten tot ze vrij waren.

Deze ochtend, in de grot, bevond hij zich achter een dichte deur. Dus hoefde hij eindelijk niet meer te wachten.

De dag nadat hij was ontsnapt aan Spekkop en Stippel was hij op het dak van de goederenwagon wakker geworden omdat de trein tot stilstand was gekomen. De zon had zijn rug verwarmd. Hij had zijn hand uitgestoken en naar de schaduw gekeken die zijn vingers maakten. Omdat de schaduwen kort waren, had hij geweten dat het bijna twaalf uur was, en ook dat het lastiger zou worden om zich te verbergen. Maar hij moest een trein zien te vinden die terugging. Hij kwam een beetje overeind.

De trein stond op een rangeerterrein. Links was een gebouw waar mannen in uniform druk bezig waren. Rechts stonden wagons, en daarachter zag hij gras en heuvels. Als hij uit de buurt van die mannen kon blijven, zou alles in orde komen.

Toen niemand zijn kant op keek, ging hij zitten. Hij was verstijfd en moe, en hij moest nodig plassen. Toen hij zich uitrekte, deed zijn been nog pijn. Omdat hij al een hele poos niet meer had gegeten, had hij ook honger. Maar toen herinnerde hij zich de envelop die de man in zijn jas had gepropt. Eigenlijk had hij geen tijd om erin te kijken, maar de envelop was zo dik als een dubbele boterham. Misschien zat er inderdaad een dubbele boterham in. Dus ging hij op zijn zij liggen om maar niet gezien te kunnen worden en haalde de envelop uit zijn zak.

Er zat iets in wat in vloeipapier was verpakt, met een touwtje eromheen. Hij knoopte het touwtje los, en werd verschrikkelijk teleurgesteld. Er zaten een hoop langwerpige groene papiertjes in. Geld. Hij herinnerde zich dat de McClintocks met geld werden betaald, maar zelf had hij nooit geld gehad. Hij bekeek de biljetten en zag op elk ervan een plaatje van een man. Sommige van die mannen hadden een baard, andere waren gladgeschoren; sommige waren dik, andere mager. Misschien waren deze biljetten wel iets van tien van die zilveren rondjes waard. Wat zouden ze eigenlijk waard zijn? Hoeveel van die papieren had je nodig voor een nieuwe motor, om je auto te laten wassen, om een hamburger te kunnen kopen?

Hij stopte het geld terug in de envelop en propte die diep in zijn jas.

Toen ging hij weer zitten en keek naar de wagons achter zich. Er was geen ladder waarlangs hij naar beneden kon klimmen. Hij keek naar links, op zoek naar iets op het dak om zich aan vast te houden. Niets.

Hij keek naar rechts. En toen zag hij gepoetste mannenschoenen op het dak.

Homan richtte zijn blik niet omhoog. Hij begreep dat de man op het dak was geklommen, waarschijnlijk nadat hij iets had geroepen. Gauw draaide hij zich om en zag toen andere mannen naar boven klimmen. Toen Homan weer de andere kant op keek, zag hij dat de man een met leer beklede stok in zijn hand had.

Rennen!

Hij stoof weg over de daken van de goederentrein. Wanneer hij in de Valstrik westerns had gezien waarin ze dit deden, had hij het spannend gevonden. Maar het zelf doen? Zijn maag kromp samen, zijn armen en benen leken onder stroom te staan. Misschien viel hij wel tussen de wagons... Misschien hadden de mannen vuurwapens... Hij dwong zichzelf niet achterom te kijken. Hij sprong op de volgende wagon en de volgende, en toen sprong hij naar beneden. Hij kwam hard neer. Een pijnscheut trok door zijn kuit, zijn knie deed ook pijn, maar toch stormde hij weg langs de wagons. Hij wist dat hij snel was, en daar was hij blij om, maar hij had liever gehad dat het niet nodig was geweest.

Maar nu kon hij eindelijk terug, vertelde hij Mooi Meisje in zijn dagdroom. Daarna ging hij naar buiten met de speer, om op iets te eten te jagen. Hij had eindelijk de tijd gekregen om zijn benen te laten herstellen, om tot rust te komen, om zijn maag te vullen. Wacht maar tot ik weer helemaal de oude ben, zei hij in gedachten tegen Mooi Meisje, het duurt nu niet lang meer.

Terwijl hij tijdens de jacht steeds verder van de hut verwijderd raakte, vroeg hij zich af of hij ooit de weg terug zou kunnen vinden. Van Blue had hij leren jagen. Van zwervers had hij tijdens zijn eerste vlucht van wagon op wagon leren springen. Hij had zichzelf geleerd kippen van een boerderij te stelen. Maar hoe moest hij van een onbekende plek naar een plek gaan die heel ver weg lag? Treinen waren niet veilig, en om met de bus te reizen moest hij met geld kunnen omgaan. Op tv had hij wel eens Duimrijders gezien, maar hoe kon hij de bestuurder duidelijk maken waar hij naartoe wilde? Trouwens, hoe heette de plaats waar de Valstrik stond? En wat was de echte naam van de Valstrik?

Wacht eens, een eindje verder zat een konijn... In tegenstelling tot de vorige twee die hij had gezien, keek dit konijn niet naar hem, dus als hij snel was had hij straks iets te eten. Hij omklemde de speer. Het konijn merkte het pas toen de speer al door de lucht vloog, maar voordat het dier kon wegstuiven, was het al geraakt.

Blij pakte Homan zijn maaltje op. Waarom maakte hij zich toch zorgen over teruggaan? Sinds hij Mooi Meisje en Kleintje was kwijtgeraakt, had hij geen enkele keer gehuild. Goed, hij had fouten gemaakt, en hij was zo ver van het rangeerterrein af gedwaald dat hij best in de buurt van Edgeville kon zijn. En hij had kleren, onderdak en eten.

Hij legde vuur aan. Misschien wist hij niet hoe hij moest teruggaan, maar terwijl hij het konijnenvlees boven de vlammen hield, drong opeens tot hem door dat dit voedsel precies op het juiste moment was gekomen. Ook de hut was verschenen op het ogenblik dat hij daar grote behoefte aan had, en dat gold ook voor de trein en dat plekje aarde bij het hek van het parkeerterrein met de vrachtwagens. Misschien was hij in de achtendertig jaar van zijn leven niet van de ene ramp naar de andere gestrompeld, zoals hij altijd had gedacht. Misschien zat er meer achter. Want de reis door het leven had hem gebracht naar de McClintocks, en naar Ukkie, en... Hij zag haar voor zich, in de stoom van de wasserij, en haar handen deden de zijne na, ze gebaarde zijn naam... De reis had hem naar Mooi Meisje gebracht.

De volgende dag, terwijl hij op adem kwam, dacht hij dat terwijl je je leven leefde, alles misschien heel toevallig en onoverzichtelijk leek. Net zoiets als een vlieg die over een van Mooi Meisjes prachtige tekeningen kroop en dan eerst alleen groen zag, dan blauw en vervolgens geel. Pas wanneer je opvloog voor de vliegenmepper zag je dat die kleuren samen een groter geheel vormden, met groen voor een bepaald gedeelte en blauw en geel voor andere, maar alle kleuren precies waar ze hoorden. Zou het met het leven ook zo zijn?

Aan de ene kant vond hij zichzelf stom omdat hij zulke belachelijke dingen dacht. Want waarom kwamen er steeds meer rampen over hem heen als hij toch al door ziekte doof was geworden, op de vlucht had moeten slaan en was opgesloten in de Valstrik? Aan de andere kant dacht hij dat de goede en slechte momenten er misschien gewoon bij hoorden. Stel dat het leven een grote tekening was, bestond er dan ook een Groot Kunstenaar?

Een week ging voorbij. Hij kwam een beetje aan en werd sterker. Nog een week ging voorbij, en de pijn verdween.

Na de derde week wist hij niet meer zeker of wat hij dacht wel klopte. Maar op een middag vond hij dat hij voldoende was hersteld, en nam zich voor de volgende dag op pad te gaan, naar Mooi Meisje. Daarvoor moest hij het een en ander doen. Om te beginnen moest hij dingen kunnen verbergen, dus trok hij zijn laarzen uit, pakte zijn zakmes en geld en maakte stiekeme plekjes overal waar hij dat met zijn mes in het leer kon doen. Het geld zat daarna om zijn voeten. En de jas van konijnenbont had hij niet meer nodig.

Zodra hij met die klus klaar was, moest hij goed nadenken over hoe hij de tocht ging aanpakken. Hij was vanuit zuidelijke richting bij de hut gekomen, en toen hij in oostelijke richting op verkenning was gegaan, was hij op een brede rivier gestuit. Die middag liep hij dus naar het noorden totdat hij bij een rotswand kwam.

Beneden zag hij een groot bruin gebouw met daarachter gazons, straten en huizen. Gehurkt keek hij door de struiken. Aan de ene kant van het gebouw was een parkeerterrein waarop gele bussen stonden, aan de andere een grasveld met tribunes eromheen waarop mensen zaten. Terwijl hij keek, kwamen er jongemannen in dezelfde truien en broeken uit het gebouw hollen, gevolgd door een andere groep die ook allemaal op dezelfde wijze gekleed gingen. De eerste groep verspreidde zich over het veld, en plotsklaps begreep hij dat het een honkbalwedstrijd was. In de Valstrik hadden de bewakers honkbal gespeeld, en toen Homan meer dingen mocht, had hij meegedaan. Maar hij had nog nooit een echte wedstrijd bijgewoond.

Toen de eerste slagman naar de plaat stapte, dacht Homan aan de keren dat hij zelf had gehonkbald, aan de klap tegen het slaghout wanneer hij de bal had weggeknald, aan het rennen van honk naar honk. Het speet hem dat hij niet daar beneden kon zijn. De werper wierp de bal, en Homan bedacht dat ook al kon hij er niet bij zijn, hij wel kon doen alsof hij meedeed, en dat Mooi Meisje dan naar hem keek. Dus ging hij staan en wierp een imaginaire bal. Vervolgens sloeg hij als slagman de bal weg, en toen de imaginaire bal voorbij de denkbeeldige honken vloog, hield hij zijn hand op als een achtervanger. Hij stapte naar voren en naar achteren en stompte met zijn vuist in zijn hand toen hij de imaginaire bal met zijn denkbeeldige handschoen opving. Het publiek applaudisseerde, en Homan klapte samen met Mooi Meisje mee. Bij de volgende inningen wierp hij de slagman uit en rende van honk naar honk. Maar toen zag hij ineens iets, buiten het veld. Achter de straten, winkels en huizen zag hij een hoge brug over een rivier. Meteen klapte hij in zijn handen. De volgende dag zou hij weten hoe hij moest lopen. Dat hij hiernaartoe was gelopen, was geweldig. *Zie je wel,* gebaarde hij naar Mooi Meisje, *ik zei toch dat ik zou terugkomen, en nu weet ik hoe dat moet.*

Die avond ging hij volledig gekleed voor het vertrek de volgende dag op het bed in de grot liggen en glimlachte in het donker. Hij begon echt te denken dat er waarachtig een Groot Kunstenaar bestond, en hij hoopte het vurig. Want als hij dan tijdens de tocht terug een hoop tegenslag zou ontmoeten, zou hij die beter kunnen verdragen.

Maar toen hij wakker werd, was het nog nacht. Eerst dacht hij dat hij door de opwinding van het vertrek zo vroeg was ontwaakt.

Hij liet zijn blik dwalen naar de buidel. Hij was klaar om te gaan. Vervolgens bewoog hij met zijn tenen in zijn laarzen en voelde het geld zitten. Omdat hij graag de sterren wilde zien, richtte hij zijn blik op het raam.

Op dat moment vlogen er glassplinters door de ruimte. Hijgend van schrik kroop hij weg achter het verste rotsblok. En toen klommen ze naar binnen. Hadden ze eerst nog geroepen? Ze waren snel, ze schenen met een zaklamp. Algauw hadden ze hem gevonden en trokken hem overeind. Hij was aangesterkt, hij kon zich verzetten, en hij duwde er eentje van zich af en deed zijn best degene die achter hem stond te grijpen. Waarom moet dit nou vannacht, vroeg hij zich af voordat hij bij zijn armen werd gegrepen en die op zijn rug werden gedraaid. Omdat er helemaal geen grote tekening bestaat, stomkop, dacht hij. Het licht deed pijn aan zijn ogen, het verblindde hem. Het spijt me, Mooi Meisje, dacht hij, blijkbaar moet ik weer op de vlucht. En toen regende het vuistslagen over zijn hele lijf.

Handlangers

Kate

1969

Met Lynnies tekeningen op de stoel naast de hare reed Kate over de Old Creamery Bridge. De tekeningen waren haar landkaart. Ze had ze uit de afgesloten la gehaald in de wetenschap dat Lynnie bezwaar zou hebben tegen wat ze ermee van plan was. Maar Kate was dit werk niet gaan doen omdat ze nu eenmaal een baan moest hebben nadat haar echtgenoot het had aangelegd met een ander, en zij niet dapper genoeg was geweest om als serveerster te gaan werken. Het lag er ook niet aan dat ze moest klaarstaan voor haar kinderen en geen wisseldiensten in een fabriek kon draaien, of dat ze onvoldoende spaargeld had om een opleiding tot schoonheidsspecialiste te kunnen bekostigen. Ze was hier gaan werken vanwege een verandering in zichzelf. De eerste maanden nadat haar echtgenoot ervandoor was gegaan, had ze veel gehuild, veel geslapen en gedorst naar wraak. En toen was ze op een ochtend wakker geworden en had beseft dat ze haar drie jonge kinderen niet in bescherming had genomen tegen de driftbuien van hun vader, omdat ze te veel bezig was geweest met haar eigen verdriet. Terwijl ze zoekende naar leiding was geweest, was ze weer naar de kerk gegaan en had besloten boete te doen voor haar fouten door voor anderen te zorgen. Dat had geleid tot haar sollicitatie bij de School. Algauw raakte ze zo gehecht aan de bewoners dat ze toch geloofde dat ze voor dit werk was voorbestemd, ook al ging het er daar ruw aan toe en raakte ze gedesillusioneerd. Ze wist dat sommige collega's hier werkten vanuit heel andere motieven, en hoewel die graag een sigaretje met haar rookten en samen verjaardagstaart aten, beschouwden ze Kate als onruststoker vanwege de manier waarop ze met bewoners omging. Maar Kate vond dat ze boete deed. Ze dacht vaak aan het evangelie van Johannes, waarin Jezus zegt: Heb elkaar lief. Zoals ik jullie heb liefgehad, zo moeten jullie elkaar liefhebben. En ze dacht ook aan het evangelie van Mattheus: Alles wat jullie gedaan hebben voor een van de onaanzienlijksten van mijn broeders of zusters, dat hebben jullie voor Mij gedaan. Ze had haar kinderen geleerd dat iedereen, van de oorlogsveteraan met nog maar één been die het orgel in de kerk bespeelde tot de stotterende conciërge op hun school, en ook de kinderen daar, het verdienden goed bejegend te worden. En daarom wilde Kate alles over de baby te weten komen, ook nadat Lynnie haar had gevraagd niet op zoek te gaan.

Terwijl ze over Old Creamery Road reed, voelde ze zich echter niet nobel. Ze had last van spijt omdat ze bijna vier maanden voorbij had laten gaan sinds Lynnie de tekeningen over de ontsnapping had gemaakt. Een poosje had ze zich voorgenomen tot actie over te gaan zodra ze niet meer zo veel overuren hoefde te maken. Maar de vorige dag, toen ze na een zestienurige werkdag naar huis reed, moest ze toegeven dat er minder fraaie redenen waren waarom ze ermee had getreuzeld. Suzette had gelijk: als Kate deze geschiedenis aan het licht bracht, zou ze waarschijnlijk haar baan kwijtraken. Juist daarom had ze maandenlang wakker gelegen en gekeken naar de vochtplekken in het plafond, zich zorgen makend over de beugel voor Melinda en over Jimmy's kansen toegelaten te worden op de universiteit, en liever niet denkend aan de zoektocht naar de baby.

De vorige dag echter deed onder het personeel het gerucht de ronde dat Doreens ouders een nieuwe show op Broadway wilden brengen. Het leek vreemd dat twee beroemdheden over wie vaak in de krant werd geschreven, van wie de een de meest gefotografeerde filmster van Hollywood was en de ander een bewonderd schrijver, een kind konden hebben over wie nooit in de krant werd bericht. Lange tijd had Kate aangenomen dat de praatjes over Doreens ouders alleen maar roddels waren die nergens op waren gebaseerd. De vorige dag echter was er iets in haar gebeurd wat ze niet kon verklaren. Zoiets overkwam haar wel vaker, en dan noemde ze dat lacherig: intuïtie. Maar eigenlijk geloofde ze dat het de hand van God was. Dus vroeg ze een vriendin bij de administratie haar stiekem de sleutel te geven, en de afgelopen avond, toen het al donker was, had ze zichzelf stilletjes binnengelaten.

De archiefkast waarin Doreens dossier was opgeborgen, stond bij een raam. Kate haalde het dossier eruit en hield het in het licht van de klokkentoren. Ja hoor, daar stonden de namen die werden gefluisterd. Arme Doreen. Ze had familie, en die was in het bezit van vier huizen, twee Oscars en een Pulitzerprijs. En Doreen had alleen een kapotte telefoon die ze in de vuilnisbak had gevonden en onder haar kussen verborgen hield.

Kate dacht: ik moet erachter zien te komen of alles goed is met Lynnies dochtertje. Als dat niet zo is, ga ik doen wat iemand voor Doreen had moeten doen. Ik ga haar beschermen, ik ga ervoor zorgen dat haar geen kwaad geschiedt.

Terwijl ze haar vijfde sigaret na Old Creamery Bridge opstak, zag ze verderop een verkeersbord. Over een halve kilometer kwam ze bij de afslag naar Scheier Pike. Aan die weg had ze niet gedacht toen ze op pad was gegaan. Moest ze op Old Creamery Road blijven of de afslag nemen?

Ze keek naar de tekeningen op de passagiersstoel. Na die van de brug kwam er eentje met twee personen plus de baby die over een met bomen omzoomde weg renden. Langs de noordelijke en langs de westelijke route stonden bomen. Waren die bladzijden maar niet uit Lynnies dossier gehaald... En was Kate maar zo dapper geweest om er Clarence op aan te spreken. Niet dat Clarence bereid zou zijn haar inlichtingen te verstrekken. Hij had Kate uitgelachen toen hij had ontdekt dat ze een paar van de handigere bewoners had willen leren weven. ‘Alsof ze daar beter van worden,’ had hij gezegd. Zij had willen zeggen dat ze het niet daarvoor deed, maar om hun iets interessants te geven om hun dagen mee te vullen. Deze keer had ze echter niet uit angst om dom of naïef te worden gevonden haar mond gehouden. Het was uit angst om Lynnies geheim te verklappen.

Nadat ze haar sigaret had uitgedrukt, waagde ze de gok en bleef op Old Creamery Road.

Ze legde de volgende tekening boven op het stapeltje. Blijkbaar had de bejaarde dame een brievenbus met een merkwaardige versiering. Om zich heen kijkend minderde ze vaart. Wat moest ze doen wanneer ze die had gevonden? Sinds de afgelopen nacht had ze gebeden om hulp bij wat ze tegen de bejaarde dame moest zeggen. En ze had antwoord gekregen. Ze moest officieel klinken en zeggen dat ze werkzaam was bij de School en niet was gekomen om het kind te halen, maar om te vragen of er soms hulp nodig was. Want dan zou de bejaarde dame niet dokter Collins of de politie bellen. Maar stel dat de bejaarde dame zei dat ze inderdaad hulp nodig had? Stel dat ze Kate de baby overhandigde? Kate zou verschrikkelijk over de tong gaan in Well’s Bottom als er plotseling een baby in haar huis was. Misschien had Kate beter eerst even aan pastoor Geoff kunnen vragen wat ze het beste kon doen. Misschien kende hij een familie heel ver hiervandaan waar het kind welkom zou zijn, of een discreet adoptiebureau. Maar Lynnie wilde om de een of andere reden dat de baby bij de bejaarde dame bleef, en niemand mocht weten dat zij de moeder was. Als de baby naar een gezin of een adoptiebureau werd gebracht, zou Kate daarbij worden betrokken. En ook al was pastoor Geoff nog zo voorzichtig, de kans bleef bestaan dat de band tussen het kind en Lynnie aan het licht zou komen. Misschien was het wel het beste als het kind bleef waar het was. Kate kon alleen maar hopen dat het daar goed ging met haar.

Nadat ze een bocht had genomen zag ze het: de versierde brievenbus. Er stond een vuurtorentje op. Ze keek naar de tekening. Op dit moment stond het vuurtorentje naar opzij omdat er geen post was, en bij Lynnie stond het rechtop. Maar verder had Lynnie het ding goed getekend, met gezichtje en al. Hardop zei Kate: 'Je bent me er eentje, lieverd.'

Ze reed de oprit op.

Het leek hier sterk op de laatste tekening. Aan weerskanten waren akkers, en aan het eind van de oprit stond een eenvoudig huis met een veranda en kleine ramen.

Toen Kate voor het huis stopte, zag ze iets wat niet in Lynnies tekening voorkwam. Naast de veranda stond een bord met: TE KOOP.

Kate stapte uit. Hoewel het al voorjaar was, stond er een stevige wind. Ze trok haar jas dichter om zich heen. Door een klein raam zag ze meubels staan. Ze klopte op de deur, maar door de harde wind kon ze geen naderende voetstappen horen. Dus bleef ze kloppen tot ze het welletjes vond.

Vervolgens maakte ze een kommetje van haar handen en stak een sigaret op, om daarna van de veranda af te stappen.

Daar was het bos waarin nummer 42 was gevlucht. Terwijl ze ernaar keek, besefte ze dat hij allang elders zou zijn. Ze dacht aan hoe leeg ze zich had gevoeld wanneer haar echtgenoot langer op de dozenfabriek bleef doorwerken. Leeg en toch vol angst, in de wetenschap dat hij daar niet alleen voor het werk lang bleef. Maar zij had maanden de tijd gehad om te wennen aan zijn afwezigheid, tot op die verschrikkelijke avond toen er binnen in haar iets was veranderd en ze precies had willen weten wat er aan de hand was. Nadat ze de kinderen naar de buren had gebracht, was ze naar de fabriek gereden. De opzichter daar had versteld gestaan toen Kate hem had verteld over de overuren die haar echtgenoot draaide, want er werd al heel lang door niemand overgewerkt. Toen had ze zekerheid gekregen, en ze was steeds sneller door Well's Bottom gaan rijden, op zoek naar zijn auto. Die had ze uiteindelijk aangetroffen voor het appartement van Jeannette Dory, en een poosje later had ze gezien dat haar echtgenoot met de zwangere Jeannette het stoepje af liep.

Dat was erger dan erg geweest. Maar terwijl Kate naar het bos keek, besefte ze dat het voor Lynnie nog veel erger moest zijn, want zij was de eerste en enige man van wie ze hield, plus haar kind, op één avond kwijtgeraakt.

Ze schudde haar hoofd. De adem kwam in wolkjes uit haar mond, en het begon te sneeuwen.

Na een poosje liep ze om het hele huis heen. Er was een stal, een kippenhok en een gereedschapsschuur. Ze keek naar de eerste verdieping. Nergens brandde licht.

Het is allemaal jouw schuld, dacht ze terwijl ze terugliep naar de auto. Nee, dat klopte niet helemaal, want degene die de bladzijden uit het dossier had gehaald, had ook schuld. En degenen die haar rekeningen stuurden, de scheve tanden van Melissa, en haar angst dat Jimmy zou worden opgeroepen door het leger. Zelf was ze schuldig aan het toegeven aan Lynnies idee dat het kindje een prettiger leven zou leiden als niemand van de School wist dat het bestond.

Ze reed de oprit af. 'Vader,' zei ze zacht, 'zorg alstublieft voor het kindje, waar het ook is. Kom in haar hart, zodat ze U later kan vinden.'

Het was heviger gaan sneeuwen. Ze zette de ruitenwissers en de radio aan, en was blij met de gedachte dat ze waarschijnlijk geen tegenliggers zou ontmoeten op de weg terug naar Well's Bottom. Toen dacht ze aan haar thuiskomst en het zichzelf in de spiegel onder ogen moeten komen, en dat ze de volgende dag ook Lynnie onder ogen zou komen. Hoewel Lynnie haar nergens van zou beschuldigen, zou Kate altijd last van haar geweten houden.

Ze bereikte de weg. De koplampen waren nog niet aan, en toen ze die aanzette, zag ze de jongeman bij de brievenbus. Hij haalde er post uit. In de berm stond zijn Buick, met snorrende motor en het portier open. Hij staarde in de koplampen. Hij was nog een tiener, met een jasje aan van de middelbare school van Well's Bottom.

Toen ze de radio uitzette, hoorde ze de zijne. Daarom keek hij zeker zo verbaasd; hij had haar niet horen aankomen.

Ze draaide het raampje naar beneden.

'Kan ik je even spreken?' vroeg ze.

'Komt u de boerderij bekijken?' vroeg hij. Hij moest duidelijk zijn best doen om vol zelfvertrouwen over te komen.

Even wierp ze een blik op de tekening, toen keek ze weer naar hem op. 'Ik zoek de mevrouw die hier woont.'

Het gezicht van de jongen verstrakte. 'Ik pas op het huis. Ik weet alleen dat ze de boerderij wil verkopen.'

'Weet je soms waar ze is?'

'Ik zei toch dat ik alleen maar op het huis pas?'

'Maar misschien weet je toch iets.'

'Echt niet.'

'Waar breng je de post dan heen?' vroeg ze terwijl ze naar de enveloppen wees.

Hij keek naar zijn handen en richtte zijn blik vervolgens op haar.

'Ik ben heus niet van plan iemand in de problemen te brengen,' zei Kate. 'Ik wil alleen maar weten...' Ze kneep haar lippen op elkaar en voelde aan het kruisje om haar hals. 'Ik wil alleen maar weten of alles goed met haar is.'

'Goed genoeg om de boerderij te willen verkopen.'

Terwijl Kate naar de dwarrelende sneeuwvlokken keek, dacht ze aan wat Lynnie wilde. Maar dit was Kates kans. Als ze nu niets zei, zou ze haar hele verdere leven worden geplaagd door bittere schuldgevoelens.

'Nee,' zei Kate. 'Ik wil weten of het goed gaat met háár.'

De jongen keek haar aan alsof hij haar niet begreep.

Kate haalde diep adem. 'Met de baby,' zei ze.

Oliver bracht Kate naar de winkel van Hansberry. De volgende drie uur, terwijl de onverwachte sneeuw een steeds dikker pak vormde, praatten Kate en Eva met elkaar. Ze joegen er twee potten thee door. Toen Kate eindelijk opstond, waren ze tot een besluit gekomen. Ze zouden Lynnie niet vertellen wat er met de baby was gebeurd, en ze zouden Martha niet vragen haar terug te geven. Ze zouden boodschappers zijn die uitsluitend aan elkaar berichten doorgaven, en dan alleen over het welzijn van het kind, en of Lynnie van gedachten was veranderd. Als het niet goed ging met het kind, of als Lynnie van gedachten veranderde, zouden ze alles niet langer verborgen houden. Maar verder zouden ze zich aan de afspraak houden en doen wat juist leek. Ze gaven elkaar een hand en vielen vervolgens in elkaars armen. Toen Kate naar buiten stapte, sneeuwde het nog steeds. Ze droogde haar ogen, rechtte vastberaden haar rug en verdween in het donker.

DEEL II

Op weg

De barmhartige samaritaan

Homan

1969

De achterbank van een patrouillewagen werd al heel vertrouwd.

Elke keer dat Homan instapte, werd hij begroet door dezelfde geuren: sigaretten, leer, zweet en koffie. Mooi Meisje zou die stank vast verschrikkelijk hebben gevonden. Omdat het ochtend was – een frisse ochtend in een vlak landschap waarin her en der pollen gras en lage struiken groeiden – rook het ook naar donuts, en daardoor rommelde zijn lege maag. Boos sloeg hij zichzelf op zijn bovenbeen. Voor de vijfde keer in een patrouillewagen, dacht hij. Al vijf keer heb je niet uitgekeken, of was je te hongerig om voorzichtig te zijn. Daar ga je weer...

Hij sloeg zijn armen stevig over elkaar en keek naar het kippengaas dat hem scheidde van de stoelen voorin. Hij zag zichzelf in de achteruitkijkspiegel. Wat zag hij eruit... Haren als de vacht van een ongeschoren schaap, smerig gezicht, een groezelig shirt vol vlekken, en een verwilderde blik in zijn ogen. Vol walging schudde hij zijn hoofd. Misschien was het maar goed dat Mooi Meisje alleen in gedachten bij hem was.

Toen de auto wegreed, deed hij zijn best rustig te worden. Net als die andere keer had hij gedaan wat hij kon. Hij had zijn handen omhooggehouden en zelfs gedaan wat hij zich sinds hij in de Valstrik was beland had voorgenomen nooit meer te doen: hij had zijn stem durven gebruiken. Zo goed en zo kwaad als het ging had hij gezegd: 'Ik ben doof.' De agenten hadden elkaar aangekeken, maar hij was het blijven zeggen tot ze het hadden begrepen, en ze brachten hem niet terug naar de Valstrik of sloten hem op in een cel, en gingen niet na of hij werd gezocht. Als hij niet beter had geweten, zou hij blij zijn dat iemand hem begreep.

De eerste keer dat hij werd opgepakt, had hij inderdaad niet beter geweten. Terwijl de patrouillewagen door de hoofdstraat reed, langs mensen die dingen deden die hij nooit had gedaan, zoals voor iedereen zichtbaar hand in hand met je geliefde lopen, een krant kopen of binnenstappen bij de kruidenier, herinnerde hij zich weer hoe het de eerste keer was gegaan. Doordat hij naar alledaagse dingen had gekeken, was hij die keer achter in een patrouillewagen beland. Hij had gedacht dat hij goed verborgen was toen hij vanaf die rots naar de honkbalwedstrijd had gekeken. Toch moest iemand hem daar hebben gezien toen hij deed alsof hij meespeelde, en iets slechts in de zin hebben gehad. Iemand zoals Wayne Sullivan, maar dan in een pickup.

Terwijl hij door het raampje naar buiten keek, verbaasde het hem niet dat de patrouillewagen waarin hij zat koers zette naar het politiebureau. Zijn hart ging sneller kloppen. Als ze maar deden wat die andere agenten hadden gedaan, zou hij veilig zijn. Hij hield zijn adem in.

Die eerste keer hadden de jongens die hem in de grot ervanlangs hadden gegeven, hem naar het politiebureau gebracht. Toen ze voor dat gebouw tot stilstand waren gekomen, was Homan zo snugger geweest om over de rand van de achterbak te kijken en had hij de jongens met een agent zien praten. Doordat een van de jongens naar zijn gezicht had gewezen, gekneusd omdat Homan hem daar had geraakt, vermoedde hij dat de jongen hem ervan beschuldigde hem te hebben aangevallen. Hij had zich voorgesteld Mooi Meisje later te vragen: *Is dat niet de omgekeerde wereld?* De agent had Homan het bureau binnengeleid, en Homan vroeg zich af wat erger was: de blauwe plekken van alle rake klappen, of zijn angst.

Hij had op een bankje moeten zitten, er waren mannen gekomen die Schreeuwgezichten trokken. Een van hen had hem pen en papier gegeven. Een ander liet hem een plaatje zien. Aan de kronkeltjes daarop zag Homan dat het een landkaart was, maar het plaatje leek eerder op een gebreide want, niet op een springend hert. Later had een mevrouw hem een broodje en frisdrank gebracht, en het broodje had hij opgegeten, maar het drankje had hij niet aangeroerd, denkend aan Stippel en Spekkop. En aldoor was de angst gebleven. Hij had zijn laarzen aangehad, en daar zat het geld in en dat gaf hem zelfvertrouwen. Ooit zou hij Mooi Meisje hier alles over vertellen, in het echt, en gauw ook. Hoe dan ook. Uiteindelijk hadden twee mannen die niet in uniform waren hem naar een auto zonder zwaailicht gebracht. Hij had achterin moeten instappen, en ze waren weggereden.

Dat was opnieuw iets onbegrijpelijks in een lange reeks dingen die hij niet begreep. Het was nacht geworden, en nog steeds reden ze maar door. Hij kon niet veel zien, alleen bomen en meren. Ze waren aan de rand van een plaatsje gekomen, en daar hadden ze het portier geopend en hem laten uitstappen, de kou in.

Ze stonden voor een gebouw waar licht uit de ramen scheen, en de twee mannen brachten hem naar binnen. Het rook er net zoals in de wasserij van de Valstrik, en hij glimlachte, denkend aan Mooi Meisje. Het was er ook warm, en verschillende wasmachines waren aan het draaien. Toen hij zich omdraaide naar de mannen, merkte hij dat ze waren verdwenen. Hij rende naar buiten en zag de auto wegrijden.

Hij was nog steeds vrij. Maar terwijl hij naar de verdwijnende achterlichten keek, was het hem beginnen te dagen. Ze hadden hem ver weggebracht van hun plaatsje en hem afgeleverd als vuile was.

Zulk soort dingen gebeurden keer op keer. Hij vond nieuwe plekken om zich te verbergen, ritselde nieuwe kleren, en hield het weken uit. En dan viel hij iemand op als een smerige, dove nietsnut die er gestoord uitzag, en werd hij weer ver weggebracht. Een keer hadden ze hem op de bus gezet en de chauffeur een kaartje gegeven. Mooi Meisje en Kleintje rekenden op hem. Inwendig zag hij hen elke ochtend voor zich, Mooi Meisje die blies op het make-upspiegeltje van Mollige Roodhaar en zijn gezicht met haar vinger tekende, of Kleintje die sloeg op het schuim in haar badje, waarin heel veel speelgoed dobberde. Maar met elke dag leek 'hoe dan ook' verder weg.

De agenten reden langs het politiebureau. Hij durfde weer adem te halen. Ze reden de stad uit, door een bruin landschap dat door hekken in stukken was verdeeld. Ze bleven maar rijden. In de verte graasde vee. Apparaten die op grote vogels leken, pikten in de grond.

Na een hele poos stopte de auto voor een ranch, en een blanke vrouw en man stapten naar buiten. Ze hadden zilverkleurig haar, droegen keurig gestreken kleren en hadden nauwelijks een lach op hun gezicht. De man opende het achterportier. Homan voelde zich vies en stinkend naast deze twee Zilverharigen, en hij snapte niet waarom ze hem naar binnen haalden. Later zou hij zich dit moment herinneren als het begin van een van de verbazingwekkendste hoofdstukken in het boek van zijn leven. Maar op dat moment was hij alleen blij weer eens in een echt huis te zijn, en kon hij nog niet raden wat ze ervoor zouden terugvragen.

Homan vond het wonderbaarlijk dat hij zo goed werd behandeld. Voor het eerst had hij een kamer voor zichzelf, met een bureau, een ladekast en een bed. In de ladekast lagen mooie broeken, witte overhemden, een overall, witte hemden, pyjama's, sokken en zelfs onderbroeken. Drie keer per dag werd er gegeten, Zilvervrouw kon goed koken en zette het eten dampend op tafel. Ze trokken geen Schreeuwgezichten. Ze behandelden hem net zoals hun twee andere gasten. Ze vroegen hem alleen om voor de varkens achter het huis te zorgen.

De Zilverharigen vroegen de andere gasten ook dingen te doen. Een van hen had een grauwe huid, een zwarte vlecht en was stevig gebouwd. De andere was mager, puisterig en blond. Hun taak was het om mee te gaan met Zilverman wanneer hij die grote, pikkende vogels ging inspecteren, of om samen met de Zilverharigen naar tv-dominees te kijken. In de middag moesten ze lezen in exemplaren van hetzelfde boek dat Homan in een bruin koffertje op zijn bed had aangetroffen op de dag dat hij hier was gekomen. Het was een dik boek met een leren omslag, en de bladzijden waren goudgerand. Er stonden plaatjes in van een oude man met een lange baard die een staf omhooghield terwijl een rivier zich spleet, van een boot propvol dieren in de regen, en van een jongen die met een katapult schoot. Hij vermoedde dat het een bijbel was. De McClintocks hadden hem verhalen uit de Bijbel verteld, over een wonder met broden en vissen, en over de barmhartige samaritaan. Misschien hoorden die plaatjes bij andere verhalen, wist hij veel? Hij had het boek teruggelegd in het koffertje en het koffertje onder het bed geschoven. 's Middags, wanneer iedereen met dat boek om de eettafel zat, ging hij naar de garage die vol schatten stond, zoals kapotte tv's, oude automaten en boekenkasten die nodig gerepareerd moesten worden. Het was snikheet in het varkenskot en in de garage, maar met de varkens om zich heen, of met de gereedschapskist, en de gezichten van zijn twee meisjes in gedachten, ging het allemaal best.

Hij vermoedde dat de twee anderen net zoals hij in huis waren opgenomen, misschien ook na een moeilijke periode. Maar zij konden lezen, zij konden horen. Wanneer hij bezig was in de garage keek hij door het raam en zag de anderen geconcentreerd naar de tv-dominees kijken of met het boek open op tafel met de Zilverharigen praten. Voordat ze gingen eten, werd er gebeden en hield iedereen de hand vast van degene naast zich. Homan vroeg zich vaak af of de Zilverharigen van hem verwachtten dat hij meedeed, maar dat deden ze niet. Hij vond het allemaal een beste regeling.

Er was één ding dat hem de stuipen op het lijf joeg. Soms, wanneer hij binnenkwam, zag hij het echtpaar met een bepaalde blik naar elkaar kijken. Tijdens het avondeten werd er gepraat en dan werden er tersluikse blikken in zijn richting geworpen. Blijkbaar was dat de prijs die hij voor dit luxeleventje moest betalen: dat hij over de tong ging. Daar kon hij best tegen terwijl hij zijn best deed een manier te bedenken om weg te komen.

Want weggaan was een probleem. Hier kon hij zich niet verbergen achter gebouwen, en hij kon ook niet op een goederentrein springen. Hier was alles vlak, met een lange weg waaraan alleen dit ene huis stond. Af en toe stoven er auto's en vrachtwagens voorbij, maar hoe kon hij op zo'n voortrazend voertuig springen? Nergens was een stoplicht of iets dergelijks. Hij zou natuurlijk in de verzengende zon kunnen gaan lopen, maar omdat de politie hem hierheen had gebracht, was de kans groot dat ze hem zouden terugbrengen.

Hij overwoog de auto van Zilverman te stelen. In de garage was hij er al in gaan zitten en had hij het stuur in zijn handen gehad. Ook al was deze auto heel anders dan die bij de McClintocks of in de Valstrik, moeilijk zou het niet zijn. Andere auto's zou hij niet kunnen horen, en hij was ook niet in staat om de weg te vragen, maar toch zou hij best kunnen vluchten. Alleen, vroeg of laat zou er iets mis kunnen gaan, en als de politie hem oppakte voor diefstal, zou hij zijn straf moeten uitzitten voordat hij Mooi Meisje weer in zijn armen zou kunnen houden.

Op een ochtend lieten de Zilverharigen de twee anderen en hem instappen en reden ze een heel stuk over de weg naar een kruispunt met een cafetaria, een kruidenier, een benzinestation en een enorm, kaal veld. Boven de plek waar de wegen elkaar kruisten hing een rood knipperlicht. Ze reden het veld op. Daar was al een aantal mannen, en algauw kwam er een cementwagen met draaiende molen aangereden, en een vrachtwagen met grauwe blokken. De mannen gingen om Zilverman staan, en die pakte een megafoon. Vervolgens gingen ze iets bouwen, en van Homan werd verwacht dat hij meedeed. Hij had geen idee wat ze aan het bouwen waren, maar terwijl de vloer werd gestort kon hij wel zien dat het iets groots zou worden, groot genoeg voor bijvoorbeeld het circus dat de Valstrik wel eens aandeed. De volgende dag gingen ze weer, en de dag daarop ook. Het was zijn taak om met de grauwe blokken muren op te trekken. Ook hielp hij met het dak, het aanleggen van leidingen voor het licht en de buizen voor de riolering, en, heel bijzonder, het opbouwen van een podium. Het mysterieuze bouwwerk, en het makkelijke leven bij de Zilverharigen zorgden ervoor dat hij even niet meer dacht aan vluchten.

Na een paar dagen, nadat er rijen stoelen in het gebouw waren geplaatst, werd het hem duidelijk. Vlak voor zonsondergang werd hij met een paar anderen het dak op gestuurd en zag toen een enorm kruis liggen dat nog moest worden opgericht. Terwijl hij daarbij hielp, en toen het eenmaal overeind was gekomen en hij het samen met anderen op zijn plaats hield terwijl het werd vastgezet, keek hij naar beneden, naar het knipperende rode licht precies boven de kruising. Bij het benzinestation aan de overkant stonden twee jonge mannen met rugzakken naast zich op de grond met hun duim omhoog te wachten, en een vrachtwagenchauffeur bij de benzinepomp wenkte hen naar zich toe. De jonge mannen pakten hun rugzak, stapten in de cabine, en even later reed de vrachtwagen weg.

Dat waren Duimrijders. Die had hij vaak op tv gezien. Meteen wist hij wat hem te doen stond.

Het zou niet heel moeilijk zijn om terug te gaan naar deze kruising, want ze kwamen hier dagelijks. Wat wel lastig zou zijn was het benzinestation bereiken, en een chauffeur vinden die bereid was hem mee te nemen zonder dat hij iets hoefde te zeggen.

Iemand deed een schijnwerper aan. Het kruis lichtte fel op, en Homan stapte weg uit de lichtbundel en keek neer op de mannen beneden. Het verlichte kruis was een mooi gezicht, iedereen klapte. Toen keek hij verder, naar de vrachtwagens. Die zijn de oplossing, Mooi Meisje, dacht hij. En wat een mooi uitzicht ook.

De volgende dag trokken de Zilverharigen, Vlechtmans en Scharminkel voor het eerst hun goeie goed aan. Zilverman droeg een pak, zijn vrouw een jurk met een parelsnoer en nylonkousen, en de mannen een gestreken overhemd en een stropdas om. Homan wilde zich ook netjes aankleden, maar ze schudden hun hoofd en maakten hem duidelijk dat hij niet zou meegaan. Dat vond hij ongelooflijk. Eindelijk was hij er klaar voor, en zij deden net zoals zijn broertjes en zusjes en lieten hem alleen achter.

Na de maaltijd zocht hij troost bij de varkens. Door het raam keek hij naar de anderen die instapten in de auto. Ze hadden hun koffertje met het boek erin bij zich, en toen ze langzaam wegreden, rende hij achter hen aan. Maar ze reden gewoon door. Hij bleef hen op de weg nakijken en zag de auto in de richting van de horizon verdwijnen. Hij liep naar het huis en schopte tegen de muur. Daarna ging hij naar de waslijnen en beukte in op de broeken, hemden en lakens. Dat gaf hem een prettig gevoel, en niet alleen omdat hij hun iets betaald zette. Bij elke stomp merkte hij dat hij krachtiger was geworden van al dat werk aan de kerk.

Na een poosje beende hij terug het huis in. Hij zou zomaar kunnen weglopen. Ja, dat moest hij doen. Maar terwijl hij door de keuken ijsbeerde en naar de apparaten als enorme, pikkende vogels keek, moest hij toegeven dat hij eigenlijk de elementen niet meer wilde trotseren, smerig en bang, wanhopig op zoek naar een muffe plek om zich te verbergen. Hij kon op dit moment ervandoor gaan, maar als hij wachtte tot ze hem weer naar die kruising met het knipperende rode licht brachten, zou hij misschien verder kunnen reizen in een vrachtwagen, heel misschien zelfs met zijn nieuwe kleren en iets te eten bij zich. Maar dan moest hij eerst een zak hebben om voedsel in te kunnen stoppen. Nee, geen zak. Hij zou het koffertje gebruiken dat bij het boek hoorde.

Dat koffertje lag nog onder zijn bed. Met zijn armen vol etenswaar uit de bijkeuken liep hij door de woonkamer. De tv stond aan, zoals altijd afgestemd op een tv-dominee. Wat had het voor zin de tv aan te laten staan voor een dove? Hij wilde net doorlopen toen iets zijn aandacht trok. Dit programma leek niet op de gebruikelijke. Dit programma werd uitgezonden vanuit een enorme ruimte met heel veel publiek op de stoelen. Die stoelen kwamen hem bekend voor, net als die ruimte. Dat waren de muren waaraan hij had meegewerkt. Daar was het podium. En op het podium stond een dominee in een wit pak en met een grote bos haar achter een microfoon. Met zijn armen geheven trok hij Schreeuwgezichten. Hij maakte zich zo druk dat de lokken op zijn voorhoofd ervan opsprongen.

Homan ging op de bank zitten. Dominee Wapperhaar liep over het toneel terwijl zweetdruppeltjes van zijn gezicht dropen. Het was een indrukwekkend toneel. Homan had het fanatiek geschuurd en in de verf gezet, en daar was hij blij om. Hij stelde zich Mooi Meisje naast zich voor, en dat ze trots naar hem opkeek. Hij legde zijn handen achter zijn hoofd en zijn voeten op de salontafel.

Opeens viel het hem op dat een paar mannen een hellende baan naar het toneel schoven. Dat was raar, want dominee Wapperhaar had zoiets helemaal niet nodig, en bovendien wás hij al op het toneel.

Voordat hij het wist wuifde dominee Wapperhaar een meisje naar zich toe. Ze zat in een rolstoel die door een vrouw werd geduwd. Het publiek keek naar hen, en de ogen van het meisje en de vrouw straalden.

Homan haalde zijn handen weg achter zijn hoofd, ging rechtop zitten en steunde zijn ellebogen op zijn knieën.

De vrouw, zo te zien de moeder van het meisje, duwde de rolstoel de helling op en over het toneel. De dominee legde zijn handen op het hoofd van het meisje. Zijn lippen bewogen. De moeder was gaan huilen en het publiek bad. Het meisje keek strak in de ogen van de tv-dominee.

En toen haalde dominee Wapperhaar zijn handen van het hoofd van het meisje, hief ze en trok een Schreeuwgezicht. En het meisje stond op uit de rolstoel! Homan geloofde zijn ogen niet. Het meisje zette een stap in de richting van de dominee. Haar moeder drukte haar hand tegen haar borst, in het publiek vloeiden tranen, en toen schopte het meisje de rolstoel weg en huppelde over het podium. Het publiek straalde, huilde, klapte en bad. Het meisje draaide rondjes als een ballerina, dominee Wapperhaar hief weer zijn handen en het publiek kwam overeind.

Met grote ogen keek Homan naar het tv-scherm. Een meisje in een rolstoel springt niet zomaar op en danst als een ballerina, dacht hij. In de Bijbel staan misschien wonderen met broden en vissen, maar dit is een trucje. Wat die dominee Wapperhaar ook zegt, en hoe hij ook met zijn armen zwaait, benen die het niet doen herstellen niet zomaar opeens. En ogen ook niet, of hersenen, of...

En hij kreeg het koud vanbinnen omdat hij het begon te begrijpen.

De volgende morgen werd hij wakker en dagdroomde dat hij in het hooi van de stal lag met naast zich Mooi Meisje, en dat Kleintje over hen heen kroop. Terwijl hij naar hen keek, wist hij zeker dat zijn nieuwe plan precies goed was. Dus was hij voorbereid toen Zilvervrouw hem mooie kleren gaf om aan te trekken.

Eerst ging hij in zijn kamer het witte overhemd en de broek met de erin geperste vouw aantrekken, en pakte het koffertje waarin allerlei benodigdheden zaten, en eten en extra kleren. Het boek liet hij onder het bed liggen. De schoenen die hij had gekregen liet hij ook achter, en hij trok zijn glimmend gepoetste laarzen aan. Toen hij met het koffertje uit zijn kamer kwam en naast de andere mannen ging staan, ook in hun goeie goed en met net zo'n koffertje, glimlachten de Zilverharigen zonder ook maar iets in de gaten te hebben.

Allemaal stapten ze in de auto, en toen ze wegreden, zag hij een probleem waar hij geen rekening mee had gehouden. Vlechtmans zat aan zijn ene kant, en Scharminkel aan zijn andere, als bewakers. Hij tikte met zijn voet op de vloer en klopte met zijn handen op zijn bovenbenen. Iedereen zat te praten, zag hij, en waarschijnlijk over hem. Misschien was dit wel een goed opgezet plan om hem bij die dominee te krijgen.

Hoofdschuddend richtte hij zijn blik op zijn knieën. Hoe dan ook, hij zou vluchten, wat er ook gebeurde.

Toen viel zijn blik op het koffertje tussen zijn knieën en voelde hij zich schuldig. Hier zat hij, op het punt hun gastvrijheid te beantwoorden met stelen en op de vlucht slaan. Ze konden hem dan wel meenemen op een hopeloze missie, maar ze deden wat in hun ogen juist was, en dat maakte hen een stuk beter dan de lui die nergens voor deugden die hij in de loop der jaren was tegengekomen. Ze hadden hem nog fatsoenlijk behandeld ook, hem te eten gegeven, voor een schoon bed gezorgd en hem nooit vuil aangekeken. Misschien sta ik wel bij ze in het krijt, dacht hij, misschien moet ik maar gewoon die kerk in lopen en doen wat ze willen. En stel dat zij iets wisten wat hij niet wist? Stel dat die dominee echt de macht bezat hem weer te laten horen?

Sinds Homan de McClintocks had leren kennen, had hij nooit meer stilgestaan bij de mogelijkheid ooit weer te kunnen horen. Ineens moest hij weer aan hen denken, en aan hun gesprekken met hun handen, een feest van gebaarde verhalen. Hij herinnerde zich ook die dag van de opwekking, toen ze allemaal in die boom waren geklommen en zich tegen de ramen hadden gedrukt en het zingen, preken, applaudisseren en jubelen door de panelen konden voelen. Daarna had hij het niet meer gemist dat hij niet kon horen. Nou ja, af en toe had hij wel graag de stem van Mooi Meisje willen horen, en natuurlijk de eerste woordjes van Kleintje. En als anderen hem konden verstaan, zou hij nu ongetwijfeld niet zo in de problemen zitten. Maar stel dat hij zou vergeten hoe hij kon luisteren met zijn ogen, zijn huid en zijn lippen als hij kon horen? En stel dat zijn gehoor niet echt goed zou zijn, maar meer zoals een tv met een slechte ontvangst?

Door de voorruit kon hij de kerk al zien. Hij veegde zijn klamme handen af aan zijn broek en hoopte dat ze zouden parkeren voor de kerk, een steenworp van het benzinestation met de vrachtwagens, aan de overkant van de weg. Maar ze reden er voorbij, en toen zag hij dat dit parkeerterrein was bestemd voor mensen met wandelstokken, looprekjes en rolstoelen. De Zilverharigen reden door naar het parkeerterrein aan de achterkant, en dat lag een heel eind van het benzinestation af. Hij zou dus naar binnen moeten. Maar als hij een beetje sluw was, zou hij vast een goed plekje kunnen vinden om het koffertje neer te zetten, en zodra niemand naar hem keek, zou hij gauw kunnen weggaan.

Ze voegden zich bij de drommen mensen die door de enorme dubbele voordeur naar binnen gingen, en zodra ze eenmaal binnen waren, gingen de Zilverharigen en de twee anderen bekenden de hand schudden. Homan wilde wegglippen, maar er leek altijd iemand bij hem in de buurt te zijn. Na wat een eindeloze hoeveelheid begroetingen leek zag hij eindelijk zijn kans schoon. Zijn bewakers liepen niet meteen naar waar de stoelen stonden, maar naar de toiletten, en hem namen ze mee.

Voor de toiletten stond een rij, en dat betekende dat ze bezig moesten zijn met wat ze hier moesten doen voordat hij zou kunnen weglopen. Hij keek naar de andere kerkgangers en vroeg zich af of zij hem zouden vastgrijpen als hun dat werd gevraagd. Dat viel moeilijk te zeggen. De meesten zagen er net als de Zilverharigen welvarend uit, of ze waren net zoals hij en de twee anderen in hun goeie goed gestoken. Er waren er ook een paar die heel anders waren: een bejaarde man met een bril met donkere glazen, zoals blinden die dragen; en een jongeman met krukken. Tersluiks wierp Homan een blik op zijn bewakers. Vlechtmans staarde voor zich uit, en Scharminkel kamde voor de spiegel zijn haar. Er werd niet op Homan gelet.

Dit was zijn kans. Misschien zou zich de hele verdere dag niet nog zo'n kans voordoen. Hij zette een stap...

En toen voelde hij iets tegen zijn arm. Hij draaide zich om. Achter hem zat een jongen in een rolstoel. Hij droeg een marineblauwe broek, een marineblauwe blazer met daaronder een wit T-shirt, en zijn zwarte haar was langer dan dat van wie dan ook hier. In zijn ogen, omrand door lange wimpers, stond een schrandere en opgewekte blik. Hij keek op naar Homan en bewoog zijn lippen, en stak toen zijn hand op en maakte van die gebaren die horenden maken wanneer ze aan het woord zijn. Het was merkbaar dat hij iets aan zijn handen en armen had. Maar Homan wilde vanwege deze jongen niet zijn kans mislopen. Dus wees hij op zijn oren en schudde zijn hoofd. De jongen sperde zijn ogen open en knikte vervolgens, en Homan stapte naar achteren. Maar toen stak de jongen zijn hand weer uit en maakte een zwemmend gebaar vanuit de pols, om daarna zijn T-shirt een eindje op te trekken. Meteen begreep Homan dat de jongen naar de toiletten wilde om de zak te legen die hem hielp te doen wat hij nu eenmaal moest doen, en dat hij dat niet alleen kon.

Homan schudde zijn hoofd. Daar moest de jongen hem niet voor hebben, niet nu. Toen de jongen hem hoopvol aankeek, hield Homan zijn handen op, om het nog duidelijker te maken: nee. Veel tijd om weg te komen had hij niet meer, dat zag hij toen hij rondkeek, want Vlechtmans stapte een hokje in en Scharminkel bestudeerde een puistje. Verontschuldigend haalde hij zijn schouders op, en toen hij weer naar de jongen keek, zag hij in diens ogen de hoop veranderen in teleurstelling. Meteen kwam er een herinnering in hem op aan de tijd dat hij die eerste keer op de vlucht was geslagen. Toen had hij op een station de ene persoon na de andere aangeschoten in een poging iemand voor hem een kaartje te laten kopen. Hij had zijn best gedaan iets te zeggen, hij had gebaard en smekend gekeken, maar iedereen had hem een angstige blik toegeworpen en had zich gauw uit de voeten gemaakt, totdat hij zo kwaad was geworden dat hij iemand die spottend keek opzij had geduwd en was weggerend via een zij-ingang. En zou hij deze jongen dan niet helpen? Het ging om een jongen, en het was maar voor één keertje. Bovendien was Vlechtmans nog bezig in het hokje en Scharminkel wreef zijn schoenen glanzend. Homan kon dit heel snel doen. In de Valstrik had hij immers heel veel van dergelijke zakjes geleegd. Hij zette zijn koffertje neer en gebaarde gehaast naar een urinoir. Daarop duwde de jongen zich ernaartoe en trok de elastische broekband naar beneden, en toen hij verder niets meer kon doen, deed Homan wat hij al honderden keren had gedaan. Hij hield het slangetje boven het urinoir, liet het zakje leeglopen en deed de kleren van de jongen toen weer goed. Dankbaar keek de jongen hem aan. Waarschijnlijk was Homan de eerste samaritaan die had geweten hoe het moest.

Zodra die klus was geklaard, draaide Homan zich met een ruk om, net op tijd om Vlechtmans uit het hokje te zien komen en Scharminkel zich te zien afwenden van de spiegel. De spieren in zijn nek gingen strak staan, en hij draaide zich terug naar de jongen, die verwonderlijk genoeg met een zuur lachje om zich heen keek. Daardoor bekeek Homan hem eens beter. Uit de zak van zijn blazer stak een stripblaadje, sproetjes dansten over zijn wangen, en hij rook naar pepermunt en chocola.

En toen hief de jongen zijn gezicht naar Homan, knikte in de richting van de anderen en trok zo snel dat Homan het maar net kon zien een gezicht. Voor de eerste keer in heel, heel lange tijd moest Homan lachen en trok toen ook een gezicht.

Het was zo prettig om een gelijkgestemde ziel tegen te komen dat Homan het bijna niet meer erg vond om met zijn bewakers terug te keren naar de lobby, en toen ze hem de ruimte in leidden waar de dienst zou worden gehouden, moest hij denken aan Ukkie en Draaitol. Terwijl hij over het middenpad naar de Zilverharigen liep, met het koffertje tegen zijn borst gedrukt, herinnerde hij zich hoe fijn het was geweest vrienden te hebben. De jongen – Homan noemde hem: Samaritaanzoeker – moest het precies zo ervaren, want voordat ze ieder hun eigen weg gingen, stak hij zijn hand naar Homan uit en raakte hem even aan.

De dag duurde en duurde maar.

Tussen Vlechtmans en Scharminkel gezeten, en met zijn koffertje net als die van hen onder zijn stoel geschoven, dacht Homan aan de vrachtwagens die hij had gezien toen ze hier aankwamen. Die waren vast allang weg. In gedachten zag hij er andere vrachtwagens staan, en hij probeerde met zijn wilskracht zijn bewakers weg te wensen.

Opeens duwden twee gespierde mannen in pak de oprijplank naar het podium en terwijl ze die vastzetten, gingen zijn bewakers staan en gebaarden dat hij dat ook moest doen. Even overwoog hij te blijven zitten, maar met koppigheid zou er alleen een scène ontstaan. Bovendien zou hij meer kans hebben om weg te komen als hij stond, ook al zou hij dan het koffertje moeten achterlaten. Pas toen ze hem met lege handen over het middenpad lieten lopen, zag hij dat er al veel mensen waren, met krukken, in rolstoelen en met wandelstokken, allemaal begeleid door jonge mensen en oude, dikke en dunne. Dat hij niets bij zich had, was nu de minste van zijn zorgen. In deze drukte was ontsnappen simpelweg onmogelijk.

Zijn bewakers voegden zich bij de rij voor de helling. De andere hoopvollen maakten met een vriendelijk knikje plaats voor hen, en zo kwamen ze vlak bij het podium te staan.

De man helemaal vooraan had zijn arm om een vrouw geslagen. Hij had een been in het gips en sleepte zich de helling op. Homan besefte dat hij niet heel veel tijd had om goed om zich heen te kijken. Hij keek naar links en naar rechts, en zag eindeloze rijen stoelen waarop mensen zaten, helemaal tot aan de verste wand en tot bij de uitgangen aan de zijkanten. Het was jammer dat hij zo vooraan stond. Scharminkel stond pal achter hem, en de rij achter hen strekte zich uit zo ver Homan kon zien. Uit deze ruimte wegkomen zou net zo moeilijk zijn als een rivier oversteken.

En toen viel zijn blik op een beweging achter Scharminkel: een handgebaar ter hoogte van diens middel.

Het was Samaritaanzoeker! Hoewel Homan de moed in de schoenen was gezonken, glimlachte hij, en Samaritaanzoeker deed dat ook. Maar Sams rolstoel – in gedachten noemde Homan de jongen maar Sam – werd vastgehouden, en toen Homan opkeek, zag hij achter Sam twee vrouwen met donker haar die allebei vol verwachting naar het podium keken. De een was zwaarder dan de ander, maar bij beiden was de gelijkenis met Sam overduidelijk. Sam lette totaal niet op hen, en toen Homan weer naar de jongen keek, schudde die zijn hoofd terwijl hij naar het toneel gebaarde.

Homan knikte, hij was het helemaal met de jongen eens. Vervolgens draaide hij zich om en zag dat het spotlight op een blinde man op het podium gericht stond. De blinde had zijn donkere bril afgezet en liep met aarzelende schuifelpasjes naar voren, een duidelijk teken dat hij geen haar beter kon zien. Waarom deed iemand zichzelf dit aan? Zou de man echt geloven dat hij weer kon zien? Of deed hij maar alsof om zijn begeleider een plezier te doen?

Een man liep op krukken de helling op. Homan was de volgende.

Hij keek achterom in de enorme ruimte, en hoewel hij de Zilverharigen niet kon zien, wist hij dat ze hem in de gaten hielden. Het speet hem dat hij hun koffertje vol gestolen spullen had gepropt. Het zou fijn zijn als hij hun gastvrijheid kon vergoeden met zijn genezing. Maar het was hem opgevallen dat de meesten hier zo graag wilden worden genezen dat ze er alles voor over hadden, en zo graag wilde hij niet weer kunnen horen. Mooi Meisje had hem nooit gevraagd er iets aan te laten doen. Haar gezicht lichtte altijd op wanneer ze hem zag, gewoon zoals hij was. Als het haar niet kon schelen dat hij doof was, kon het hem ook niet schelen. Hij ging niet doen alsof hij weer kon horen. Wanneer het zijn beurt was, wanneer hij op het toneel stond, in de schijnwerper, op talloze tv-schermen in het hele land, zou de tv-dominee blunderen zoals hij nog nooit had geblunderd.

De man voor hem wierp de krukken weg. De ene belandde op het podium, de andere naast de helling.

Homan had moeten wegrennen uit de toiletten. Vlechtmans en Scharminkel zouden achter hem aan zijn gegaan, en misschien zouden ze hem bij de vrachtwagens tegen de grond hebben gewerkt, maar dat zou nog beter zijn dan straks voor gek staan. Nou ja, hij zou de eerste zijn die voor gek stond, want als ook Sam niet spontaan genas, zou hij zich in goed gezelschap bevinden.

Hij ving Sams blik. Die keek hem aan, met zijn neusgaten verontwaardigd opengesperd. Homan verplaatste zijn blik naar Scharminkel, die aan het overleggen was met de vrouwen achter Sams rolstoel. En voordat Homan het goed en wel besefte, trok Vlechtmans hem opzij en duwden de vrouwen Sam naar voren.

Het gebeurde zo snel dat Homan geen tijd had om zich af te vragen wat er aan de hand was. Dat hoefde ook niet. Terwijl Sam langs Homan werd gereden, keek hij naar hem op. Zijn kaken stonden strak, zijn ogen waren vochtig. Homan stak zijn arm uit en hun handen raakten elkaar even.

Toen gingen de vrouwen met Sam de helling op.

In het licht van de schijnwerper legde dominee Wapperhaar zijn handen op Sams hoofd. Met een ruk draaide Homan zich om, zoekend in het publiek naar iemand die ook de uitdrukking op Sams gezicht had gezien. Maar iedereen was aan het bidden, en toen hij besefte dat hij machteloos was, besloot hij mee te bidden, al had hij dat nog nooit gedaan. Hij zou het met zijn handen doen, hij zou gewoon gebaren, in het openbaar. En dat deed hij, met heftige en snelle bewegingen.

Toe, Groot Kunstenaar, bad hij, *als u tenminste bestaat. Sam is nog maar een jongen. Haal hem daar weg en laat mij zijn plaats innemen. Het kan me niet schelen als iedereen me uitlacht. Het kan me ook niets schelen of die dominee Wapperhaar echt is en ik iets krijg wat ik misschien niet wil.*

De tv-dominee liet Sams hoofd los en hief zijn handen.

Sam bleef zitten in zijn rolstoel en keek verdwaasd op naar de dominee.

Eén tel, twee tellen, vijf...

En toen...

De dikste van de twee vrouwen liep over het toneel en bleef vlak voor Sam staan. Hij keek haar kwaad aan, en hoewel ze aan zijn armen trok, ging hij niet staan. Ze keek woedend en bewoog haar lippen. Hij deed dat ook, met een uitdagende uitdrukking op zijn gezicht. Toen hij zich naar achteren rolde, greep ze hem bij zijn T-shirt, maar hij draaide de stoel zo dat ze het moest loslaten. Met haar handen in de zij beende ze om de rolstoel heen, en toen ze dichterbij kwam, stak de jongen zijn hand uit, raapte de gevallen kruk op en hield die voor zich uit gestoken als een stormram. Geschokt deinsde de vrouw achteruit. De dominee keek verward. En toen draaide Sam zich om en keek Homan recht in de ogen.

Ineens besefte Homan wat hem te doen stond.

Hij duwde Vlechtmans uit de weg, rende de helling op, greep de rolstoel beet en reed Sam naar beneden. Scharminkel probeerde hem te pakken toen ze beneden aankwamen, maar Homan schoof hem opzij, raapte de andere kruk op en hield die bij de armleuning. Vervolgens draaide hij de rolstoel om, met de voorkant naar de volgende familie, en daar gingen ze door het middenpad, langs de anderen die stonden te wachten, ze stormden langs het publiek dat met open mond naar hen keek, en ze gebruikten de twee krukken als een dubbelloops stormram waarvoor iedereen uit de weg sprong. Het was heel opwindend, ze ontweken de menigte en bereikten de lobby, stoven naar buiten en sjeesden naar een busje dat Sam aanwees.

Homan wist niet waarvoor Sam wegliep of waarom hij wilde vluchten. Hij wist alleen dat hij een manier had gevonden om weg te komen, en Sam ook, want eenmaal bij het busje gekomen hield de jongen een tasje omhoog, en toen Homan zijn hand erin stak, merkte hij dat er een sleutelring in zat met daaraan de autosleuteltjes.

U hebt mijn gebed verhoord, en hoe, dacht hij terwijl hij achteromkeek naar de kerk nadat hij Sam in het busje had gekregen en hijzelf achter het stuur gleed. Hij zag Vlechtmans, Scharminkel en de twee vrouwen die bij Sam hoorden de kerk uit stormen en naar het busje wijzen. Maar Sam gebaarde driftig dat ze weg moesten rijden, nu meteen. Terwijl de twee mannen en twee vrouwen naar het busje renden, trapte Homan het gaspedaal in. Sam sperde zijn mond opgetogen open, en ze schoten de weg op.

De geschiedenis van woorden

Martha

1969

'Kijk, Ju-Ju,' zei Martha. 'Kijk eens hoe groot de eendjes al zijn geworden!'

Ze keek in de wandelwagen en streek de bruine krullen uit het gezicht van Julia, die de vijver al had gezien en opgewonden met haar tien maanden oude voetjes trapte. 'Weet je nog dat we hier de eerste keer waren en de eendjes nog niet eens uit het ei waren gekomen? Gossie, is het echt al september?'

Julia kon nog geen antwoord geven, maar dat gaf niet. Martha vond het fijn om tegen haar te praten. Ze was een makkelijk kind, slim en heel mooi. Ze had een hartvormig gezicht en grote, donkere ogen met een levendige blik. Haar krullen zagen er zo vrolijk uit als kalligrafie. Maar Julia was niet altijd vrolijk. Vaak keek ze ernstig, en ze lachte minder dan de meeste kinderen. Wanneer Martha echter iets tegen haar zei, verscheen er meteen een heel lieve lach op haar gezicht, een lach vol vertrouwen, en dan maakte Martha's hart een sprongetje. Toch was dat niet de enige reden waarom ze veel tegen Julia praatte. Ze deed het omdat door tegen haar te praten, dagelijks met haar naar het park te gaan, met blokken te spelen en met de handen tegen elkaar te klappen, ze er meer uitzagen als een gelukkige grootmoeder met haar kleindochter. Ondanks de ongebruikelijke woonsituatie – Martha paste op het huis van haar oud-leerling Landon in Maplewood, New Jersey – wist ze zeker dat niemand de waarheid zou vermoeden als ze zich maar onopvallend gedroegen, en zich indien nodig verborgen hielden.

Bij de rand van de eendenvijver ging Martha op het bankje zitten waarop ze altijd zat. Dit was de eerste keer dat ze er was voordat Ivamae en Betty er waren. Ze had zich zo veel zorgen gemaakt over wat er verder die dag zou kunnen gebeuren, wanneer Landon eindelijk thuis zou komen na zijn verblijf in zijn zomerhuis, dat ze te snel had gereden vanuit Maplewood. Ze keek op haar horloge. Tien over half elf. Ze keek zoekend naar de ingang van het park, wachtend op haar vriendinnen. Haar vriendinnen... Er verscheen een glimlach op haar gezicht. Vroeger hadden haar leerlingen het leuk gevonden iets te weten te komen over de geschiedenis van woorden. Dat je bijvoorbeeld terug moest in de tijd en een lange zeereis naar India en Perzië maken wanneer je de oorsprong van het woord 'pyjama' wilde weten. En 'hallo' was bedacht door Alexander Graham Bell, opdat je iets te zeggen had wanneer je de telefoon opnam. De taal die je spreekt, hield ze haar leerlingen voor, vertelt veel over je geschiedenis. Wanneer ze dacht aan de Martha van september vorig jaar, was er geen spoor van het woord 'vriendin' te bekennen.

'Matilda!' hoorde ze roepen.

Met een ruk draaide ze zich om. Ivamae en Betty kwamen eraan, achter de wandelwagens met de kinderen voor wie ze zorgden. Martha zwaaide.

'Ik wist wel dat je vroeg hier zou zijn,' zei Ivamae. Haar stem was zo diep en vol als de gospels die ze op zondag zong. Audrey, het meisje op wie ze paste, sprong uit de wandelwagen en rende op Martha af. 'Mevrouw Matilda!' riep ze blij.

Betty kwam achter hen aan, met de driejarige Lawrence met zijn duim in de mond.

'Natuurlijk is ze hier vroeg,' zei Betty met nog een spoor van de Ierse tongval van haar jeugd. 'Ze is zenuwachtig.'

Martha gaf Audrey een knuffel.

'Hebt u brood meegenomen?' vroeg de kleuter.

'Jazeker.'

'Mag ik een beetje voor de eendjes?'

'Ja hoor.' Martha haalde een vers brood uit de tas die aan Julia's wagentje hing. Tegen haar vriendinnen zei ze: 'Nou ja, het is een grote dag, maar ik denk dat alles goed komt.'

'Ik zou het niet meer hébben!' zei Betty. 'Als een echtgenoot terugkomt na een hele zomer ergens anders te hebben gewerkt, krijgt hij soms rare ideeën.'

'Ik werkte ooit voor een echtpaar, en toen zei de man dat de vrouw moest stoppen met werken,' vertelde Ivamae, 'en toen hadden ze me niet meer nodig en moest ik op zoek naar ander werk.'

Martha klemde haar lippen op elkaar om te voorkomen dat ze zou vertellen dat Landon geen echtgenote had en dus nooit zoiets zou zeggen. Maar ze besefte wel dat hij als succesvol kunstenaar gewend was aan rust en stilte, en de aanwezigheid van een bejaarde vrouw en een klein kind storend zou kunnen vinden. Het was heel goed mogelijk dat ze weg zouden moeten uit zijn huis, en dan ook dit park, en dat ze deze vriendinnen achter zich zouden moeten laten.

De eenden kwamen naar hen toe waggelen. Martha gaf Audrey een stuk brood, waar ze stukjes van afscheurde die ze de eendjes voerde. 'Ze vinden uw brood lekker, mevrouw Matilda,' zei Audrey. 'Net als ik.'

Betty ging op het bankje zitten en zei: 'Mijn ex vond het fijn als ik ging bakken.'

'Typisch,' reageerde Ivamae terwijl ze ook ging zitten. 'Hij at graag je gebak, maar dat weerhield hem er niet van zijn pleziertjes buiten de deur te zoeken.'

'Ik wilde hem toch niet meer om me heen hebben.'

'Het was beter geweest als je hem het huis uit had geschopt. Het is altijd beter om je eigen beslissingen te nemen.'

Martha had dolgraag mee willen praten en hun alles vertellen over haar huwelijk, haar woonsituatie, haar hele levensverhaal. Maar ze wist niet of ze dingen goed geheim konden houden, dus hield ze zich meestal op de vlakte en toonde ze haar vriendschap vaak door te luisteren en iets meelevends te mompelen. Blijkbaar was dat voldoende.

Per slot van rekening was ze een oudere vrouw die voor een kind zorgde, net als zij, en ze stelden haar gezelschap op prijs.

Ivamae en Betty dachten heus niet dat Martha een kindermeisje was. Op de voorjaarsdag dat ze elkaar hadden leren kennen, had ze dezelfde leugen gebruikt als eerder tegen Henry en Graciela, en vervolgens tegen Landon. Die dag was ze Maplewood aan het verkennen en had dit park in het nabije South Orange ontdekt. Toen ze de wandelwagen met Julia naar een bankje duwde, had ze twee vrouwen opgemerkt, de een zwart, de ander blank, allebei met wit haar en een wandelwagen bij zich. Ze had tegen Julia gebabbeld terwijl de twee vrouwen op een bankje hadden zitten lachen, en de kinderen op wie ze pasten de eendjes hadden gevoerd. Toen ze de slapende Julia naar de Dodge duwde, had ze een donkere stem gehoord: 'Mooi kind heb je daar.' Martha keek achterom, en de Iers uitziende vrouw zei: 'Goed gedrag zit in de familie.' Later had Martha begrepen dat ze toen had moeten zeggen dat Julia geen familie van haar was, dat ze Julia's kindermeisje was. Maar omdat ze nog een nieuweling op het gebied van misleiding was, gebruikte ze dezelfde leugen als eerder. 'Ze is van mijn achternicht.' En omdat ze vond dat ze er meer over moest vertellen, had ze eraan toegevoegd: 'Die werkt in Manhattan, en haar man moet voor zijn werk veel naar het buitenland, daarom heeft ze mij gevraagd in te vallen.' Betty vroeg: 'Voelt het net als vroeger?' Even haalde Martha haar hand door Julia's zachte krullen en antwoordde toen: 'Ik heb zelf nooit kinderen gehad, het is allemaal nieuw voor me.' Daarop had Ivamae haar een zakje snoep voorgehouden. 'Kom morgen maar weer,' zei Betty terwijl Martha een snoepje pakte. 'Dan leren we je het wel.' Inderdaad was Martha de volgende dag teruggekomen, en had ze dingen geleerd waar Graciela niet meer aan toe was gekomen. Het leek wel alsof er een geheime taal voor moeders bestond die een vrouw pas leerde beheersen wanneer ze zich bij dit selecte gezelschap had gevoegd.

'We moeten er maar het beste van hopen,' zei Betty. 'Misschien verandert er wel niks.'

‘Ik vertrouw erop dat ze willen dat ik blijf,’ reageerde Martha.

De drie vriendinnen haalden hun lunch tevoorschijn, en terwijl ze aten kon Martha alleen maar hopen dat Landon haar inderdaad zou laten blijven. In zijn laatste telefoontje vanuit Cape Cod had hij gezegd dat ze geen haast moest maken met haar vertrek, dat hij nog een paar opdrachten had en meestal in zijn atelier zou zijn, waar hij met metaal werkte. Martha was bang dat hij van gedachten zou veranderen zodra hij merkte dat een kind de rust danig kan verstoren.

Nadat de drie vriendinnen klaar waren met eten, maakten ze een prop van de papieren zakjes. Zou het niet fijn zijn als Julia samen met Lawrence en Audrey kon opgroeien, onder toeziend oog van Ivamae en Betty? Martha tilde het meisje uit de wandelwagen, en terwijl ze haar dicht tegen zich aan hield, keek ze naar de vijver. Wat was de geschiedenis van het woord ‘kind’? En wat zou de toekomst zijn van het woord ‘mijn’?

Ik voel me hier zo thuis, dacht Martha terwijl ze South Orange Drive op reed, met Julia slapend achterin. Omdat dit een chique buurt was, was op het huis passen echt ideaal. Uiteindelijk zou er meer geld beschikbaar zijn. Eva had geschreven dat ze dacht gauw een koper voor de boerderij te vinden, en Martha kon natuurlijk weer gaan lesgeven. Maar dat moest wachten totdat Julia naar de kleuterschool kon, over vier jaar. Vier jaar... Martha omklemde het stuur. Ze was al eenenzeventig, en wanneer Ivamae en Betty het over stramme knieën hadden of over hun angst hun heup te breken, moest Martha inwendig toegeven dat ze ook minder kwiek zou worden. Het leek wel een wedstrijdje: Julia’s vrijheid tegen Martha’s gezondheid. Ze herinnerde zich wat Henry in het voorjaar had gezegd nadat hij de klep van de kofferbak van de Dodge had dichtgeslagen en hij bij het autoraampje afscheid nam. ‘Het komt allemaal goed, mevrouw Zimmer.’ Deze zomer had aangetoond dat hij gelijk had gehad, dus moest ze maar hopen dat de komende uren en de komende maanden, en – maar de hemel stond haar bij, ze wilde niet hebberig klinken – de komende jaren zijn gelijk eveneens zouden bewijzen.

Ze was zich er echter van bewust dat Henry's optimistische woorden in haast waren gesproken toen ze uit zijn hotel vertrok. Terwijl ze over Wyoming Avenue naar Landons huis reed, dacht ze terug aan dat afschuwelijke moment. De eerste paar maanden van Julia's leven, in het hotel, waren een mengeling geweest van rust, spel en leren hoe je een kind moest verzorgen. Martha had regelmatig brieven geschreven aan Julia, sommige voor wanneer ze ouder zou zijn, en ze had gecorrespondeerd met het handjevol oud-leerlingen dat via Eva op de hoogte was gebracht en dat hun brieven naar Eva stuurde, die zij dan weer in een zakelijke envelop doorstuurde. Omdat Henry wel een beetje hulp kon gebruiken, was Martha achter de receptie gaan staan wanneer Julia 's middags haar dutje deed. Tegen de zomer had Martha zo veel brieven aan Julia geschreven dat Graciela haar een kistje had gegeven om ze in te bewaren. Het was een houten kistje, met vilt bekleed, en met uitsnedes van bloemen, dieren en planten. Wanneer Martha er een brief in legde, piepten de scharniertjes opgetogen, als een vogeltje dat door de ouders wordt gevoederd, en dan dacht Martha: als 'ze' – wie dat ook mogen zijn – Julia ooit komen weghalen, heeft ze in elk geval mijn woorden om zich aan vast te houden.

En toen, op een zondag in mei, ironisch genoeg op Moederdag... Nee, daar moet ik niet aan denken, dacht ze terwijl ze langs de hertenkamp reed waar ze vaak met Julia naartoe ging om de herten te voeren. Maar het was al een keer gebeurd en het zou nog eens kunnen gebeuren, ze mocht het niet vergeten.

Nadat Martha de kinderen had geholpen een taart voor Graciela te bakken, was ze met Julia teruggegaan naar kamer 119 om uit te rusten voor het avondeten. Ze was op bed gaan liggen in een van de jurken die ze van de boerderij had meegenomen, en ze was al half in slaap toen ze rennende voetstappen in de gang hoorde, gevolgd door verwoed geklop op de deur. 'Mevrouw Zimmer!' Het was Graciela.

Zodra Martha de deur opende, glipte Graciela de kamer in en sloot de deur achter zich. 'Er is een man in de lobby en die is naar u op zoek.'

Martha deinsde achteruit. 'Wie dan?'

'Hij wilde alleen zeggen dat het om iets officieels ging.'

'Wát?'

'Hij wilde het niet uitleggen. Hij zei dat hij het alleen aan u kon vertellen.'

'En gaf hij geen enkele hint?'

'Hij zei... Hij zei dat u iets wist over een vermist persoon.'

Martha dwong zichzelf niet om te kijken naar Julia.

'Is het... Is hij van de politie?'

'Hij droeg geen uniform. Maar hij zei wel dat hij bij een school hoorde.'

'Een school?'

'Ik snap er niks van. Een vermist persoon en een school... U geeft toch geen les meer?'

'Wat heb je tegen hem gezegd?'

'Dat u er niet was, en dat we zouden bellen zodra u was teruggekomen. Hij zei dat hij een lange reis achter de rug had en dat hij een kamer wilde huren om op u te wachten. We konden niet zeggen dat er niets vrij is, want er staan geen auto's op de parkeerplaats.'

'Zit hij nu op zijn kamer?'

'Nee, in de lobby. Ik wilde hem wegsturen, maar Henry zei dat we het u eerst moesten vertellen voordat we iets doen.'

Toen draaide Martha zich om en keek naar Julia, de mooie Ju-Ju, die in de reiswieg lag te slapen. Ze ging op het bed zitten en legde haar hand op Julia's buikje. 'Hemeltje...'

'Hij heeft het vast mis. U weet niks over vermiste personen.'

Martha legde haar handen in haar schoot.

'Julia hoort bij u. Toch?'

Martha knikte. Toen voelde ze aan Julia's jurkje en nam de kleine handjes in haar grote handen. Uiteindelijk keek ze naar Graciela. 'We moeten hier weg,' zei ze. 'Wil je me helpen?'

Nog geen uur later vertrokken ze. Henry stelde geen vragen, en loodste hen gauw via een zijdeur naar buiten terwijl Graciela de receptie bemande en de man in de lobby voortdurend op zijn horloge keek. Vervolgens nam Henry de receptie over en belde Graciela naar Landon. Omdat die toch in Cape Cod was, had hij gezegd dat Martha de hele zomer van zijn huis in Maplewood gebruik kon maken.

Zo zal het niet altijd gaan, dacht ze terwijl ze de ventweg nam. Ze had echter geen flauw idee hoe de man haar had weten te vinden, en dus was ze bereid alles te doen om zichzelf en Julia verborgen te houden. Ze zou zichzelf met een andere naam voorstellen aan mensen die haar nog niet kenden. En wanneer ze Eva schreef, zou ze nergens een afzender vermelden.

Toen ze de auto voor het huis tot stilstand bracht, zag ze Landons Jaguar al voor de garage staan. Die garage had hij verbouwd tot atelier. Zeg alsjeblieft dat we mogen blijven, dacht Martha. Maar als dat niet het geval was, zou ze vertrekken.

Martha droeg Julia door de achterdeur het huis in. In de keuken rook het naar pasta en een kruidige saus, en in de woonkamer klonk jazz. Julia maakte vragende geluidjes. Door de gang gingen ze, waar Landons koffers stonden, en langs de tafel waar Martha zijn post op bewaarde. Een paar enveloppen waren op de grond gevallen. Martha keek om zich heen. Kon ze wel leven met zo'n rommelig persoon?

Ze stapte de woonkamer in. Daar zat Landon in een stoel, in een zwarte trui en een zwarte spijkerbroek. In zijn ene hand hield hij de telefoon, in zijn andere een brief. Toen hij hen zag, zwaaide hij. 'Ik moet ophangen,' zei hij in de hoorn. Martha rook zijn aftershave. Dat was ze vergeten. Ze had gevonden dat hij lekker rook op de avond dat hij naar huis was gekomen om haar de sleutel te overhandigen, maar nu vond ze die geur niet passen in een huis vol warme melk, appelmoes en boterhammetjes met smeerkaas. Julia werd onrustig, en Martha zette haar gauw in de box in de eetkamer.

Martha zat op de grond en gaf Julia door de spijlen heen een geliefd speelgoedje toen ze Landon hoorde ophangen en vervolgens roepen: ‘Mevrouw Zimmer?’

Ze draaide zich om toen hij de eetkamer in kwam.

‘Wat is ze groot geworden!’ riep hij uit, en hij keek op Julia neer.

Zo deed ik het eerst ook, dacht Martha. Tegenwoordig ging ze door de knieën om op hetzelfde niveau als het kind te komen. Omdat Landon niet van plan leek dat te doen, stond ze op.

‘Mevrouw Zimmer,’ zei hij, ‘het is fijn dat u deze zomer op het huis hebt willen passen.’

‘Het was me een genoegen,’ reageerde ze.

‘Maar kijk eens.’ Hij liet haar een brief zien. ‘Hebt u dit gezien?’

‘Wat is het?’

‘Van de Rosati Foundation. Ik krijg hun Master of American Arts-werkbeurs! Vijftigduizend dollar voor mijn bijdrage aan de schone kunsten.’

‘Maar dat is geweldig!’

‘Ik ben in de zevende hemel.’ Hij maakte een pirouette. ‘Er is echter een probleempje, al heeft dat niks met u te maken of met het schatje.’

‘Een probleempje?’

‘Ik moet een paar publieke demonstraties geven, om te laten zien wat een kunstenaar allemaal kan met metaal. In het atelier. U zult er nauwelijks last van hebben.’

‘Waarschijnlijk niet, nee.’

‘O, en ik moet een paar leerlingen aannemen. Voor een korte periode. Niet dat u in huis over allerlei onbekenden struikelt.’

Ze dwong zichzelf te glimlachen.

‘Ik begrijp dat u zich afvraagt of u wel kunt blijven, dus ik zal maar meteen ter zake komen. Blijf!’

Ze boog zich over de box. ‘Heb je oom Landon gehoord? Wat een aardige man!’

‘O,’ riep Landon uit, ‘de pasta!’

Ze keek hem na toen hij naar de keuken holde. Zodra hij uit het zicht was, keek ze Julia in de ogen. 'Wat moeten we nu?' vroeg ze.

Die avond duurde het heel lang om Julia in slaap te krijgen, maar Martha vond dat helemaal niet erg. Hoewel ze dol was op Landon bevond ze zich in een onwenselijke situatie, en toch wilde ze zijn uitnodiging niet afslaan. Vroeger op school had ze nooit moeite gehad de juiste woorden te vinden, maar eenmaal buiten de schooldeuren was die vaardigheid verdwenen. Zelfs met Earl – juist met Earl – was het gemakkelijker geweest haar meningen of voorkeuren ondergeschikt te maken aan de zijne. Nooit had ze zich afgevraagd of ze gewoon niet dapper genoeg was om ze te verkondigen, of dat ze vond dat de zijne belangrijker waren dan de hare; ze was eraan gewend geraakt overal met hem in mee te gaan. En ineens was ze in een heel nieuwe situatie beland. Zouden nu de woorden tot haar komen die voorheen altijd op zich lieten wachten?

In de hoop het antwoord op die vraag te krijgen, ging ze naar beneden, waar ze Landon in de woonkamer aantrof, met een karaf wijn.

'Er staat thee in de keuken voor u,' zei hij.

Zodra ze zich had geïnstalleerd op het bankje, met een theekopje naast zich, sloeg ze aan het breien terwijl hij vertelde wat hij van de zomer allemaal had meegemaakt. Geïnteresseerd luisterde ze naar zijn verhalen over het leven op Cape Cod, totdat hij, net toen haar thee op was, ineens van onderwerp veranderde.

'Mevrouw Zimmer, hoe is het om opeens voor een baby te moeten zorgen?' vroeg hij.

Ze richtte haar blik op de planten. Julia was dol op de bloemen eraan.

'Ik bedoel, is het wat u ervan verwachtte? Of had u er nooit aan gedacht hoe dat zou zijn?'

Ze keek naar de wollen draad in haar hand en ging verder met breien. 'Ik ben jarenlang alleen geweest. Toen mijn echtgenoot er nog was, voelde ik me getroost door zijn aanwezigheid. Het was voor mij genoeg om hem in een ander vertrek bezig te horen.' Ze zei maar niet wat ze onvoldoende en onbevredigend had gevonden. Tegenwoordig voelde ze zich elke dag voldaan, maar ze herinnerde zich nog goed de gevoelens van onvrede indertijd. 'Het is al laat,' zei ze. 'Neem me niet kwalijk, ik sla onzin uit.'

'O nee, gaat u alstublieft verder. Ik heb maar één serieuze relatie achter de rug, en ik denk niet dat ik ooit nog mijn leven met iemand zal delen, laat staan dat ik vader word. Ik schaam me om het te moeten bekennen.'

'Er is niets om je voor te schamen. En ik ben er nu, met een kind.'

'Dan moet u zich ook nergens voor schamen.'

Een poosje breide ze zwijgend door. Toen zei ze ineens: 'Volgens mij heb ik door Julia weer het gevoel dat er iemand in mijn leven is, ook al is het een heel ander iemand dan degene die ik ben kwijtgeraakt.'

'Hoe bedoelt u dat?'

Ze hield op met breien en sloot haar ogen. 'Zelfs hier in de woonkamer heb ik het gevoel dat ik haar kan horen ademen, door het plafond heen. Als ik mijn ogen sluit, zie ik haar voor me in het ledikantje, haar gezicht heel vredig in het schijnsel van de straatlantaarn dat door de gordijnen komt. Ik heb het gevoel dat zij ook weet dat ik hier ben. En dat is... heel plezierig.' Ze deed haar ogen weer open.

Hij schonk nog een glas wijn in. 'U ook?'

Ze schudde haar hoofd. 'Mijn echtgenoot was geheelonthouder.'

'Neem me niet kwalijk, maar hij is toch, nou ja, dood?'

'Na een poos wordt de mens star.'

'Klopt. En dus neemt u op uw zeventigste de zorg op u voor het kind van een achternicht en trekt u weg uit het huis waarin u het grootste gedeelte van uw leven hebt gewoond. Zo star als beton.'

Daar moest ze even om lachen.

'Kom op, mevrouw Zimmer, neem het er eens van.' Hij pakte een glas van de plank en hield de karaf erboven. 'Een drupje.'

'Goed dan.'

Hij schonk het glas vol. 'Dat lijkt me meer dan genoeg.'

Al ruim vijftig jaar had ze geen alcohol meer aangeraakt, en het leek idioot om dat in deze situatie wel te doen. Tot haar verrassing smaakte de wijn heerlijk. Earl is hier niet, dacht ze terwijl ze nog een slokje nam, Julia is er, Landon is er en ik ben er, wie ik ook mag zijn.

Ze zette het lege glas neer, zich ervan bewust dat ze al licht in het hoofd werd. Dat vond ze geen prettig gevoel, maar het maakte het minder onwennig om hier te zitten met een jonge man die zijn huis voor haar had opengesteld. Ze pakte haar breiwerk weer op. Het was lastig om in het ritme te komen.

'Mag ik u iets vragen?' vroeg Landon. 'U hoeft geen antwoord te geven. Ze is uw achterachternichtje niet, hè?'

Ondanks zichzelf verscheen er een glimlachje op Martha's gezicht. Gauw trok ze het weer in de plooi en zei: 'Vertel jij me waarom je twee huizen hebt, Landon.'

Hij streek door zijn haar. 'Sommige mensen vinden gewoon geen rust. Weet u nog dat ik steeds mijn potloden sleep? Dat deed ik wel tien keer per dag, alleen maar om naar buiten te kunnen kijken.'

'Dat weet ik nog.' Nu glimlachte ze voluit.

'Toen mijn werk in galeries begon te verkopen, wilde ik een plek hebben om me te kunnen terugtrekken. Weet u, mijn ouders zijn naar New Jersey verhuisd voordat ik ging studeren, en dit huis vond ik te dicht bij het hunne. Ik weet niet hoe het met u zit, maar ik kan bij sommige mensen mezelf niet zijn. Maar dit huis wilde ik ook weer niet kwijt, dus ging ik er een tijdlang 's zomers tussenuit en huurde huisjes aan de kust. Op een keer was ik op bezoek bij een vriend op de Cape, en besloot daar een huis te kopen.'

Martha hoorde Julia in haar slaap een geluid maken.

'Moet u niet naar haar gaan kijken?' vroeg Landon overbezorgd.

Ze schudde haar hoofd. 'Dat geluid maakt ze als ze fijn droomt. Eerst vroeg ik me af hoe ik onderscheid kon maken tussen een fijne droom en een nachtmerrie, maar dat is heel gemakkelijk geworden.'

'U houdt echt heel veel van haar, hè?'

Met gebogen hoofd knikte ze, en haar ogen werden vochtig.

‘Luister,’ zei Landon. ‘Mijn huis op de Cape staat de hele winter leeg. Maar het plaatsje wordt het hele jaar bewoond, er is verwarming. Het is er ook heel privé. U kunt daar wonen in plaats van hier.’

‘Dat is... dat is heel genereus.’

‘Zoals ik in mei al zei, het is prettig om iets te kunnen doen voor iemand die zo veel voor me heeft betekend. Bovendien bent u aan het veranderen, mevrouw Zimmer.’

‘Pardon?’

‘U ziet er minder... Ik vind het rot om te zeggen, maar ik doe het toch: u ziet er minder eenzaam uit.’

Ze keek naar hem op.

‘Op school was u altijd opgewekt. En met Kerstmis ook, tijdens die feestjes. En toch waren er momenten waarop u er opeens anders uitzag. Verdrietig. Afwezig.’

Was haar innerlijke worsteling zo zichtbaar geweest? Hoe kon ze Ju-Ju verbergen als ze niet eens zichzelf kon verstoppen?

‘Daarom heb ik dat vuurtorenmannetje voor u gemaakt,’ ging hij verder. ‘Dan had u tenminste gezelschap.’

‘O ja? Dat wist ik niet.’

‘Maar nu is dat allemaal verdwenen. En u draagt broeken en blouses, niet meer altijd een jurk. En uw haar zit anders, niet meer in een knot.’

Ze bloosde. ‘Omdat ik voor Julia zorg, heb ik vaak geen tijd om mijn haar te doen of kleren te strijken.’

‘Maar waar het om gaat, is dat u er veel minder verdrietig uitziet. Volgens mij is dit – wat het ook is – heel goed voor u.’

Ze keek hem strak aan. ‘Ook al weet je niet wat het is, Landon?’

Hij leegde zijn glas. ‘Ook al weet ik niet wat het is. En dat hoef ik niet te weten ook.’

En dus, op een dag in oktober toen de bladeren vlamden, reden Martha en Julia het plaatsje Harwich Port in, op Cape Cod.

Het was zwaar geweest om afscheid te nemen van Ivamae en Betty, vooral in een wolk van oneerlijkheid. Ze had verteld dat het gezin van haar achternicht ging verhuizen en dat haar was gevraagd mee te gaan. Ze zou contact houden, en zouden zij foto's van zichzelf willen geven? En toen was ze weggereden, trillend van verdriet. Hoe lang konden ze zo doorgaan? Zou ze ooit niet alleen vriendinnen hebben, maar vriendinnen die ook nog eens op de hoogte waren van haar verleden?

Landons huis stond in een zijstraat van Route 28, hoog boven het water. Net als de andere huizen had het pand van grijs verweerd hout een voordeur aan de zijkant. Er was een gazonnetje, er stonden hortensia's en ceders, en voor het raam waren plantenbakken gehangen. Langs de schutting groeiden rozen. Het uitzicht over de rustige Nantucket Sound was prachtig. Martha opende het portier en tilde Julia uit de auto, al duizelig van de zilte lucht.

Ze draaide Julia een beetje om. 'Kijk,' zei ze, 'hier gaan we wonen.'

Toen ze om zich heen keek, viel het haar op dat er in de andere huizen geen licht brandde.

'Nou,' zei ze, 'over privacy zullen we niet te klagen hebben. We moeten maar zorgen dat privacy geen eenzaamheid wordt.'

Ze keek nog eens de straat in en zag bij een van de huizen een ladder staan. Een man klom eraf, en beneden stond een golden retriever trouw te wachten.

'Ju-Ju,' zei ze, 'wat vind je dat we moeten doen?'

Julia keek op, stak toen een handje uit en gaf klapjes op Martha's wang. Dat was iets waar Martha altijd van in de lach schoot, en dan lachte Julia met haar mee.

Ivamae had gezegd dat het altijd het beste is om je eigen beslissingen te nemen.

'Precies,' zei Martha. 'We gaan gewoon nieuwe vrienden maken.' Ze sloeg het portier dicht en drukte haar neus even tegen die van Julia. Vervolgens gingen ze naar de man met de hond om kennis te maken.

Geest

Homan

1970

Met zijn stok tikte Sam op het dashboard en wees naar een benzinestation verderop.

Homan had het echter al gezien. In de maanden dat ze samen rondtrokken, was hij gespitst geraakt op plekken waar Duimrijders stonden. Drie man in het busje betekende minder plek, maar ook minder kans om op te vallen als de blanke jongen op de vlucht met de zwarte man op wie de politie jacht maakte. En iemand erbij betekende ook een extra paar handen om te helpen wanneer Homan Sam over een kampeerterrein moest duwen, of als treden te hoog waren voor de draagbare oprijplank die ze in het busje hadden. En het betekende extra gezelschap om te delen in de lol. Hoewel ze maar met zijn tweetjes waren, was het leven met Sam voortdurend amusant. Zo amusant, dacht Homan terwijl ze door een wolkeloos landschap van roestbruine bergen reden, dat het soms zelfs een postduif, de *homing pigeon* waarnaar Homan was vernoemd, zou afleiden van de weg naar huis.

Deze Duimrijders waren heel anders dan de vorigen. Ten eerste waren het er twee, en ten tweede waren het meisjes. Misschien zouden ze net zo leuk zijn als het langharige joch dat hen bij zijn familie thuis had laten overnachten, of als de grijsharige trekker die bij een kraampje langs de weg bonen voor hen had gekocht, of als de mannen van allerlei leeftijden en huidskleuren die hen naar allerlei soorten wonderen hadden gebracht: een woestijn van wit zand, in een rotswand uitgehouwen huizen, en een gigantisch ravijn van rode, oranje en gele steen waarvan de wanden zich naar beneden leken te storten, naar een rivier. Wat voor avonturen zouden ze met dit stel gaan beleven?

Homan bracht het busje tot stilstand, en de meisjes pakten hun spullen en renden eropaf. Ze waren veel jonger dan hij en een beetje ouder dan Sam. De lange blonde droeg een blauw topje en een paarse rok. De kleine donkere zag eruit als een cowgirl met een rood vestje over een wit shirt en een spijkerbroek.

Net als de anderen waren ze verrast toen ze het zijportier openden. Voorin was een bestuurdersstoel, maar waar normaal gesproken de passagiersstoel stond, zaten de beugels waarmee Sams rolstoel op zijn plaats werd gehouden. Achterin waren geen stoelen, maar een fauteuil die stevig was bevestigd, een plak schuimrubber, de oprijplank en hun kleren. Homan boog zich langs Sam heen om het raampje aan die kant omlaag te draaien. Hij kon niet horen wat Sam allemaal zei, maar hij kon het wel zo'n beetje raden: welkom, dames, ik ben Sam en dit is mijn dove vriend, ik weet niet hoe hij heet. Wij doen de dingen over het algemeen anders dan anderen. Die stoel staat daar voor mij, zodat ik niet aldoor hierin hoef te zitten, maar nu mogen jullie die gebruiken want ik ben graag bijrijder. Jullie kunnen ook op dat schuimrubber gaan zitten, dat ligt daar voor als ik ga slapen. Maak het jezelf gemakkelijk en vertel dan maar eens waar jullie heen willen. Wij gaan nergens naartoe, dus zeg het maar en wij brengen jullie.

Langs Sam heen keek Homan naar de meisjes, die een opgewekte uitdrukking op hun gezicht kregen, zoals altijd wanneer Sam het tegen dames had. Sam had iets vrolijks over zich, en hij was een knappe jongen. Meisjes leken hem onweerstaanbaar te vinden met zijn volle zwarte haar, zijn veelbetekenende lach en de blauwe ogen met pretlichtjes. Het was dan ook geen wonder dat de blondine giechelend haar spullen in het busje gooide, waardoor het opeens naar aardbeien ging ruiken. Haar vriendin stapte in met een plunjezak op haar schouder. Om haar pols had ze kralenarmbandjes. Aardbei ging in de fauteuil zitten, en Kralenarmband op de plak schuimrubber.

Terwijl er werd gepraat, wilde Homan het liefst wegrijden. Sam vroeg zeker waar deze Duimers naartoe wilden. Aardbei had een pen en tekende iets op haar arm – een plattegrond? – en boog zich toen voorover om die arm op Sams bovenbenen te leggen. Die streek met zijn duim over de geïnkte huid, en toen ze weer gewoon ging zitten, maakte hij het gebaar dat Homan en hij al in het begin waren overeengekomen, een van de weinige die Sam weinig moeite kostte, door zijn handen hoog te houden en met de afstand ertussen aan te geven hoe ver ze zouden moeten rijden. Deze trip zou maar kort zijn, maar tot wanneer die zou duren – tot in de middag? Tot de volgende dag? – kon Homan er niet uit opmaken. Het speet hem dat Sam zijn gebaren niet kende. Maar Sam kon nauwelijks zijn polsen buigen, zijn ellebogen ook niet helemaal, en afgezien van één duim waren zijn vingers meer voor de sier dan dat ze enig nut hadden. Daarom gebruikte hij de stok om mee te wijzen, dronk hij uit een mok met een oor, en had hij een leren mouw waarin eetgerei zat. Meestal communiceerden ze met gezichtsuitdrukkingen en een paar wilde gebaren. Homan liet zijn teleurstelling niet blijken. Dat was de prijs die hij voor Sams gezelschap moest betalen. Dat, en de angst voor de politie die naar hen op zoek kon zijn, dit keer vanwege ontvoering. Homan had het witte busje bruin geverfd, en Sam had zijn marineblauwe pak weggegooid. En als dat allemaal niet genoeg was en ze toch zouden worden opgepakt, zou naar de gevangenis worden gestuurd vanwege diefstal van de auto van de Zilverharigen op een simpel uitstapje lijken.

Aardbei maakte het zich gemakkelijk en grijnsde als een kat die net te eten heeft gekregen. Terwijl Sam gebaarde naar de weg die zich voor hen uitstrekte, voelde Homan de inmiddels vertrouwde last van die brandende buikpijn. Die kon op elk moment toeslaan – wanneer hij samen met Sam lachte, of met een Duimrijder een prachtig uitzicht bewonderde, of terwijl hij sinas dronk – en het hem plotseling speet dat Mooi Meisje er niet bij was en hem te binnen schoot waarom ze er niet was. Dat het zomaar kon toeslaan was lastig, maar 's ochtends was het het ergst. Mooi Meisje wachtte op hem, al heel lang, en hij zag haar voor zich als achter een raam. Soms tekende ze en keek dan op naar het venster. Een andere keer tilde ze Kleintje uit een kinderstoel en staarde naar buiten. Hij kwam dan dichterbij en gebaarde: *Goedemorgen, mooie meisjes.* Steeds weer. Maar zij bleven zoekend naar buiten kijken. Hoe moest hij in godsnaam de weg terugvinden, vroeg hij zich vaak af wanneer hij zijn ogen opende. En dan zag hij de grootsheid van het landschap, of zijn vriend die op het schuimrubber lag, en vroeg hij zich af: is het verkeerd om plezier te hebben totdat ik ze heb gevonden?

Homan drukte zijn knokkels in zijn maag om het brandende verlangen diep weg te duwen. Daarna legde hij zijn handen op het stuur en reed weg.

Die eerste dag met Sam, maanden geleden, toen Homan was weggereden bij de kerk en Sam zijn armen had bewogen alsof het dirigeerstokjes waren en ze allebei moesten lachen, sloegen ze een eeuwigheid de ene na de andere weg in om eventuele achtervolgers op een dwaalspoor te brengen. Uiteindelijk, na talloze omwegen en omdat ze in de achteruitkijkspiegel niets verdachts zagen, gebaarde Sam dat Homan moest stoppen. Hij klapte het handschoenenvakje open, pakte de stok en vouwde een papier uit. Aan de kronkelige lijnen te zien was het een landkaart, en dat verontrustte Homan meer dan de gedachte aan zwaailichten. Hij was al zo vaak verdwaald, landkaarten waren een ramp, Sam kon niet zeggen waar ze waren, en Homan zelf had geen flauw benul hoe ver hij was gekomen sinds hij in de slaapkamer van de bejaarde dame had gestaan, terwijl Kleintje lag te slapen in het mandje en hij een neptrouwring om de vinger van Mooi Meisje had geschoven. Vol wanhoop had hij zijn hoofd op het stuur gelegd.

Even later tikte Sam hem met de stok aan. Homan keek op en zag de bezorgde blik in Sams ogen. Na een paar tellen wees Sam op een papieren zak op de vloer.

Er zaten een heleboel repen in, verpakt in blauwe en zilverkleurige wikkels. Sam gebaarde Homan dat hij er eentje moest pakken, de wikkel eraf scheuren en de reep tussen Sams duim en wijsvinger stoppen. Terwijl Sam van de reep at, knikte hij naar Homan ten teken dat die er zelf ook eentje moest nemen. Even aarzelde Homan. Afgezien van wat hij wel eens in een vuilnisbak had gevonden, en wat er in de Valstrik werd uitgedeeld als het circus kwam, had hij nooit snoep gegeten. Sam maakte een dwingend hoofdgebaar, dus peuterde Homan de wikkel van een reep en zette er zijn tanden in. Even zorgden de chocola en de mintvulling ervoor dat zijn wanhoop verdween.

Ze reden verder, en Sam wees met de stok de richting. Homan had geen idee waar Sam naartoe wilde, maar omdat Homan ook niet wist welke kant hij op moest, reed hij maar gewoon verder en genoot ervan dat hij de baas over dit voertuig was. Hij kwam erachter hoe hij richting moest aangeven. Hij vond de sigarettenaansteker. Hij dacht dat hij de ruitenwissers aanzette, maar er kwam alleen een sprietsj water. Een paar kilometer verder wees Sam op een andere zakje, en dat zat vol kauwgum. Sam stopte een stukje in zijn mond en blies kauwgumbellen. Homan probeerde dat ook, maar wist niet hoe het moest, dus liet Sam het hem zien. Na een paar mislukkingen zaten ze samen roze bellen te blazen.

Vele kilometers verder wilde Homan Sam iets leren. Hij legde een reep op zijn schoot, hield zijn vingers tegen elkaar als een soort vogelbek, maakte een kauwbeweging en smakte met zijn lippen. Dat betekende: snoep. Sam keek hem nieuwsgierig aan, dus deed Homan het nog eens en wees vervolgens op een reep. Langzaam was Sam het gaan begrijpen en lichtte zijn gezicht op. Homan gebaarde dat Sam het ook eens moest proberen. Sam deed zijn best, maar moest het hoofdschuddend opgeven.

Op een gegeven moment kwam de snelweg uit op een hoofdstraat. Na een poosje wees Sam een parkeerplaats aan, en daar bracht Homan het busje tot stilstand. Ze bevonden zich voor een gebouw dat er officieel uitzag, met stenen treden ervoor. Gelukkig was het geen woonhuis, maar wat was het wel?

Sam gebaarde naar de treden. O ja, hij had natuurlijk hulp nodig om binnen te komen, en Homan kon helpen, want hij had Man-Als-Boom al heel, heel vaak trapjes op geholpen. Hij zette de oprijplank neer en reed Sam het busje uit. Nadat Sam de rolstoel had gedraaid, hees Homan die de treden op en gingen ze door de glazen deur naar binnen.

Ze kwamen terecht in een grote, koele ruimte met een stenen vloer, een hoog plafond en allemaal balies tot op borsthoogte. Hoewel Homan nooit in een bank was geweest, begreep hij meteen dat hij zich er in eentje bevond.

Ze doorkruisten de ruimte in de richting van een balie. De vrouw erachter keek Homan aan, en Homan knikte naar Sam. De vrouw boog zich over de balie en sprak met Sam. Sam gebaarde dat Homan iets uit het tasje moest halen dat aan Sams riem bevestigd zat. Daar hadden ook de autosleuteltjes in gezeten, en deze keer haalde Homan er een portemonnee en een dun boekje uit, en die gaf hij allebei aan de vrouw. Sam moest een handtekening zetten, met de pen net als de reep tussen duim en wijsvinger geklemd, en toen gaf de vrouw hem een envelop vol geld.

Het werd erg interessant.

Hun volgende stop was een goedkoop warenhuis. Gangpaden strekten zich uit als maïshalmen op een akker, alleen bestond de vegetatie uit lakens, borden, schorten en schoonmaakmiddelen, alles wat je maar nodig kon hebben, opgevouwen en ingepakt, met een prijskaartje eraan. Terwijl ze erdoorheen gingen, wees Sam dingen aan en legde Homan die in een wagentje: spiritusblokjes, veldflessen, een pan, borden, een zakmes, een zaklamp, aanstekers, een plak schuimrubber voor Sam, een slaapzak voor Homan, dekens en kussens. Dit zou dus niet hun laatste dag samen zijn... Homan klapte van opluchting bijna in zijn handen.

Naast het goedkope warenhuis stond een tweedehandskledingzaak. Daar pasten ze shirts, jassen, schoenen en broeken, en in de spiegel maakten ze elkaar met hun gezichtsuitdrukking duidelijk of de outfit bij de drager paste of niet. Sam had een voorliefde voor leren jacks, T-shirts met langharige gitaristen erop, en makkelijke broeken met elastiek in de broekband. Homan, die nog nooit zelf zijn kleding had uitgekozen, kon maar niet kiezen, dus deed Sam dat voor hem, en het werd een pak met rode en groene ruiten en een geel overhemd. Ze zagen ook een koeltas en een oude fauteuil, en Sam knikte daar ook naar.

De laatste halte was een kleine supermarkt. Homan had zulke winkels alleen vanbuiten gezien en hij werd overweldigd toen hij binnen stond. Dus koos Sam: brood, worst, chips, toetjes, frisdrank en snoep. Sam wees ook naar een tijdschriftenrek. De bladen die hij wilde, stonden heel hoog en waren gedeeltelijk bedekt met een strook bruin papier. Toen Homan ze pakte, keek hij stiekem even achter het papier. Er stonden allemaal dames op die bijna uit hun ondergoed barstten. Met opgetrokken wenkbrauw had Homan Sam aangekeken, maar die trok een engelachtig gezicht, en ze lachten allebei.

Daarna reden ze heel lang rond, en het werd donker en weer licht. Uiteindelijk wees Sam een weggetje aan waarover ze de snelweg konden verlaten en reden ze door tot er geen huizen meer waren. Toen stopten ze en stapten uit. Het was frisjes, en Homan maakte een vuur en wikkelde Sam in een paar dekens. Ze aten en het was heerlijk. En toen gebeurde er iets heel bijzonders. Terwijl ze met het toetje bezig waren, bewoog Sam zijn handen op en neer met een vragende blik, en wees naar het toetje. Dat was de eerste keer dat Homan dat gebaar zag, maar hij begreep meteen wat Sam bedoelde: *Leer me jouw gebaren.* Verwonderd maakte hij het gebaar voor toetje. Sam knikte en wees met dezelfde vragende uitdrukking naar de kauwgum, de maan en het vuur. Homan gebaarde druk, en vanbinnen leek er iets te bewegen, alsof er iets in hem ontkiemde.

Hij deed Sam dingen voor die hij in de Valstrik had geleerd. Nadat hij de dop van een flesje frisdrank had gedraaid, liet hij de dop uit zijn ene hand verdwijnen en toen in zijn andere hand terugkomen. Hij haalde de veter uit een van zijn nieuwe schoenen en maakte daar met één hand een knoop in. En toen was Sam op een idee gekomen, een mooie vorm van speelsheid. Ze pakten de plastic tas waarin een jasje had gezeten. Vervolgens maakten ze de metalen strips los waarmee de prijskaartjes hadden vastgezeten en staken die door de onderkant van de tas. Daarna maakten ze nog een houdertje van de strips en deden daar een spiritusblokje in. Toen ze dat aanstaken, steeg de plastic tas op. Vol verwondering lachten ze terwijl de tas hoger en hoger steeg, het vlammetje fonkelend met de sterren mee, zwevend boven het land. Het was een gelukkige geest die alleen zij konden zien, een ontdekkingsreiziger die voor eeuwig zou blijven zwerven.

Wat is jouw gebaar, vroeg Sam Homan toen de tas uit het zicht was verdwenen.

Homan antwoordde bijna met 'tas' of 'hemel'. In plaats daarvan wees hij op Sam en gebaarde hij een woord dat hij al heel lang niet had gebruikt, en waaraan hij ook niet had durven denken. *Vriend. Mijn vriend.*

Maanden nadat ze de geest hadden laten wegzweven, en een halve dag nadat ze de vrouwelijke Duimrijders hadden opgepikt, stuurde Homan het busje door de heuvels naar wat algauw een huis bleek te zijn.

De avond was gevallen. In het buitenlicht dat de vier verwelkomde, zag Homan dat er auto's geparkeerd stonden op het gras tussen de oprit en het huis. Het huis zelf was langgerekt met een plat dak, en uit alle ramen scheen licht, en achter elk raam waren mensen te zien. Dit zou niet het eerste feest zijn dat hij met Sam bezocht, maar het was wel het grootste, en het meest afgelegen. Ze hadden de bergen in moeten rijden om er te komen, over kronkelweggetjes tussen dennen door, terwijl boven hen vogels met brede vleugels vlogen.

De meisjes waren giechelig en levendig, en zodra Homan het busje had weggezet, sprong Kralenarmband eruit. Aardbei volgde en maakte pirouettes als een ballerina. Ze rende naar het huis, maar draaide zich opeens om. Tegen die tijd was Homan uitgestapt, en Kralenarmband, die veel behulpzamer was dan haar vriendin, hielp hem met de plank. Aardbei huppelde terug en zei iets terwijl Homan Sam uit het busje reed. Toen Sam eenmaal beneden was, maakte Aardbei een buiging. Sam legde zijn handen op de knoppen van de wielen en duwde zichzelf over het pad naar het huis. Aardbei danste met langzame passen achter hem aan.

Homan richtte zijn blik op Kralenarmband, die haar vriendin hoofdschuddend nakeek. Ze keek naar hem op, met een vriendelijke maar niet flirterige uitdrukking op haar gezicht, en maakte hem met een hoofdgebaar duidelijk dat hij haar moest volgen.

Het was binnen zo propvol dat het een uitdaging was door de voordeur te komen. Homan en Kralenarmband wrongen zich naar binnen, waar het rook naar zweet, sigaretten, drank, aftershave en iets schimmeligs. Hij voelde zware trillingen en begreep dat er muziek werd gedraaid. Mensen in kleurige kleren stonden dicht op elkaar te dansen en te praten.

Omdat Homan een van de langste aanwezigen was, kon hij Sam gemakkelijk ontdekken, ook omdat iedereen ruimte voor zijn rolstoel maakte. Aardbei was bij Sam, en de jongen praatte met iedereen die hem aankeek, en maakte ook het gebaar dat hij iets wilde drinken. Homan baande zich een weg door de etende en drinkende mensen, en elke keer dat hij omkeek, zag hij dat Kralenarmband hem volgde. Hij was opgenomen in een groepje, dacht hij terwijl ze zich met hun vieren een weg door de meute baanden. Hij hoorde bij een groepje met een knappe jongeman en twee mooie dames, en er verscheen een glimlach op zijn gezicht. Ze kwamen in een zijkamer, waar ze in de rij gingen staan voor een glas amberkleurige vloeistof. Sam gebaarde dat Homan Sams mok uit de stoffen tas achter op zijn rolstoel moest halen. Hoewel Homan zelf niets wilde drinken, leek niemand dat te storen. Ze behandelden hem alsof hij er gewoon bij hoorde.

Het huis moest eigendom van een gefortuneerd persoon zijn. Op de vloer lagen roestbruine tegels, en de muren waren bedekt met dierenhuiden. In de grote kamer stonden lange, zachte banken, en ook een kleuren-tv en een platenspeler met grote geluidsboxen ernaast. Dat was de bron van de trillingen, had Homan gemerkt. De keuken beschikte over groene aanrechtkastjes, een tafel met een doorzichtig tafelblad, en twee koelkasten. Door de gang bereikte je drie badkamers, de een nog luxer dan de ander, en vier slaapkamers, met in een ervan een bed dat wiebelde als een kruik. Homan stelde zich voor dat hij met Mooi Meisje door dit huis drentelde, zijn arm om haar schouders en haar arm om zijn middel, en dat ze allebei alles met grote ogen bekeken.

Toen verplaatste het groepje zich naar de veranda die uitzicht bood op een ovaal zwembad achter het huis. Onmiddellijk rende Aardbei het blauwe water in. Er waren al een paar mensen in het zwembad, met hun drankjes op de duikplank. Ze trappelden met hun voeten terwijl ze zich vastklampten aan opblaasspullen. Aardbei draaide zich om en wenkte hen ook in het water te komen. Sam schudde één keer zijn hoofd in een snelle weigering, en voor de verandering stond er geen flirterige lach op zijn gezicht. Aardbei pruilde, maar hij bleef weigeren. Hij wilde ook Homan niet aankijken, en terwijl hij haastig wegrolde, vroeg Homan zich af of een duik in een zwembad misschien de reden was waardoor Sam in die rolstoel was beland.

Samen met Kralenarmband ging hij achter Sam aan, over een terras dat zich uitstrekte langs de achterkant en de zijkant van het huis. Aardbei holde achter hen aan, ze zwiepte met haar haren en giechelde. Net toen Sam weer kon lachen, kwamen ze bij een patio waar wingerd groeide tegen een hek van gekruiste latjes. Meteen besefte Homan dat de schimmelige geur die hem was opgevallen toen hij binnenkwam, afkomstig was van deze wingerd. De mensen op de patio zagen Aardbei en zwaaiden, en Sam en zij gingen naar hen toe.

Iemand tikte tegen Homans arm. Het was Kralenarmband, die bezorgd naar hem opkeek en toen een hoofdgebaar in de richting van het huis maakte.

Sam en Aardbei zaten op de patio te kletsen, en iedereen daar leek opgewekt.

Homan ging rechts van Aardbei op een bankje zitten. Nog steeds ongemakkelijk kijkend nam Kralenarmband plaats op een rieten stoel vlak bij Homan. Iedereen luisterde aandachtig naar Sam, hun hoofd gesteund op hun handen. Blijkbaar vertelde hij een verhaal, misschien wel over een duik in een zwembad.

Weer werd er op Homans arm getikt.

Aardbei bood hem een sigaret aan. In de Valstrik rookte die belangrijke man sigaretten in een houder, de bewaker met de honden had shag, en de magere rookte pijp. Homan wilde in geen enkel opzicht op hen lijken en wuifde het aanbod weg.

Toen deed Aardbei iets wat hij een roker nog nooit had zien doen. Ze inhaleerde en gaf de sigaret door aan degene naast haar, die haar voorbeeld volgde. Op dat moment drong het tot Homan door dat die merkwaardige geur niet afkomstig was van de wingerd, maar van de sigaret. Er kon dus geen tabak in zitten. Maar als het schimmel was, zouden ze de sigaret niet steeds doorgeven en er trekjes van nemen. Zelfs Sam deed eraan mee, de sigaret tussen zijn duim en wijsvinger, net zoals hij repen en pennen vasthield. Alleen Kralenarmband gaf de sigaret door zonder een haal te nemen.

Als Mooi Meisje hier was, zou ze dan op de patio willen blijven met al die rokende mensen? vroeg Homan zich af. Of zou ze liever doen wat hij andere stelletjes had zien doen: zich samen verwijderen en een feestje voor twee houden? Hij stelde zich voor dat ze samen op het gras zaten, dat ze gebaarden en lachten. En toen drong het tot hem door dat hij misschien nooit meer de kans zou krijgen zich terug te trekken in hun eigen wereldje, waar het leven ondanks alles zoet was, en kreeg hij meteen weer dat brandende gevoel in zijn buik.

Hij wilde dat brandende gevoel met ijs doven. Hij wilde opstaan en wegrennen tot net buiten de lichtcirkel en haar daar vinden, wachtend op hem. Hij wilde haar hand pakken, die naar zijn lippen brengen en wijzen naar de sterren, met hun handen ineengestrengeld, zoals hij in de Valstrik had gedaan. Maar hij stond in het licht van dit feest, en zij was heel ver hiervandaan. En hij was in het gezelschap van mensen die hem niet negeerden, uitlachten of om de tuin leidden, maar die deden alsof hij er gewoon bij hoorde. Als hij niet bij haar kon zijn, kon hij net zo goed ergens bij horen.

Toen hem de sigaret weer werd aangeboden, nam hij die aan.

Mmm. Warm en kruidig, veel lekkerder dan hij had verwacht. De rook kwam terecht in zijn mond, zijn keel en zijn borst, en verspreidde zich door zijn buik, armen en benen, helemaal tot in zijn vingers en tenen. Het voelde alsof zijn eigen adem hem optilde en naar een afgezonderde plek bracht, alsof zijn bloed met nieuw leven door zijn aderen stroomde.

Iemand pakte de sigaret uit zijn hand. Met gesloten ogen voelde hij zich als een luchtballon die langzaam opsteeg in de nachtlucht. Hij was niet meer de man die probeerde zijn weg terug te vinden. Hij was een moment in de tijd dat eeuwig leek te duren. Hij was een wereld die niet hoefde te draaien. Hij voelde zich zo fonkelend en enorm als de sterren.

Hij deed zijn ogen open. Er werd gelachen, maar hij werd niet uitgelachen. Eerder omdat hij er raar uit moest zien, met een grijns van genoegen op zijn gezicht. En ze reikten hem alweer zo'n sigaret aan. Achterovergeleund inhaleerde hij zo diep hij kon.

Mmm, dacht hij met de sigaret in zijn hand. Mmm. Het tintelt.

De volgende ochtend was het Sam die was veranderd.

Homan besefte het toen ze Aardbei en Kralenarmband afzetten bij een ander huis, deze keer in een suf plaatsje vol kleine huisjes. Een hond duwde een hordeur met zijn neus open en rende door de kale voortuin om hen te begroeten. Toen de hond Aardbei in het gezicht likte, vroeg Homan zich af of ze hier een tijdje zouden blijven. Maar nadat Sam afwezig had gezwaaid door het raampje, en Homan en Kralenarmband een laatste blik hadden gewisseld, gebaarde Sam dat ze door moesten rijden.

Homan drukte het gaspedaal in en reed terug naar de snelweg. Wanneer hij naar Sam keek, merkte hij dat Sam recht vooruit keek. Wanneer hij Sam chocola uit het zakje aanbood, schudde Sam zijn hoofd. Wanneer hij verderop Duimrijders zag, gebaarde Sam: *Doorrijden.*

In de middag deden ze iets wat ze nog nooit hadden gedaan. Sam had de kaart op schoot liggen en gaf Homan doelbewuste aanwijzingen.

Anderhalve dag reden ze. Eerst over lange wegen door een bruinig, verlaten landschap waar weinig te zien was, afgezien van af en toe kleine trailerparken, en steden waar gekleurde lichten opblonken als juwelen. Vroeger zouden ze zijn gaan kijken wat daar te beleven was. Deze keer reden ze verder, ook toen het woestijnachtige landschap veranderde in een bosrijk gebied tussen bergen van wittig steen met zwarte spikkeltjes. Ze reden over een weg langs een afgrond met een meer zo diep onder hen dat het de bodem van de wereld leek. Laat in de nacht pauzeerden ze op een kampeerterrein, maar algauw waren ze weer op weg. Ze waren op weg naar een doel, maar Homan wist niet welk.

Wat hij wel wist, vanaf het moment dat ze Aardbei en Kralenarmband hadden afgezet, was waarom Sam was veranderd. De avond daarvoor waren ze allemaal, na de tintelsigaretten en na iets te hebben gegeten, naar de slaapkamer gegaan met het bed dat wiebelde als een kruik. Aardbei was op het bed gaan liggen en Sam had dat ook gewild, dus had Homan hem uit de rolstoel geholpen. Kralenarmband had een deken op de grond uitgespreid, en daarop waren Homan en zij gaan liggen, een heel eind uit elkaar. Eindelijk was hij dan in het huis van een rijk man terechtgekomen, met naast zich een vrouw zo dichtbij dat hij de nacht op haar huid kon ruiken. Hij had naar het bed gekeken. Aardbei had op haar zij gelegen, met Sams arm om haar heupen, en ze had haar hoofd bewogen alsof ze aan het zoenen waren. Vervolgens had Homan zich teruggedraaid naar Kralenarmband en opeens iets voelen zinderen. Toch deed hij niets en Kralenarmband ook niet, en hij was opgelucht.

Een poosje later was hij wakker geworden, zoals altijd gebeurde in het gezelschap van Sam. Sam kon zich niet zelf omdraaien, dus was het voor Homan een gewoonte geworden midden in de nacht te ontwaken en zijn vriend op diens andere zij te leggen. Kralenarmband had rustig liggen slapen, dus was Homan stilletjes gaan zitten en had hij naar het bed gekeken.

Sam lag op bed, en Aardbei zat bij het voeteneind met haar rug naar Sam toe. Ze gooide haar armen omhoog, en Homan zag haar lippen bewegen. Ze had een boze of verdrietige uitdrukking op haar gezicht, en ze draaide zich steeds naar Sam toe en dan weer weg. Pas toen ze was opgestaan, was het tot Homan doorgedrongen dat ze in haar ondergoed was. Nadat ze haar kleren bijeen had gegrist, liep ze gehaast de slaapkamer uit.

Homan stond op en liep naar het bed. Sam lag daarop, van hem af gewend. Goed, dacht Homan, hij ligt tenminste niet op zijn rug. Hij liep om het bed heen om te zien of zijn vriend wakker was. Ja, Sams ogen waren open, maar hij staarde voor zich uit met vochtige wangen. Hij maakte een gebaar, maar niet tegen Homan: hij wilde zijn handen naar zijn gezicht brengen, maar zijn elleboog kon niet ver genoeg buigen, dus hielp Homan hem. Homan ging op het bed zitten en veegde met zijn hand de tranen van de wangen van zijn vriend.

Homan vroeg zich af waar Sam en hij naar op weg waren, op deze lange tocht weg van Aardbei en Kralenarmband. Naar het noorden, begreep hij, en daarna, toen ze van de weg langs de rotswand af waren en door een uitgestrekt, vlak en drassig terrein reden, in westelijke richting. Hij reed maar door zonder zich veel vragen over de toekomst te stellen of terug te denken aan de vroege ochtend, toen hij in gedachten Mooi Meisje achter het raam had gezien. Ze had Kleintje gekieteld, en geen van beiden had opgekeken naar het venster. Terwijl hij reed, keek hij strak voor zich uit om Sam alleen met zijn gedachten te laten. Hoewel Homan het eigenlijk niet wilde, was ook hij alleen met zijn gedachten. Op een gegeven moment zag Homan vliegtuigen in formatie in de lucht. Later zag hij huizen en plaatsjes, steeds grotere. Het speet hem dat hij niet kon vragen waar ze naartoe gingen. Het speet hem dat Sam niet al zijn gebaren kon begrijpen. Het speet hem dat hij niet echt geloofde in Grote Kunstenaar in de hemel. Want dan had die hem kunnen vertellen waarom Mooi Meisje niet had opgekeken toen hij op het droomraam bonkte en bonkte.

Het was zonnig toen ze de brug naar de op heuvels gelegen stad bereikten.

Het was een brug met twee rijhoogten, en zij namen de bovenste weg. Terwijl Homan reed, keek hij om zich heen. Het glanzende water strekte zich heel ver uit, vrachtschepen voeren de haven uit en langs de twee eilanden aan de ene kant van de brug. Was dit de zee die Mooi Meisje voor hem had getekend? Hij keek naar Sam, maar die deed wat hij al bijna twee dagen deed: recht voor zich uit kijken, met gefronste wenkbrauwen en zijn lippen op elkaar geklemd. Homan richtte zijn blik weer op de weg en hoopte dat Sams humeur zou verbeteren. Ze reden door een tunnel, en toen ze daaruit kwamen, begreep hij dat ze over het water moesten om een stad te bereiken. Dan kon dit de zee niet zijn, niet als er een stad zo dichtbij lag. En dit was een echte stad, een stad zoals hij nog nooit had gezien, met heuvels en mist en vrolijk gekleurde huizen die zich als snoepjes over de golvende heuvels slingerden.

Ze lieten de brug achter zich en kwamen terecht in drukke straten.

Sam wees naar rechts, en Homan sloeg rechts af. Langs kantoorgebouwen, huizen en appartementencomplexen. Langs allerlei verschillende mensen op het trottoir: blank, bruin, Chinees, jong, middelbaar en bejaard, vrouwen in korte jurkjes, mannen in pak, soldaten in uniform. En toen, tussen al die mensen, zag hij ineens Mooi Meisje. Hoe kon dat? Hij minderde vaart om goed te kunnen kijken. Sam gebaarde dat hij door moest rijden, maar Homan wilde het goed kunnen zien. Daar liep ze. Hij minderde nog meer vaart en kwam bijna tot stilstand toen hij ineens besefte dat dit meisje te klein was en te donker haar had. Ze leek totaal niet op Mooi Meisje. Hij trok op, vervuld van vers verdriet. Ze reden een heuvel op die zo steil was dat hij zich eenmaal boven afvroeg of er wel een bodem zou zijn. Toen ze weer naar beneden reden, kwamen ze terecht in nevel. Tersluiks keek Homan naar Sam, en hij dacht: je moet terugkomen, je bent het enige wat ik nog heb. Maar Sam tikte afwezig met zijn duim op de armleuning.

Vervolgens reden ze een straat in met huizen die meeliepen met een steile heuvel. De huizen leken op de mooiste in Edgeville, waar rijke blanken in woonden. Maar deze waren nog mooier en in levendiger kleuren geverfd: blauw, paars en wit. In sommige voortuintjes stonden boompjes. En naar elk huis liep vanaf de stoep een lange trap.

Nadat Sam een huis had aangewezen, zette Homan de auto ervoor stil. Toen hij naar Sam keek, zag hij hem diep ademhalen.

Ook Homan haalde diep adem. Het zou een hele klus worden die trap op te gaan. Om te beginnen liep de stoep schuin en zou de oprijplank erg wiebelen. Bovendien vond hij het niet terecht dat hij zo veel moeite zou moeten doen voor iemand die hem niets eens wilde aankijken. Maar hij wist ook hoe verschrikkelijk het was als je wegzonk in verdriet, en hoezeer je iemand nodig had wanneer dat gebeurde. Zoals Blue er steeds voor hem was geweest nadat hij zo ziek was. En Homan wilde er ook voor Sam zijn, opdat Sam weer zou terugkomen.

Dus bedacht hij een manier om de plank neer te zetten zodat de rolstoel op de stoep kon komen. Vervolgens hielp hij Sam het busje uit, sloot alles af, draaide de rolstoel om en sjorde die de trap op. Eén tree, twee, drie...

Het zou een helse klus worden om weer naar beneden te komen, dacht hij naarmate ze hoger kwamen. Omdat hij flink ging zweten van de inspanning, hoopte hij dat ze hier lang zouden blijven. Ontspannen, in een echt bed slapen... En het uitzicht bewonderen. Over de rolstoel heen kon hij al een glanzend wateroppervlak zien waar geen eind aan leek te komen. Er voeren zeilbootjes op, en er vlogen vogels boven. Zou dit dan de zee zijn? Dat kon hij pas weten als hij het water had geproefd. In elk geval was het mooi. Hij schudde zijn hoofd omdat hij aan dat woord dacht. Toen sloot hij zijn ogen en zag haar voor zich in het kantoortje terwijl ze bezig was met die tekening. Daar was het: aan de ene kant die toren, aan de andere de zee. Ja, hij had aan het juiste woord gedacht; het was mooi.

Eindelijk, de laatste tree.

Hijgend en zwetend draaide hij de rolstoel zodat Sam tegenover de deur zat. Sam keek grimmig, en opeens kreeg Homan een akelig voorgevoel.

Sam wees naar het slot en vervolgens naar Homans broekzak, waar de sleutelbos in zat. Homan haalde die eruit, en Sam wees de sleutel aan die ze nodig hadden.

De sleutel gleed gemakkelijk in het slot, Homan voelde de pal teruggaan. Hij pakte de deurknop beet, maar die bewoog al. Iemand daarbinnen wist dat ze er waren.

De deur ging open.

Een lange man met een bril stond voor hen. Heel even keek hij achterdochtig naar hen, alsof hij zich afvroeg wie het slot had geopend. Maar toen zag hij Sam, en smolt zijn gezicht van opluchting. Hij opende zijn mond, en in het huis zag Homan iets bewegen. Langs de duur uitziende stoelen, over het witte kleed en langs de schilderijen aan de muur kwam een vrouw aangehold. De tranen stroomden over haar wangen. Zowel de man als de vrouw keek bang, boos en opgetogen tegelijkertijd, en al die gevoelens zag Homan zich ook afspelen op Sams gezicht. Toen de vrouw de deuropening had bereikt en haar armen om Sam sloeg, herkende Homan haar als een van de twee vrouwen die met Sam in de kerk waren geweest.

De man staarde naar Homan, en toen de vrouw klaar was met Sam omhelzen, richtte de man zijn blik op Sam en trok een Schreeuwgezicht. Sam leek iets terug te schreeuwen, maar de man ging maar door en toen deed de vrouw ook mee. Iedereen schreeuwde tegen elkaar. Blijkbaar hadden ze Homan herkend als de man met wie Sam de kerk uit was gevlucht. Het gezicht van de vrouw was rood aangelopen, en de man stapte naar buiten, ook al deed Sam zijn best om hem met maaiende armen tegen te houden. Opeens greep de man de handvatten van de rolstoel vast, draaide die met Sam erin om en trok hem over de drempel. Sam zat naar Homan gekeerd, met een Schreeuwgezicht, alleen schreeuwde hij niet tegen Homan. Op zijn gezicht stond een uitdrukking van puur verzet en woede. Na nog een stevige ruk was Sam binnen.

Meteen keerde Sam de rolstoel en maakte boze gebaren tegen de man en de vrouw, en hij wees op Homan en zichzelf. De man en de vrouw negeerden hem. De man haalde de sleutel uit het slot in de voordeur en stak de hele sleutelring in zijn broekzak. Ondertussen schudde de vrouw haar hoofd, en keek Sam smekend. Overal waren tranen.

Toen haalde de man een portemonnee uit zijn zak. Daar haalde hij al het geld uit en zwaaide ermee zodat Sam het kon zien. Sam schudde heftig zijn hoofd, maar toch ging de man in de deuropening staan, zei iets tegen Homan en stopte het geld in de zak van Homans jasje.

Het ging allemaal erg snel.

De man liep het huis weer in. Homan keek langs hem heen naar Sam, in een poging er iets van te begrijpen.

De tranen stonden in Sams ogen. Toen hij Homan aankeek, stond er een nieuwe uitdrukking op zijn gezicht. Een krachtiger uitdrukking dan woede of smeekbeden. Een uitdrukking die wilde zeggen: het spijt me.

De deur werd in Homans gezicht dichtgeslagen.

Een hele poos bleef hij daar staan. Het leek onwerkelijk dat hij zijn enige vriend kwijt was.

Uiteindelijk strompelde hij de trap af en naar het busje, en om de paar treden keek hij om naar het huis. De deur bleef dicht.

Op de stoep staarde hij naar het busje. Alles wat hij had, zat erin. De nieuwe kleren, de slaapzak, het eten.

Hij liet zijn vuist neerkomen op de zijkant van het busje, keer op keer. Hij kon er niet in. Voor hem bestond er geen hoop meer. Hij schreeuwde het uit zonder dat het hem iets kon schelen of hij daarmee de aandacht van de politie zou trekken. Hij bonkte op het busje totdat zijn knokkels bloedden.

Toen rende hij weg. Als een postduif naar huis, dacht hij vol walging terwijl hij de heuvel op rende en een drukke straat in. Hij rende door zonder te letten op stoplichten of het verkeer. Hij botste tegen een man op die zijn hond uitliet. Gauw krabbelde hij overeind en rende verder. Je bent niks meer dan een geest, dacht hij.

Toen hij het niet meer kon verdragen, bleef hij staan, bij een benzinestation. Daar zakte hij door zijn knieën. Hij kon het verdriet niet meer wegdenken. Er was niemand voor wie hij sterk moest blijven. Dus ging hij eindelijk huilen. Hij huilde met diepe uithalen, zijn hoofd tegen de grond gedrukt en zijn handen tegen zijn ogen. Het huilen was zo heftig dat het verdriet uit zijn ogen stroomde. Hij huilde totdat hij zich als de zee voelde.

Tijd voor een verhaaltje

Martha

1973

‘Kijk, oma, ik heb een Y gevonden!’ zei Julia, en ze wees naar de stoep.

Martha keek naar haar vriend Pete, die op een frisse ochtend in Harwich Port op Cape Cod met zijn golden retriever voor hen uit liep. Pete keek met een vragende blik om, alsof hij wilde zeggen: waar heeft ze het over? Martha glimlachte en keek naar de straat met de houten huizen en hoge iepen. Een paar meter verderop lag inderdaad het takje dat de blik van de bijna vijfjarige Julia had getrokken. ‘Ze zoekt graag naar letters,’ zei Martha. Hoewel de ruim zeventigjarige Pete zelf grootvader was, leek hij het niet te snappen. Waarom zou hij ook? Nadat ze de afgelopen week waren teruggekeerd naar Landons zomerhuis had Pete hun avondeten gebracht, maar afgezien daarvan had hij hen in de tweeënhalf jaar sinds ze van Cape Cod waren vertrokken niet meer gezien. Hij wist niet dat Martha de afgelopen zomer in een appartement van haar oud-leerling John-Michael bij Philadelphia had gewoond, en dat ze daar Julia het alfabet had geleerd. En nu het al halverwege september was, zag Julia overal letters.

‘Mag ik hem voor mijn verzameling?’ vroeg Julia, en ze keek op naar Martha. Het licht bracht het blond in Julia’s bruine krullen tevoorschijn. Martha had nog nooit zulk mooi haar gezien. Julia gaf de voorkeur aan het steile haar dat ze op tv zag en noemde dat van zichzelf kroezig. Martha zei dat ze een haarband kon dragen, dan leek het eerst steil, en daarna een mooie bos krullen. Net zoals bij bijna alles was Julia het met haar eens.

‘Kom, dan gaan we er eens goed naar kijken,’ zei Martha.

Ze liet Julia’s hand los, en Julia huppelde vooruit. Met haar groene jurk, jasje van witte suède en leren schoenen met wreefbandjes zag ze er chiquer uit dan de meesten op Cape Cod, die zich het liefst hulden in spijkerbroek en makkelijk zittende jasjes. Pete en Martha gingen ook gemakkelijk gekleed. Hoewel Pete allang met pensioen was, gaf hij nog steeds de voorkeur aan de flanellen hemden en bruine broeken die hij als timmerman had gedragen. En Martha droeg haar gebruikelijke ensemble: een broek, een corduroy jasje en tennisschoenen.

Met haar vondst hooggehouden kwam Julia terug naar Martha en pakte haar hand weer.

‘Het is geen erg grote Y,’ zei Martha nadat ze het takje eens goed had bekeken.

‘Maar wel een hoofdletter,’ zei Julia. ‘En hoofdletters zijn veel beter dan kleine letters.’

‘O ja?’ vroeg Pete. ‘Mag ik eens zien?’ Hij bestudeerde het takje. ‘Ja, absoluut veel beter.’

‘Zelfs Rodney weet dat ze beter zijn,’ zei Julia, en ze wees naar Petes hond. ‘Ja, hè, Rodney?’

Rodney blafte.

Allemaal schoten ze in de lach. Martha en Pete hadden elkaar leren kennen toen Julia elf maanden oud was, op de eerste dag dat Martha en Julia op Cape Cod waren aangekomen en Pete net klaar was geweest met een reparatie aan het huis van zijn zoon Gary voordat die naar Denver zou gaan. Toen Martha op Pete toe was gestapt om kennis met hem en zijn hond te maken, had Pete gelachen. In de acht maanden daarna had hij voor welkomstcomité gespeeld. Hij was op Cape Cod opgegroeid, had er tientallen jaren huizen gebouwd en wist alles over de beste winkels, huisartsen en bibliotheken. Elke week was hij wel een keer langsgekomen met zijn hond, en dan had hij gefloten wanneer hij uit zijn jeep stapte. Martha had gezegd dat ze heel dankbaar was dat hij zo vaak even kwam kijken hoe het met hen ging, zeker omdat zijn vrouw in een verpleeghuis was opgenomen en hij haar dagelijks een bezoekje bracht. Hij had gezegd dat goede buren dat nu eenmaal deden. De vorige week, toen ze met Julia was teruggekomen, had hij gezegd dat het lang geleden was, en dat kinderen snel groeiden. Daarbij had hij haar strak aangekeken, en Martha had gezegd dat het fijn was een oude vriend te zien. Ze zei er niet bij dat ze het vermoeiend vond nieuwe vrienden te maken om die vervolgens achter te moeten laten. Dus toen Martha hem had verteld dat ze naar de voorleesochtend in de bibliotheek zouden gaan, en hij had gevraagd of hij mee mocht, had haar dat verheugd.

'Weet je waarom er grote en kleine letters zijn?' vroeg Julia. 'Omdat kleine letters nog maar kindertjes zijn. Hoofdletters zijn al groot. En ze passen op de kleine letters. Net zoals in een gezin.'

'Zei je niet dat hoofdletters beter waren?' vroeg Pete.

'Dat zijn ze ook! Ze kunnen autorijden, appelstroop maken, brood bakken en handwerken. Ze weten álles! Kleine letters weten maar zó veel.' Ze bracht haar duim en wijsvinger heel dicht bij elkaar, om daarna haar handje weer in de grote van Martha te laten glijden.

Martha vond het heerlijk om Julia's hand vast te houden. Ooit was die hand zo klein geweest als een eikeltje, en nu al zo groot als een espenblad. Kon Martha de tijd maar net zo stevig vasthouden als dit handje...

'Wat is dat?' vroeg Julia. 'Die vogel die tegen die boom timmert?'

'Dat is een specht.'

'Hij lijkt op Woody Woodpecker van de tekenfilm, die doet ook zo.' Ze deed de lach van het tekenfilmfiguurtje na. 'En die, Pete? Die daar in de boom?'

'Dat is een kardinaal.'

'Die is mooi.'

'Hij is ook heel anders dan andere vogels,' zei Martha.

'Omdat hij rood is?'

‘Dat ook. Maar de kardinaal is een van de weinige vogels die...’ Ineens zweeg Martha. Als ze had gezegd dat een paartje altijd bij elkaar bleef, zou Julia waarschijnlijk met vragen komen over mama’s en papa’s, en die waren al lastig genoeg geweest toen Julia een paar maanden geleden had gevraagd of zíj geen mama en papa had. Martha, die Julia net afdroogde na het bad, was daar niet op voorbereid geweest. Langzaam en goed op haar woorden lettend had ze gezegd dat Julia’s ouders waren overleden toen Julia nog heel klein was. ‘Ze hielden heel veel van je, daarom vroegen ze mij... Daarom wilden ze graag dat iemand heel goed voor je zou zorgen, voor altijd, iemand die net zo veel van je zou houden als ze zelf deden.’ ‘Maar kan ik mijn mama en papa dan nooit zien?’ had Julia gevraagd. Martha had haar in haar armen genomen voor een flinke knuffel, en hoopte dat niemand die haar verzonnen verhalen hoorde ooit de lege plekken zou invullen. ‘Jij hebt mij, Ju-Ju.’

Terwijl ze naar de kardinaal keek die op een tak ging zitten om te gaan zingen, vertelde Martha over het andere bijzondere gedrag dat de kardinaal onderscheidde van andere vogels. ‘Meestal fluiten de mannetjes heel ingewikkelde liedjes en fluiten de vrouwtjes, de popjes, helemaal niet. Maar soms, wanneer het mannetje heel dichtbij is, gaat het popje waarvan hij houdt met hem mee fluiten en zingen ze samen hetzelfde lied. Op die manier kunnen ze elkaar makkelijk vinden. En het is het mooiste geluid dat er is.’

‘Echt waar?’ vroeg Pete ongelovig.

‘Jazeker.’

De kardinaal was aan het zingen, maar zijn lied werd niet herhaald.

‘Hij is alleen,’ zei Julia na een poosje.

Ze gingen de hoek om, naar de bibliotheek. ‘We zijn er, Ju-Ju.’

‘Kijk eens wat ik heb?’ zei Julia, en ze liet hun de vier takjes zien die ze onderweg had verzameld: Y, I, T en V. ‘Is dat een woord?’

‘Niet echt,’ antwoordde Pete.

‘Het is vast een raar woord,’ reageerde Julia. ‘Oegaboega of zo.’ Ze lachte. 'Oma, wil jij ze in je zak bewaren? Dan nemen we ze straks mee naar huis.' Ze overhandigde Martha de letters die geen woord vormden en rende over de bakstenen stoep naar de deur van de bibliotheek.

Martha keek Pete aan. 'Je hoeft niet mee naar binnen, hoor,' zei ze.

'Ik ga pas om een uur of drie naar Ann. Juist voor dit soort dingen is pensionering bedoeld.'

'Voor verhaaltjes?' vroeg Martha met een lach.

'En daarna de banketbakker,' antwoordde hij. 'Zullen we dan maar?'

Hoeveel langer zou ze dit toneelspel moeten volhouden?

Ze kon er niets aan doen dat ze het zichzelf afvroeg terwijl Pete en zij op de jeugdafdeling zochten naar stoelen van een normaal formaat. Julia zat op een klein stoeltje, en overal om hen heen klonken de alledaagse geluiden van duimzuigende peuters, grotere kinderen die hun best deden volwassen te doen, moeders die hun kinderen met gebaren duidelijk maakten dat ze zich moesten gedragen, en nog grotere kinderen die een eindje verderop boeken zonder plaatjes uit de kast haalden. Alles kon alleen maar nog alledaagser zijn geweest als Martha erbij had gehoord.

Terwijl de mevrouw die zou voorlezen wachtte tot alle kinderen waren gaan zitten, vroeg Martha zich af hoeveel van de volwassenen hier een geheim bewaarden. Voordat Julia in haar leven was verschenen, had ze gedacht dat maar een paar mensen anderen om de tuin leidden, maar ze besefte nu dat ze, zonder dat ze het wist, al heel lang erelid van die groep was. Ze had alleen zichzelf voor de gek gehouden door zichzelf voor te houden dat ze een rijk, bevredigend leven leidde. Ze had heus wel gevoeld dat er iets ontbrak; dat besefte ze elke keer dat ze in bed toenadering zocht tot Earl en hij zich omdraaide, of wanneer ze uit haar kleine raampje had gekeken naar de lucht en aan haar zoontje had gedacht dat naamloos in een grafje rustte. Maar haar teleurstelling was altijd zo bodemloos diep geweest dat die nooit tot een gedachte was uitgekristalliseerd. Pas toen ze Henry en Graciela goed had leren kennen, was ze zich ervan bewust geworden dat ze al tientallen jaren behoefte had gehad aan een huilbui. Zouden er hier ook mensen zijn met dat brok in de keel?

De mevrouw die zou voorlezen hield het eerste boek op. Even lachte Julia blij, vervolgens trok ze een ernstig gezicht, alsof dit boek het belangrijkste op de hele wereld was. Ze zou een goede leerling zijn, dacht Martha, ik moet alles doen om haar daarin te stimuleren.

Zonder haar hoofd te draaien wierp ze een tersluikse blik op Pete. Hij zat met zijn stevige, eeltige handen in zijn schoot, met als enige versiering een trouwring. Dit was een eerlijk, open en oprecht persoon. Dat had hij wel aangetoond toen hij hun de avond tevoren vers gemaakte mosselsoep was komen brengen. Na het eten had hij een spelletje kaart met Julia gespeeld, en toen Martha Julia voor het slapengaan een verhaaltje had voorgelezen, was hij zomaar de afwas gaan doen. Toen Julia sliep, had Martha warme chocolademelk voor hem gemaakt en hadden ze gepraat terwijl ze keken naar de maan die opkwam boven de Sound.

'Ann gaat achteruit,' had hij gezegd toen Martha eindelijk naar zijn vrouw had durven vragen, die aan de ziekte van Parkinson leed. 'Ze kan niet meer praten. Mijn hart bloedt elke keer dat ik haar zie.'

Martha had er stilletjes bij gezeten. Met Earl was haar stilte voortgekomen uit gedweeheid. Met haar leerlingen en nieuwe vrienden kwam die voort uit de noodzaak dingen verborgen te houden. In de afgelopen jaren was ze echter gaan begrijpen dat stilte ook ruimte schiep voor de verhalen van anderen, en dat was belangrijk voor degenen die behoefte hadden aan een luisterend oor. Pete hoorde bij die laatsten.

Hij had een beetje met de placemats geschoven voordat hij zei: 'We deden altijd alles samen. Zij bestierde overdag de winkel, en 's avonds hielp ik haar met het huishouden. Nadat Gary uit huis was, maakten we tochtjes op de boot. Nu doe ik dat met Rodney. Het is net als een oude eiken deur vervangen voor zo'n lelijke, moderne holle. Je hebt wel een deur, maar meer niet.'

Ze had geknikt.

'Iedereen hier zegt dat ik zo'n trouwe echtgenoot ben,' was hij verdergegaan. 'Maar... het kost me moeite het te zeggen, en ik hoop dat je het niet erg vindt, maar ik ben het nu wel gewend dat ze er niet is. Het duurde heel lang voordat het zover was. Nu vraag ik Rodney wat er te eten is. Je past je aan de nieuwe omstandigheden aan.'

Ze had graag willen zeggen dat zij zich afvroeg of ze er ooit aan zou wennen als Matilda door het leven te gaan. Ze had willen zeggen dat Earl haar in jaren niet zo veel over zichzelf had verteld als Pete daarnet had gedaan. Ze had willen zeggen dat ze zichzelf nooit zo veel over zichzelf had verteld, totdat ze een andere Martha was geworden.

Zou Pete een brok in zijn keel hebben? vroeg ze zich af terwijl de voorleesmevrouw een spelletje handjeklap begon. Niet omdat hij tegen zichzelf loog, maar omdat hij geen eikenhouten deur meer had?

'Wat?' vroeg hij toen hij merkte dat Martha naar hem keek.

'O, niks.'

'Zeker weten?'

'Nou ja, ik... ik maak me zorgen over Rodney.'

Ze wees naar het raam. Rodney stond met zijn poten op de vensterbank naar binnen te kijken. 'De beste vriend van de mens,' reageerde Pete glimlachend, en ze lachte met hem mee.

Een paar jonge moeders draaiden zich om, en het drong tot haar door dat ze had gelachen op het moment dat het klapspelletje was afgelopen. Het was net zo beschamend als briefjes doorgeven in de klas.

Ze drukte haar hand tegen haar voorhoofd, maar onder die hand door zag ze Pete naar haar lachen. 'Sst,' siste ze zachtjes en speels.

Terwijl de zilte lucht frisser werd en de bladeren goudkleurige randjes kregen, werd Pete een vaste gast tijdens hun uitstapjes naar de bibliotheek. Martha verheugde zich zo op die ochtenden dat ze pas na een paar weken besefte dat ze iets kon doen waarnaar ze al heel lang verlangde.

Sinds die eerste warrige uren in Henry's hotel had Martha zichzelf vragen gesteld waarover ze nooit met anderen had gesproken, en die ze niet goed in staat was te beantwoorden. Op een dag, nadat Julia vooruit was gerend naar de jeugdafdeling, hield Martha Pete tegen en vroeg of hij er bezwaar tegen had om bij Julia te blijven terwijl ze zelf met een boek op de volwassenenafdeling ging zitten. Ze zei erbij dat ze alleen maar een beetje wilde snuffelen, zodat het verzoek toevallig en spontaan klonk. Want hij mocht niet weten dat er al een paar boeken lagen te wachten, waarvan sommige besteld bij heel andere bibliotheken, en andere die niet mochten worden uitgeleend.

'Als we daarna maar naar de banketbakker gaan,' reageerde Pete.

Die dag, en in de weken daarna, las Martha boeken terwijl Julia en Pete op de jeugdafdeling waren.

Ze las van alles over de geschiedenis van gestichten, van de oorspronkelijke armenhuizen waar mensen met een beperking werden ondergebracht tussen andere verschoppelingen zoals wezen en landlopers, tot aan de afschuwelijke plekken die het waren geworden: enorme inrichtingen waar duizenden mensen niets te doen hadden, en waar een chronisch gebrek aan geld betekende dat de gebouwen waren vervallen, er niet genoeg personeel rondliep en de medische zorg beneden peil was, waar het vies en smerig was, en waar de bewoners op allerlei manieren werden mishandeld. Steeds moest ze aan Lynnie denken, die er zo mooi had uitgezien in de witte jurk, en die zo gelukkig had geleken naast nummer 42. En dan stelde Martha zich voor hoe het nu met haar zou gaan.

Er moet echt iets veranderen, dacht Martha elke keer wanneer het tijd werd om op te houden en Julia en Pete bij de ingang van de volwassenenafdeling naar haar zwaaiden. Dan sloeg ze de boeken dicht en stond op, nog helemaal verdwaasd.

Toen de bladeren van de bomen vielen, moest Martha voortdurend denken aan de vreselijke dingen waarover ze had gelezen, en aan hoe lang dit zich allemaal al afspeelde. Ze kon zich nauwelijks concentreren op haar naaiwerk of het koken. Soms, wanneer Julia tv aan het kijken was, keek het meisje om, zag Martha haar breipennen vasthouden zonder dat er een steek werd gemaakt, en vroeg: 'Is er iets, oma?'

'Och, ik was in gedachten verzonken.'

'Niet bang zijn,' reageerde Julia dan. 'Je kunt niet zinken, want ik ben bij je.'

Op een keer, toen Pete op Julia kon passen, reed Martha naar zo'n instelling. Die was niet makkelijk te vinden, zelfs bij het benzinestation wisten ze niet waar het ding was. Eindelijk bereikte ze de instelling toch en bleef uren voor de oprit staan. Het was zo groot, en daarbinnen zaten zo veel Lynnies. En er waren zo veel instellingen, door het hele land.

Uiteindelijk reed ze weg over landelijke wegen, en ze zag een kapel. Die leek sterk op de kapel waarin Earl nooit meer een voet had willen zetten. Ze parkeerde de auto, en nadat ze zichzelf had toegesproken dat ze zich eroverheen moest zetten, liep ze naar de deur. Die ging gemakkelijk open, en eenmaal binnen keek ze naar het blauwe en rode licht dat door de glas-in-loodramen viel. Langs de wanden waren kaarsen die de kerkbanken verlichtten. Een poosje bleef ze staan kijken terwijl de deur langzaam achter haar dichtviel en er een klikje klonk. Toen er niemand verscheen, besefte ze dat ze hier alleen was. Ze nam plaats op een kerkbank. In de stilte en in het kleurige licht bladerde ze door het gezangboek en het gebedenboek, maar daarin kon ze niets vinden wat haar gedachten kon verlichten. Dus boog ze haar hoofd, liet het op haar handen rusten en wachtte tot er een gebed in haar zou opwellen. Zo bleef ze een hele poos zitten, en wat er uiteindelijk kwam, was een vraag: wat kan ik, een nietig mens, doen?

Het was halverwege november. Pete was al een paar weken niet meer langs geweest, en op een middag belde hij opeens om te vragen of ze een tochtje op zijn motorboot wilden maken. Julia had vaak gezegd dat ze graag eens het water op zou willen. Martha had geantwoord: 'Heel graag.'

Toen Pete hen kwam halen, keek hij somber. Hij zei de juiste dingen. 'Dat is een prachtige jurk, Ju-Ju,' zei hij toen hij haar roze jurk en de zelfgemaakte ketting van drukkralen om haar hals zag. En tegen Martha: 'Sorry dat ik zo lang niets van me heb laten horen.' Zijn stem klonk ook al somber, en op zijn wangen zaten stoppeltjes. Na het kwartier dat ze nodig hadden om bij Oyster Pond te komen, las Julia de naam van de boot hardop: Two If By Sea. Toen hij zei: 'Ann was een nakomeling van Paul Revere,' wist Martha wat er was gebeurd.

'Ik vind het heel erg voor je,' zei ze toen ze waren ingestapt.

'Wat is er heel erg?' vroeg Julia terwijl ze Rodneys zwemvest vastmaakte.

Even keek Pete Martha aan, vervolgens keek hij gauw weg. 'Dank je,' zei hij zacht.

Ze voeren over de Oyster River, door de Stage Harbour en de Sound op. 'Wauw!' riep Julia uit terwijl ze om zich heen keek. 'Wat is het hier fijn!' Ze wees naar iets wat in het water dreef.

'Dat is een boei,' zei Pete, die begreep wat ze wilde vragen.

Ze wees naar de horizon. 'Daar is een heel grote zeilboot!'

'Mooi zijn zeilboten, hè?' reageerde Martha.

'Ik weet wat dat zijn.' Julia keek naar een landtong die was bedekt met glanzende zwarte dieren. 'Dat zijn zeeleeuwen.'

'Klopt,' zei Pete.

'Net een groot feest!' zei Julia.

Ze voeren om een stuk land heen, en Pete legde uit dat het een eiland was.

'En wat is dat?' vroeg ze.

'Een weerstation.'

Julia sloeg haar armen om Rodney heen en wees alles aan wat ze kende: vogels, vissen, andere boten in de verte. Na een poosje wendde Pete zich tot Martha, en terwijl Julia als een echte gids alles uitlegde aan de hond, vroeg hij zacht: 'Wat denk je dat er gebeurt?'

Martha keek hem aan. 'Hoe bedoel je?'

'Nou, als we er niet meer zijn. Op aarde.' Hij richtte zijn blik op de einder, en ze kon zien dat hij iets wegslikte. 'Wat denk jij?'

'Ik weet niet wat ik denk.'

'Ik ook niet.'

Opeens herinnerde Martha zich iets wat ze in een boek had gelezen, en ze zei tegen Pete: 'Maar ik ben wel gesteld op dat verhaal over het verschil tussen de hemel en...' Ze wierp een blik op Julia. 'En die andere plek.'

'Vertel eens,' zei Pete.

'Een man vraagt God hem het verschil tussen die twee oorden te laten zien. God neemt hem mee naar een enorme ruimte waar een heel stel magere, ellendige mensen om een tafel zit. Op die tafel staan allerlei verschillende soorten voedsel, en dan zegt God: "Dit is..."' Zacht fluisterde Martha: '"... de hel." Het valt de man op dat iedereen metalen mouwen om zijn of haar armen heeft die bij de elleboog niet kunnen buigen, dus kunnen ze het eten wel pakken, maar niet naar hun mond brengen. Dan neemt God de man mee naar een andere ruimte en zegt: "Dit is de hemel." Het is allemaal net zoals in de eerste ruimte, met mensen met metalen mouwen die om een tafel vol eten zitten. Maar deze mensen lachen vrolijk, en de man ziet meteen waarom. Iedereen die iets te eten pakt, draait zich opzij om het bij de buurman of buurvrouw in de mond te stoppen.'

Een poosje zweeg Pete, toen zei hij: 'Dat is een mooi verhaal.'

'Het is maar een verhaal.'

'Maar toch helpt het. Net zoals dat jullie er zijn. Dat helpt.'

Opeens riep Julia: 'Kijk eens!' Ze wees naar een strook land.

'Allemachtig,' zei Martha.

‘Oma, wat is dat?’

‘Dat is een vuurtoren.’

‘De vuurtoren van Chatham,’ vulde Pete aan.

‘Waarom staat die daar, Pete?’

‘Een vuurtoren laat licht over het water schijnen zodat schepen weten waar het land is. Dan lopen ze niet aan de grond.’

‘Ju-Ju, weet je, vroeger had ik ook een vuurtoren,’ zei Martha.

‘Echt waar?’

‘Geen grote, hoor. Een heel kleintje, ongeveer zo groot als...’ Ze dacht even na. ‘Ongeveer zo groot als jouw takjes. Oom Landon had hem voor me gemaakt. Ik heb hem op mijn brievenbus gezet.’

‘De brievenbus aan het eind van de oprit?’

‘Een andere brievenbus. Want toen woonde ik ergens anders. Toen ik verhuisde, heb ik de vuurtoren niet meegenomen.’

‘Leek die op deze, oma?’

‘Nee, het was een heel bijzondere vuurtoren. Het bovenste gedeelte, waar het licht uit schijnt, was het gezicht van een man.’

‘Landon had vast veel fantasie,’ merkte Pete op.

‘O ja, hij was altijd heel creatief.’

‘Heeft hij je die voor je verjaardag gegeven?’ vroeg Julia.

‘Nee, met Kerstmis. Hij zei dat hij hem gaf omdat... ik eenzaam was. Hij zette hem op de brievenbus, en als er post was, boog de postbode het vuurtorenmannetje naar beneden. De hele dag wachtte ik op dat piepende geluid, en wanneer ik dat hoorde, wist ik dat ik gezelschap had.’

‘Gezelschap van brieven?’

‘Ja.’ Martha keek naar de vuurtoren.

‘Wat grappig,’ reageerde Julia lachend. ‘Een vuurtoren met het hoofd van een mannetje.’

‘Het was inderdaad heel grappig. Ik moest er elke dag weer om lachen. Dat vuurtorenmannetje werkte echt.’

‘Het moet heel prettig zijn om door het hele land heen oud-leerlingen te hebben,' zei Pete. 'En veel van hen zijn bereid iets voor je te doen.'

'Ik bof enorm,' reageerde ze.

Toen draaide ze haar gezicht naar hem toe en keek naar hem zoals hij daar stond, recht voor zich uit kijkend met zijn handen aan het roer. Zoals ze later in een brief aan een oudere Julia zou schrijven, was op dat moment het antwoord gekomen waarnaar ze zo had gezocht. Daar, op het water, was ze zich voor het laatst bewust van die brok in haar keel. En ze stak haar hand uit en legde die op die van Pete.

Die avond schreef Martha een brief naar een van haar oud-leerlingen, waarin ze vertelde wat ze via al die boeken te weten was gekomen, en wat ze hoopte dat hij met die informatie zou doen.

De volgende ochtend wandelde ze met Julia naar de brievenbus aan het einde van de oprit. Toen ze over takjes stapten, las Julia wat ze op de grond kon lezen. Nu ze had geleerd woorden van de takjes te maken, kon ze gemakkelijk de takjesletters vinden waarmee haar naam werd gespeld.

Ik ben misschien maar een nietig persoontje, dacht Martha, maar zelfs iets heel kleins kan verandering brengen in iets groots.

'Wil jij de brief erin doen?' vroeg ze bij de brievenbus.

Julia nam de envelop aan. 'Voor wie is hij?'

'Vertel jij me dat maar,' antwoordde Martha.

Julia tuurde een poosje naar de envelop en zei toen: 'John-Michael.' Vervolgens riep ze uit: 'Dat is mijn oom die bij de tv werkt!'

'Dat klopt,' zei Martha.

Martha zette de brievenbus open, en Julia ging op haar tenen staan om de brief van haar oma erin te leggen.

Een verandering zo groot als een boek

Lynnie

1973

Lynnie begreep nog steeds niets van tijd. Maar terwijl ze met Doreen over het pad naar Kates kantoortje liep, wist ze wel dat de bladeren al vaak van de bomen waren gevallen sinds de nacht dat ze Buddy en de baby kwijt was geraakt. Ze keek op en zag dat de laatste bladeren los kwamen in de kille bries. De confetti van roden en bruinen maakte haar zoals elk jaar verdrietig. Maar Doreen merkte niets van de bladeren of de verdrietige blik in Lynnies ogen. Ze was druk bezig de laatste nieuwtjes te vertellen, die bestonden uit wat ze had gehoord toen ze de post rondbracht. Eerder op de dag had ze twee mensen van de administratie horen praten over een nieuw besluit over de tv's in de paviljoens. Ze zouden in een kooi van draadstaal worden gezet zodat alleen het personeel het toestel op een ander kanaal kon zetten. 'Ze zeggen dat er dan minder geruzied gaat worden. Vast. Net als ik weet je heus wel wat dat betekent: minder quizzen, comedy's en *Sesamstraat.* Alleen nog maar suffe soaps.' In het hoofdgebouw had ze gezien dat Maude, de secretaresse van oom Luke, een nieuwe bril had. 'Als je haar op straat zou tegenkomen, zou je zweren dat ze Jackie O. was.' Doreen leek wel het nieuws op de radio, en meestal vond Lynnie het prettig om naar haar te luisteren. Maar vandaag kon ze zich moeilijk concentreren, en dat lag niet alleen aan de treurige sfeer die de dorre bladeren opriepen.

Lynnie was onderweg naar Kates kantoortje, en elk najaar, op de dag dat zoals op deze dag de laatste bladeren van de bomen zweefden, gaf

Kate Lynnie een nieuw boek. Dan ging Lynnie aan Kates bureau de bladzijden omslaan terwijl Kate het verhaaltje voorlas. Boeken konden Lynnie zeer verwonderen. In een boek kon een olifant een stofje tegenkomen dat een hele wereld bevatte, en de olifant kon machtige vijanden verslaan om die wereld van de ondergang te redden. Een zachtaardige stier kon in de arena worden gedwongen, maar zo gelukkig worden van de geur van de bloemen in het haar van de vrouwelijke toeschouwers dat hij werd teruggestuurd naar zijn bloemenwei. Boeken konden geweldige veranderingen bevatten. In de School waren nauwelijks veranderingen.

Neem nou Albert, die Lynnie op dat moment op het parkeerterrein bij de rechterheuvel kon zien. Hij dirigeerde een auto naar een leeg plekje. Albert was de enige dove bewoner hier, afgezien van Buddy – Buddy, dacht ze, en meteen voelde ze haar maag wegvliegen als een vogel. Albert was zo dol op uniformen dat hij juichte van blijdschap wanneer er tijdens de wekelijkse filmvoorstelling een man in uniform in beeld verscheen. Lynnie wist niet waarom hij zo dol op uniformen was; de gebaren die hij maakte waren heel anders dan die van Buddy, die Alberts gebaren ook nooit begrepen. Maar net als Buddy had Albert het vertrouwen gewonnen van de leidinggevenden en mocht hij zelf kiezen wat voor werk hij wilde doen, en dat was dus het verkeer op het parkeerterrein regelen. Hij had van iemand een oud uniform gekregen, en daarin wees hij het personeel op lege plekken en boende hij geparkeerde auto's met een lap. Hij leek veel gelukkiger, al wist Lynnie dat hij nog wel de tandenborstel in het paviljoen met de rest moest delen.

Terwijl ze door de vallende bladeren naar Albert keek, viel haar iets merkwaardigs op. De bestuurder van de auto was dokter Hagenbuch, en die werkte hier al een hele poos niet meer. Mensen die weggingen, kwamen bijna nooit terug. En dat niet alleen, er zaten nog twee mannen in de auto die ze nooit eerder had gezien. Ze keek naar Doreen, maar die was nog druk aan het vertellen over de glittertjes op Maudes bril. Daarna keek Lynnie naar het personeelsgebouw. Misschien zou Kate het kunnen verklaren.

Lynnie was niet alleen op weg naar Kates kantoortje voor een boek. Het boek hoorde bij de feestelijke gelegenheid die Kate Lynniedag noemde, maar waar Lynnie niet veel van begreep omdat ze er zich niet van bewust was dat het de datum was van de nacht waarop ze alles was kwijtgeraakt. Ze wist wel dat ze verdrietiger werd wanneer de bladeren gingen vallen, en dat Kate haar dan uitnodigde in het kantoortje om Lynniedag te vieren met taart en een nieuw boek. Dan zakte het verdriet weer. Lynnie had al vier boeken, en de laatste tijd oefende Kate met haar om ze te tellen, en dan moest Lynnie elk getal duidelijk uitspreken: een, twee, drie, vier. Ze vroeg zich af waarom Kate altijd ophield bij vier. Lynnie keek graag naar *Sesamstraat*, dus had ze tot tien leren tellen. Deze ochtend was Kate tijdens het ontbijt even bij Lynnie komen staan en had ze gezegd: 'Vandaag is het Lynniedag! Ben je er klaar voor om "vijf" te zeggen?'

Toen Doreen en Lynnie de laatste hoek voor Kates kantoortje omsloegen, zagen ze de Paffer, Clarence en de honden bij het mannenpaviljoen slenteren. Even bleef Lynnie als verstard staan, en de adem stokte in haar keel. Terwijl Doreen doorliep en verder babbelde, herinnerde Lynnie zichzelf eraan dat ze niet bang moest zijn. Het personeel woonde niet meer in de huisjes op het terrein, dus waren de Paffer en Clarence er 's nachts niet meer, en zolang Lynnie overdag maar in de buurt van anderen bleef, voelde ze zich veilig. Maar wanneer ze hen zag, verstijfde ze, en 's nachts schrok ze nog vaak wakker, hijgend en met een droge mond. Ze werd echter niet wakker van geluiden zoals die ze in haar herinnering keek op keer hoorde: schreeuwende mannen, blaffende honden, brekend glas en omvallende meubels, gegil dat ze kon horen in de slaapzaal en in de gang waar ze in was gevlucht, het woord: 'Hier!' en de deurknop die werd omgedraaid, en haar eigen: 'Nee, nee, nee!' Wanneer ze tegenwoordig 's nachts wakker werd, hoorde ze gewoon gesnurk en iemand mompelen in haar slaap, en in plaats van te verstarren van angst, dacht ze aan die drie dagen van vrijheid. Dan dacht ze aan het moment waarop ze de kleren hadden aangetrokken die ze van de bejaarde dame hadden gekregen, en aan Buddy die van zijn duim en wijsvinger een rondje had gemaakt dat hij Lynnies vinger had laten glijden, alsof hij een ring aan haar vinger schoof. Daarna had zij hetzelfde bij hem gedaan, en toen hij een gebaar naar haar en naar zichzelf had gemaakt, wist ze dat hij bedoelde: *Man en vrouw.* Soms, wanneer ze 's nachts wakker werd, maakte ze die gebaren en kon daarna weer verder slapen.

'Daar zijn we,' zei Doreen, en ze klommen de treetjes voor de deur op.

Kate stond al voor de deur van haar kantoortje. 'Dag, lieverd,' zei ze, en ze spreidde haar armen, en Lynnie stapte tussen die armen, voelde ze om zich heen slaan en snoof Kates geur van gardenia diep op.

Zodra Kate Lynnie het kantoortje in had geleid, zag Lynnie de taart en het ingepakte boek op de vensterbank. Het was bijna allemaal net als anders: het groenmetalen bureau, de lamp met de zwanenhals, de typemachine, de asbak van zwart glas, de twee stoelen met de spijltjesruggen, de archiefkasten met Kates planten erop, en de radio in de vensterbank. In de zomer was er echter iets bij gekomen op het bureau: een ingelijste foto van Scott, Kates nieuwe vriend. Hij stond op een grasveld met witte strepen, gekleed in een dik jack met een afbeelding van een leeuw erop. Kate had verteld dat Scott coach was, en dat betekende dat hij jongens van de middelbare school hielp beter football te spelen. Rond die tijd was Kate ook begonnen Lynnie te helpen beter te spreken.

Achter Lynnie deed Kate de deur op slot. Daarna deed ze wat ze altijd deed wanneer ze Lynnie in het kantoortje vroeg om het spreken te oefenen. Ze zette de radio aan. Lynnie vond de tophits leuk, en dit keer klonk er een liedje waar ze erg gek op was: '*Tie a yellow ribbon round the old oak tree*'.

Kate sprak zacht genoeg om de radio niet te overstemmen, maar zo dat Lynnie haar toch goed kon horen. 'Dit is je vijfde Lynniedag,' zei ze met een brede lach.

Lynnie deed haar best blij te kijken, maar het verdrietige gevoel was gebleven.

'Ik ben blij dat vandaag met je te kunnen vieren.'

Lynnie bewoog haar lippen en er verscheen zowaar een glimlachje op haar gezicht.

Een poosje keek Kate haar lachend aan. Maar het was geen lach die die van Lynnie weerspiegelde, het was niet dezelfde soort lach. Het was een lach als in een gebroken spiegel, waar de twee soorten lach niet bij elkaar passen en ieder iets denkt wat de ander niet denkt, zodat ze bij elkaar zijn en toch ieder apart.

Toen zei Kate: 'Ik kan eerst de kaarsjes op de taart aansteken, of we kunnen de taart even laten wachten en eerst oefenen.' Ze stak haar hand uit naar de asbak, waar afgezien van een luciferboekje zoals gewoonlijk niets in zat. Vroeger had die asbak vol peuken gezeten. Nadat Kate Scott had leren kennen, hadden er steeds minder peuken in gelegen, totdat er op een dag geen meer in lagen.

Kate pakte de lucifers. 'Wat zal ik doen? De kaarsjes aansteken? Of oefenen?'

Lynnie wist wat Kate wilde. Kate had een keer gezegd: 'Je bent al zo lang stil dat je hersens en je lippen niet meer weten hoe ze moeten samenwerken. Maar als je oefent, elke dag een keertje, dan denk ik dat je weer leert praten.' Lynnie kon zich er niet toe zetten te oefenen waar anderen het konden horen. Spreken was erg moeilijk, het voelde alsof haar mond niet echt bij haar hoorde. De enige uitzondering was in de wasserij, waar ze soms oefende als alle wasmachines en wasdrogers aanstonden, en Cheryl en Lourdes aan de overkant haar door de draaiende trommels niet konden horen.

Toch was ze er op dit moment nog niet helemaal klaar voor, dus wees ze naar de lucifers.

Een voor een verschenen er vlammetjes op de kaarsjes, en ondertussen telde Kate ze af: 'Een, twee, drie, vier, vijf.' Even zweeg ze, toen vroeg ze: 'Wil je proberen "vijf" te zeggen?'

Lynnie wist dat ze Kate blij zou maken als ze het probeerde. En om de waarheid te zeggen, taart was lekker, maar deed haar ook altijd denken aan Buddy's suikerklontjes. Oefenen met spreken zou een betere afleiding zijn van dat verdrietige gevoel. Dus haalde ze haar schouders op en begon aan de routine die ze had geleerd om moed te verzamelen. Ze keek naar beneden en balde haar vuisten. Vervolgens legde ze een vinger tegen haar lippen en gebruikte haar stem. 'Uh...' kwam er uit haar mond. Het klonk zwakjes als een pluisje stof.

Kate bewoog haar lippen en sprak overdreven duidelijk uit: 'Vijf.'

'Uh-hie...' zei Lynnie terug.

'Bijna!' zei Kate. 'Heel goed!'

'Uh-hie...' zei Lynnie nogmaals, deze keer een beetje harder.

'Goed zo,' zei Kate, en ze zette de radio harder. 'Je weet toch waar er vijf van zijn?'

Lynnie stak haar hand op en spreidde haar vingers.

'Dat klopt,' zei Kate.

Lynnie wees naar de planten in de vensterbank.

'Heel goed,' zei Kate. 'Weet je wat ik pas van Scott heb geleerd?' Ze hief haar hand, de vingers tegen elkaar, en gebaarde dat Lynnie dat ook moest doen. 'Dit doen de jongens wanneer ze hebben gescoord.' Ze klapte met haar hand tegen die van Lynnie.

Dat vond Lynnie erg grappig. Ze sloeg met haar vlakke hand tegen die van Kate. 'Ngg!' zei ze.

'Nog eens?' vroeg Kate.

Lynnie knikte. 'Ngg!'

Ze deden het nog een keer, en Lynnie voelde zich geweldig, want ze had iets gezegd wat op een woord leek. Oefenen was moeilijk, maar met de juiste persoon was het leuk.

Nog steeds lachend lieten ze hun handen zakken. 'Ja, ik heb het oefenen mooi verpest,' zei Kate. 'Kom, we gaan taart eten.'

Ze pakte de met vanilleglazuur bedekte taart van de vensterbank en zette hem op het bureau. Er zaten suikerbloemetjes op in kleuren die Lynnie mooi vond: blauw, groen, rood en oranje. Ze snoof de geur van het glazuur goed op, en de geur van de kaarsen, en de chocolade onder de laag glazuur en de kaarsen.

'Voor Lynnie!' zei Kate.

Lynnie blies de kaarsjes uit en telde ze in haar hoofd.

Daarna scheurde ze het cadeaupapier van het boek, en dat viel met een plofje op het bureau.

Ze ging zitten. Het huis op het omslag lachte haar toe.

'Het heet *Het kleine huis*,' zei Kate.

Het huis leek op een kindergezichtje, met bolle wangetjes en grote ogen. Lynnie liet er haar vingers over gaan, en toen ging Kate aan de andere kant van het bureau zitten en sloeg het boek open. Er verscheen een lach op Lynnies gezicht, en ze deed haar best een woord uit te spreken dat ze vaak samen met Na-na had gezegd: 'Wauwwie,' maar ze kwam niet verder dan. 'Ie!'

'Je bent spraakzaam vandaag,' zei Kate. 'Ik moet de radio maar wat harder zetten.'

Lynnie hield haar blik op het boek gericht terwijl Kate naar het raam liep en aan de volumeknop draaide. Er was een ander liedje te horen: '*You are the sunshine of my life. That's why I'll always stay around...*'

Ook dat liedje kende Lynnie, en ze neuriede mee terwijl ze keek naar het lieve huisje, en daarom merkte ze niet dat Kate nog niet was teruggekomen naar het bureau.

'Interessant,' zei Kate bij het raam.

Lynnie keek op.

Kate keek naar buiten. Toen ze verder niets meer zei en zich ook niet omdraaide, stond Lynnie op en kwam bij haar staan.

Drie mannen liepen langzaam over het pad. Lynnie herkende de grijsharige dokter Hagenbuch, die al pratend naar de gebouwen wees. De twee anderen kende ze niet. De ene was een man met net zo'n snor als Burt Reynolds. Hij had een knap gezicht en luisterde knikkend, met zijn handen in de zakken van zijn blazer. De andere was een stevige man met een paardenstaartje, en hij droeg een openvallende jas.

'Wat raar,' zei Kate. 'Wat gebeurt er allemaal?'

De mannen bleven staan, keken naar de ziekenafdeling, draaiden zich om en keken omhoog naar de klok in de toren.

Lynnie herinnerde zich wat ze de vorige maand had geoefend en zei zo goed mogelijk: 'Ie?'

Kate draaide zich naar haar om.

Lynnie wees. 'Ie?'

'Wie?'

Lynnie knikte.

Met een trotse glimlach keek Kate haar aan en toen weer naar buiten. 'De oudste man ken je, dat is dokter Hagenbuch, de tandarts die van Wilkes-Barre is gekomen. Ik dacht dat hij ontslag had genomen.'

Lynnie knikte, dat dacht zij ook.

'Ik vraag me af wie die anderen zijn. Die grote heb ik nog nooit eerder gezien. Maar de jongste ken ik wel. Dat is een verslaggever van een tv-zender in Philadelphia. John-Michael Malone.'

Terwijl de mannen naar de klok keken, haalde de stevige iets tevoorschijn wat Lynnie nog nooit had gezien. Hij hield het voor zijn ogen en richtte het op de toren.

'Hé,' zei Kate. 'Ze hebben een camera.' Ze keek Lynnie met een verbaasde glimlach aan. 'Een camera! Weet je wat dat zou kunnen betekenen?'

De mannen liepen de heuvel af naar de paviljoens.

'Kom mee,' zei Kate, en ze haastte zich naar de deur.

Kate en Lynnie liepen zo snel ze konden zonder aandacht te trekken. Er was iets merkwaardigs aan de hand, de aanwezigheid van deze mannen druiste in tegen de regels. Toch mompelde Kate: 'Dat werd dan ook wel tijd...' En er stond een brede grijns op haar gezicht. De mannen liepen in de richting van Lynnies paviljoen, en toen ze de treden van A-3 beklommen, zei Kate: 'Zij durven meer dan ik.'

Snel liepen ze door, ook naar A-3.

Nadat de deur achter hen was dichtgevallen, zagen ze de drie mannen naar de woonkamer gaan, waar begeleiders Consuela en Hockey zaten te kaarten terwijl de bewoners verveeld naar een ziekenhuissoap op tv keken. Hockey keek op toen de drie mannen binnenkwamen. Dokter Hagenbuch ging naar hen toe en Lynnie hoorde hem zeggen: '... tandarts... studenten een rondleiding geven...' Omdat Hockey liever niets van de soap wilde missen, wuifde hij hen weg.

'Het is toch niet te geloven...' zei Kate zacht.

Ze bleven staan kijken bij de muur van de woonkamer. Zonder dat Consuela of Hockey ook maar enige aandacht aan de mannen besteedden, liepen die de badkamer in en vervolgens de slaapzaal.

'Ik hoop dat ze Z-1 ook nog kunnen bekijken,' zei Kate. 'En de begraafplaats.'

Voordat Lynnie het wist, kwamen de mannen terug in de woonkamer. Toen ze op haar toe liepen, drong het tot haar door dat John-Michael Malone een grimas op zijn gezicht had, zoals zij zelf ook had gehad toen ze voor de eerste keer was geconfronteerd met die stank. Net als oom Luke had John-Michael Malone iets doelbewusts over zich en liep hij met vastberaden passen. Maar hij had niet ook iets zelfgenoegzaams, en hij liet zijn blik niet achteloos dwalen over de smerige muren, het gat in het plafond, of de bewoners. Hij nam alles heel aandachtig in zich op, en aan zijn gezicht te zien was hij geschokt.

Opeens liep hij op Lynnie af. Lynnie wierp een blik op Kate, die het had gezien. Er verscheen een bezorgde uitdrukking op Kates gezicht, maar toen raakte ze het kruisje aan de ketting om haar hals aan en keek ze weer gewoon. Lynnie richtte haar blik weer op John-Michael Malone.

Hij bleef vlak voor haar staan en keek haar strak aan. 'Woon je in dit gebouw?' vroeg hij.

'Paviljoen,' verbeterde dokter Hagenbuch hem.

'Paviljoen,' herhaalde John-Michael zonder zijn blik van Lynnies gezicht weg te halen.

Lynnie voelde dat Kate geruststellend haar hand op de hare legde. Lynnie knikte bevestigend naar John-Michael.

'Randy, kun je een opname van haar maken?' vroeg John-Michael.

De stevige man draaide zich naar haar om, de camera gedeeltelijk onder zijn jas.

Lynnie hoorde de camera zoemen. En toen zag ze iets in John-Michaels hand verschijnen: een microfoon. En ze hoorde hem zeggen: 'Bevalt het je hier?'

Dat was een belachelijke vraag. Iedereen vond het hier verschrikkelijk. Bovendien wist niemand, afgezien van Kate en Doreen, dat Lynnie kon spreken. Deze mannen wisten zeker niet dat ze voor stommetje speelde, en als ze dat niet eens wisten, wisten ze misschien echt het antwoord niet.

'Nou?' vroeg John-Michael. 'Bevalt het je hier?'

Ze hoefde haar vuisten niet te ballen om dit woord te kunnen uitspreken: 'Nee.'

Met een meelevende blik keek John-Michael haar aan, en hij vroeg: 'Als je de poort uit zou kunnen lopen en nooit meer terugkomen, zou je dat dan doen?'

Tersluiks wierp ze een blik op Kate. Die keek haar aan met een blik in haar ogen die haar duidelijk maakte dat ze gewoon antwoord kon geven. Ze knikte.

John-Michael stelde haar nog een laatste vraag. Het was een simpele vraag, en Kate had al maanden geleden haar best gedaan haar dat te leren zeggen. 'Waarom?'

Op die vraag had Lynnie zo veel kunnen zeggen dat ook als haar lippen en tong het spreken goed gewend waren geweest, ze moeite zou hebben gehad alles te verwoorden. Maar ze had maar heel even de tijd, en terwijl ze bij zichzelf haar antwoord probeerde te beperken tot minder dan vijf dingen, of zelfs minder dan vier, moest ze aan de honden denken. De honden die de Paffer en Clarence altijd vergezelden, die haar deden denken aan die nacht, aan het brekende glas, de kletterend omgevallen emmer, de vieze lap... Die nacht, toen het voorbij was en de deur was opengegaan, had de Paffer iets zachts en harigs naar de honden gegooid, en in een paar tellen hadden ze dat verscheurd. 'Dat gebeurt er als je dit aan iemand vertelt,' had hij gezegd.

Ze wist dat er dan zoiets met haar kind zou gebeuren. Daarom had ze de waarheid nooit verteld aan Buddy, Doreen of Kate.

En daarom ging ze nu niet een van haar vele antwoorden geven. Ze gaf helemaal geen antwoord, ze keek alleen maar naar de grond.

'Ze is nooit zo spraakzaam,' zei Kate tegen John-Michael.

'Hoe heet ze?'

'Je mag haar naam niet in de uitzending gebruiken.'

'Dat doen we niet, maar de producer zal het willen weten.'

'Lynnie,' zei Kate. 'Evelyn Goldberg.'

Lynnie hoorde de camera niet meer zoemen. Toen ze opkeek, liepen de mannen de voordeur uit.

Kate keek Lynnie aan met haar liefste Kate-lach. 'Dat heb je goed gedaan, lieverd,' zei ze.

Het was lastig om terug te keren naar de wasserij en net te doen alsof het een gewone dag was. Per slot van rekening was het Lynniedag. Ze had geoefend met 'vijf' zeggen, ze had kaarsjes uitgeblazen en een nieuw boek gekregen. En ze had zelfs een camera gezien, een heel andere dan het doosje van Na-na of de polaroid van papa. Kate had uitgelegd dat het een filmcamera was, net zo een als werd gebruikt bij de tv en de film.

Terwijl Lynnie de laatste was uit de drogers haalde en alles op de metalen tafels legde om de boel op te vouwen, dacht ze aan wat Kate had gezegd toen die haar had teruggebracht naar de wasserij: 'Ik blijf langer voor het geval het wordt uitgezonden.' Ze had ook uitgelegd wat een uitzending was. Lynnie begreep dat het net zoiets was als wanneer je naar het maïsveld ging nadat de maïs was geoogst en iedereen je zomaar kon zien, ook al was je in gedachten verzonken en wachtte je op twee mensen die nooit meer in je leven zouden terugkomen, waardoor je door je knieën ging en je je handen op de grond legde, vol spijt dat je die mensen niet uit de aarde kon trekken.

Lynnie wist niet of ze wel wilde worden uitgezonden.

Voordat Kate weer was weggegaan, had ze nog iets gezegd: 'Mensen heel ver weg zullen de uitzending ook kunnen zien, en dan kan er best iets heel groots gebeuren.'

Dus terwijl Lynnie de hemden, onderbroeken en sokken vouwde, probeerde ze zich voor te stellen dat mensen heel, heel ver weg naar haar keken. Zou de bejaarde dame kijken? Zou de baby ook kijken? Sla de bladzij om, dacht Lynnie, en ze deed haar best zich het leven voor te stellen dat de baby op dit moment leidde. Dat had ze al heel lang niet gedaan, maar nu vroeg ze zich van alles en nog wat af. Zou de baby nog bij de bejaarde dame zijn, of bij iemand anders? Zou de baby net zo groot worden als Lynnie? Leek ze op de Lynnie van vroeger, op die foto uit haar jeugd? Hield ze net als Lynnie van geuren en geknuffeld worden? Kon ze praten net als iedereen, behalve Buddy en zij? Kwamen er echte woorden over haar lippen?

En Buddy... Zou Buddy kijken? Vast wel, dat móést. Hij was al zo lang weg, daar zou hij vast niet zelf voor hebben gekozen. Misschien was hij in de gevangenis beland. Misschien was hij in een storm naar een onbewoond eiland geblazen. Maar als hij deze avond tv kon kijken, zou alles veranderen. Hij zou uit de gevangenis ontsnappen, zoals *good guys* op tv doen wanneer ze door een nare sheriff worden opgesloten. Hij zou een vlot bouwen en daarop over het water peddelen. Hij zou eindelijk terugkomen en haar in zijn armen nemen.

Ze pakte een paar kledingstukken, nog warm van de droogmachine, en verborg haar gezicht erin. Ze omklemde de schone, warme was. Zo hadden ze elkaar vastgehouden, met de baby tussen hen in. Ze hadden hun lippen op elkaar gedrukt, en ze hadden een perfecte toon in elkaars lichaam gezongen.

Toch verwachtte Lynnie, toen ze even voor zessen teruggingen vanuit de eetzaal, dat de avond op dezelfde manier zou verlopen als altijd. Suzette stemde de tv al af op haar favoriete comedy. De bewoners van A-3 gingen op dezelfde stoelen zitten als waarop ze al jarenlang zaten. Lynnie nam plaats op het gebruikelijke bankje, en zoals altijd kwam Doreen naast haar zitten.

Opeens boog Doreen zich naar haar toe en fluisterde dat ze op de administratie was geweest, en dat daar heel rare dingen waren gebeurd. Lynnie keek haar aan, maar net toen Doreen diep ademhaalde om uit te weiden, zag Lynnie vanuit haar ooghoeken dat Kate A-3 binnenstapte. Doreen had het ook gezien, en samen keken ze naar Kate, die door de woonkamer naar Suzette liep. Na een kort gesprekje, waarbij Suzette behoorlijk geschokt keek, zette Kate de tv op een ander kanaal, ging vervolgens achter Suzette staan en wierp Lynnie een blik toe.

Eerst klonken er ontevreden geluiden. *Gilligan's Island* was een van de weinige programma's die de bewoners en het personeel allemaal konden waarderen. Om het nog erger te maken, bleek Kate de tv op het nieuws te hebben gezet, en dat werd als saaier beschouwd dan naar de muur staren. Maar daar verscheen ineens John-Michael Malone in beeld, en meteen vergat Lynnie alles om zich heen.

'Misschien wilt u nu naar een andere zender schakelen,' zei hij tegen het publiek, 'maar ik wil u vragen te blijven kijken naar deze heel speciale reportage. Het is belangrijk dat u de schande van Amerika ziet.'

Even later veranderde het ontevreden gebrom van de bewoners in verbaasde kreten.

Daar was de poort van de School. Daar was Albert die een parkeerplek aanwees. Daar waren de kale akkers, het elektriciteitshuisje, de administratie, de klok.

'Dat zijn wij!' riep Barbara uit.

'De Bajes, in kleur!' riep Lourdes met haar mee.

Met sneller kloppend hart keek Lynnie naar haar eigen wereld. De ziekenboeg, met Marcus met zijn wanten. De gymzaal, met de ongelijke vloer en de spinnenwebben in de hoepels. z-1, waar Christopher heen en weer zat te wiegen en Timmy als een draaitol draaide. Een ingang van de tunnel. Een smerige plas op de vloer van de toiletten.

En plotsklaps verscheen Lynnie in beeld.

Een gejuich steeg op in de kamer. 'Lynnie!' riepen ze. Loretta sloeg haar op de rug.

Stel dat Clarence en de Paffer het zagen? Lynnies gezicht verstrakte van angst.

'Woon je in dit gebouw?' hoorde ze de stem van John-Michael, die zelf buiten beeld bleef.

De Lynnie op tv, wier blonde krullen om haar gezicht vielen, knikte.

Doreen porde haar in de ribben. 'Je bent een ster.'

Lourdes zei: 'Een close-up van Lynnie.'

Nog steeds buiten beeld hoorden ze John-Michael zijn volgende vraag stellen. 'Als je de poort uit zou kunnen lopen en nooit meer terugkomen, zou je dat dan doen?'

De Lynnie op tv zweeg een poosje. Ze keek even opzij. Naar Kate, dat wist ze nog. En toen keek de tv-Lynnie weer terug en knikte.

Instemmende kreten schalden door de woonkamer.

In het kantoortje van de begeleiders begon de telefoon te rinkelen. 'O, wees toch stil,' riep Suzette.

Lynnie verdween uit beeld, en er waren andere gedeelten van de School te zien. Lynnie kon zich er niet op concentreren omdat er nu ook andere telefoons overgingen, elders in de School. Bovendien schreeuwde iedereen in de woonkamer door elkaar. 'Dat zijn wij!' En: 'We zijn beroemd!'

Niemand kon meer horen wat John-Michael allemaal zei. Maar ze konden wel zien dat hij Maudes kantoortje in liep en dat Maude bevreemd opkeek, en dat hij langs haar heen liep, oom Lukes werkkamer in. Oom Luke, die achter zijn bureau zat, keek geschrokken en in verwarring gebracht op. John-Michael zei iets, en eerst flakkerde er een achterdochtige blik in oom Lukes ogen, en vervolgens een woedende. Hij stond op. Nerveus stapte Maude de werkkamer in. En opeens was daar meneer Edgar, de forse chauffeur van oom Luke, die gebaarde dat John-Michael onmiddellijk moest vertrekken, en hij hield ook zijn hand voor de camera.

Er brak een waar pandemonium uit. Niemand wist wat het allemaal te betekenen had, maar ze wisten wel dat zoiets nog nooit was voorgekomen. Ze waren op tv! Oom Luke had voor aap gestaan! En overal rinkelden telefoons!

'O-o,' zei Doreen tegen Lynnie. 'Er staat iemand vast iets te wachten.'

Lynnie leunde naar achteren. Het leek of ze haar gezicht als een bladzijde voelde omslaan, van angst naar opwinding.

Ze keek om zich heen. Kate was opgestaan en kwam met geheven hand naar haar toe. Lynnie stond eveneens op, hief haar hand ook en met een lach die het spiegelbeeld was van die van de ander klapten ze hun handen tegen elkaar.

Toen keek Lynnie langs Kate heen, door het raam naar de avondlijke hemel. De klok in de toren straalde nog steeds licht uit en probeerde iedereen te intimideren. Voor de eerste keer in Lynnies leven keek ze boos terug.

A-tisket, a-tasket

Kate

1974

Het is een wonder, dacht Kate. Ze liep over het pad naar het parkeerterrein terwijl het zonlicht werd weerkaatst door de sneeuw. Dank u, Jezus, dank u, dacht ze. Dank u wel dat dokter Hagenbuch zo geschokt was door de situatie binnen de School dat hij ontslag heeft genomen. Dank u dat u John-Michael Malone hebt laten kennismaken met dokter Hagenbuch, en hun de moed hebt gegeven stiekem de School in te glippen. Dank u dat u de documentaire van John-Michael Malone in veel meer staten hebt laten uitzenden dan alleen in Pennsylvania. Dank u voor het tv-toestel dat aanstond in een appartement waarin een vrouw een kant-en-klaarmaaltijd zat te eten, en op juiste moment opkeek van de sieraden die ze maakte en de poort herkende. Dank u dat u die vrouw in de loop van een paar weken de kracht en de moed hebt gegeven de telefoon te pakken. Dank u dat u Maude hebt laten opnemen en tegen de beller hebt laten zeggen dat iemand in het archief zou zoeken of een van de bewoners hier Evelyn Goldberg heette. Misschien zou Maude nooit hebben teruggebeld, maar met al die pers die druk uitoefende, en nadat de gouverneur eindelijk eens naar de School was komen kijken, zou ze dat misschien ook wel hebben gedaan. Maar dank u, Jezus, dat u Doreen net op het goede moment de post hebt laten afhalen, en dat u Maude het verzoek aan Doreen hebt laten geven, en dat u Doreen niet meteen naar het archief hebt laten hollen, maar naar mij, en dat u haar mij ademloos hebt laten vertellen wat ze in haar handen had. En vooral, dank u voor het wonder dat die vrouw vandaag de lange reis hiernaartoe wil maken, ook al sneeuwt het en moet ze vrij nemen van haar 'domme, betekenisloze werk', zoals ze door de telefoon zei. Het is een wonder van liefde.

De afgelopen dagen, nadat Scott haar op zijn knieën ten huwelijk had gevraagd, had Kate al vaak gedacht: liefde is het allergrootste wonder.

Op het parkeerterrein keek Kate op haar horloge. Kwart over twaalf. Precies op de afgesproken tijd dirigeerde Albert een roestige Ford Falcon naar een parkeerplek voor bezoekers. Het leek onwaarschijnlijk dat iemand die helemaal uit Ithaca in de staat New York kwam rijden precies op tijd was. Maar toen Kate door de voorruit een lange vrouw met donkere krullen zag, wist ze dat Hannah een vrouw van haar woord was.

Kate zwaaide naar Hannah, die gekleed in een jack en een wijde rok uitstapte. Het duurde even voordat Hannah Kate zag, ze leek afgeleid door de klok in de toren. Eindelijk keek ze om zich heen, en Kate, in haar doorgestikte jas en met laarzen aan, zwaaide in de kou nogmaals met haar in een want gestoken hand.

Vervolgens liepen ze als elkaars tegengestelde op elkaar toe. Kate, lachend en uitgelaten, en Hannah, somber en niet op haar gemak. Zij is de zuster, dacht Kate, zij hoeft zich niet schuldig te voelen. En toen begreep Kate het opeens. Kate was nu zowat familie van Lynnie, en de Lynnie die Hannah had gekend, bestond niet meer.

De twee vrouwen, die elkaar nooit eerder hadden ontmoet, omhelsden elkaar.

'Het is zo raar om weer hier te zijn,' zei Hannah zachtjes. Ze huiverde in de februarikou terwijl ze op weg gingen de heuvel af en naar Kates kantoortje. 'Ik heb er zo vaak aan gedacht, ik droom er ook van.'

'Wanneer ben je hier voor het laatst geweest?'

'Toen we Lynnie hiernaartoe brachten. Daarna heb ik haar nooit meer gezien, totdat ze ineens op tv kwam.'

Ze maakte een verstikt geluid. Haar donkere haren waren net zo krullerig als Lynnies blonde. Kate wist van Eva dat het kind – nee, ze moest aan haar denken bij haar naam – dat Julia ook zulk krulhaar had. Zou Hannah haar nichtje herkennen als die onverwacht het bankgebouw in liep waar Hannah achter de balie stond? Of waar Hannah straks ook maar zou gaan werken, want ze was pas zevenentwintig en ging van de ene baan naar de andere, had ze verteld. Nou ja, zoiets kon toch niet gebeuren, want Hannah wist niet dat ze een nichtje had.

'Ik vertel nooit dat ik een zusje heb,' zei Hannah tijdens de wandeling. 'Maar ik herinner me nog zo veel.' Ze glimlachte. 'We hadden reuzelol. We hadden een spelletje met kauwgum, dan prikte ze mijn bel kapot. En we speelden ons eigen soort verstoppertje. Ze zoog graag op natte waslapjes, en ze was dol op verkleden. En we hielden allebei van zingen. Ze hield heel erg van "A-tisket, a-tasket". Dan stond ik op het bureautje en zong zo hard als ik kon terwijl zij op het bed aan het springen was.' Ze begon te zingen, maar algauw stierf haar stem weg. De wind joeg over de kale maïsvelden. De gouverneur had de boerderij laten sluiten; op die akkers zou nooit meer maïs staan.

Hannah slaakte een zucht. 'Mijn ouders spraken nooit meer over haar. We zijn zelfs verhuisd, zodat niemand het kon verklappen toen mijn broertjes ouder werden. Dat is toch niet te geloven? En ik vind het ook ongelooflijk dat ik er al die jaren nooit vraagtekens bij heb gezet. Al die dingen die je maar gewoon aanvaardt.' Een poosje liep ze in stilte verder, toen voegde ze eraan toe: 'Ik heb mijn moeder twee keer gevraagd waarom we het hebben gedaan. De eerste keer, nadat de tweeling was geboren, zei ze dat we door op bezoek te komen Lynnie maar in de war zouden brengen. De tweede keer, toen ik al studeerde, zei ze dat mijn vader ons de schande had willen besparen. En ik heb ook moeten beloven er nooit iets over tegen mijn broers te zeggen.'

'Weet iemand dat je hier bent?'

'Ik heb mijn moeder gebeld en haar over de uitzending verteld. Ze zei...' Hannah haalde haar hand langs haar ogen. 'Ze zei: "Ga. Vertel me wat je hebt gezien. Dan kijk ik wel of je vader en broers het moeten weten."'

'Ben je daarom gekomen? Als een soort voorhoede?'

Hannah blies op haar vingers, en het drong tot Kate door dat Hannah geen handschoenen aanhad. En ook dat ze haar jas niet had dichtgeknoopt, alsof ze geen oog had voor haar eigen welzijn.

'Nee,' zei Hannah. 'Ik doe dit voor mezelf. Ik kan nauwelijks vertellen hoe het voelt om een zusje te hebben over wie niet wordt gesproken.'

'Ik vind het heel naar voor je,' zei Kate. Ze zei er maar niet bij dat er familie bestond die wel op bezoek kwam. Niet veel, en niet vaak, en meestal voelden broertjes en zusjes zich er te ongemakkelijk bij tegen de tijd dat ze de tienerleeftijd hadden bereikt. Waarom zou ze Hannah vertellen dat als haar ouders niet het advies van de artsen hadden opgevolgd, haar gevoelens heel anders hadden kunnen zijn? Of misschien ook niet... En waarom zou ze Hannah vertellen dat wanneer er een vader of moeder op bezoek kwam, sommige van de eenzame bewoners bij het raam gingen staan om te kijken of de persoon op het pad misschien hún vader of moeder was? Kate wist altijd precies wanneer er een vader of moeder in de buurt van A-3 kwam, want dan stonden Barbara, Gina en Betty-Lou bij het raam en riepen treurig: 'Mama?'

Ze zou Hannah ook niet vertellen wat er was gebeurd in november vijf jaar geleden.

'Zo, daar zijn we,' zei ze, en ze opende de deur van het gebouw waarin ze haar kantoortje had.

Hannah stampte met haar voeten om ze warm te krijgen. Toen keek ze op naar Kate. 'Ik zal maar heel eerlijk zeggen dat ik geen idee heb wat ik tegen haar moet zeggen.'

Kate legde haar handen op Hannahs schouders. 'Volgens mij hoef je niets te zeggen,' zei ze terwijl ze glimlachend in Hannahs donkere ogen keek. 'Je bent er.'

Kate opende de deur naar haar kantoortje. Aan het bureau zat Lynnie te tekenen. Ze keek op, richtte haar blik op Kate en vervolgens op de onbekende vrouw.

'Lynnie,' hoorde Kate zichzelf zeggen, en haar stem leek van heel ver te komen, 'dit is je zusje.'

Lynnie keek nog eens goed. 'Na-na?' vroeg ze zacht.

Hannah knikte en beet op haar lip.

Opeens stond Lynnie op en riep uit: 'Na-na!'

'En nu?' vroeg Hannah aan Kate. 'Ik weet niet wat ik moet doen...'

Maar Lynnie was al op haar af gestormd en sloeg haar armen om haar zusje heen. Langzaam omhelsde Hannah Lynnie ook. Dicht tegen elkaar aan waren ook zij tegengestelden: Hannah huilde en Lynnie lachte van blijdschap.

Het was een kort bezoek. Omdat oom Luke bang was ontslagen te worden, mochten bezoekers maar een uur blijven, en alleen in een administratief gebouw. Maar Kate dacht dat een kort bezoek de eerste keer misschien maar beter was. Ze keek naar Lynnie, die Hannah haar tekeningen liet zien, en besefte heel goed dat Hannah Lynnie toch niet kon verstaan, want ze keek steeds naar Kate, vragend om een vertaling. Ooit was Hannah degene geweest die Lynnie het meest had gestimuleerd, en blijkbaar schaamde ze zich dat ze haar zusje niet begreep. Ook wist ze niets te zeggen, onder de indruk van het feit dat Lynnie niet alleen een heel eigen leven leidde, maar nog talent had ook. 'Ze zijn echt heel goed,' zei Hannah steeds over de tekeningen. Ze wist ook al niet goed wat ze van Doreen moest denken, die even binnen was gekomen, en toen ze hoorde dat Lynnies zusje op bezoek was meteen was weggestampt. Hannah kon immers niet weten dat Doreen nooit iets van haar ouders hoorde. Alleen Lynnie leek ontspannen terwijl ze bladerde door de tekeningen van paarden en maïsvelden. Toch besefte Kate dat niet alles was wat het leek. Lynnie liet alleen maar haar recentste tekeningen zien. Niet die uit de tijd van nummer 42. En niets over het kind.

Maar daar vertelde ze allemaal niets over toen Hannah en zij teruggliepen naar de auto. Ze zei alleen dat er een hoopvol gevoel hing sinds de uitzending van de documentaire van John-Michael Malone, en dat Hannahs bezoek de eerste belangrijke ontwikkeling was die daaruit was voortgekomen.

'Wat zou er allemaal nog meer gebeuren?' vroeg Hannah.

Kate antwoordde dat ze een aanvraag had ingediend voor een logopedist voor Lynnie. Als er meer onderwijzend personeel in dienst werd genomen, zou er een tekenles kunnen worden opgestart. Waarschijnlijk zouden de paviljoens worden opgeknapt. En oom Luke zou worden vervangen.

Daarna hield Kate haar mond, en niet alleen omdat Hannah geen verwachtingen koesterde over wat er nog meer zou kunnen gebeuren. Kate wilde het onderwerp 'huisvesting' liever niet aansnijden, want meestal werd er dan gedacht aan plaatsing bij familie, en Hannah had al duidelijk gemaakt dat de familie daar niets voor zou voelen. Even klemde Kate haar kaken op elkaar, maar ze begreep het wel. Deze familie had net als zo vele andere tientallen jaren doorgeleefd zonder die zoon of dochter, zonder die broer of zuster. Er was veel kwaad aangericht, maar ondanks al het verdriet, de stilte en de geheimen waren er in afwezigheid van die persoon andere, ingewikkelde levens opgebouwd. Zo iemand terugbrengen in zo'n huishouden zou betekenen dat er veel levens op hun kop zouden worden gezet; die van de familieleden en die van de bewoners van de School. Het was allemaal niet ideaal, maar de bewoners waren een eigen leven gaan leiden, en zelfs als Lynnies familie haar dolgraag zou willen terughebben, dan zou Lynnie dat niet willen. Dat wist Kate. Lynnie was een vrouw geworden. Uiteraard kon ze in de buitenwereld niet haar eigen weg vinden, ze zou altijd hulp nodig hebben. Maar toch was er misschien een manier waarop ze buiten deze muren kon leven zonder afhankelijk te zijn van haar familie.

Hannah draaide zich naar Kate toe toen ze de auto hadden bereikt. 'Ik kom gauw terug,' zei ze.

O, dat hoop ik echt, dacht Kate. Met haar handen diep in haar jaszakken keek ze naar Hannahs auto terwijl Hannah wegreed van de parkeerplaats. Ja, het was een wonder dat Hannah was gekomen. Maar Kate was zich ervan bewust dat ze op een nog groter wonder hoopte.

Ze sloot haar ogen. 'Ik wil niet hebberig zijn, Jezus,' bad ze hardop terwijl ze Hannahs auto pruttelend hoorde wegrijden. 'Ik vraag u niet alle invaliden van de hele wereld te genezen. Ik vraag u niet heiligen van haar familieleden te maken. Ik vraag u niet nummer 42 terug te brengen vanuit het graf, of Julia naar de School te laten komen. Ik vraag u alleen om Lynnie het simpelste te geven wat we allemaal hebben. Haal Lynnie hier alstublieft weg. Vind alstublieft een huis voor Lynnie.'

De dag van de rode veer

Homan

1974

De zon scheen al warm toen ze het grote huis verlieten waar ze allemaal hadden geslapen, en naar de akkers trokken. Homan kende hun namen nog steeds niet, maar hij wist wel dat ze zich over hem hadden ontfermd toen hij alleen door de straten van de op heuvels gebouwde stad had gedwaald. Deze ochtend zette hij zoals gebruikelijk een strohoed op zijn hoofd en liep naast de twee mannen die bij hem waren neergeknield toen hij snikkend bij het benzinestation had gezeten. Ze hadden hem iets te eten aangeboden en hadden hem hiernaartoe gebracht. Allebei konden ze gitaar spelen, en ze hadden lang haar. Voor hen uit liep een meisje van Chinese afkomst dat haar haren in een paardenstaartje droeg, met een speldje in de vorm van een witte vlinder. Op de dagen dat zij de maaltijden bereidde, kookte ze dingen die hij nooit eerder had gezien: dunne, wolkerige bruine soep, rijst met groenten en taaie witte brokjes, gebakken banaan. Die heerlijke maaltijden waren een van de vele fijne dingen hier, en niemand had hem nog gesommeerd te vertrekken.

Witte Vlinder draaide zich om op het pad en bewoog haar lippen terwijl ze naar de mannen keek. Blijkbaar zei ze iets over Homan, want haar blik keerde steeds terug naar hem, maar hij was niet bang. Er heerste een andere sfeer tussen deze mensen dan hij ooit eerder had meegemaakt, iedereen aanvaardde elkaar op een prettige manier, ook wanneer ze niet in kleermakerszit hand in hand in de woonkamer zaten te bidden. De meeste nieuwelingen gingen na korte tijd weg omdat ze geen zin hadden in het harde werk buiten, of in het twee keer per dag met gesloten ogen op die kussens moeten zitten. Homan deed maar mee, ook al had hij geen flauw benul van waar ze mee bezig waren. Hij was zo opgelucht dat hij ergens onderdak had gevonden waar er eten genoeg was en iedereen elkaar vriendelijk behandelde dat het feit dat hij er niets van begreep hem niet stoorde. Het enige moment dat hij ontevreden werd, was wanneer zijn herinneringen hem oostwaarts voerden.

De mannen naast hem waren niet de enigen hier die muziek maakten. Elke avond kwamen er anderen in de woonkamer op hun instrumenten met hen meespelen, en ondertussen ruimden de vrouwen op en gingen de kinderen buiten spelen. Op dat tijdstip ging Homan in de stoel zitten waarover iedereen het eens was dat die de zijne was – van hém! Het was een enorme, zachte stoel met een gat in een van de armleuningen en een lap over de rugleuning en de zitting gespreid. De stoel leek een beetje op de fauteuil die bij Sam en hem in het busje had gestaan, maar zat veel lekkerder voor iemand met lange benen zoals hij. In die stoel zou hij zijn hele leven kunnen blijven zitten.

Witte Vlinder gebaarde naar het huis, en de twee mannen knikten, met hun handen op de handvatten van hun kruiwagens. Homan vroeg zich af of ze hem naar het huis wilden sturen om daar te werken. Hij wist van tevoren nooit wat hij op een dag zou gaan doen en deed maar wat er van hem verlangd werd, van planten tot oogsten tot jam maken. Eigenlijk hoopte hij dat hij binnen kon werken, want hij was moe. De vorige avond was hij laat opgebleven, opgetogen over de trommelaars die per auto waren gekomen. Ze hadden trommels op hun schoot of tussen hun knieën gezet en daarop met vlakke hand geslagen. Zelf had hij zijn handen tegen de vloer gedrukt, waar hij door de trillingen de maat kon voelen, en dat had hij gedaan totdat de trommelaars naar bed waren gegaan. Een van de trommelaars was echter opgebleven, een man met een donkere huidskleur die een groen-oranje shirt had gedragen, en die Homan affiches had laten zien van twee mannen met een medaillon om hun hals en hun vuisten hoog in de lucht gestoken. De trommelaar had geprobeerd uit te leggen waar de affiche over ging, maar Homan had het niet begrepen. Daar was hij echter zo aan gewend geraakt dat hij een naam had bedacht voor het verwarde en angstige gevoel dat hij kreeg wanneer hij besefte dat hij het bij het verkeerde eind had en ook niet wist wat het wel moest zijn. Hij noemde dat: incorrectie.

De mannen knikten naar Witte Vlinder. Vervolgens liepen ze allemaal de heuvel over en opende zich het weidse en groene dal voor hun ogen.

Hij had wel enig begrip van de plek waar hij was. Hij woonde met ongeveer dertig mannen, vrouwen en kinderen in een huis. Slechts twee mensen hadden grijs haar, en niemand was craan toe zoals hij in de Valstrik of in de kerk had gezien. Dit was een boerderij waar dieren werden gefokt en dingen werden verbouwd zoals appels, artisjokken, broccoli, bieten, sla en uien. Sommigen waren verantwoordelijk voor het kaasmaken, anderen voor het maken van boeketten. Iedereen werkte, zelfs de twee met grijs haar, een pezige man met een oranje jas en een lange, slanke vrouw met een wijdvallende jurk. Koning Oranje en koningin Langjurk. Zij werkten in een kantoortje.

Homan had nog iets ontdekt over zijn verblijfplaats, iets wat hem de adem had benomen. Op een dag, tijdens het eerste jaar dat hij er was, had een van de pick-ups niet willen starten, en toen iemand de motorkap open had gezet, had Homan eronder gekeken. Meteen had hij gezien wat het probleem was en dat de anderen met gebaren geprobeerd duidelijk te maken. Niet met zijn gebruikelijke gebaren, want daarin waren ze nooit erg geïnteresseerd geweest en dus gebruikte hij die niet meer, maar met eenvoudige gebaren die horenden konden begrijpen. Gelukkig hadden ze begrepen welk onderdeel vervangen moest worden. Drie van de mannen waren in een auto gestapt die zo rond en groen was als een schildpad en hadden hem erbij gewuifd. Samen waren ze weggereden van de boerderij en naar de stad op de heuvels.

Terwijl ze over lange, dalende wegen reden had hij weer hetzelfde dankbare gevoel gekregen als toen ze hem in elkaar gezakt hadden aangetroffen bij dat benzinestation, en hij hoopte dat dat gevoel heel lang zou blijven. Want soms kwam er een ander gevoel in hem boven, een zo akelig gevoel dat hij het geen naam wilde geven. Toen hij nog maar net aan het zwerven was, was het een brandend gevoel in zijn buik. In de loop der tijd was het krachtiger geworden, en het ontbrandde elke keer dat hij terugdacht aan het moment dat hij bij Onderdakgever uit het raam was ontsnapt, om door de rivier te worden meegesleurd en later bont en blauw geslagen in die grot. Sinds hij op deze boerderij was, had het elke ochtend bij het ontwaken zijn binnenste verschroeid. Nog altijd zag hij dan Mooi Meisje en Kleintje voor zich, maar nooit heel duidelijk, eerder als wazige gestalten, en nooit samen, en nooit langer dan een oogwenk. Dan raasde dat gevoel door hem heen en verborg hij zijn gezicht in zijn handen in de hoop dat niemand, vooral hijzelf niet, ook maar zou weten van zijn bestaan. En dan dacht hij: hoe heb je dit kunnen laten gebeuren, stomkop? Je zou toch een beter mens zijn dan je vader? Het is maar goed dat niemand weet waar je uithangt!

Het was zo'n pijnlijk gevoel dat hij eigenlijk alles wilde vergeten. En elke avond, na het eten, zorgde hij ervoor dat dat ook gebeurde.

De dag dat hij naar de stad was gegaan om een nieuw auto-onderdeel te kopen, had hij geen last gehad van dat gevoel. Toen ze over een enorme rode brug reden, veel grootser dan die dubbele brug, had hij door de nevel water gezien en was hij zich van alles gaan afvragen. Later, toen ze van de brug af waren, rechts af waren geslagen en langs het open water reden, was hij diep onder de indruk geweest. Met open mond had hij naar dat water gekeken, met zijn handen tegen het raampje gedrukt. Dus dit was wat hij had gezien toen hij op de treden voor Sams huis had gestaan. Dit was wat Mooi Meisje had getekend. Dit was waar hij keer op keer naar had gekeken wanneer hij de tekening van onder het hooi had gehaald. Eindelijk was hij bij het water gekomen dat uit tranen was ontstaan.

Het was de anderen opgevallen dat hij er zo aandachtig naar keek, en nadat ze de auto bij de winkel hadden weggezet, waren ze de straat overgestoken en een trap af gegaan naar het strand. Onder aan de trap was Homan een poosje blijven staan om de zilte geur op te snuiven. Het was er frisjes geweest, er had behoorlijk veel wind gestaan, en hij had een naam bedacht: Eindelijk Zee. Vervolgens was hij gaan rennen. Hij was zomaar het water in gerend en was pas blijven staan toen het tot zijn knieën kwam. Toen had hij een handje water geschept en er zijn tong in gestoken. Het smaakte inderdaad naar tranen. Hij had de herinneringen laten opwellen, van haar lippen die de zijne raakten, en van haar lichaam in zijn armen. Die keer had hij niet het naamloze gevoel gekregen. Hij was zich alleen bewust geweest van een verlangen dat zich net zo eindeloos uitstrekte als de zee. Hij voelde alleen de vloed opkomen, in zijn ogen.

De zon stond al hoog boven de akkers. Homan zette zijn strohoed af en wiste het zweet van zijn voorhoofd. Hij was blij verheugd toen hij de kinderen zag die het middageten kwamen brengen. Alleen gebeurde er dit keer iets ongebruikelijks. Het meisje had maar drie etensblikken bij zich, en die gaf ze aan Witte Vlinder en de twee mannen. Ze gebaarde dat Homan mee moest naar het huis. Nog slaperig van de te korte nachtrust liep Homan achter haar aan.

Zodra het meisje hem het kantoortje in had gebracht, stonden koning Oranje en koningin Langjurk op en lachten verwelkomend naar hem. De trommelaar van de afgelopen avond was er ook, die zat in een hoekje een sigaret te roken en knikte naar Homan. Het meisje liep weer weg, en koning Oranje wees op een stoel bij het bureau. Nadat Homan was gaan zitten, sloot koningin Langjurk de deur.

Bij het ontbijt en het avondeten zaten de koning en de koningin samen met alle anderen aan de lange tafel, en twee keer per dag op de kussens, maar verder waren ze voornamelijk in het kantoortje te vinden. Koning Oranje zat meestal aan de telefoon, en koningin Langjurk had dan een bril op haar neus. Samen beheerden ze de boel hier, wat dat betreft leken ze op de grote baas en zijn vrouwelijke hulpje in de Valstrik. Alleen waren koning Oranje en koningin Langjurk een stel, met bijpassende ringen om hun vingers. Koning Oranje liet de kinderen op zijn rug rijden, en koningin Langjurk ging bij mensen zitten die somber oogden en legde haar hand dan op hun arm. Toen Homan hier net was, was hij met gebalde vuisten opgekruld op een matras op de grond gaan liggen, en toen waren de koning en de koningin bij hem gekomen. Ze moesten hebben geweten dat hij doof was, want ze hadden hun lippen niet bewogen. Ze hadden naar zijn vuisten gewezen en hun eigen handen opengehouden, en toen hij zijn handen ook had geopend, hadden ze gedaan alsof hij een belangrijk iemand was en hem de hand geschud.

Een poos later had koningin Langjurk nog iets gedaan. Op een dag, toen hij had geholpen de etiketten op de potten jam te plakken, was ze naast hem gaan zitten. Ze had een gebaar naar de etiketten gemaakt, met het plaatje van een zon erop en de zwarte tekentjes waarvan hij wist dat het letters waren. Vervolgens had ze hem vragend aangekeken. Hij wist nog dat hij allerlei onderzoeken had moeten ondergaan toen hij pas in de Valstrik was, en dat ze dan naar speelgoedblokken en stopwatches hadden gewezen en hij niet had begrepen wat hij moest doen. Hij was gezakt, en deze keer zou hij weer zakken. Dus was hij maar doorgegaan met zijn werk, en na een tijdje was ze weggegaan.

Deze keer ging Homan op de stoel bij de hoektafel zitten, en koning Oranje en koningin Langjurk zaten aan weerskanten van hem. Trommelaar, die aan de andere kant zat, legde een boek op tafel.

De koning schoof het boek precies voor Homan en sloeg het open. Homan keek eerst hem aan en vervolgens Trommelaar. Die wees een bladzij aan. Homan keek van gezicht naar gezicht. Toen pakte Trommelaar Homans hand en legde die onder een regel. Het schrift leek op afdrukken van vogelpootjes, maar dan allemaal anders en ongelijk. Homan keek op naar Trommelaar.

Trommelaar richtte zijn blik op de regel en bewoog zijn lippen. Homan vermoedde dat er van hem werd verwacht dat hij zou liplezen. En toen besefte hij opeens: hij wil dat je léést! Hij keek koningin Langjurk aan, en die gebaarde dat hij zijn blik op de bladzij gericht moest houden. Zie je wel, hij zou voor deze test alweer zakken, maar als hij net deed alsof hij het probeerde, zou hij misschien toch hier mogen blijven. Dus fronste hij zijn voorhoofd en keek vol goede moed naar de letters. Hij deed echt zijn best, maar de regels waren zo moeilijk te volgen als voetstappen in het zand die werden weggeblazen door de wind, en hij dwaalde met zijn gedachten af, hoewel hij dagelijks verlangde naar vergetelheid. Hij kon er niets aan doen, niet met die afdrukken van vogelpootjes voor zich. Hij verliet dit hoofdstuk van zijn leven en vloog terug over de jaren heen, totdat hij landde ergens ver weg in zijn herinnering.

Het gebeurde op een dag dat de maïs hoog genoeg stond om je ertussen te kunnen verstoppen. Mooi Meisje en hij waren tussen de rijen halmen geglipt, en daar, afgeschermd van regels en bewakers, waren ze van de ene rij naar de andere gerend, hand in hand, lachend en vrij. Uiteindelijk stonden ze stil. Omringd door halmen gingen ze steeds dichter bij elkaar staan, dichter dan mogelijk was in het kantoortje van Mollige Roodhaar. En ze kusten elkaar. Het was een nieuw soort kus, een innige kus die lang duurde, en haar lippen waren zoet. Ondertussen was zijn lichaam slap en krachtig tegelijk, en hij onderging allerlei gevoelens met zijn armen om haar heen geslagen en de hare om hem heen. Hij wilde dat die kus zou duren totdat de maan in de plaats van de zon was gekomen. Hij wilde dat ze bij hem bleef totdat de zomer was overgegaan in de winter.

En toen gebeurde het. Terwijl ze even pauzeerden en elkaar aankeken, vloog er een vogel over die een rood veertje liet vallen. Ze zagen de veer naar beneden zweven, en toen die tussen hun lichamen terechtkwam, drukten ze zich tegen elkaar aan en vingen de veer samen. Ze lachten omdat ze allebei meteen hetzelfde hadden gedaan, en helemaal gelukkig pakte Homan de veer en hield die tussen hen in, en toen deed hij iets wat hij zich op de dag dat hij in de Valstrik was beland had voorgenomen nooit meer te doen. Hij sprak.

'Ve-er...'

Hij verwachtte niet dat het woord echt uit zijn mond zou komen. En hij verwachtte ook niet dat het voor Mooi Meisje iets zou betekenen. Hij wist immers dat ze nooit iets zei. Maar tot zijn verrassing keek ze naar de veer in zijn hand, en langzaam veranderde de blik in haar ogen van een van liefde in een van liefde en begrip. Ze nam de veer van hem over en met haar ogen strak kijkend in de zijne zette ze haar tanden in haar lip, drukte zijn pols tegen haar lippen en ademde op zijn pols: Ve... Toen legde ze haar tong achter haar tanden en zei: 'Er. Ve-er.'

Verwonderd keek hij haar aan. Met een blik vol hoop keek ze terug. En zonder erbij na te denken bracht hij zijn hand naar haar hals en raakte haar aan, alsof hij een medaillon was dat in het holletje daar lag. Toen ze het nogmaals zei, kon hij het nog beter voelen. 'Ve-er.' Hij lachte en sloot zijn ogen terwijl ze het steeds herhaalde, elke keer harder, en hij vond het net zo geweldig om haar stem te kunnen voelen als zij het vond om te kunnen spreken. Toen legde hij zijn vinger in zíjn hals. 'Veeee...' Ze schudde haar hoofd omdat het niet helemaal goed was. Dat klopte, het moest zijn: ve-er. Ze knikte. Ve-er. Ve-er. Na heel lange tijd gebruikte hij zijn stem weer. En zij de hare. Ze keken elkaar aan terwijl ze het probeerden. Ze legden hun vinger in elkaars hals. Ze voelden elkaar spreken.

Hij keek naar Trommelaar. Homan had graag zijn hals willen aanraken om te kunnen raden wat hij zei. Maar Homan herinnerde zich dat zijn broertjes en zusjes hem hadden uitgelachen, en hij herinnerde zich de niet-begrijpende blikken van onbekenden op het station toen hij voor de eerste keer op de vlucht was geslagen. Hij herinnerde zich ook dat afschuwelijke moment toen hij door de politie werd opgepakt, die hem handboeien hadden omgedaan waarna hij in de Valstrik was beland. Mooi Meisje was de enige bij wie hij ooit de hals had aangeraakt, of bij wie hij zichzelf toestond meer te zeggen dan: 'Ik ben doof.' Het had iets zo intiems en persoonlijks om iemands hals aan te raken of te proberen iets te zeggen, dat had hij nooit eerder ondervonden, zelfs niet met Sam. Om je stem te gebruiken bij een ander totdat het woord er goed uit kwam was net zoiets als iemand echt vertrouwen en kussen.

Uiteindelijk gaf Trommelaar het op.

Die avond ging Homan zoals elke avond in zijn gele stoel zitten. Iedereen dacht dat hij hier na het eten kwam omdat hij in die stoel zijn lange benen zo goed kwijt kon. Maar er bestond een geheime reden voor. Onder de zitting, verborgen onder de zwarte lap over de springveren, heel diep in de stoel, zat zijn geld. Als de anderen dat zouden weten, zouden ze erom lachen, want hier legde iedereen het geld bij elkaar en daar werden dingen van gekocht. Voor Homan was het geld echter niet belangrijk omdat je er dingen mee kon kopen, maar omdat het het enige was wat hij in al die tijd steeds bij zich had kunnen houden.

De gele stoel had hij midden in de woonkamer gezet en die leek hem te omarmen. Iemand rolde hem de plastic bal toe die hij graag omklemde wanneer er muziek werd gespeeld, en hij legde die op zijn schoot. Terwijl de musici hun gitaren bespeelden en op de trommels sloegen, voelde hij de trillingen door zijn voeten gaan, door de zitting van de stoel, door de armleuningen, en door de bal die hij tegen zich aan drukte, en dan stampte het geluid door zijn hele lijf heen. De stoel leek dan wel een boot waarin hij schommelde, samen met het geld, zijn herinneringen en het gevoel dat hij geen naam kon geven.

Hij zeilde mee op de muziek die hij voelde. En hij kon zich er niet van weerhouden om aan Mooi Meisje te denken. Hoewel het geen herinnering aan hen samen was. Het was een beeld van haar in de Valstrik, liggend op bed en kijkend naar de torenklok terwijl ze wachtte op een man die nooit was teruggekomen.

Niet meer aan haar denken, dacht hij.

Een van de gitaristen stak een tintelsigaret op, zoals elke avond. Homan wendde zijn blik af van de bal, stak zijn hand uit en bracht de tintelsigaret naar zijn lippen. De rook trok door zijn hersens als een borstel door een schoorsteen, en al zijn gedachten werden weggeveegd.

Hij gaf de sigaret door aan Witte Vlinder. Vervolgens krulde hij zich weer om de bal heen, ver weg van Mooi Meisje, en liet de muziek door zich heen dreunen als een onweer.

DEEL III

Zoeken

De optocht

Lynnie

1980

'Hoe kun je nou nog in bed liggen?' hoorde Lynnie Doreen zeggen toen ze op die ochtend in juni ruw uit haar dromen werd gehaald. 'Ik dacht dat je je zo had verheugd op vandaag.'

Nog slaperig hield Lynnie haar ogen gesloten. Ze begreep niet goed waar Doreen het over had. Alles voelde hetzelfde als altijd: het harde matras, de lakens die naar bleekwater roken, het gemompel en het uitrekken van de andere bewoners, de stank van de School. Nee, dat was niet helemaal waar. Belastingbetalers eisten verandering, dus waren er minder bewoners. Nieuwe ambtenaren kwamen bezorgd de boel inspecteren, dus werd de stank gemaskeerd met lysol. Zelfs Doreens bed stond niet meer dichtbij genoeg om haar hand op Lynnies bed te leggen, want de paviljoens waren voorzien van tussenschotten waardoor er zespersoons slaapkamers waren gecreëerd, met een hoop ruimte naast ieders bed, en er waren ladekasten gekomen voor hun eigen kleren. De laden werden niet meer afgesloten, de tandenborstels werden niet meer gedeeld, het eten werd niet meer gemalen, en ze hoefden niet meer alleen te werken, maar konden ook echte lessen en cursussen volgen. Lynnie deed aan Beeldende Vorming, en daar had ze leren schilderen, etsen en mozaïeken.

Elke keer dat Lynnie aan de veranderingen dacht, voelde ze een zelfde vleugje gelukzaligheid als wanneer ze kanariegeel, roze of geelgroen op een vel papier aanbracht. Er was echter één ding in haar leven waarvan ze hoopte dat het nooit zou veranderen. Doreens bed stond in dezelfde ruimte als dat van Lynnie. Dat haar vriendin bij haar was en tegen haar praatte totdat ze beiden wegdommelden, hielp Lynnie door de nachtelijke leegte, en de wetenschap dat Doreen elke ochtend vroeg wakker was en steunend op haar elleboog de tijdschriften doorbladerde die ze tegenwoordig mocht ontvangen, motiveerde Lynnie dagelijks om haar ogen te openen, ondanks de schaduwbeelden die nog steeds voor haar geestesoog verschenen wanneer ze aan Buddy en de baby dacht.

Er waren zeven jaar voorbijgegaan sinds John-Michael Malone het domino-effect in gang had gezet dat de School ten deel was gevallen, en gedurende die periode was Lynnie gaan begrijpen dat veranderingen verrassend konden zijn, maar ook verwarrend. Toen de tekenlerares voor de eerste keer pastelkrijt had meegenomen, of toen Doreen een abonnement op een roddelblad had gekregen, leek Lynnies gemoed te dansen. Maar elke keer dat de bedden anders werden neergezet en Lynnie de mogelijkheid onder ogen moest zien dat Doreen naar een andere slaapruimte zou verhuizen, voelde ze zich weer net zo verdoofd als toen ze Buddy en de baby was kwijtgeraakt. Gelukkig kwam Doreen altijd voor hen op en zei dan dat ze er niet over peinsde zich van Lynnie te laten scheiden. De ergste soort verandering was hun gelukkig bespaard gebleven.

'Kom nou,' zei Doreen, en ze schudde Lynnies schouder. 'Sta nou op.'

'Nog heel even,' reageerde Lynnie. Ze sprak nog langzaam en niet altijd even verstaanbaar, maar Andrea, de logopediste, verzekerde haar dat het beter zou worden. In elk geval kon ze weer praten. Het was een lang proces geweest van steeds kleine stapjes, die stonden voor eindeloze, frustrerende middagen. Gelukkig was iedereen om wie ze gaf gewend geraakt aan wat Doreen Lynnietaal noemde. Ze keken haar niet vragend aan, deden niet moeilijk als ze moesten wachten terwijl Lynnie een woord probeerde te vormen, en juist door hun geduld voelde Lynnie zich aangemoedigd het te blijven proberen.

Eigenlijk waren de reacties van anderen ook een soort les over verandering. Wanneer er voor iemand iets veranderde, gebeurde dat met iedereen om haar heen, soms op een prettige manier, soms op een manier die haar niet beviel.

Lynnie opende haar ogen en zag Doreen volledig aangekleed bij haar bed staan.

'Ga je weg?' vroeg Doreen. Er klonk iets smekends door in haar stem.

Opeens schoot Lynnie te binnen welke dag het was. Ze pakte Doreens arm beet. 'Ja, ik ga weg.'

Doreen schudde Lynnies hand af. 'Nou, ik niet!'

'Toe, doe nou niet zo...'

'Ik doe helemaal niks,' reageerde Doreen, en ze liet zich op haar bed ploffen. 'Ik ga gewoon niet.' Ze pakte haar kussen en wierp het tegen het tussenschot. Vervolgens krulde ze zich op en zei dat ze niet ging ontbijten, ook al zou het hun laatste ontbijt daar zijn.

Het was dan ook niet zo opbeurend als Lynnie had verwacht om A-3 uit te stappen in de zonneschijn van de vroege zomer en twee begeleiders te zien die een spandoek tussen twee stokken hielden. En haar hart ging ook niet sneller kloppen toen ze een glimp opving van de circuswagens die het parkeerterrein op reden, waar Albert nog steeds in zijn uniform de baas speelde. Wat zou Albert moeten doen na vandaag? In de circuswagens zag ze dromedarissen, paarden en een olifant achter de tralies, allemaal met een zadel met glitters op hun rug. Zulke dingen had ze al een hele tijd niet meer gezien omdat het circus al jaren niet meer hier was geweest. 'Het wordt een grote dag,' had meneer Pennington, de nieuwe directeur, gezegd op de filmavond een week geleden. 'Daarom komt het circus om het te vieren.' John-Michael Malone en zijn camera's zouden ook komen, deze keer niet stiekem.

De afgelopen maanden had Lynnie vaak aan deze dag gedacht, en dan was ze ervan overtuigd geweest dat ze opgetogen zou zijn. Andrea had in verband met deze dag het woord 'opgetogen' gebruikt, een van de vele grote woorden die ze Andrea had horen gebruiken, maar dat ze nog te moeilijk vond om uit te spreken. Dat Doreen niet aan de festiviteiten wilde meedoen en zich verzette tegen de grote verandering, zette een behoorlijke domper op de feestvreugde, en daardoor kon Lynnie zich niet echt opgetogen voelen. Doreen had nooit een geheim van haar gevoelens gemaakt toen het iedereen langzamerhand ter ore kwam dat de School zou ophouden te bestaan en dat iedereen zou moeten verhuizen naar wat meneer Pennington omschreef als 'een nieuwe opstelling binnen de gemeenschap'. Doreen had gemopperd: 'Ik wil niet opnieuw worden opgesteld. Ik woon hier al vanaf een week na mijn geboorte. Dit is mijn thuis.' Lynnie begreep haar wel, maar net als de meeste bewoners popelde ze om hier weg te gaan. Misschien omdat ze een wereld buiten deze muren had gekend; de keukenkastjes waarin ze met Na-na had zitten zingen, de plaspoppen waarmee ze onder de tafel had gespeeld, het restaurant waarin ze om een hamburger had gekrijst. Misschien was het echter ook omdat ze drie heerlijke dagen in die wereld had beleefd en dus niet bang was voor wat ze 'buiten' zou aantreffen. Doreen noemde die wereld 'buiten', zo neerbuigend dat het leek of ze bedorven eten uitspuugde. Lynnie wist dat Doreen gewoon bang was.

Het was raar om alles voor de laatste keer te doen. Voor de laatste keer naar de eetzaal lopen, voor de laatste keer zien hoe de begeleiders bewoners die niet zelf konden eten, daarmee hielpen. Geen enkele begeleider droeg nog een uniform, en niemand zei meer dat iemand achterlijk was, alleen dat iemand een lichte of zware beperking had. Lynnie vroeg zich af hoe het de rest zou vergaan. Ze miste Gina en Marcus al, die door hun ouders mee naar huis waren genomen. Waar zou Barbara naartoe gaan? En Christopher, en Betty Lou? Voor hen was er nooit een familielid gekomen. Kate zei: 'De bewoners bij wie de familie zich betrokken voelt, zijn beter af.' Toen vroeg Lynnie waarom van sommigen de familie gewoon verdween, en Kate had geantwoord: 'Daar bestaan waarschijnlijk allerlei redenen voor. Maar ik kan je verzekeren dat er in al die families iemand is die last heeft van een lege plek in het hart.'

'Misschien komen Doreens ouders straks voor de optocht,' had Bull de afgelopen avond gezegd. Maar tegen de tijd dat Lynnie klaar was met ontbijten, zag ze noch Doreen, noch Doreens ouders. Nou, dacht Lynnie terwijl ze de eetzaal uit liep, waar het rook naar rösti en gehaktbrood, dan moet ik maar hopen, ook al beweert Doreen dat het haar allemaal niks kan schelen. Als Lynnie zo erg kon veranderen dat ze weer had leren spreken, zouden Doreens ouders ook veranderd kunnen zijn.

Terwijl ze over het pad naar Kates kantoortje liep, deed ze haar best aan hoopvolle dingen te denken. Want anders zou het verdriet dat ze voelde omdat ze Doreen zou kwijtraken, zich vermengen met al het andere verdriet over de dingen waar ze langs liep, zoals het paviljoen waarin ze had moeten verblijven totdat Kate haar was komen redden, de ziekenboeg waar ze Tonette had leren kennen, de maïsakker die tegenwoordig braak lag. Tegen zo veel verdriet waren zelfs de circusdieren niet opgewassen.

Ze keek weg van de verdrietige dingen en dwong zichzelf naar iets prettigers te kijken. Er was keus genoeg. Nadat oom Luke eindelijk was verzocht ontslag te nemen, waren de Paffer en Clarence ook vertrokken. Al zeven jaar – zeven! Lynnie kon al hardop tot honderd tellen – had Lynnie zonder gezelschap durven rondlopen. Ze mocht zelfs, sinds de regels waren versoepeld, vrij rondzwerven met een schetsboek in de hand. Het vee en de tractor waren verkocht om een nieuwe bron van inkomsten te hebben, zoals meneer Pennington had gezegd, maar de verlaten schuur was er nog. Ze zag het pad naar de schuur en dacht aan hoe blij ze altijd was geweest wanneer ze daar 's middags naartoe was gegaan. Dan was ze voor de rode deuren gaan zitten en had verhaaltjes getekend die ze voor zich zag afspelen, met eekhoorntjes, vossen en ganzen. Hannah had gezegd dat Lynnie een echte kunstenaar was, en Hannah kon het weten, want na jaren van baantjes waar Hannah alleen met een frons over kon praten, had ze een galerie geopend. Een keer had ze een paar tekeningen van Lynnie meegenomen, en toen ze die aan haar klanten had laten zien, hadden die met grote ogen gezegd: 'Ze zijn echt heel goed.'

Lynnies ouders hadden niet veel over Lynnies tekeningen gezegd, maar ze waren wel op bezoek gekomen. Een paar jaar na de hernieuwde kennismaking tussen Lynnie en Hannah waren ze uit Arizona komen vliegen, waar ze na hun pensioen waren gaan wonen. Hannah had hen op de luchthaven afgehaald en naar de School gebracht. Ze leken niet erg op de mensen op de foto, maar toch had Lynnie hen omhelsd. Hannah had hen aangemoedigd, en samen met Hannah had Lynnie hen rondgeleid door de School, terwijl haar moeder verlegen glimlachte, en haar vader steeds zijn keel schraapte. Toen Lynnie hun de tekening had laten zien die de lerares op de muur had geprikt – een tekening van een blauw met groen paardje, net het speelgoedpaardje van Hannah dat Lynnie nog altijd in haar buideltje bewaarde – hadden ze kortaf gezegd: 'Leuk.' Ze hadden ook niet dicht bij haar in de buurt willen komen. Lynnie had zich afgevraagd waarom dat was, maar elke keer dat ze net zo dicht bij hen was komen staan als ze gewend was bij Kate en Doreen, hadden ze een stapje bij haar vandaan gezet. Even had ze gedacht dat het allemaal makkelijker zou gaan wanneer ze eenmaal op bezoek was bij hen in het hotel, maar daar was het op een andere manier moeilijk geweest. Mama had gezegd: 'Het was heel verkeerd, Lynnie,' en ze had met een zakdoekje achter haar bril gewreven. En papa had gezegd: 'We hadden toen geen keus.' Niemand scheen te weten wat ze moesten zeggen. Lynnie had willen vertellen over het nieuwe boek dat ze op Lynniedag had gekregen, en dat Horton, Ferdinand en een hoop anderen haar hadden laten zien hoe je achter elkaar tekeningen moest maken die allemaal samen een verhaal vertelden, bladzij na bladzij. Maar ze kende er niet voldoende woorden voor, en om de een of andere reden wilde haar mond niet meewerken. Zelfs terwijl Hannah de conversatie op gang probeerde te houden, voelde Lynnie zich alsof ze kleren droeg die nooit goed zouden passen. Uiteindelijk had Hannah de tv maar aangezet, en voor Lynnie was dat een hele opluchting geweest.

Ze wist dat ze van haar ouders moest houden. Maar wanneer ze naar hen had gekeken, had ze niet dezelfde gevoelens gekregen die ze voor Hannah koesterde, of voor degenen die ze in de loop der tijd had leren kennen, zoals Doreen, Kate, Buddy en de baby. Ze wist nog dat ze vroeger wel van haar ouders had gehouden, maar iedereen was veranderd.

Dus zag Lynnie Hannah een paar keer per jaar en haar ouders nog maar één keer, een paar jaar later. Ze hadden haar weer meegenomen naar hun hotelkamer en gezegd dat ze Pesach zouden vieren. Er waren nog meer mensen geweest, mensen die Lynnie niet kende. Er werd haar verteld dat dat haar broers waren, met hun echtgenotes. De broers hadden haar meteen omhelsd en ook meteen weer losgelaten. Ze hadden onoprecht gelachen, door hun neus. Iedereen had plaatsgenomen op kampeerstoelen rond kampeertafeltjes, en de echtgenotes hadden eten aangeboden dat in plastic verpakt zat. Vervolgens had iedereen een boek zonder plaatjes opengeslagen en was er voorgelezen. Het ging over farao en Mozes en mensen die ergens weg moesten. Lynnie had het graag willen begrijpen, maar een heleboel woorden waren in een andere taal. Papa had steeds gezegd: 'Goed luisteren, Lynnie,' en mama had voortdurend gezegd: 'Niet met de vorken spelen, Lynnie.' Hannah had vaak gezegd dat ze Lynnie niet moesten onderbreken omdat ze tijd nodig had om het juiste woord te zoeken. De broers hadden almaar blikken gewisseld. En Lynnie had niets mogen eten, pas na een poosje hadden ze gezegd dat ze een stukje van een bepaalde matse mocht en een lepel van die charoset. En toen ze een beetje maror had gegeten, leek het alsof ze door een bij in haar neus was gestoken. Ze was achterover gaan leunen en had haar ogen gesloten.

Daarna was er ruzie ontstaan, ze zeiden: 'Het was een dom idee.' En: 'Je hebt het de tempel nooit vergeven dat je vanwege háár bent weggestuurd, en nu zijn we ineens vroom?' En ook: 'Verloren tijd kun je niet inhalen. Wat gedaan is, is gedaan. Lynnie weet vast niet eens wie God is.'

'Dat weet ik wel,' had Lynnie gezegd. Andrea zou hebben gezegd dat ze te zacht sprak. Daarom had niemand haar gehoord. Lynnie wist heel goed wie God was, want op de filmavonden had ze Hem gezien. Soms was hij een vuurzuil die mensen bang maakte, en soms was Hij George Burns en heel lief voor mensen. Kate had gezegd dat God alles had geschapen en dat iedereen Hem even lief was. Maar net als lezen, in het gezelschap van je familie verkeren en makkelijk kunnen praten, was God kennen zeker iets wat alleen voor anderen was weggelegd.

Op dit moment moest ze echter niet aan God denken. Ze kon beter om zich heen kijken naar alles wat ze nooit meer zou zien. Er was van alles wat haar aan Buddy herinnerde, en elke herinnering riep zoete gevoelens op. Onder deze boom hadden ze in de schaduw gestaan terwijl Buddy haar heel geduldig zijn gebaren had geleerd, die zij onhandig had geoefend. Uit dat raam had ze naar Buddy gekeken terwijl hij een koe uit de wei haalde, en niet veel later had hij die koe geholpen met kalven, en daardoor had ze geweten dat hij haar ook zou kunnen helpen bij de geboorte van haar baby. O, en deze ingang van de ondergrondse gang, waar ze naar hem had gezwaaid toen hij was weggerend om de ladders neer te zetten waarmee ze waren ontsnapt.

Al die plekken maakten dat ze zich vanbinnen vol kleuren voelde, en toch ook als verdoofd. Hij was weg, de baby was weg, en straks zou Lynnie hier ook weg zijn. Wanneer hij terugkwam, zou hij haar niet kunnen vinden. Ze zou niets meer van hem of de baby hebben dan herinneringen.

Misschien dat Lynnie zichzelf daarom, toen ze bijna bij Kates kantoortje was, een gedachte toestond die ze anders altijd wegdrukte. In al die tijd – twaalf jaren – had ze Kate nooit iets over de baby verteld.

Ze had de baby zelfs niet getekend, behalve die ene keer, toen het pas was gebeurd. Maar de Paffer en Clarence hadden nog rondgelopen met hun honden, dus had ze het risico niet aangedurfd, en toen die twee eindelijk waren vertrokken, was ze nog steeds bang voor de kinderafdeling.

Misschien was nu de tijd aangebroken er eens met Kate over te praten. Kate had gezegd dat Lynnie in haar nieuwe huis veilig zou zijn. Lynnie zou een eigen sleutel krijgen, en het personeel daar zou ervoor zorgen dat er niemand binnenkwam die er niet hoorde. Als dat echt waar was, als de Paffer, Clarence of welke ambtenaar dan ook de baby niet zouden onderbrengen in een School waar ze haar nooit meer zou kunnen zien, kon Lynnie Kate wel over de baby vertellen. Nee, over het kind. Nee, over haar dochter. De woorden vlogen als kometen door haar hoofd en lieten een fonkelend spoor van blijdschap achter. De baby was nu ouder dan Lynnie was geweest toen ze hier was terechtgekomen. En ze was Lynnies eigen vlees en bloed. Zou ze net als Lynnie en Hannah artistiek zijn? Zou ze van zingen houden? Er waren twaalf jaren van bladzijden omslaan nodig om alles over haar te weten te komen. Haar dochter was al bijna een tiener. Kate kon haar helpen van alles over die tiener te weten te komen. Zodra ze in Kates kantoortje was, zou ze haar vragen of ze Lynnie eindelijk naar de boerderij van de bejaarde dame kon brengen.

'Lynnie!' riep Hannah uit, die aan Kates bureau zat. 'Eindelijk is de grote dag aangebroken!'

Voor de laatste keer stond Lynnie in de deuropening van Kates kantoortje, en ze keek van Hannah naar Kate. Eigenlijk zou Hannah pas komen wanneer de optocht zou beginnen, en toch was ze Lynnies tekeningen in een doos aan het doen nadat Kate ze uit de archiefkast had gehaald.

'Je bent vroeg,' zei Lynnie, die haar teleurstelling niet kon verbergen.

‘Dat vind je hopelijk toch niet erg?’ vroeg Hannah. De lach verdween van haar gezicht. ‘Ik wilde Kate graag een handje helpen.’

‘Oké.’ Maar hoe kon Lynnie nu rustig met Kate praten?

‘Wat spreek je tegenwoordig toch duidelijk,’ zei Hannah.

Lynnie begreep dat Hannah hen wilde afleiden van het slechte begin van het gesprek. Van Andrea had Lynnie geleerd dat spreken meer was dan een kwestie van goed ademhalen, volume en uitspraak. Je moest weten wanneer je zelf het voortouw moest nemen en wanneer je anderen hun gang moest laten gaan. Hannah keek naar Lynnie alsof spreken een enorme prestatie was, iets wat Andrea en Kate altijd bevestigden. Dus besloot Lynnie een andere keer met Kate te praten. Dan hoefde ze op dit moment haar teleurstelling niet te laten blijken, maar kon ze zich net zo trots betonen als ze zich voelde.

‘Ik oefen veel,’ zei ze.

‘Nou, dat is te merken.’

‘Ik wil steeds beter worden.’

‘Dat gaat je lukken. Door hier weg te gaan zal er veel veranderen. Je krijgt meer lessen logopedie. Je gaat leren hoe je iets in een winkel moet kopen. Je gaat een normaal leven leiden.’

‘Het is groepswonen,’ verbeterde Lynnie haar.

‘Nou, dat is toch normaal?’

‘Niet echt.’

‘Oké, maar je woont dan wel in je eigen huis. Samen met Annabelle en Doreen.’

‘Doreen gaat hier niet weg.’

‘Is ze nog steeds niet van gedachten veranderd?’

‘Er zijn wel meer bewoners die liever zouden zien dat het hier openbleef,’ zei Kate. ‘En sommige van hun ouders ook.’

Hannah slaakte een zucht. ‘Ik had echt gehoopt dat ze van gedachten zouden veranderen. Maar waarschijnlijk is dat te veel gevraagd. Op die vergaderingen waren ze ook vastbesloten.’

Lynnie herinnerde zich dat Hannah haar over die vergaderingen had verteld. Eerst wilde het bestuur verbeteringen doorvoeren in de School, dus gingen de vergaderingen over het opknappen van de paviljoens, cursussen voor het personeel, en meer activiteiten voor de bewoners. Maar toen zeiden een paar ouders dat de School best gesloten kon worden, terwijl andere ouders beweerden dat er geen veiliger plek voor hun kind bestond dan de School. Er was ruzie ontstaan, er waren advocaten aan te pas gekomen. Dat wist Lynnie allemaal omdat Hannah naar alle vergaderingen ging. 'Ik sta aan de kant van degenen die sluiting willen,' had Hannah vaak gezegd. 'Maar dat wil niet zeggen dat ik me geen zorgen maak over jou in de buitenwereld. Je bent mijn zusje, dus maak ik me zorgen over je.' Toen besefte Lynnie dat ze Hannah nooit zou kunnen vertellen wat er was gebeurd met de honden, Buddy en de baby. En zo was Lynnie er ook achter gekomen dat ze ooit ergens anders zou gaan wonen.

'Hier is niets meer,' zei Kate, en ze schoof de lade dicht.

'Dan zijn we hier klaar,' verkondigde Hannah.

Zo snel wilde Lynnie het kantoortje niet uit. Hier was ze gelukkig geweest, het leek onmogelijk dat ze nooit meer in deze omgeving zou zijn. Dus nam ze alles nog eens goed in zich op: de radio, de typemachine, de planten... Op een keer had Buddy hier een suikerklontje boven een van haar tekeningen vergruizeld om haar de vorm van de sterren te laten zien.

'Ik weet dat het moeilijk voor je is,' zei Hannah. 'Maar echt, je gaat het in je nieuwe huis ook fijn vinden.'

Lynnie knikte.

'Kop op, zusje.'

Lynnie keek naar de grond. Ze herinnerde zich Buddy's voeten die op deze vloer hadden gestaan. Ze had een tekening voor hem gemaakt over de periode wanneer ze hier weg zouden zijn, en daarop hadden ze mooie kleren en goede schoenen gedragen. Ze wist nog dat ze de slippers van de bejaarde dame had aangetrokken. Toen had ze zich een echte bruid gevoeld.

'Lynnie?'

Ze keek op.

'Kijk eens, ik heb een cadeautje voor je.' Hannah haalde iets uit haar zak. 'Ik wilde het je pas geven wanneer je in je nieuwe huis was, maar misschien is het beter als je het nu vast krijgt.'

'Waarom?'

'Omdat het iets speciaals is wat je hier bewaarde. En ik weet dat je in deze kamer al je tekeningen hebt gemaakt. Het is dus een soort souvenir.'

Hannah opende haar hand.

Daarin lag een zilveren ketting met een glazen medaillon. In dat medaillon, goed beschermd tegen de invloeden van de tijd en de lucht, zat de rode veer.

Lynnie stak haar hand uit en liet haar vinger over het glas gaan.

'Het is een oude monocle,' zei Hannah. 'Ik heb er een achterkant op laten zetten en het dicht laten solderen.'

'Hannah wilde graag iets uit je buideltje,' legde Kate uit. 'En de veren vonden we het mooist.'

'Maar... waarom de rode?'

'Ik hoop dat het goed is?' vroeg Hannah bezorgd.

'Heel erg goed.'

Lynnie nam de ketting over van haar zusje en deed hem om haar hals. De veer lag op haar borst, precies op de plek waar Buddy en zij hem indertijd hadden gevangen. 'Waarom de rode?' vroeg ze nogmaals, blij dat Andrea er niet bij was. Ze wist dat er in haar woorden een herinnering zat.

'Omdat rode veren zeldzaam zijn,' antwoordde Hannah. 'Als je een rode veer vindt, moet je die altijd bewaren.'

Toen ze bij het pad kwam dat voor het administratiegebouw liep, draaiden de camera's al en stond de gezette meneer Pennington, keurig in het pak, met een stropdas om en een hoge hoed op, al op een podium. 'Dit is een historische dag,' zei hij in de microfoon.

Kate duwde Lynnie de stok van een spandoek in handen. Het spandoek had Lynnie de week daarvoor gemaakt, en er stond een afbeelding van de School op, met de poort wijd open.

'De gemeenschap is de Residentie voor Bijzondere Kinderen en Volwassenen ontgroeid. Tachtig jaren hebben we er ons voordeel mee kunnen doen, maar nu is de tijd aangebroken hem de laatste eer te bewijzen,' ging meneer Pennington verder.

Lynnie keek om zich heen. De bewoners stonden keurig opgesteld in rijtjes van twee, drie of vier, klaar voor de optocht. Dit waren de mensen naast wie ze in de eetzaal had gezeten, met wie ze in de filmzaal naar films had gekeken, met wie ze in de wasserij de was had opgevouwen. Dit waren bewoners die konden lopen op hun eigen benen, of die met een beugel of wandelstok liepen, of die in een rolstoel zaten. Er waren zo veel mensen die ze persoonlijk kende, ieder met een mooie zonnebril of een honkbalpetje op, en hun goeie goed aan om het belang van deze dag te benadrukken. Sommigen hielden zelfgemaakte borden op, anderen hielden een toeter, tamboerijn of sambaballen vast. En voor hen stonden kamelen, paarden en een olifant. John-Michael Malone maakte notities, en naast hem stond een cameraman die de lens op de bewoners gericht hield.

Doreen was nergens te zien.

Toen stapte meneer Pennington van het podium en nam zijn plaats in aan het hoofd van de optocht. De olifant pakte de hoed van meneer Penningtons hoofd, en daarom moest iedereen erg lachen. Gauw pakte meneer Pennington de hoed terug en telde heel hard af: 'Vijf, vier, drie...' Iedereen riep het met hem mee, ook degenen die nauwelijks konden praten. 'Twee, een... Daar gaan we!' En daar gingen ze, blazend, slaand en rammelend met de muziekinstrumenten, juichend en zwaaiend naar het personeel, de familieleden en de verslaggevers langs wie ze marcheerden.

Lynnie keek naar de mensen langs de kant in de hoop Doreens

ouders te ontdekken. Het leek stom, ze zou hen niet herkennen. Maar toch gaf ze haar ogen goed de kost terwijl ze in de richting van de paviljoens liepen. Veel publiek was er niet, en de meesten daarvan liepen vooruit naar de eetzaal, het einde van de optocht. Dus kon ze iedereen goed zien, en zo kwam het dat ze Clarence opmerkte. Hij stond een beetje achteraf, in een spijkerbroek en een jasje, en leek magerder dan ooit. Daar was hij, op haar grote dag. De dag waarop ze Kate had willen vragen op zoek te gaan naar haar dochter.

Als hij op deze dag hier was, zou hij op elke willekeurige dag ergens kunnen opduiken.

Ze pakte het stokje waarmee de man naast haar op een trommel sloeg en sloeg er zelf mee tegen de stok van het spandoek. Op die manier kon ze de blaffende honden in haar hoofd overstemmen, en het lawaai van de wegrollende emmer terwijl zij haar smeekbeden uitte.

En toen verscheen er iemand naast haar: Doreen. Doreen kwam naast haar lopen.

Doreen keek niet blij, maar ook niet zo somber als eerder op de dag. Veelbetekenend keek ze Lynnie aan. 'Ik heb hem ook gezien,' zei ze boven het lawaai uit. 'En ik laat je daarbuiten niet in de steek, wat ik ook voel.'

'Ga je dus met me mee?' vroeg Lynnie.

'Ik ga met je mee.'

Lynnie gaf een van de stokken van het spandoek aan Doreen, zodat ze het samen konden dragen. Ze keken elkaar aan en staken het hoog in de lucht, en werden lachend op camera vastgelegd.

Een tweede kans

Martha

1983

Pete nam de telefoon op.

Martha durfde in de piepkleine woonkamer nauwelijks te luisteren. Ze had zelfs niet durven opnemen, dat durfde ze nooit op de avonden dat Julia niet thuis was. Ze hoopte altijd dat het de basketbalcoach zou zijn, of een van Julia's verstandiger vriendinnen. Maar sinds Julia een paar maanden geleden veertien was geworden, haalde Pete zijn blik van het boek dat hij las, zag de ongeruste blik in Martha's ogen en stond op om op te nemen.

Even bleef Pete zwijgend luisteren, toen zei hij: 'Ja, ze woont hier.'

Niet weer, dacht Martha, ze is een lief kind. Wat ze ook heeft gedaan, zo is ze niet. Niet echt.

'Ik ben haar grootvader,' zei Pete terwijl hij Martha aankeek. 'Haar stiefgrootvader. Ze woont bij ons.'

Meer stilte terwijl Pete luisterde. Wat zou er nu weer zijn? Een paar weken geleden was het haar rapport geweest. Vroeger haalde Julia altijd mooie cijfers, toen werden het zesjes en zelfs een onvoldoende. Dat rapport had ze Martha eerst niet laten zien, ze had iets gemompeld over dat het rapport later zou komen. Op een gegeven moment had Martha gezegd: 'Ik ga de school bellen. Ik wil nu wel eens weten waarom het zo lang duurt.' Opeens was het Julia te binnen geschoten dat ze het rapport net had gekregen, maar Pete en Martha hadden Julia in haar kamer de kast horen openen en door haar spullen zoeken om het rapport te pakken.

Later werd Martha gebeld door een leraar van Julia's school. Eerst werd er bezorgdheid uitgesproken over Julia's steeds slechtere prestaties, en toen over andere dingen. 'Vroeger was ze bevriend met de leergierige leerlingen,' had meneer Yellinek gezegd. 'Maar sinds ze zich heeft aangesloten bij die anderen...'

'Welke anderen?' had Martha gevraagd, en ineens had de telefoonhoorn ijskoud aangevoeld.

Blijkbaar had Julia zich aangetrokken gevoeld tot een groepje meisjes dat dure kleren uit exclusieve winkels droeg en met niemand anders omging, afgezien van de jongens van het voetbalelftal. Om bij hen in de gunst te komen was Julia heel vroeg naar school gegaan om daar dezelfde soort truien aan te trekken als die meisjes droegen, en na school was ze met hen meegegaan om bij de rolschaatsbaan te hangen, of door het winkelcentrum te slieren. Terwijl Martha had gedacht dat Julia vroeger naar school was gegaan voor de basketbaltraining, en later thuis was gekomen vanwege repetities van de toneelclub.

Er waren gesprekken ontstaan die leidden tot niets. Het sprak in Julia's voordeel dat ze haar nieuwe gewoonten eerlijk had opgebiecht, maar tot Martha's ontzetting – en ook die van Pete – had ze Martha's eis om weer haar best te doen en eerlijk te zijn beantwoord met een stijf: 'Ik zal het proberen.'

En toen kwamen de late telefoontjes. Miranda's moeder die Martha vroeg of ze wel wist dat Julia op een avond het huis uit was geslopen toen Martha en Pete al naar bed waren gegaan, en dat ze een uur had gelopen van hun eenvoudige huis in Chatham naar Miranda's enorme huis op Sears Point. Die avond had Miranda's moeder tot laat in haar medische praktijk gewerkt, en de meisjes hadden met harde muziek de buren uit de slaap gehouden. De manager van de bioscoop had gebeld omdat hij Julia en haar vriendinnen had betrapt bij een poging via een achterdeur binnen te komen. De basketbalcoach had gebeld omdat hij erachter was gekomen dat Julia op met bier overgoten feestjes op Hardings Beach was geweest.

‘Ik begrijp het,’ zei Pete. ‘Dank u wel voor het bellen, agent.’

Agent? Het leek alsof Martha door de bliksem werd getroffen.

‘We komen eraan.’ Pete hing op en keek Martha aan. ‘Winkeldiefstal. En ze is ook dronken,’ zei hij.

Julia zei geen woord toen agent Wilson en het hoofd beveiliging van de winkel de deur naar het kamertje achter in de winkel hadden geopend. Ze zat voorovergebogen op een plastic stoeltje aan een kantoortafel, met haar armen om zichzelf heen geslagen. Toen Martha in de deuropening bleef staan, keek Julia op door haar bruine krullen. Haar ogen stonden vol spijt en woede. Martha voelde zich misselijk toen ze Julia daar zo zag onder het schelle neonlicht, ten prooi aan verlangens die Martha niet begreep, en zijzelf misschien ook niet. Haar oud-leerlingen hadden tegen Martha gezegd dat pubers je op de proef stelden, maar zij had geloofd dat Julia en zij zo’n sterke band hadden dat hun zoiets bespaard zou blijven. Toen Pete en zij na hun huwelijksvoltrekking verhuisd waren naar Petes huis in Chatham, had Pete gezegd dat Julia buitengewoon serieus was. Julia was toen zeven jaar oud, en Martha had gezegd dat met een stabiele achtergrond en twee volwassenen die voor Julia zorgden, het meisje waarschijnlijk wel losser en opgewekter zou worden. En toch stond hier op agent Williamsons verzoek een nors meisje op. Ze wankelde op haar benen, zei geen woord en stonk naar alcohol.

De stilte bleef voortduren toen Martha en Julia achter agent Williamson aan door de helder verlichte gang liepen, langs de kluisjes van het personeel. Julia was onvast ter been, en Martha had geen idee wat ze moest doen. De afgelopen maanden had ze zich vaak afgevraagd of ouders die zelf een kind op de wereld hadden gezet, of van wie de puberteit niet zo heel ver achter hen lag, misschien beter met dit soort gedrag konden omgaan. Pete had erom moeten lachen, en gezegd dat Anne en hij voortdurend hadden geïmproviseerd. ‘Kinderen opvoeden lijkt totaal niet op timmermanswerk,’ had hij verklaard. ‘Niks twee keer meten en dan zagen. Elke dag moet je weer opnieuw meten, keer op keer.'

Williamson zette de deur open naar de laad- en losruimte. Zijn patrouillewagen stond aan de ene kant, Petes jeep aan de andere. 'Zoals ik al zei, een tweede kans krijg je niet,' zei hij tegen Julia.

Toen Julia niet reageerde, zei Martha: 'Een tweede kans zal ze niet nodig hebben.'

Julia ging achterin, en Martha voorin. In de auto was het warm, maar dat bood geen troost. De portieren sloegen gelijktijdig dicht, Pete knikte via de achteruitkijkspiegel naar Julia en startte de motor.

Martha wou nu dat Pete Julia een standje gaf, of haar iets vroeg. Maar lang geleden waren ze overeengekomen dat Pete bij de opvoeding niet het voortouw zou nemen of Martha zou dwingen Julia op te voeden zoals hij dat wilde.

Uiteindelijk stelde Martha de enige vraag die ze kon stellen: 'Julia, waarom?'

Een lange stilte.

Toen vroeg Martha: 'Hoe kwam je aan die drank?'

'Miranda.'

'Had ze drank meegenomen naar het winkelcentrum?'

'Ze had die thuis. We zijn pas later naar het winkelcentrum gegaan.'

'Om te stelen.'

Stilte.

'Waarom verlaag je je tot zoiets?'

'Omdat jij nooit iets in het winkelcentrum koopt,' zei Julia. 'Je vindt het daar te duur.'

'Dat is geen rechtvaardiging om te gaan stelen.'

'Ik moest een Jordache-spijkerbroek hebben!'

Pete voegde in op Route 6 en reed verder naar Chatham.

'Je boft dat agent Williamson je liet gaan. Hij had je ook vast kunnen houden.'

'Dat zou hij vast wel hebben gedaan als hij wist wie ik in werkelijkheid ben.'

'En wie ben je dan?'

'Ik wil gewoon zoals iedereen zijn!' Het kwam er met dubbele tong uit, maar wat ze bedoelde, was duidelijk. 'Iedereen heeft een Jordache-spijkerbroek! Iedereen heeft een kleuren-tv, en een biljart en een grote zeilboot. Iedereen gaat 's winters weg van Cape Cod. Miranda gaat naar Florida!'

'Je kunt moeilijk verwachten...'

'En iedereen heeft ouders.'

Dat woord weergalmde door de jeep, en plotseling hing er een verstikkende sfeer.

'Misschien wordt het tijd haar het een en ander te vertellen,' opperde Pete.

Ze lagen op bed, hun boeken onaangeraakt, de leeslampjes aan.

'Dat kan ik niet...'

'Ik zeg niet dat ze zo doet omdat ze het niet weet. Maar het zou haar kunnen helpen.'

'Ze heeft ons toch?' Martha keek hem aan. 'En ze heeft de ooms en tantes bij wie we op bezoek gaan, en die 's zomers hier komen.'

'Ze weet heel goed dat dat je oud-leerlingen zijn.'

'Ze is te jong.'

'Wanneer is ze dan wel oud genoeg?'

'Dat weet ik niet...'

'Martha.' Met een tedere blik keek hij haar aan. 'Martha, Martha, Martha... Ik was zo opgelucht toen je vertelde dat je niet echt Matilda was.' Hij ging op zijn zij liggen en legde zijn hand op haar heup. 'Dat verklaarde al dat aantrekken en afstoten. En al die keren dat je wegkeek en ineens heel stil werd.'

'Dat heb je al eerder gezegd.'

'Jawel, maar ik weet niet zeker of ik je dit ook al eens heb gezegd.'

Hij stootte haar zachtjes aan, en ze draaide zich naar hem toe. 'Toen je het me vertelde, besefte ik dat je me vertrouwde.'

Er verscheen een glimlach op haar gezicht. 'Dat heb je ook al eens gezegd.'

'Jawel, maar ik heb niet gezegd dat ik jou daardoor ook ben gaan vertrouwen.' Hij legde zijn hand tegen haar wang, en zoals altijd wanneer ze in zijn armen lag, voelde ze zich als een meisje van twintig. 'Zodra ik wist wat je had gedaan,' ging hij verder, 'dat je alles zomaar achter je had gelaten omdat je een radeloze jonge vrouw iets had beloofd... Ik vond je echt ongelooflijk.'

'Iedereen zou dat hebben gedaan.'

'O nee.'

'Misschien had ik het niet moeten doen.'

'Dat denk je niet echt.'

'Ik vond het toen het enige juiste. Maar nu weet ik het niet meer zo zeker. Ik ben niet zo'n goede ouder.'

'Dat vinden de meeste ouders van zichzelf. Misschien draait het daar wel om bij het ouderschap.'

Ze reageerde daar niet op.

'Dit is maar tijdelijk. Gary was precies zo. Hij ging drinken met zijn vrienden. Weet je nog dat hij mijn auto in Falmouth in de prak heeft gereden? Denk je eens in wat Julia voor leven zou hebben gehad als jij niet had gedaan wat je gedaan hebt.'

'Dat kan ik niet.'

'Denk eens aan hoe jouw leven er zou hebben uitgezien. Of het mijne. Dan zouden we nu niet hier zijn.'

Ze sloeg haar arm om hem heen. Hij was steviger dan Earl, en meelevend, warm en eerlijk, en hij was in staat troost te bieden. Lynnie had Martha niet alleen een kind gegeven, maar ook een tweede kans.

En Martha had door een oud-leerling te benaderen en hem te vragen een misstand in de openbaarheid te brengen, Lynnie een tweede kans gegeven.

'Je zou het Julia in grote lijnen kunnen vertellen. Als ze meer wil weten en jij niet tegen haar wilt liegen, zou je haar het bewaarkistje kunnen geven. Er zitten genoeg brieven aan haar in, en knipsels en van alles. Dan zou ze het waarschijnlijk wel gaan begrijpen.'

'Ik weet het niet...'

'Slaap er een nachtje over.'

'Ik slaap er al veertien jaar over.'

'Dit zou de laatste nacht kunnen zijn,' zei hij.

Terwijl ze naast Pete lag, keek ze door het raam naar de wolken die voor de maan schoven. Het afgelopen najaar had ze Julia's zakgeld ingehouden, totdat ze betere cijfers zou halen. Na het feestje bij Miranda had Martha gezegd dat Julia elke avond om negen uur binnen moest zijn. En toch was Julia weer in de problemen geraakt, en ze had ook weer gedronken. Martha zou kunnen eisen dat Julia nergens meer naartoe ging wat niet met school te maken had. Maar moest ze Julia ook op de hoogte brengen van de ingewikkelde waarheid?

Misschien zou ze dat inderdaad maar eens moeten doen. De waarheid zou Julia kunnen laten zien dat er mensen op de wereld waren die het veel slechter hadden dan zij. Als er die avond niet zo'n hevig onweer was losgebarsten, of als Julia's ouders haar niet hadden verborgen voordat de politie was gekomen, zou Julia geen gelukkig lot beschoren zijn geweest. Hoewel het ook kon overkomen alsof Martha zo kwaad was vanwege de winkeldiefstal en het drinken dat ze Julia eens flink op haar plaats wilde zetten. Julia zou Martha er zelfs van kunnen beschuldigen dat ze loog, of, als Martha het kistje zou openen, dat Martha zat te vissen naar complimentjes. En dan zou ze geen ongelijk hebben, want Martha wilde dolgraag dat Julia net als Pete bewondering zou hebben voor de manier waarop Martha met Lynnies verzoek was omgegaan. En toch was die zelfzuchtige impuls een reden om juist haar mond te houden.

Nadat al die gedachten een paar uur door haar hoofd hadden gespookt, stond Martha op. Als ze dan toch niet kon slapen, kon ze net zo goed naar beneden gaan om verder te lezen in haar boek.

Ze sloop de slaapkamer uit en sloot zachtjes de deur achter zich. Omdat de maan nu schuilging achter de wolken, scheen er geen licht door de dakkapel van het naaikamertje of van de badkamer, dus hield ze haar hand tegen de muur terwijl ze door de donkere gang langzaam naar de trap schuifelde. Pete zei altijd dat ze het licht moest aandoen omdat ze anders kon vallen, en ze wist dat hij gelijk had. De afgelopen zomer had ze haar pols gebroken, simpelweg door een ei tegen een kom te tikken. Ze hadden er zelfs over gedacht het bed naar de begane grond te verhuizen. Voorlopig bleef Martha echter liever boven slapen, al riskeerde ze daarmee een gebroken heup. Ze dacht dat Julia zich eerder aan de regels zou houden als ze boven sliepen.

Het kwam dus als een verrassing dat ze Julia's deur voelde openstaan.

Was Julia weer het huis uit geglipt? Was ze 's nachts ergens buiten? Vond ze zichzelf zo veel minder dan haar vriendinnen dat ze er alles voor over had om bij hen te mogen horen?

Met van angst dichtgeknepen keel keek Martha om een hoekje.

Julia zat op bed met een koptelefoon muziek te luisteren. Het enige licht kwam van de stereo-installatie, maar dat was voldoende voor Martha om hun hond Reuben op bed te kunnen zien liggen, zijn kop in Julia's schoot. Julia aaide hem.

Martha liep de kamer in en ging op het bed zitten. Blijkbaar voelde Julia het matras inzakken, want ze deed haar ogen open. Eerst keek ze geschrokken, toen zette ze de koptelefoon af.

'Het spijt me, oma,' zei ze.

Terwijl Martha in het blauwige schijnsel naar Julia's gezicht keek, dacht ze hoe volwassen ze er al uitzag. 'Heb je spijt van wat je vanavond hebt gedaan?'

'Het was stom.'

'Ik ben blij dat je dat inziet.'

‘Ik vind wijn niet eens lekker. Maar toen ze me de fles doorgaven, dacht ik dat ze me een echte loser zouden vinden als ik weigerde.’

‘Julia, je bent geen loser.’

‘En toen gingen we naar het winkelcentrum, en iedereen maakte grapjes over mijn stomme oude broek, en Miranda zei dat ik vast geen echt mooie spijkerbroek zou durven stelen. Dus ging ik bij Filene’s naar binnen, en...’ Julia zuchtte diep, en daardoor waaiden de krullen op haar voorhoofd een beetje op.

‘O, Julia, en vroeger had je zulke leuke vriendinnen...’

‘Maar Miranda en haar vriendinnen zijn heel populair. Als zij iemand cool vinden, vindt iedereen dat. En toen ik met ze mee mocht doen... Nou, dat was heel tof.’

‘Ik heb nooit geweten dat je je zo voelde.’

‘Dat kun je niet begrijpen, oma. Deze meisjes zijn heel cool. Iedereen wil net zo zijn als zij. Dus op een dag...’ Ze keek weg, alsof ze iets uit haar herinnering moest opdiepen. ‘Op een dag kocht ik een setje met vier heel mooie kleuren lipgloss, en dat nam ik mee naar school. En na de basketbaltraining ging ik naar de toiletten, waar ze ’s ochtends allemaal bij elkaar komen. Precies zoals verwacht stapte Miranda binnen, en toen deed ik lipgloss op. Ik was bang dat ze me zoals altijd zou negeren, maar...’ Deze keer zuchtte Julia blij. ‘Ze vroeg of ze ook een kleur mocht proberen. Nog nooit had ze iets tegen me gezegd. En toen kwamen Diane en Patti binnen, en die zeiden dat het me mooi stond, en dat vond ik helemaal geweldig, en toen liet ik hen ook lipgloss opdoen. Toen we uit de toiletten kwamen, waren we een groepje, en ik zag dat iedereen me heel anders bekeek. Dat was heel fijn. Weet je, oma, zo had ik me nog nooit gevoeld. Ik voelde me altijd onhandig, lelijk en arm. Alsof... alsof ik achterlijk was of zoiets.’

De adem stokte in Martha’s keel. Ze had Julia wel door elkaar kunnen schudden, haar doen beseffen wat ze daarnet had gezegd.

Maar dat deed ze niet. Geërgerd haalde ze een paar keer diep adem, en na vijf keer hoorde ze zichzelf zeggen: ‘Ik ben erg in je teleurgesteld. Vriendinnen die je het gevoel geven dat je niet goed genoeg bent, zijn geen echte vriendinnen.'

Julia reageerde niet. Er rolden wel tranen over haar wangen.

'Je toekomst is te kostbaar om zomaar weg te gooien.'

Weer reageerde Julia niet, ze richtte haar blik op het plafond alsof ze haar best deed kracht te verzamelen.

'Voortaan brengen we je elke dag naar school en halen we je ook weer op. En jij moet zorgen dat je je cijfers opkrikt. Geen basketbal meer, geen toneelclub. En je hebt huisarrest. Als je buiten school nog iets anders wilt doen, ga je maar werken. Begrepen?'

Opeens keek Julia Martha recht aan. 'Waarom vertel je nooit iets over mijn ouders? Waren het soms slechte mensen?'

Martha schrok ervan. Ademhalen kostte haar moeite, en in de stilte die volgde keek ze in Julia's ogen en zag achter die uitdagende blik, de zelfhaat en het effect van de wijn, Lynnie. Voor het eerst drong tot Martha door waarom ze Julia niet alles kon vertellen. Het was niet omdat ze zich ervan wilde weerhouden haar een harde les te leren, of omdat ze wilde dat ze haar dankbaar zou zijn vanwege de offers die ze had gebracht. Het was omdat Julia's misplaatste lage dunk van zichzelf ertoe had geleid dat ze verkeerde vriendschappen had gesloten, een diefstal had gepleegd en ineens een bekrompen uitspraak had gedaan. Misschien zou ze ooit klaar voor zijn voor de waarheid, maar niet als ze zo neerbuigend en smalend over mensen zoals haar eigen ouders dacht.

'Nee, Julia,' zei Martha uiteindelijk. Ze schraapte haar keel om haar woede niet te laten doorklinken in haar stem. 'Ze waren niet slecht. Ze waren absoluut niet slecht.'

'Wat waren het dan voor mensen? Hoe heetten ze?'

Weer haalde Martha diep adem. 'Lynnie. Je moeder heette Lynnie.'

'En mijn vader?'

Martha wende haar blik af. Ze zag hem voor zich en zei een beetje melancholiek: 'Hij was een knappe man. En Lynnie... was ook heel mooi.' Vervolgens keek ze Julia weer aan.

Julia huilde nog steeds, maar door de tranen heen was een glimlachje verschenen.

De volgende dag lieten Martha en Pete Reuben onder schooltijd uit op het strand. Vroeger hadden ze met Rodney dagelijks een wandeling van ruim drie kilometer gemaakt. Tegen de tijd dat Rodney was gestorven en ze Reuben in huis hadden gehaald, was Martha niet meer zo snel ter been en hadden ze de wandeling ingekort tot ongeveer een kilometer. Deze keer maakten ze een kort wandelingetje op het strand.

'Toen we elkaar leerden kennen, zei je dat Julia ooit een hoop harten zou breken,' zei Martha. 'Volgens mij heeft ze het eerste gebroken.'

Pete keek haar aan terwijl Reuben langs de branding stoof. 'Gary vond als puber alles wat we deden verschrikkelijk. Je moet gewoon doorploeteren, en op een dag zijn ze ineens weer menselijk.'

'Jij was jong, jij had daar de tijd voor. Ik heb die misschien niet.'

'Als er iets met jou gebeurt, ben ik er voor haar.'

'Jij bent niet jonger dan ik.'

'Gary is er ook nog. Jessica en hij hebben gezegd dat als dat nodig zou zijn, zij onze plaats zouden innemen.'

'Maar Denver is zo ver weg. En Julia kent hen nauwelijks.'

'Het komt wel goed.'

'Je moet me één ding beloven.'

'Wat dan?'

'Als ik er niet meer ben, en zij is nog steeds zoals... zoals nu...'

'Zo moet je niet praten.'

'Dat moet wel. Ik moet nadenken over wat jij zou moeten doen.'

'Deze fase duurt vast niet lang meer.'

'Dat weet ik niet.' Ze pakte zijn hand en keek met een verdrietig glimlachje naar hem op. 'Beloof me dat je haar pas iets vertelt wanneer ze daar volwassen genoeg voor is.'

Hij streek het witte haar uit haar gezicht. Ze vond het heerlijk om zijn strelende hand te voelen, net zoals ze het heerlijk vond die liefhebbende blik in zijn ogen te zien. Ook al voelde ze zich bezorgd en broos, toch was ze er zeker van dat ze het juiste deed.

'Goed,' zei Pete na een poosje. 'Dat beloof ik.'

Plotseling voelde Martha zich heel licht. Alles was zoals het hoorde te zijn. Het was net zoiets als op de laatste schooldag, wanneer ze uit het raam had gekeken en het laatste kind naar huis had zien gaan en had beseft dat haar taak erop zat.

Laat me je gebaar zien

Homan

1988

Die ochtend verwachtte Homan niemand. Het was zijn vrije dag, en die begon hij het liefst met een eindje over zijn slaapmat schuiven, de aardewerken kom pakken, een sigaretje rollen en dat tintelende gevoel na diep inhaleren krijgen. De rest van de dag zou hij aan zijn eigen projecten werken. Vandaag wilde hij kijken of de nieuwe gootreiniger goed werkte, een lange stok met een soort grijper aan het uiteinde. Hij had er al weken aan gewerkt, of eigenlijk, niet echt aan gewerkt, en nog steeds was het niet helemaal klaar. Dat kreeg je van al dat tintelen, het maakte dat je de hele dag in je gele fauteuil wilde tv-kijken. Gelukkig vond de koning het niet erg dat Homan steeds een geurige wolk om zich heen had hangen, de koning had het te druk met gasten begroeten die in slanke auto's kwamen voorrijden. Dan gingen ze allemaal naar een ruimte met bamboe op de vloer waar de koning met een stok op een cimbaal sloeg en iedereen op de knieën ging zitten om te ademen. De koningin had het druk met de administratie, en alle anderen waren weg. De boerderij was ook weg. De koning en de koningin waren verhuisd naar een plek nog noordelijker van de stad, en omdat Homan goed kon werken, hadden ze hem meegenomen. Het maakte niet uit dat hij op de boerderij op het land had gewerkt. Hier, in een groot houten huis in de bergen, omringd door eiken en sparren, met matten op de vloer en beelden van een kale, dikke man in de slaapkamers, waar gasten kwamen en gingen, onder wie acteurs die hij herkende van tv, was hij meer een soort klusjesman. Dat vond hij prima. Hij werkte zes dagen per week en mocht in ruil daarvoor wonen in een huisje op het erf, zo veel rijst en groenten eten als hij maar wilde, en geen gedoe over het tintelen. De planten daarvoor teelde hij in zijn tuintje. Dit is het goede leven, dacht hij, als hij al dacht. Maar meestal dacht hij niet veel.

Daardoor had hij deze morgen bijna de kerstlichtjes genegeerd die aan het plafond hingen te knipperen. Die lichtjes had hij daar bevestigd toen ze pas hierin waren getrokken. Omdat hij had gemerkt dat hij erg op zijn privacy was gesteld, had hij gerotzooid met een belknop totdat hij daarmee die lichtjes kon laten aangaan. Die bleven knipperen totdat ze zijn aandacht trokken. Toen hij zijn uitvinding aan de koning en de koningin had laten zien, hadden ze bewonderend gelachen. Dus had Homan in het grote huis ook lichtjes gehangen, voor wanneer de gasten stilte moesten betrachten. De eerste keer dat ze de 'bel' zagen knipperen, schrokken ze altijd een beetje, maar wanneer ze naar hem keken terwijl hij rustig de vloer boende of buiten aan het werk was, zag hij een uitdrukking van respect op hun gezicht.

Hij stond op van de slaapmat en schoof het gordijn voor het raam een beetje opzij.

Voor de deur stonden de koning en een jonge vrouw. Ze zag eruit als de meeste vrouwelijke gasten, met haar haren vastgebonden met een sjaaltje, een flodderbroek met wijde pijpen die een beetje bewogen in de wind, en een flodderige blouse. Maar ze was jonger, en over haar schouders had ze een bruine omslagdoek gedrapeerd.

Het was niet de gewoonte van de koning iemand naar Homans huis te brengen, en toen Homan het gordijn losliet, herinnerde hij zich dat hij de vorige week een paar mensen na afloop van hun verblijf nog had zien rondhangen. Ze hadden gewezen naar de kerstlichtjes, en later met de koning en de koningin in het kantoortje gepraat. Misschien wilde de koning meer mensen inhuren en zou Omslagdoek hier komen werken. Homan vroeg zich af of ze dan naast hem zou slapen, zoals Witte Vlinder had gedaan totdat er op een dag kennissen van haar waren gekomen die haar hadden meegenomen. Na Witte Vlinder had Paars Haar een paar maanden naast hem gelegen, maar dat was al een hele poos geleden, en sindsdien had hij alleen geslapen. En het was ook al heel lang geleden dat hij collega's had gehad. In tijden had hij niet aan zulke dingen gedacht, en hij wilde er nu ook niet aan beginnen.

In verwarring gebracht opende hij de deur.

Omslagdoek lachte stralend naar Homan, en haar hand kwam onder de bruine stof vandaan. Pas toen Homan zijn eigen hand uitstak om de hare te schudden merkte hij dat er iets niet klopte: haar hand zat vast aan haar elleboog.

Met zijn hand nog uitgestoken verstarde hij.

Toen maakte de koning het gebaar van een auto besturen, het teken dat er een ritje naar de stad zou worden gemaakt. En hij trok zijn wenkbrauwen op alsof hij wilde vragen of dat oké was.

Homan was nog steeds een beetje van slag. Het was lang geleden dat hij zijn bed met een vrouw had gedeeld, en nog langer geleden dat hij iemand was tegengekomen die zo heel anders was. Terwijl hij naar Omslagdoek keek, moest hij aan de Valstrik denken, voor het eerst in... Hij wilde de jaren niet eens tellen.

Terwijl de koning op de auto wees, kwam de koningin uit het grote huis. Achter haar kon Homan de ruimte met bamboe op de vloer zien, waar de dame die de oefeningen leidde de gasten allerlei dingen liet doen. Wat zou er zo belangrijk zijn dat hij naar de stad moest, met Omslagdoek nog wel? Hij keek achterom zijn huisje in. Hij zou de deur kunnen sluiten en een tintelsigaret opsteken. Maar dat deed hij niet, omdat iedereen zo vol verwachting naar hem keek.

Jarenlang hadden ze hem goed behandeld.

Op zijn hoede stapte hij naar buiten.

Hij kende de weg naar de stad. Een paar keer per jaar was hij meegereden omdat ze hem nodig hadden om alle voorraden in te laden. Op een keer was hij zelf achter het stuur gaan zitten en had zich herinnerd hoeveel lol hij met Sam had gehad, wanneer hij reed en ze kauwgumbellen bliezen, en Sam hem aantikte met de stok om zijn aandacht te trekken. Maar de koning had geglimlacht alsof hij had willen zeggen: goeie grap. En Homan reed liever mee in een tintelroes. Dus was hij meegegaan als passagier naar de heuvelachtige stad, en elke keer was het hem opgevallen dat de wereld veranderde. Er waren meer huizen, meer winkels, meer rijbanen, meer verkeer. Hoe dichter ze bij de stad kwamen, hoe meer veranderingen er waren. Er stonden nieuwe restaurants, waarvan er veel een soort goudkleurige bogen hadden, en een speelplaats voor kinderen en een clown die naar de langskomende auto's zwaaide. En er waren grote reclameborden, bijvoorbeeld van een jongen die op een fietsje voor de maan langs reed, of van een blondine die met een pruilmondje een microfoon vasthield, en er waren enorme televisieschermen waarop alleen maar gele letters te zien waren. Elke keer weer raakte hij door al die veranderingen van slag. De wereld draaide maar door, en hij draaide niet mee. Terwijl het overal drukker werd, laaide dat nare gevoel dat hij niet kon benoemen weer in hem op. En wanneer hij dan thuiskwam, rolde hij een heel dikke tintelsigaret. Op een gegeven moment wilde hij helemaal niet meer van huis.

Op deze dag was het allemaal nog ongemakkelijker omdat Omslagdoek naast hem zat op de achterbank. De koningin draaide zich steeds om om met haar te praten, maar Omslagdoek knikte alleen of schudde haar hoofd, en dan lachte ze verlegen naar Homan. Het leek wel of ze hem niet wilde krenken door te spreken, maar dat vond hij van zichzelf eigenlijk een heel domme gedachte. Goed, net als de anderen in de Valstrik was ze anders, maar niemand daar was ooit zo beleefd geweest.

Of toch wel... Mooi Meisje was meer dan beleefd geweest, zij was...

Nee, hij moest niet meer aan haar denken. Daar had hij niets aan.

Het leek langer dan anders te duren voordat ze de stad bereikten, en hoewel hij het niet wilde, zetten zijn herinneringen aan de bewoners van de Valstrik hem aan het denken. Voor het eerst in jaren drong het tot hem door dat hij veel mensen was kwijtgeraakt om wie hij veel had gegeven. Blue, de McClintocks en zijn moeder. Ukkie en Draaitol. Sam. Witte Vlinder. Geen van hen had de leegte veroorzaakt die hij voelde sinds het verlies van Mooi Meisje en Kleintje, maar hij treurde om allemaal. Hij bedacht dat hij ooit de wereld had beschouwd als een enorm grote tekening, maar dat leek hem nu heel stom. Het leven had geen doel of reden. Kijk maar naar hem. Hoezeer hij zich ook om iemand bekommerde, toch was Blue omgekomen door een kogel uit het geweer van meneer Landis, werd Mooi Meisje opgepakt door de politie en was Sam verdwenen achter een dichte deur, en werden die hoofdstukken van zijn leven afgesloten. Wat was van dat alles de diepere betekenis? Iedereen was de baas over zijn eigen tekening. Punt. Maar toen de auto de rode brug op reed en Homan zich herinnerde dat hij vele jaren geleden in het zilte water had gestaan, ging hij zich toch afvragen of hij werkelijk de baas over zijn eigen tekening was.

In de stad kropen ze verder door straten met te veel auto's en fietsen, en op het trottoir te veel jongeren, straatverkopers en bedelaars. Plotseling boog Omslagdoek zich naar voren en wees naar een parkeerterrein. De koning reed erheen en parkeerde de auto achter een laag gebouw. De koning, de koningin en Omslagdoek openden hun portier, en Homan volgde hun voorbeeld. Hij stapte uit en keek naar de anderen, die een gesprek voerden. Omslagdoek leek zich hier op haar gemak te voelen. Waar waren ze in 's hemelsnaam? Hij keek om zich heen en zag langs het gebouw een lange, hellende oprijbaan, waarover een blinde man met een hond liep. Homan richtte zijn blik op Omslagdoek. Die glimlachte en liep naar de helling toe, en toen de blinde en de hond door een zijdeur naar binnen gingen, gebaarde ze dat zij dat ook gingen doen. Ze was zeker niet goed wijs. Door die deur gaan? En dan jarenlang opgesloten zitten?

Hij sloeg zijn armen over elkaar en keek haar strak aan.

Uiteindelijk, nadat ze hem met vleien niet naar binnen hadden gekregen, stapte een jonge man naar buiten. Hij had geen hond bij zich, of iets wat eruitzag als een wapen. Eigenlijk zag hij er een beetje uit als zo'n zanger op tv, lang en mager, met zwarte kleren aan en zijn haar geknipt zoals bij sommige indianen, met een rechtopstaande pluk. Omslagdoek zwaaide naar Indianenpluk, en die zwaaide terug. Vreemd genoeg gebruikte hij zijn mond niet. Hij kwam naar hen toe, en op deze afstand gingen horenden altijd meteen kakelen. Zou het kunnen dat...

Toen bleef Indianenpluk vlak voor Homan staan en keek hem vriendelijk aan. Homan keek achterom, naar de koning en de koningin, en de koningin lachte hem toe en de koning fronste zijn wenkbrauwen. Het was allemaal erg verwarrend, vooral toen ze gebaarden dat hij zich moest terugdraaien naar Indianenpluk. Die begon te gebaren op een manier die sterk leek op die van hemzelf, met gebogen ellebogen, over elkaar wrijvende vingers, uitgestoken handen met de palm naar buiten, de duim op je borst, hangende schouders en draaiend hoofd. Het was opwindend al die bekende gebaren te zien, totdat het tot hem doordrong dat ze niets betekenden. Dit waren de gebaren die de beambte in de Valstrik op hem had geprobeerd. Gebaren zonder betekenis.

Homan keek naar Omslagdoek. Die keek ook naar hem, met in haar ogen een blik die hij niet begreep. Vervolgens keek hij weer naar Indianenpluk, en die liet zijn handen zakken.

Afwachtend liet Homan zijn blik van de een naar de ander gaan.

En toen deed hij iets wat hij niet meer met anderen had gedaan sinds hij Mooi Meisje was kwijtgeraakt. Hij gebaarde een hele zin: *Ik snap niks van jou.*

Niet op zijn gemak wisselde Indianenpluk een blik met Omslagdoek. Vervolgens keek hij Homan weer aan en maakte nog meer van die betekenisloze gebaren.

Hield hij Homan soms voor de gek? Iedereen leek ergens op te wachten, maar waarop?

Waarom hou je me voor de gek? gebaarde Homan.

Indianenpluk ging weer druk gebaren.

Ik ben niet gek, gebaarde Homan.

Hij vluchtte naar de auto, ging op de achterbank zitten en sloeg het portier met een klap dicht. Omslagdoek durfde wel, om hem zo voor het blok te zetten! En de koning en de koningin speelden met haar onder één hoedje! Hij hoopte dat ze er spijt van hadden dat ze hem zo voor gek hadden laten staan. Hij hoopte dat ze zouden wegrijden en dat hij Omslagdoek nooit meer hoefde te zien. Met over elkaar geslagen armen keek hij woedend voor zich uit. Pas na een hele tijd wierp hij een tersluikse blik op het groepje van vier dat daar maar met een bedrukte uitdrukking op het gezicht bleef staan. Waarom zouden zij zich nou ellendig voelen? Geleund tegen het portier drukte hij zijn wang tegen het raampje. Terwijl hij ontzettend naar een tintelsigaret verlangde, tikte hij in een rustgevend tempo op het glas.

En daardoor ontging hem de laatste ontwikkeling. Want terwijl de koning en de koningin wegliepen van Omslagdoek en Indianenpluk, keek een jonge man die binnen achter een bureau aan het werk was toevallig even naar buiten. En daar zag hij in een auto een bekend gezicht van iemand die om zichzelf te troosten zijn wang tegen het glas van het raampje drukte. Met een ruk draaide de jonge man zich om en rolde zo snel hij kon door de gang, en hij moest remmen toen zijn collega's naar binnen kwamen.

Die nacht werd Homan overvallen door een droom.

Het begon in een ellendig, verlaten oord. Het terrein helde naar beneden en was bedekt met rossigbruin zand en dorre begroeiing zoals in een woestijn, en het was geen dag en geen nacht. In zijn hand hield hij een fles wijn. Toen verscheen er in de verte een gestalte die langzaam naderde. Homan, die niet van wijn hield, besloot de fles als een geschenk aan te bieden. En toen drong het tot hem door dat het de blinde was die hij bij dat gebouw had gezien. Homan klapte in zijn handen om de man duidelijk te maken dat hij hier was. De man keek naar Homan en maakte gebaren, gebaren met betekenis: *Je hebt het einde nog niet bereikt, er is nog een lange weg te gaan.*

Opeens was Homan omringd door mensen die hij had gekend, mensen die 'anders' waren. Ukkie en Draaitol, en Man-Als-Boom. Sam was er. En de McClintocks. En daar was Blue. Blue! Blue rende op Homan af, met een gezicht dat straalde van broederliefde. Hij kwam heel dichtbij en sprak opgewonden met snelle gebaren: *Wat heb je allemaal gedaan, broertje? Vertel me wat je hebt gezien in de grote buitenwereld!*

Ik mis je heel erg, gebaarde Homan, en hij voelde zijn gezicht nat worden van tranen.

Ik jou ook. Maar ik kan hier alleen zijn door jou. Jij moet het voor ons samen doen... Blue maakte een gebaar dat de anderen omvatte. *Voor ons allemaal.*

Wat moet ik dan doen?

Winnen.

Hoe bedoel je?

Je weet best wat winnen is.

Nee! Vertel het me!

Blue kwam zo dichtbij dat alleen zijn gezicht nog te zien was. Hij gebaarde: *Zorg dat niets of niemand je kapotmaakt. Zelfs jijzelf niet.*

Met een schok werd Homan wakker. Hij bevond zich in zijn huisje, in zijn bed. Maar hij haalde hijgend adem, en hij plakte van het zweet. Het was heerlijk al zijn verloren vrienden weer te zien. En toch was door Blues woorden dat naamloze gevoel in hem opgelaaid. Stokstijf bleef hij liggen, en hij deed zijn best van dat akelige gevoel af te komen. Hij had een dak boven zijn hoofd, eten in zijn buik en geld in zijn stoel. Hij had werkgevers die aardig en beleefd waren, ook na die rampzalige tocht de afgelopen dag. Hij volgde zijn eigen werkschema, teelde zo veel tintelkruid als hij maar wilde en kon hier weggaan wanneer hij maar wilde. Waarom kreeg hij dan van Blue dat naamloze gevoel?

Ineens schoot hem te binnen dat er twee gezichten waren die hij níét had gezien.

Hij bracht zijn handen naar zijn keel. 'Ve...' zei hij, en hij herinnerde zich haar handen in zijn hals, die dag in het maïsveld. 'Ve-er.' Hij voelde het trillen, dus wist hij dat hij geluid maakte. Maar hij leefde al twintig jaar in vergetelheid, en hij had het gevoel dat hij een verdwenen droom probeerde terug te halen.

Nadat hij zijn handen had laten zakken begreep hij eindelijk wat het naamloze gevoel was. Hij was niet degene geworden die hij zo vastberaden had nagestreefd. Hij was niet geworden wat zij had verwacht dat hij zou zijn. Al jarenlang had hij niet eens meer geprobeerd zijn eigen tekening te maken. Hij had gefaald. De naam van het gevoel was: schaamte.

Toen de morgen aanbrak, had hij een ontzettend slecht humeur. Gauw stond hij op. Hij sloeg de tintelsigaret over en zette de tv niet aan. Hij trok zijn kleren aan, gooide aan de wastafel water in zijn gezicht en schoor zich haastig, hoewel niet zo gehaast dat hij geen tijd had om in de spiegel naar zijn gezicht te kijken.

Er zat grijs tussen zijn zwarte haren, en rond zijn ogen en mond waren rimpeltjes verschenen. Hij was nog slank, ook op zijn achtenvijftigste. Hij was veel meer jaren op deze wereld dan Blue vergund waren geweest. Maar wat had Homan met die extra jaren bereikt? Goed, hij had een dak boven zijn hoofd. Maar hij kon niet lezen, begreep niets van geld, kon anderen niet verstaan en zichzelf niet verstaanbaar maken. Hij vond dat hij er oud uitzag, maar het was niet zijn leeftijd wat hij zag. Het was al die tijd die voorbij was gegaan zonder dat hij dichter bij Mooi Meisje was gekomen dan toen hij door de rivier werd meegesleurd.

Hij trok zijn jas aan. Het moest afgelopen zijn met dingen beginnen en niet afmaken.

Die dag werkte hij met hernieuwde kracht. Niet dat hij de vloeren schoner wilde hebben, hij had gewoon genoeg van zichzelf, hij wilde alles beter en sneller doen. Hard werken deed hem bijna zo veel goed als tegen een boom schoppen.

Veel eerder dan anders was hij klaar met de klusjes binnenshuis, en hij ging zonder pauze buiten verder. Hij veegde de paden ruwer dan anders. Hij trok ferwoeder het onkruid uit. Vervolgens haalde hij de dakgootreiniger uit de schuur. Het kwam in hem op dat de grijper eraf kon schieten als hij te krachtig te werk zou gaan, maar wat dan nog? In dat geval zou hij de ladder op moeten klimmen en de goot met zijn handen schoonmaken. Misschien zou hij van het dak vallen. Misschien was het maar goed als hij van het dak zou vallen.

Op de patio buiten de eetzaal tilde hij zijn uitvinding ruw op. Het geheel bestond uit een stok die als een scheepskijker steeds langer kon worden uitgetrokken, en hij schoof hem ver genoeg uit om bij de dakgoot te kunnen. Als een toverstaf hield hij hem vast, maakte toen de onderkant los en stak zijn vingers door de ringetjes waarmee hij de grijper kon bedienen.

Zo woedend was hij dat hij niet merkte dat de kerstlichtjes in de eetzaal aan en uit knipperden. Hij concentreerde zich ook te zeer op zijn vingers, die hij op en neer moest bewegen om de eikenbladeren bij elkaar te schrapen, weg te halen uit de dakgoot en op de grond te laten vallen.

De uitvinding werkte. Maar daar beleefde hij geen plezier aan, en bovendien ging het niet perfect. De eerste keer kreeg hij er slechts drie blaadjes mee te pakken. Toch lag het niet aan het ding zelf, het lag aan hem, hij moest beter worden met zijn hand.

Hij haalde diep adem en maakte serieus werk van het leren bedienen van zijn uitvinding. Vingers omhoog, maar rustiger, dacht hij. Iets schuiner. Nu vingers krommen. Zo, dat voelt als een berg blaadjes, dacht hij. Misschien gaat het toch nog echt goed lukken. Misschien ben je toch niet zo'n stakker als je denkt. Kijk, dat is nog eens een hoop bladeren! Het lijkt wel of je bezig bent met een hoogwerker! Open die grijper... Kijk eens wat een regen van bladeren!

Hij keek naar de bladeren die op de grond tuimelden.

Zou het...

Nee. Hij beeldde zich vast in dat er achter de bladerenregen een donkerharige man glimlachend in zijn gele stoel zat. Hij had het zeker zo gehad met zichzelf dat hij droomde terwijl hij klaarwakker was.

De regen van bladeren hield op.

Het lachende gezicht was er nog.

Het leek een eeuwigheid te duren voordat hij zijn vingers uit die ringen kreeg. Maar het duurde net zo kort als de tijd die Sam nodig had om naar voren te rollen.

Homan kon niet raden dat er nog meer zou zijn. Sam was er, en hij had twee repen bij zich, de repen die Homan het lekkerst vond, met de blauwe en zilverkleurige verpakking. Dat leek ruim voldoende. Zeker, het zou fijn zijn om na al die jaren te begrijpen waarom die man de deur voor Homans neus had dichtgeslagen. En het zou ook fijn zijn te weten hoe het Sam in al die jaren was vergaan, en hoe hij erachter was gekomen dat Homan hier was. Maar het was al ongelooflijk genoeg om Sam te zien, en ook onbeschrijflijk om voor hen allebei een reep uit de verpakking te halen. Homan lachte en Sam lachte, en toen Homan de uitgepakte reep tussen de duim en wijsvinger van zijn vriend stak, kwamen er allerlei herinneringen naar boven, aan de nachten onder de sterren, aan Sam leren hoe je een vuur moest aanleggen, aan Sam die tijdschriften vol blote meiden kocht, aan samen naar een plastic tas kijken die omhoog zweefde, de vrijheid tegemoet.

Hoe heeft hij me gevonden? dacht Homan. Hoe is hij hier gekomen? Maar och, wat deed dat ertoe? Hij wás er...

Sam bracht de reep naar zijn mond en beet er een stukje af. Homan nam een heel grote hap en kauwde er met gesloten ogen op. De reep was net zo lekker als hij zich herinnerde, en Sam was nog steeds Sam.

Homan slikte de hap door en deed zijn ogen weer open.

Sam was nog niet klaar met zijn reep. Hij hield zijn blik gericht op iets achter Homan.

Homan keek achterom.

Daar stond Indianenpluk. De koning en de koningin waren er ook, en nog een meisje met een gele jurk aan.

Met een ruk draaide Homan zijn hoofd terug naar Sam. Die keek hem vriendelijk aan, maar ondertussen zei hij iets tegen de mensen achter Homan. Vervolgens kwamen Indianenpluk en het meisje naast Sam staan.

Homan keek ze beurtelings aan, en het gevoel van incorrectie schoot door hem heen als de sterkste tinteling, door zijn longen, brandend in zijn borst. Hij had het wel willen wegslikken, hij had wel willen vluchten. Maar Sam is hier, dacht hij, en Sam is bevriend met die lui – dat moet wel, want hoe anders zou Sam kunnen weten dat ik hier ben?

Sam stak de reep omhoog. En toen deed hij verrassend genoeg iets wat hij heel vaak had gedaan toen ze onderweg waren geweest. Hij gebaarde tegen Homan: *Laat me je gebaar zien.*

Sam kende Homans gebaar voor een reep, tenzij hij dat was vergeten. Och, uiteraard was hij dat vergeten. Ze hadden elkaar immers heel lang niet gezien. Maar wat hadden Indianenpluk en Gele Jurk ermee te maken? En waarom waren de koning en de koningin erbij? Homan was toch zeker geen kermisattractie?

Laat me je gebaar zien.

Homan herinnerde zich dat ze samen veel lol hadden gehad. Wat Sam ook had gewild, Homan had ervoor gezorgd dat het gebeurde, ook al was het er uiteindelijk op uitgelopen dat hij snikkend in elkaar was gezakt bij dat benzinestation. Maar Sam had niet gewild dat die man de deur voor Homans neus dichtsloeg. Sam zou Homan hebben uitgenodigd binnen te komen, of, als hij dat had gekund, naar het busje zijn gerold en bij Homan zijn gebleven. Op die verschrikkelijke dag had Sam geen keus gehad.

Maar op dit moment wel.

Ook al snapte Homan er helemaal niets van, voelde hij zich duizelig en klam terwijl hij vanbinnen in brand leek te staan, en had hij een verschrikkelijk eenzaam gevoel, toch had hij een keus tussen wantrouwen en vertrouwen.

Hij drukte zijn vingers tegen elkaar in de vorm van een snavel, bracht ze naar zijn lippen en smakte.

En toen deed Sam iets heel merkwaardigs. Hij keek Indianenpluk aan en gebaarde: *Laat me jouw gebaar zien.*

Indianenpluk legde zijn wijsvinger bij een mondhoek en tilde die een beetje op, alsof hij glimlachte.

De adem stokte Homan in de keel. Hij richtte zijn blik weer op Sam.

Sam keek op naar Indianenpluk en wees met een vragende uitdrukking op zijn gezicht naar de reep.

Indianenpluk knikte.

Toen draaide Indianenpluk zich om naar Homan. Hij pakte Sams reep en beet er lachend een stukje af. Terwijl hij kauwde, stak hij net zoals Homan had gedaan zijn hand op, raakte met tot een soort snavel gevormde vingers zijn lippen aan, deed overdreven alsof hij kauwde en likte zijn lippen af.

Homan keek naar het restje van de reep in zijn hand, en ineens drong er met een schok iets tot hem door.

Indianenpluk bedoelde hetzelfde, maar gebruikte net iets andere gebaren...

Het gevoel van incorrectie verdween. Natuurlijk! Horenden spraken verschillende talen, zoals Engels of Chinees, en doven gebaarden op verschillende manieren. Indianenpluk had hem niet voor gek gezet. Zijn gebaren waren gewoon anders!

Homan legde zijn vinger tegen zijn mondhoek en trok die net zoals Indianenpluk had gedaan een beetje op.

Toen draaide hij zich met een ruk om, wees naar een boom en gebaarde: *Boom.*

Indianenpluk maakte van zijn arm een boom. De onderarm was de stam, zijn vingers de takken, en zijn andere arm werd de grond. Hij draaide zijn pols en bewoog zijn vingers vlak bij zijn gezicht, als bladeren in de wind.

Homan kon zich niet langer inhouden. Hij maakte de gebaren voor *lucht*, *huis*, *berg*, en Indianenpluk antwoordde met zijn gebaren.

Die middag, terwijl de zon steeds verder langs de hemel schoof, bleef Homan maar doorgaan. Eindelijk begreep hij het. Hij stond niet alleen, hij was geen mislukkeling. Hij was iemand die de koning en de koningin kon laten stralen. Hij was iemand die zijn beste vriend van blijdschap kon laten huilen. Hij was een man die Indianenpluk zijn handen kon laten fladderen in een applaus dat iedereen kon zien.

Een biecht

Kate

1993

'Kate, heb je even?'

Kate had net een muntje opgegooid, en haar linkerhand lag op haar rechterpols om het resultaat te bedekken. Ze keek op, weg van het dambord dat ze tussen meneer Todd en meneer Eskridge had neergezet, die altijd wilden dat er met een muntje werd besloten wie het eerste potje met zwart en wie met wit zou spelen, en naar de in het licht badende serre. Daar ontmoette ze de blik van Tawana, een van de jonge assistentes die hier in het verzorgingshuis van Westbrook werkten.

'Wat is er?'

'Sorry dat ik stoor, maar er is iemand voor je.'

Meneer Todd en meneer Eskridge keken Tawana aan.

'Een man of een vrouw?' vroeg meneer Todd. Hij droeg een sportief jasje en knauwde als een echte Texaan.

'Een man,' antwoordde Tawana. 'Eigenlijk...'

'Scott zeker.' Hoewel meneer Eskridge al heel lang met pensioen was, droeg hij nog steeds een witte jas.

'Scott komt nooit zomaar langs,' reageerde meneer Todd. 'Misschien je zoon, als verrassing.'

'Nee, die is het ook niet,' zei Tawana. 'Deze man heeft een mooi pak aan. Hij zegt dat hij Ken heet en dat hij je van vroeger kent. Althans, dat zei Geraldine tegen me.' Geraldine was de receptioniste. Samen met Irwin, de beveiliger, bemande ze de balie. Irwins werk bestond er voornamelijk uit dat hij bezoekende kleinkinderen begroette. 'Geraldine vroeg me je dat te komen vertellen.'

'Ken? Ik kan me geen Ken voor de geest halen... Hoe ziet hij eruit?'

'Als een bonenstaak. Oud.'

'Heeft Geraldine hem niet verteld dat ik aan het werk ben?'

'Hij zei dat hij wel zou wachten.'

Kate richtte haar blik weer op het dambord. Ze moest de schijven nog neerleggen, en het muntje hield ze nog bedekt met haar hand.

In de tien jaar dat Kate hier werkte was niemand haar ooit komen opzoeken. Een poosje had ze dat kunnen wijten aan het feit dat ze Scotts collega's bij Indianapolis Tech nog moest leren kennen, maar eenmaal helemaal gewend besefte ze dat haar vrienden en kennissen wel beter wisten dan onverwacht langs te komen. Kate werkte met dementerenden. Het ene moment kon ze meneer Flint troosten omdat diens zoon hem net had 'verbeterd' dat mevrouw Flint geen boodschappen aan het doen was, maar al tweeëntwintig jaar dood was. Het andere moment kon ze juffrouw Sunder helpen haar panty's en een mooie jurk aan te trekken, want juffrouw Sunder zag er nog graag op haar best uit.

Dat wilde niet zeggen dat er geen bezoek móócht komen. Dit was de School niet, hier kon iedereen vrijelijk naar binnen. En er was nog iets heel anders dan in de School: de bewoners werden met respect behandeld. Eerst had Kate de instellingen voortdurend met elkaar vergeleken, maar uiteindelijk was ze daarmee opgehouden. De School bestond niet meer, en ze was al negen jaar niet meer in Pennsylvania geweest. Als ze geen kerstkaarten met Lynnie had uitgewisseld, zou ze zelfs geen gedachte meer aan de School hebben vuilgemaakt.

'Ga maar,' zei meneer Todd, en hij gaf haar een zacht duwtje.

'Maar laat eerst even zien of het kop of munt is,' zei meneer Eskridge.

Ze keek naar haar pols en haalde haar linkerhand van het muntje. 'Kop,' zei ze.

‘Dan mag ik kiezen,’ reageerde meneer Eskridge. ‘Zwart.’

‘Alsof dat wat uitmaakt,’ zei meneer Todd.

Kate stond op en zei: ‘Ik ben zo terug.’

‘Neem je tijd,’ zei meneer Eskridge terwijl hij de schijven op hun plek legde. ‘Hier is alles piekfijn in orde.’ Hij glimlachte. ‘En ik heb lekker zwart.’

‘Hij zit in de lobby,’ zei Tawana.

Kate haastte zich weg, en bij de deur van de serre hoorde ze meneer Todd nog zeggen: ‘Ik heb dan misschien niet gewonnen met kop of munt, maar dat wil niet zeggen dat ik dit potje ga verliezen.’

Toen Kate de lobby in kwam, zag ze de bezoeker eerst niet. Pas toen ze voorbij het zitje liep, merkte ze bij de voordeur een lange man op die met zijn rug naar de balie stond. Hij leek naar de fontein buiten te kijken. Het was een heldere dag met een stralend blauwe lucht, en Kate zag hem als een scherp afgetekend silhouet: een kale man die zijn handen voor zich gevouwen hield.

Even keek Kate achterom naar Geraldine en Irwin achter de balie. Geraldine haalde haar schouders op.

Kate liep maar verder totdat ze in zijn gezichtsveld stond.

Een man met een baard keek op haar neer. Even dacht ze de blik in de ogen achter de brillenglazen te herkennen, en vervolgens liet hij alle formaliteiten varen.

‘Kate?’ vroeg hij. Hij had een zachte stem die toch ruw klonk.

Aandachtig keek ze naar zijn mond en wangen, op zoek naar iets wat zou verklaren waarom hij naar haar op zoek was. Toen keek ze naar zijn handen. Hij had slanke vingers, en om een daarvan zat een trouwring. Zijn pak was niet duur, maar wel goed onderhouden, en zijn eenvoudige schoenen waren glanzend gepoetst.

‘Je heet tegenwoordig Kate Catanese, hè?’ ging hij verder.

‘Wie bent u?’

Hij beet op zijn lip. ‘Vroeger kende je me onder de naam Clarence.’

Meteen voelde ze haar keel dichtknijpen van woede, en ze keek nog eens goed. Als ze zijn baard en die bril wegdacht, en de schade die de tijd had aangericht niet in aanmerking nam, kon ze de begeleider met het sikje weer zien die Lynnie die nacht had teruggebracht. 'Wat doe jij hier?' vroeg ze.

'Ik begrijp dat het merkwaardig lijkt dat ik heel ergens anders ineens opduik...'

'De School is dicht, Clarence. Ik weet niet wat je van me wilt, maar ik heb niks meer met die instelling te maken.'

Het viel haar op dat Geraldine en Irwin naar haar keken, en toen pas drong het tot haar door dat ze met stemverheffing had gesproken.

'Ik wil niks van je.'

'Waarom ben je dan hier? We zijn nooit bevriend geweest. We gingen niet eens met elkaar om. En dat wil ik graag zo houden.'

'Ik begrijp dat het...'

'Het is bizar. En verdacht.'

'En vast nog veel meer. Maar er is een reden waarom ik hier ben.'

'En waar is je maat?'

'De Paffer? Het laatste adres dat ik van hem heb is ergens bij Harrisburg.'

'Weet hij dat je hier bent?'

'Ik woon in Baltimore. Ik leid een heel ander leven. We hebben elkaar in geen jaren gesproken.'

'En mij ook niet. En toch kom je zomaar ineens langs...'

'Als ik vooraf contact me je had gezocht, zou je hebben geweigerd met me te praten.'

'Dus kom je me maar op het werk overvallen.'

Hij wierp een blik op de balie. Irwin was gaan staan. 'Kunnen we elkaar ergens onder vier ogen spreken?'

'Waarom zou ik dat willen?'

Hij keek naar de grond en zei: 'Omdat jij het belang van een biecht begrijpt.'

Ze gaapte hem aan, en keek vervolgens naar de balie. 'We gaan even naar buiten.'

'Oké,' zei Kate, die op de rand van de fontein was gaan zitten. 'Zo snel mogelijk graag.'

Toen hij naast haar plaatsnam zag ze wel goed dat hij het was, maar als ze hem onverwachts op straat zou zijn tegengekomen, zou dat niet het geval zijn geweest. Even moest ze denken aan de bejaarden met wie ze nu werkte. Sommigen van hen hadden ook een smoezelig verleden, zoals de man die er een maîtresse op na had gehouden, of de vrouw die haar dochter had gedwongen te trouwen met een gefortuneerd man die een neerbuigende bullebak bleek te zijn. Ooit had meneer Eskridge wraak genomen op een briljante, jonge collega door de doorslaggevende stem uit te brengen hem geen vaste aanstelling te verlenen. Kate had hun die fouten uit het verleden vergeven. Ze hadden het tegenwoordig al moeilijk genoeg. En trouwens, wie was zij om de eerste steen te werpen? Jarenlang had ze haar ex alle kwaad toegewenst.

Clarence had een reis van honderden kilometers gemaakt om haar te zeggen wat hij te zeggen had. Ze hoefde hem niet in de armen te vallen, maar ze kon op zijn minst naar hem luisteren.

Hij staarde in het water van de fontein. Hoewel het een warme oktoberdag was, kon Kate de zon niet op zich voelen.

'Ik heb erover nagedacht waar ik het best kan beginnen,' zei hij terwijl hij zijn handen afveegde aan zijn broek, waardoor er vochtige plekken achterbleven. Vervolgens draaide hij zich naar haar toe. 'Ik begin maar met te zeggen dat ik het zou begrijpen als je wegloopt terwijl ik aan het praten ben. Daar zou je alleen maar gelijk in hebben. Ik heb toen dingen gedaan die ik nu bijna niet meer kan geloven.'

Nadat hij diep adem had gehaald, begon hij met horten en stoten te vertellen. Hij was een rotjoch geweest. Hij had de pest aan school gehad en was van school gegaan om met zijn vrienden te kunnen rondhangen. Hij had een beetje geld verdiend met het bevestigen van hekwerk of grasmaaien, maar aan een carrière had hij nooit gedacht. Voor hem was het belangrijkste tot diep in de nacht door te kunnen zakken. De tijd verstreek, de andere jongens maakten hun vriendin zwanger en moesten op zoek naar een baan of in het leger. Uiteindelijk waren alleen de Paffer en hij nog overgebleven. Hij had nooit veel aandacht aan de Paffer besteed. De Paffer woonde op de School en kwam niet regelmatig. Ook zei hij niet veel. Hij had iets zuurs over zich. Maar toch, hij had altijd erg zijn best gedaan zijn slechte humeur met whisky weg te drinken, en dat beviel Clarence wel. Later, toen Clarence negentien was, hadden zijn ouders gezegd dat ze het wel met hem hadden gehad. Wat moest hij nu? Hij had nergens aanleg voor, hij was nergens in geïnteresseerd, maar hij moest wel een dak boven zijn hoofd hebben en lol kunnen trappen. Het kwam erop neer dat hij maar in een fabriek moest gaan werken, of vrachtwagenchauffeur worden, en hij had dan ook bijna bij een transportbedrijf gesolliciteerd. Maar de avond voor dat gesprek had hij met de Paffer aan de toog gehangen van een café vlak bij de School, en toen had de Paffer gezegd dat Clarence wel in de School kon werken. Hij zou daar kost en inwoning krijgen, het werk werd beter betaald dan de meeste baantjes, en ze zouden samen veel lol hebben. Clarence had het niet zo zien zitten om te werken met, zoals de Paffer zei, een stelletje halvegaren. Maar de Paffer had ook gezegd dat er niks aan was, zolang je maar liet merken wie de baas was, en dat was makkelijk omdat die halvegaren toch niet konden denken en ook geen gevoelens hadden. De Paffer had ook gezegd dat ze heel gehoorzaam waren, en dat je vaak om ze kon lachen. Bovendien was de broer van de Paffer daar directeur, dus zou niemand hun ook maar een strobreed in de weg durven leggen.

Een hele poos was het goed gegaan. Niemand hield hen in de gaten. Ze kwamen en gingen zoals het hun uitkwam, ze zeiden en deden wat ze maar wilden, en als ze daar zin in hadden, konden ze elke dag nieuwe regels verzinnen. Ze konden zo veel drinken als ze maar wilden, en dat deden ze dan ook. Eigenlijk hield Clarence niet zo van al dat zuipen en al die shag, maar het was fijn om bij de Paffer te zijn, die altijd alles opdronk wat Clarence liet staan. De Paffer gedroeg zich ook brutaal, en daar was Clarence best jaloers op, en de Paffer kon het personeel zodanig aanstaren dat iedereen in de stress schoot. Soms deed de Paffer dat omdat iemand hem dwars had gezeten, en soms deed hij dat zomaar, gewoon omdat het kon.

‘We deden dingen om anderen te intimideren,’ vertelde Clarence aan Kate, zijn blik op de grond gericht. ‘Dat gaf ons een prettig gevoel. Nu kan ik het bijna niet geloven, maar toen was dat zo.’

‘Mij heb je nooit bang gemaakt,’ reageerde Kate.

‘Jij bleef bij ons uit de buurt.’

Ze had hem graag willen vertellen dat ze dat inderdaad had gedaan, en ook dat wanneer ze hen iemand van het personeel had zien pesten of hen ervan verdacht een bewoner te hebben mishandeld, ze er vaak over had gedacht hen daarop aan te spreken. Maar ze had haar mond gehouden, en het was vaak voorgekomen dat ze verscheurd door wanhoop naar huis was gegaan, gefrustreerd omdat ze zo weinig kon doen als ze haar baan wilde behouden. ‘Ik was bang voor de honden van je vriend,’ zei ze.

‘Je was bepaald niet de enige.’ Weer haalde hij diep adem. ‘De Paffer spaarde mij niet. Hij noemde me een... Hij zei dat ik me gedroeg als een meid. Hij schold me uit en stuurde zijn honden op me af, en dan hield hij de lijn net strak genoeg, zodat ze zouden stikken als ze nog een centimeter dichter bij me zouden komen om hun tanden in me te zetten. Als ik dan liet merken dat ik bang was, zei hij dat hij het bewijs had en dat hij het zou rondbazuinen. Weet je, ik had geen vriendin, ik kon niet naar een vriendin wijzen en zeggen: “Zie je wel? Je hebt het fout.” Dus leerde ik te blijven staan terwijl die honden naar me hapten.’

Kate werd bevangen door een gevoel van afgrijzen. Hij ging haar toch niet vertellen... ‘Waarom vertel je me dit allemaal?’

‘Omdat…’ Hij wreef in zijn ogen en keek haar toen recht in het gezicht. ‘Omdat jij om haar gaf.’

‘Om wie?’

‘Het meisje dat wij Nee-Nee noemden.’

‘Lynnie.’

‘Ik wist niet meer hoe ze heette.’

‘Je bent hier omdat je wilt weten hoe ze heet?’ Kate stond op. ‘Nou, dan ga ik nu weg. Je hebt helemaal gelijk. Ik gaf om haar, en ik geef nog steeds om haar.’ Met een ruk draaide ze zich om en stapte bij hem weg.

‘Wacht!’

Ze bleef staan, maar draaide zich niet om.

‘Ik ben niet gekomen omdat ik haar wil zoeken. Ik wil haar leven niet nog meer verpesten dan ik al heb gedaan.’

Kate bleef waar ze was. Door het glas van de deur kon ze zien dat Irwin naar haar keek.

‘Daarom ben ik hier,’ ging Clarence gehaast verder. ‘Zij kon niet praten, dus niemand hoefde het te weten. Maar ik loop er al tijden mee rond, ik móét het vertellen.’

Kate aarzelde. Lynnie had nooit verteld wat er was gebeurd, ook niet toen ze weer had leren spreken. Ze had Kate de indruk gegeven dat het het resultaat was geweest van een brute, chaotische nacht. Een nacht waar niemand ooit iets van had begrepen.

Hoewel Kate zich naar Clarence terug draaide, ging ze niet weer zitten.

Op een dag had Luke de Paffer en Clarence naar zijn werkkamer geroepen en hun verteld dat hij zich over een paar jaar verkiesbaar wilde stellen als gouverneur of senator, vertelde Clarence. Luke had het gezegd op een toon die maar al te duidelijk maakte hoezeer de Paffer en hij van elkaar verschilden. De oudere broer had medicijnen gestudeerd, de jongere had niets van zijn leven kunnen maken. Als het allemaal ging zoals oom Luke hoopte, zou hij ervoor zorgen dat de Paffer ook een leuk baantje kreeg. ‘Uiteraard zal dat niet gemakkelijk zijn,' had Luke tussen twee halen aan zijn sigaret gezegd. 'Als je mij niet had, lag je nu vast ergens in de goot.'

Woedend was de Paffer de werkkamer uit gelopen. Ze waren naar hun verblijf gegaan en daar hadden ze urenlang zitten drinken terwijl ze van alles en nog wat bedachten om Luke te dwarsbomen. Toen ze aan de nachtdienst moesten beginnen, was de Paffer straalbezopen.

Het eerste wat ze hadden gedaan was de agressiefste mannen van het paviljoen wakker maken door tegen de metalen bedden te slaan, hen uit bed te sleuren en te vertellen dat ze een spel gingen spelen. Vervolgens hadden ze de jongemannen met stokken en knuppels bewapend en hun opgedragen zo veel mogelijk dingen kort en klein te slaan, en als ze niet meespeelden, zouden de honden hun eens wat laten zien. Dus hadden de jongemannen de ramen van het paviljoen aan diggelen geslagen, en ze hadden elkaar er ook van langs gegeven. En toen had de Paffer de voordeur opengezet en de jongens opgejut naar buiten te gaan. Ze waren de deur uit gestroomd, ze hadden gejoeld en tegen elke boom en lantaarnpaal aan geslagen die ze tegenkwamen, totdat de Paffer opeens had besloten hen in A-3 binnen te laten. Het personeel had toegekeken terwijl de Paffer, Clarence, de honden en een bende jongemannen naar binnen waren gedromd. Hun auto's waren al eens bekrast, ze durfden nu niet in te grijpen. Het lawaai moest de bewoners van A-3 hebben gewaarschuwd, want toen de bende de woonkamer in stormde, hadden veel bewoners zich al verstopt onder de bedden of in de badkamers. Het grootste deel van de jongens bleef in de woonkamer, waar ze met de meubels gooiden en reuzelol hadden, en in het rumoer had de Paffer Lynnie zien wegrennen naar een bezemkast. Hij wist dat Clarence nog een rekening met haar te vereffenen had, want ze had hem een keer in zijn hand gebeten. En ze was ook heel mooi. Dus toen de Paffer vals lachte, tegen Clarence zei dat hij de honden moest vasthouden en zelf zijn hand uitstak naar de deurknop van de bezemkast, had Clarence geen bezwaar gemaakt. Clarence had altijd weggekeken wanneer de Paffer een vrouwelijke bewoner had betast, of een debiele man had opgedragen vieze dingetjes bij de anderen te doen. Per slot van rekening moest Clarence zijn mannelijkheid bewijzen. En trouwens, wat konden hem die bewoners schelen? Dus keek hij alleen maar terwijl de Paffer de deur openrukte. Clarence ving een glimp op van het meisje, dat in de donkere ruimte achteruit was gedeinsd. Toen viel de deur dicht, en had hij haar horen krijsen: 'Nee, nee, nee!' Na een poosje hield dat op. Dat zal haar leren niet meer te bijten, dacht Clarence, terwijl het om hem heen een herrie vanjewelste was, met de blaffende honden, de gillende meisjes en de jongemannen die stoelen kapotsloegen. De chaos werd nog verhoogd toen er opeens een rat uit de badkamer kwam rennen. Dat was ook het moment waarop de Paffer uit de bezemkast kwam en zijn gulp dichtritste. Even keek hij naar de rat, toen greep hij hem en gooide het beestje naar de honden, die het verscheurden. Hij draaide zich om naar de kast en zei: 'Dat gebeurt er met jou als je dit aan iemand vertelt.'

Kate had met haar hand voor haar mond naar Clarence' verhaal geluisterd. Na een poosje liet ze die hand zakken en vroeg: 'Hoe heb je na zoiets met jezelf kunnen leven?'

Hij schudde zijn hoofd. 'Je zou het toch niet begrijpen.'

'Probeer het maar.'

'Ik maakte mezelf wijs dat ze het had verdiend.'

Er welde een misselijk gevoel in Kate op. 'Wat ben je toch een walgelijke kerel.'

'Inderdaad.' Hij knikte. 'Ik zou de drank de schuld kunnen geven, of kunnen zeggen dat het heel gewoon was dat er misbruik van de bewoners werd gemaakt. Of misschien kwam het doordat ik graag op... op mijn vriend wilde lijken.'

'Je vriend?' vroeg ze smalend.

'Ik probeer geen excuus te verzinnen. Het was verschrikkelijk.'

'Waarom heb je het toen dan niet verteld?'

'Hoe had ik dat gekund? Ik woonde daar, werkte daar, het was mijn alles. Als ik het zou hebben verteld, zou ik alles zijn kwijtgeraakt.'

‘En je had geen last van je geweten?’

‘Ik zou graag zeggen van wel. Ik zou er nu zeker last van hebben gehad, en ik zou niet meer eerst denken aan mijn baan of mijn vriend. Ik zou er nu niet meer bij betrokken willen zijn.’

‘Dus je liet het er maar bij.’

‘Een hele poos, ja.’

‘Zonder last van je geweten te hebben?’

‘Helaas.’

‘Ook niet toen ze wegliep met nummer 42?’

Met een zucht schudde hij zijn hoofd.

‘Echt niet?’ Kate gilde het bijna uit.

‘Ze liepen weg. Dat gebeurde niet vaak, maar... Nee, ik heb er verder niet over nagedacht.’

‘Nee?’

‘Toe, Kate...’

‘Waarom denk je dat ze is weggelopen?’

‘Omdat ze iemand had gevonden die haar over de muur kon helpen. Ik bedoel, waarschijnlijk was ze bang...’

‘Je denkt dat ze is weggelopen omdat ze bang was?’

‘Eh... ja.’

‘En een andere reden is er nooit bij je opgekomen?’

Met grote ogen keek hij haar aan. ‘Wat bedoel je?’

‘Waarom waren die bladzijden uit haar dossier gescheurd?’

‘Heb je in haar dossier gekeken?’

‘Natuurlijk heb ik in haar dossier gekeken! Jij hield je voor de lol niet aan de regels, maar sommigen van ons hadden een betere reden. Alle bladzijden over het weglopen en het terughalen waren verdwenen. Heb jij die eruit gehaald?’

Hij hief zijn hoofd en knikte.

‘Waarom?’

‘Als het zwart op wit zou staan dat we een bewoner waren kwijtgeraakt...’

‘Kwijtgeraakt? Je hebt Lynnie toch gevonden? Je hebt haar teruggebracht.’

‘Jawel, maar nummer 42 bleef weg.’

‘Waarom heb je dan niet zíjn dossier gepikt?’

‘Dat heb ik gedaan.’

Dat wist ze niet. Het was nooit in haar opgekomen om in zijn dossier te kijken, alleen in dat van Lynnie.

‘Je hebt zijn dossier weggenomen?’

‘Klopt.’

‘Het is toch niet te geloven... Dus er zijn geen gegevens over hem bekend? Alsof hij nooit heeft bestaan?’

‘Hoor eens, als het was uitgekomen dat we een bewoner hadden laten ontsnappen en dat die nooit is teruggevonden, had Luke nooit zijn baan kunnen houden. We wilden niet dat hij een nog hogere dunk van zichzelf zou krijgen dan hij al had, en na die chaotische nacht heeft hij zijn politieke ambities laten varen. Toen nummer 42 opeens verdween, drong het tot ons door dat ons baantje ook op de tocht stond als Luke geen directeur van de School meer zou zijn.’

‘Wat heb je gedaan met het dossier van nummer 42?’

‘Ik bewaarde het terwijl ik naar hem op zoek was.’

‘Was je naar hem op zoek?’

‘Is dat zo vreemd?’

‘Wat heb je allemaal geprobeerd om hem te vinden?’

‘In Lynnies dossier stond de naam van de oude vrouw. Ik dacht dat zij me misschien kon vertellen waar hij was, maar toen ik naar haar boerderij ging, bleek ze verdwenen te zijn. Ik dacht dat hij zich misschien verborgen hield in de stal of in het bos of zo, maar ik kon hem nergens vinden. Toen kwam ik erachter dat een joch uit het plaatsje in de buurt voor de boerderij zorgde, dus probeerde ik hem uit te horen. Het was de jongen Hansberry, van de winkel. Maar hij liet niets los.’

‘En wat deed je toen de boerderij opeens te koop stond?’

‘In die tijd was Well’s Bottom nog een klein plaatsje. Zodra Luke erachter kwam dat de oude vrouw de boerderij wilde verkopen en de jongen Hansberry er zolang voor zorgde, heeft hij de postbode gevraagd of hij hem op de hoogte wilde brengen als er post van haar voor de Hansberry's was.'

'Je liet hun post controleren?'

'Dat deed ik niet. Het was toen al veel groter. Luke liet het doen. Hij heeft zelfs Edgar, zijn chauffeur, naar het adres gestuurd waar de post vandaan kwam.'

'En dat allemaal in een poging nummer 42 te vinden?'

'Het leek zo merkwaardig dat de oude vrouw opeens was verdwenen de dag nadat nummer 42 was ontsnapt. We dachten dat hij haar misschien had ontvoerd.'

'Je weet best dat hij zoiets nooit zou doen.'

'Of dat ze hem in bescherming had genomen. In elk geval, er was een verband tussen hen, dus als we de oude vrouw zouden vinden, zouden we nummer 42 ook vinden.'

'En?' Het kostte haar moeite haar stem oprecht te laten klinken. 'Hebben jullie haar gevonden?'

'De enige keer dat Edgar het bijna voor elkaar had, in een hotel in de staat New York, is ze er net op tijd tussenuit geknepen.'

'En toen?'

'Toen stond er geen afzender meer op de post en gaven we het op.'

'Wat denk je dat er is gebeurd?'

'Met nummer 42?'

Ze knikte.

'Ik moet daar veel aan denken. Waarschijnlijk is hij in de winter doodgevroren in het bos.'

'Dat denk je?'

'Ik heb er veel en vaak aan gedacht sinds ik niet meer drink, ik kan er nu met een heldere blik naar kijken. Ik weet niet wat er met hem is gebeurd, maar wat het ook is, het was vast niet best.'

'Hij heeft het niet verdiend. Hij was een goed mens.' Hoofdschuddend dacht ze terug aan al die keren dat ze stiekeme ontmoetingen in haar kantoortje voor Lynnie en nummer 42 had geregeld. 'Hij was gek op Lynnie. Hij gaf haar boeketjes van veertjes.'

Toen Clarence niet reageerde, vroeg Kate: 'Is dat alles?'

'Daarvoor ben ik hier, ja. Ik wilde er iemand mijn excuses voor aanbieden.'

'Zou je dat niet beter bij Lynnie kunnen doen?'

'Ik... ik ben naar de School gegaan op de dag dat die werd gesloten. Ik wilde er toen iets over zeggen, maar ik was nog niet nuchter. Ik was er niet klaar voor.'

'Waarom ga je dan niet nu naar haar toe?'

Na een korte aarzeling zei hij: 'Het is al zo lang geleden. Ik wil haar niet van streek maken.'

'Je zou ook naar de politie kunnen gaan.'

'De politie?'

'Het is een misdrijf, Clarence. Je hebt iemand geholpen een misdrijf te plegen.'

'Maar dat was vijfentwintig jaar geleden!'

'Dus je gaat niet naar de politie?'

Hij keek ontzet. 'Ik leid een heel nieuw leven. Ik werk voor een school. Ik help kinderen die thuis problemen hebben, ouders die aan de drugs zijn of zo. Ik zorg ervoor dat die kinderen naar school blijven gaan. Ik ben getrouwd, ik heb een kind. Iets als dit... Het zou alles kunnen verpesten.'

'Je had het ook voor jezelf kunnen houden.'

'Dat heb ik gedaan, heel erg lang. Ik... Kate, je weet niet hoe het is, leven met de wetenschap dat je zoiets hebt kunnen laten gebeuren.'

'Klopt.'

'Misschien had ik het je beter niet kunnen vertellen.'

'Nee, ik ben blij dat ik nu het hele verhaal ken.'

De uitdrukking op zijn gezicht ontspande een beetje.

'Zijn we nu klaar?' vroeg ze. Ze voelde zich erg gespannen.

Hij knikte, maar zei toen toch: 'Ik heb nog één vraag.'

'Ik ook.'

'Jij?'

'Clarence,' zei ze, en ze keek hem strak aan. 'Ik wil dat je heel eerlijk tegen me bent. Denk je niet dat Lynnie een reden had om net op dat moment weg te lopen?'

Geschokt vroeg hij: 'Hoe bedoel je?'

'Reken maar uit. Ze is weggelopen in november. Tel maar terug.'

Hij knipperde met zijn ogen. 'Nee...'

'Clarence...' Ze was echt razend op hem, en voelde zich schuldig over alles wat ze had nagelaten te doen, en ze had verdriet om iedereen. 'Clarence, reken het uit!'

'Je wilt toch niet zeggen...'

'Jawel.'

'Vijfentwintig jaar geleden!'

'Klopt.'

'Waar is het dan? Hij... of zij... Waar?'

'Het is een zij.'

'O god... Waar is ze? Is ze bij nummer 42?'

'Nummer 42 is dood. Hij is diezelfde nacht nog verdronken.'

'Jezus!'

'Vrienden van mij hebben een korte dienst voor hem gehouden. Zijn lichaam is nooit gevonden.'

'En waar is zij?'

'Dat weet ik niet.'

'Weet je dat niet?'

'Eerst wel. Ze was bij de oude vrouw. Bij Martha. En Martha zorgde ervoor dat Eva Hansberry altijd wist waar ze waren. Ze zijn heel lang op de vlucht geweest. Voor jou. Martha schreef het adres van de afzender niet meer op de envelop, maar ze is blijven corresponderen totdat het meisje veertien werd.'

'Je houdt me voor de gek.'

'Nee, Clarence.'

'Weet je ook wat er met het meisje is gebeurd?'

'Het laatste wat ik hoorde, is dat ze ergens in de buurt van Denver zou gaan wonen. Waar ze ook is terechtgekomen, ze had een mooi leven. Een beter leven dan dat van haar moeder.'

Hij stond voorovergebogen, alsof hij erge pijn had, en hield zijn gezicht in zijn handen verborgen.

Trillend draaide Kate zich om naar de voordeur. Geraldine en Irwin waren naar buiten gekomen. Ze was al zo lang bij de fontein dat ze was vergeten dat ze eigenlijk aan het werk was. Waarschijnlijk hadden meneer Todd en meneer Eskridge er al een paar potjes op zitten. En ze was ook rijkelijk laat voor het ommetje door de tuin met mevrouw Ilana. Het was voor wel meer dingen rijkelijk laat; vijfentwintig jaar te laat.

'Clarence,' zei ze, en ze draaide zich om en richtte haar blik op zijn kale hoofd, waar hij zijn vingers tegenaan had gedrukt. 'Je had nog een vraag.'

Hij liet zijn handen zakken en legde ze in zijn schoot. Vervolgens hief hij zijn hoofd. 'Ik hoef het niet te vragen.'

'Ik betwijfel of ik je ooit nog zal spreken, dus vraag het nu maar.'

Hij keek weg. Aan zijn blik kon ze zien dat hij terug in de tijd ging, waar hij ongetwijfeld iemand aantrof die ooit op hem had geleken. Terwijl hij wit wegtrok, zei hij: 'Ik had willen vragen of je me haat.'

Ze keek op hem neer. 'Ik ben niet degene over wie je je zorgen moet maken.' Nadat ze dat had gezegd, liep ze weg.

Kate stormde langs Geraldine en Irwin, met opgestoken hand om hun duidelijk te maken dat ze er niets over wilde zeggen. Stram van woede beende ze door de gang naar de serre. Arme Lynnie... Al die tijd had ze met deze vreselijke ervaring moeten leven. Dus daarom had ze het kindje verborgen willen houden. Dus daarom had nummer 42 haar geholpen weg te lopen, en daarbij had hij het leven verloren.

De serre was verlaten. Ze keek op haar horloge. Ze was alle besef van tijd kwijtgeraakt. Inmiddels waren de bewoners gaan lunchen, en zij moest aan het werk. Maar omdat ze zo woedend was, kon ze dat nog niet, en ze keek naar het licht dat door de ramen viel en stelde zichzelf de vraag wat ze het beste kon doen. En toen werd ze zich bewust van een vertrouwd gevoel, de kracht waarover ze tegen anderen zei dat het intuïtie was, maar waarvan ze zelf wist dat het Gods wil was. Dat gevoel vertelde haar echter niet wat ze moest doen, alleen dat ze moest biechten.

Ontzet strompelde ze terug. Ze drukte haar hand op haar hart, in de hoop dat het allemaal niet waar zou zijn. Toen hief ze haar hoofd en slaakte een kreet die ze jaren binnen had gehouden. Ze had deel uitgemaakt van een wereld waarin dag in, dag uit, het ene seizoen na het andere, de ene bewoner na de andere werd geslagen, bespuugd, uitgescholden, vastgebonden en betast. Hoewel Kate nooit bij dergelijke wreedheden betrokken was geweest, en hoewel ze alles had gedaan wat binnen haar mogelijkheden lag om de bewoners die aan haar zorg waren toevertrouwd te beschermen en te steunen, had ze nooit iets gedaan om een einde aan de verschrikkingen te maken. Hoeveel meer bewoners dan alleen Lynnie waren onderworpen geweest aan onuitsprekelijke verschrikkingen? Hoeveel meer mensen dan alleen Kate hadden hun geweten proberen te sussen? Hoeveel meer monden waren dichtgebleven, gedurende zo'n ontzettend lange tijd, terwijl de allerzwaksten hadden geleden?

Ze liet zich op haar knieën zakken en bad om vergiffenis.

Ze hoefde het niet te bespreken met Scott. Ze hoefde zelfs niet eens naar huis te gaan.

Zodra Kates dienst erop zat, reed ze naar de dichtstbijzijnde telefooncel. Toen ze was uitgestapt op het parkeerterrein van de 7-Eleven-supermarkt en gehaast naar de telefooncel liep, dacht ze terug aan vroeger, toen ze als vorm van boetedoening op de School was gaan werken. Op dit moment zou ze weer boete doen.

De telefoon ging vijf keer over voordat er werd opgenomen.

'Hallo?' hoorde ze een vrouwenstem aan de andere kant van de lijn. Op de achtergrond hoorde ze ook het vrij harde geluid van een tv.

'Ik wil Lynnie graag spreken,' zei Kate. 'Wilt u haar zeggen dat Kate aan de lijn is?'

De vrouw die had opgenomen, liep weg. Het was niet Doreen. Lynnie was twee keer verhuisd naar een andere groepswoning, en had andere medebewoners gekregen.

'Kate!' hoorde ze Lynnie blij roepen.

'Lynnie,' begroette Kate haar, opgelucht dat Lynnie zo blij klonk. 'Ik heb je al heel lang niet meer gezien.'

'Negen jaar,' zei Lynnie.

'Dat klopt. Weet je wat, binnenkort moet ik naar Pennsylvania. Misschien al heel gauw, volgende week. Mag ik dan bij je op bezoek komen?'

Het woord nemen om voor jezelf op te komen

Lynnie

1993

‘Je moet naar boven kijken, Kate,’ zei Lynnie.

Ze bevonden zich in het Capitool van Harrisburg, in de enorme koepelruimte met de naam die Lynnie nog steeds moeilijk vond om uit te spreken: de rotunda.

Die rotunda had Lynnie voor het eerst gezien op een oktoberdag vijf jaar geleden, toen ze er een congres bijwoonde waar ze had geleerd hoe mensen met beperkingen voor zichzelf konden opkomen. Sindsdien was ze elk jaar teruggekomen voor dat congres en was ze vertrouwd geraakt met de prachtige lobby met de marmeren vloer, de muurschilderingen, de schitterende trap, het glas in lood en het enorm hoge plafond. Op deze dag zou ze eindelijk de kans krijgen om verder het gebouw in te gaan en te spreken met wetgevers – weer zo’n woord waar Lynnie moeite mee had – want om drie uur ’s middags zou er een hoorzitting plaatsvinden.

‘Is het niet schitterend?’ vroeg Lynnie aan Kate terwijl ze bij de ingang naar boven stonden te kijken.

‘Jazeker. Ik begrijp heel goed waarom je eerst hiernaartoe wilde.’

‘Schitterend’ was ooit Lynnies langste woord geweest. Andrea, de logopediste, had gezegd dat ze daarna alles zou leren uitspreken, en ze had gelijk gehad. Het was daarna vrij snel gegaan. Nog steeds kende ze niet alle woorden om haar gevoelens mee te omschrijven, vaak ook niet voor zichzelf, en wanneer ze haar gebrekkige woordenschat gebruikte, had haar mond er nog vaak moeite mee. Maar door het woord 'schitterend' de baas te zijn, had Lynnie meer zelfvertrouwen gekregen, en was ze steeds duidelijker gaan praten. Ze was meer gaan durven en formuleerde hele zinnen, en ze kreeg ook meer macht over het volume. En ze had nog andere dingen geleerd die bij het voeren van een gesprek horen, zoals niet al te dicht op anderen gaan staan. Het klonk ongelooflijk, maar Lynnie had een baantje gekregen waarbij ze van alles moest zeggen; ze was receptioniste bij BridgeWays, de stichting die het groepshuis bestierde waarin ze woonde.

'Het is hier echt geweldig, Lynnie,' reageerde Kate.

'Het klinkt hier ook mooi.'

'Wat bedoel je daarmee?'

'Doe je ogen dicht.'

Toen Kate Lynnie bevreemd aankeek, kneep ze in Kates hand.

Lynnie was op dit aspect van de rotunda ook erg gesteld. Wanneer ze haar ogen sloot, leken het geklikklak van hakken, het geritsel van kleding, het getinkel van sieraden en het geroezemoes van stemmen de ruimte helemaal te vullen, waardoor ze zich bewust werd van een wereld die veel groter was dan zijzelf.

'Het echoot,' merkte Kate op.

'Als je op de goede plek staat, klinkt het nog mooier.' Lynnie opende haar ogen en voegde eraan toe: 'Hou jij je ogen maar dicht, dan laat ik het je horen.'

Ze bracht Kate naar het plekje dat ze bij toeval had ontdekt, toen ze hier de eerste keer was geweest en Doreen iets tegen haar had gezegd, precies onder het hoogste punt van de koepel, midden in de rotunda. 'Zeg eens iets,' fluisterde ze.

Kate trok een nadenkend gezicht, alsof ze uit alle woorden die ze kende er eentje probeerde te kiezen.

'Goed hard, hoor,' zei Lynnie nog.

Kate knikte. 'Lynnie, ik ben ontzettend trots op je.'

Lynnie glimlachte, en even speet het haar dat Kate haar niet aankeek. Toen zei ze: 'Harder.'

‘Ik ben ontzettend trots op je.’

‘Harder!’ Lynnie moest giechelen. Andrea zou hebben gezegd dat het volume wel wat minder kon.

‘Ik ben ontzettend trots op Lynnie!’ riep Kate.

Meer was niet nodig. Kates stem galmde zoals stemmen dat onder de koepel doen, en werd zo krachtig dat het leek of het geluid onder hun voeten stroomde en hen optilde.

Kate klapte lachend in haar handen. Er keken mensen naar hen, maar dat vond Lynnie helemaal niet erg. Ze was met iemand van wie ze heel veel hield op een plek waarvan ze heel veel hield, en ze had Kate iets geleerd wat ze helemaal zelf had uitgevonden. Wat was er schitterender dan dat?

Hoewel, bij nader inzien waren er wel een paar dingen voor verbetering vatbaar.

Op dit moment zou Lynnie bijvoorbeeld samen met Kate het congres kunnen bijwonen in plaats van bij Kate in de auto te zitten terwijl ze over het platteland reden. Nooit eerder was Kate op een dergelijk congres geweest, en tijdens het diner van de avond daarvoor was ze erg opgewonden geweest. Ze had steeds maar gezwaaid naar mensen die ze van de School herkende, bewoners en personeelsleden. Ze had zelfs even tijd gehad om met Doreen te babbelen, vlak voordat de deejay plaatjes ging draaien. Doreen had verteld over iets wat een paar jaar geleden was gebeurd. Op een dag was de postbode gekomen naar het groepshuis waar Doreen woonde, met een brief waarvoor Doreen had moeten tekenen. Toen Doreen de envelop had opengescheurd, bleek dat haar vader was overleden en dat hij haar heel veel geld had nagelaten. Doreen had gejuicht en rondgesprongen. ‘Disney World, ik kom eraan!’ Er was echter een maar. Doreen had vanwege deze erfenis geen recht meer op staatssteun, dus kon BridgeWays niets meer voor haar doen. Toch was alles helemaal goed gekomen, had Doreen geschreeuwd boven ‘Everybody Dance Now’ uit. ‘Ik woon nu op mezelf en huur mensen in om me te helpen. En ik heb lekker geen last meer van stomme regeltjes of van mensen die denken dat ze alles beter weten.' Kate had gezegd dat ze dat fijn vond voor Doreen. En toen had Doreen, gekleed in een jurk van zilverlamé, Kate en Lynnie de dansvloer op getrokken. Tegen de tijd dat ze vermoeid en bezweet naar hun kamer waren gegaan, had het Lynnie gespeten dat Kate en zij andere bezigheden zouden hebben op de volgende dag van het congres.

Maar toen Kate de vorige week had gebeld en gezegd dat ze zo gauw mogelijk naar Pennsylvania wilde komen, had ze Lynnie ook verteld over Clarence' bekentenis. 'Het is lang geleden gebeurd,' had Kate gezegd, 'maar het wordt tijd dat de Paffer wordt aangeklaagd.' Het was ook lang geleden dat Lynnie door het grommen van een hond had moeten terugdenken aan die nacht. Kate had uitgelegd dat als de Paffer werd aangeklaagd, Lynnie als getuige zou moeten optreden en het allemaal nog eens herbeleven. Daarop had Lynnie gezegd dat ze daar niet aan moest denken, en eerst was Kate daar een beetje boos om geworden, maar uiteindelijk had ze gezegd dat ze op zijn minst achter het adres van de Paffer in de buurt van Harrisburg wilde komen en hem confronteren met wat hij had gedaan. 'Dat wil ik ook wel,' had Lynnie gezegd. Ze kon Kate zelfs in Harrisburg ontmoeten omdat ze daar toch zou zijn voor het congres. En daarom had Kate de vorige dag het vliegtuig genomen en reden ze op dit moment door Pennsylvania.

Dat was het ene ding dat voor verbetering vatbaar was.

Het andere, daar wilde Lynnie niet aan denken. Dat was minder moeilijk dan ze had gedacht, want Kate had haar gevraagd een cassettebandje met nummers die ze leuk vond mee te nemen, en dat bandje speelde ze af op de cassetterecorder die Lynnie met haar eigen geld had gekocht. Gloria Estefan, Jon Bon Jovi, Phil Collins, de Bangles. Kate had ook muziek meegenomen, en ze had gezegd dat als Lynnie wilde, ze daarnaar konden luisteren op de terugweg.

‘Kan ik dat later beslissen? Want misschien ben ik dan wel van streek.’

‘Natuurlijk. Maar denk eraan, je mag best van gedachten veranderen. We kunnen nog terug.’

‘Nee, ik wil het doen.’

‘Waarom?’

‘Omdat hij iets heel naars heeft gedaan, en dat wil ik tegen hem zeggen.’

Pas na een heel nummer nam Kate weer het woord. ‘Buddy zou trots op je zijn,’ zei ze.

Lynnie glimlachte. Toen Dave, een man met een buikje die in de workshop van BridgeWays werkte, haar had gevraagd op een avond langs te komen, had ze zich verveeld omdat hij naar sport op tv had willen kijken. En Miguel was er ook nog, een man die altijd gebatikte T-shirts droeg en in het bowlingteam voor de Paralympics zat waar ze elke dinsdagavond iets leuks mee deed. Hij had haar drie keer gevraagd om een ijsje te gaan eten, en elke keer had hij alleen over zichzelf gepraat. Na die teleurstellende afspraakjes had Lynnie tegen Doreen gezegd dat niemand aan Buddy kon tippen. ‘Je wacht op iemand die je in de steek heeft gelaten,’ had Doreen gezegd. ‘Buddy heeft me niet in de steek gelaten,’ had Lynnie gekwetst gereageerd. ‘Hoe wil je het dan noemen, na vijfentwintig jaar?’ had Doreen gevraagd. ‘Hou er toch mee op. Ik bedoel, als ik jou was zou ik echt heel nijdig zijn.’

De vorige avond had Kate Lynnie in de hotelkamer gevraagd of ze wilde weten wat er met de baby was gebeurd, en toen had Lynnie heftig geknikt. Kate had gezegd dat ze daar blij om was en had meteen iemand gebeld die Eva heette. Maar over Buddy had Kate niets gezegd.

En dat was het andere ding dat voor verbetering vatbaar was. Dat Lynnie zeker zou weten dat alles goed was met de baby. En ook dat Doreen het echt helemaal bij het verkeerde eind had.

‘Dit kan niet het goede adres zijn,’ zei Kate terwijl ze de auto langs de stoeprand tot stilstand bracht.

Ze bevonden zich voor een vervallen rijtjeshuis aan een smalle, doodlopende straat. Er waren nog andere straten, met huizen die in een betere staat verkeerden. Langs deze straat stroomde een beekje vol plastic tassen, lege flesjes en winkelwagens tussen de boomwortels door. De huizen zagen er niet veel aanlokkelijker uit dan dat beekje. Er stonden hekken van gaaswerk voor, of uitgegroeide struiken. Sommige waren zelfs dichtgetimmerd, en op een paar muren zat schimmel.

Kate keek naar het papiertje in haar hand en vervolgens naar het huis. ‘Het is het juiste nummer,’ zei ze. ‘Maar hij kwam uit een rijke familie. Het is toch niet te geloven dat ze hem hier laten wonen.’

‘Misschien klopt het adres niet.’

‘Clarence zei dat dit het recentste adres was dat hij van hem had.’

‘We kunnen gaan kijken...’

‘Ben je daar klaar voor?’

Lynnie keek naar het huis. Was ze er klaar voor? Moest ze dit wel doen? Stel je voor dat ze hem zag en daardoor weer geen woord zou kunnen uitbrengen?

Ze moest het doen. Ze moest hem zeggen dat hij haar iets heel naars had aangedaan. Kate had verteld dat Clarence last van zijn geweten had. Ze had met vochtige ogen gezegd dat sommige mensen na heel lange tijd uiteindelijk hun fouten inzien. Lynnie moest dit doen zodat de Paffer ook zou inzien dat hij veel fouten had gemaakt.

Alleen al door hier te zijn herinnerde ze zich echter weer zijn stinkende adem. Wie dacht ze eigenlijk dat ze was, dat ze dacht zijn geweten te kunnen aanspreken, en dat terwijl ze toch al moeite met spreken had? Bij het bowlen lachten tieners haar soms uit, en dan bleef ze ziedend op haar stoel zitten en riep Doreen: ‘Hé, stomkoppen, moeten jullie een bowlingbal tegen jullie kop hebben?’ Op een keer, toen Carmen, een begeleider, Lynnie en nog een paar cliënten van Bridge-

Ways leerde boodschappen te doen, had een mevrouw gezegd: 'Wat doen zíj nou hier?' Lynnie had alleen maar kunnen verzinnen: 'Boodschappen doen.' Een van de belangrijkste redenen van de groep die opkwam voor de rechten van mensen met beperkingen om met wetgevers te praten, was dat elke keer dat er ergens een huis voor groepsbewoning zou worden geopend, er onmiddellijk verzet uit de buurt kwam. Lynnie was te verlegen om naar zulk soort vergaderingen te gaan. Het was dan net alsof iedereen het liefst wilde dat er weer inrichtingen zoals de School kwamen en dat mensen zoals Lynnie weer zouden worden weggestopt. Waarom dacht ze dan dat ze iemands geweten wakker zou kunnen schudden?

Anderzijds, waarom dacht ze eigenlijk dat haar dat niet zou lukken?

Nadat ze het portier had geopend, stapte ze uit.

Op straat stonk het, een nare rioollucht die haar aan de School deed denken.

Kate kwam naast haar staan. 'Het moet erg onplezierig zijn om hier te wonen.'

Samen liepen ze over het modderige paadje naar de voordeur. In de tuin stonden plassen met een glanzend laagje erop, waarschijnlijk olie. Het hout van de veranda was behoorlijk verrot, en toen ze erop gingen staan, zag Lynnie een gat. Onder de overkapping zag ze een vogelnest.

Lynnie belde aan.

'Zal ik je hand vasthouden?' vroeg Kate fluisterend.

Lynnie schudde haar hoofd. Nee.

Ze hoorden langzame, slepende voetstappen. Toen die bij de deur waren gekomen, werd de deur niet opengedaan.

'Wie is daar?' Het was de stem van een bejaarde man, en die klonk nors.

'Ik kom voor de Paffer,' zei Lynnie.

'Voor wie?'

'Voor Glen Collins,' zei Kate.

'Die is er niet.'

‘We hadden gehoord dat hij hier woonde,’ zei Kate.

‘Hij woont in elk café in de wijde omtrek.’

Kate keek Lynnie aan.

‘De hele tijd?’ vroeg Lynnie.

‘Hij komt en gaat zoals het hem uitkomt.’

‘Kunnen we op hem wachten?’ vroeg Kate.

Er klonk gelach. ‘Waarom zou je?’

‘Omdat hij ons iets schuldig is,’ antwoordde Lynnie.

Onder de indruk staarde Kate naar haar.

‘Dat zie je toch nooit meer terug.’

‘Wanneer is hij weer hier?’ vroeg Kate.

‘Ergens tussen nu en morgen. Als jullie willen wachten, moeten jullie dat maar doen.’

‘Mogen we binnen wachten?’ vroeg Kate. ‘Buiten is het frisjes.’

‘Het is al erg genoeg dat jullie met hem te maken hebben. Maar laat mij met rust.’

Ze hoorden hem wegschuifelen, en toen een tv die werd aangezet.

‘We wachten wel in de auto,’ zei Kate. ‘We hoeven over een paar uur pas terug te gaan.’

Met de verwarming aan zaten ze in de auto. Kate opperde dat ze naar haar bandje konden luisteren, maar Lynnie had geen zin in muziek. ‘Ik wil liever gewoon praten,’ zei ze.

‘Dat is goed,’ reageerde Kate terwijl ze glimlachte. ‘Vertel me maar eens wat je zoal doet op een dag.’

Lynnie vertelde het haar, en voor de verandering maakte ze zich niet druk om de uitspraak of het te snel of te langzaam spreken. Ze vertelde over Dale, de aardige buschauffeur op de route van waar het groepshuis stond net buiten Sunbury, naar de stad, waar BridgeWays was gevestigd in een bakstenen gebouw twee straten van de hoofdstraat af. Ze vertelde over de mensen die daar werkten, Sarah en Dustin, en dat die bij hun familie woonden. Ze vertelde over de telefoontjes, en over de bezoekers die ze naar de vergaderruimte moest brengen. Ze vertelde dat ze op dinsdag altijd ging bowlen, en dat ze op zaterdag in het busje van Vince naar Doreens appartement werd gebracht, waar ze video's gingen kijken.

'En wat doe je thuis? Vind je het prettig om thuis te zijn?'

'Gaat wel. Meestal blijf ik op mijn kamer om te tekenen. De anderen zijn niet altijd aardig, en er zijn steeds andere begeleiders. Ben je net aan iemand gewend, gaat die weer weg.'

Na een diepe zucht zei Kate: 'Dus hoewel je niet meer op de School bent, is er nog wel ruimte voor verbetering.'

'Het is een verbetering.'

'Dat ben ik met je eens.'

'En jij stuurt me kaartjes.'

'Ik zal dat vaker doen.'

'Dat zou fijn zijn.'

'Weet je, sommigen wonen op zichzelf. Heeft BridgeWays niet een regeling voor zelfstandig wonen?'

'Ik wil niet in mijn eentje zijn. Doreen voelt zich eenzaam.'

'O ja? Daar zei ze niets over.'

'Ze wil niet dat jij het weet. Ze winkelt de hele dag zodat ze kan praten met de mensen die daar werken, totdat die echt iets moeten doen. En dan gaat ze dingen kopen. Ze heeft heel veel video's, posters, glittersieraden en spulletjes, haar huis staat helemaal vol. En 's avonds zit ze te eten en kijkt naar wat ze allemaal heeft en belt mij.'

'Het is leuk dat jullie samen gaan bowlen, en dat je op zaterdag bij haar op bezoek komt.'

'Dat is niet genoeg. Ze is veel te vaak alleen. Zoiets zou ik niet willen.'

'Wat zou je dan wel willen?'

Lynnie keek naar de grond. 'Ik wil bij Buddy zijn, en bij mijn dochter.'

Kate knikte.

'We gaan uitzoeken wat er met haar is gebeurd, hè?' vroeg Lynnie.

'Ja. De vrouw die ik heb gebeld, Eva, komt vanavond naar Harrisburg. Maar ik weet al een klein beetje.'

Lynnies hart maakte een sprongetje. 'Wat dan?'

Er verscheen een bedroefd glimlachje om Kates mond. 'De bejaarde dame heeft gedaan wat je haar had gevraagd. Ze heeft het kind verborgen gehouden.'

Lynnies hart ging nog sneller slaan.

'Ze wilde doen wat juist was. Voor jou. De volgende dag is ze met haar vertrokken, en toen... Toen zijn ze heel vaak verhuisd om maar niet gevonden te worden.'

'Heeft de bejaarde dame dat allemaal gedaan?'

'Jarenlang. Ze vond dat ze dat moest doen.'

Lynnie friemelde met haar vingers. 'Sommige mensen kunnen goed van kwaad onderscheiden.'

'Zo eenvoudig is het niet altijd, Lynnie. Maar voor haar misschien wel.'

'Hoe heet de baby?'

'Julia.'

'Julia.' Lynnie keek naar haar hanger met het veertje erin. 'Een mooie naam.'

'Een hele poos hebben ze in Massachusetts gewoond. Julia ging daar naar school. Een gewone school. Ze leidden een heel gewoon leven.'

Lynnie staarde door de voorruit. Het was een grauwe dag, en de huizen waren vervallen. Er was veel lelijks in de wereld. Maar kijk, daar kwam een blauwe gaai naar het huis gevlogen. De vogel dook onder de overkapping en ging het nest in.

'Dat was heel aardig van de bejaarde dame.'

'Ik vind het nog steeds ongelooflijk, Lynnie.'

'En Buddy?'

Kate keek naar het plafond en beet op haar lip. Vervolgens nam ze Lynnies handen in de hare, alsof ze haar iets wilde vertellen. Uiteindelijk kneep ze haar lippen op elkaar en schudde haar hoofd.

‘Doreen zegt dat ik hem maar moet vergeten,’ zei Lynnie. ‘Maar hij doet zijn best om naar me terug te komen.’

‘Denk je dat?’

‘Dat wéét ik. Hij komt terug.’ Ze had moeite het volgende woord uit te spreken: ‘Uiteindelijk.’

Kate knikte en speelde met de sluiting van haar tas. ‘Dan weet ik ook dat hij terugkomt.’

‘Hé!’ zei Lynnie toen ze in de zijspiegel iets zag bewegen. ‘Er komt iemand aan.’

Er was een man de hoek om gekomen. Lynnie draaide zich om om door de achterruit te kijken. De man droeg een bruine trui met capuchon en een marineblauwe slobberbroek, en hij was zo onvast ter been dat hij zich moest vasthouden aan de schriele boompjes en de hekjes voor de huizen. Ze herkende hem niet, maar ze kreeg wel een akelig gevoel, alsof ze niet genoeg lucht kreeg en vanbinnen door honderd sterke kaken werd gebeten terwijl er luid gegil weerklonk. Ze voelde zich zoals vroeger, wanneer er iemand in haar buurt huilde, maar dan erger. Ze besefte dat ze niet op de grond kon gaan liggen schoppen en krijsen. En omdat ze dat niet kon, werd het steeds moeilijker om adem te halen, en op een gegeven moment kon ze dat helemaal niet meer en kreeg ze het gevoel dat ze stikte met een prop in haar mond.

Ze bracht haar handen naar haar keel.

‘Dit was geen goed idee,’ zei Kate, en ze startte de motor.

Lynnie trok aan de kraag van haar jas.

‘Gaat het?’ vroeg Kate terwijl ze de auto gejaagd keerde.

Lynnie duwde tegen haar borst in een poging de lucht eruit te persen.

‘Het was echt een stom idee,’ zei Kate toen ze de auto recht had gezet. ‘We zijn hier zo weg.’

Door de voorruit konden ze hem zien lopen. Hij was nog een eind weg, en ze leken hem niet te zijn opgevallen. Hij stond tegen een telefoonpaal geleund en hoestte voorovergebogen.

Lynnie deed haar best lucht naar binnen te krijgen. Het lukte niet. Ze probeerde het keer op keer, zonder resultaat.

'Je moet hier niet naar kijken,' zei Kate, en ze reed in de richting van de voorovergebogen man. Vervolgens legde ze haar hand voor Lynnies ogen. 'Niet kijken!'

'Nee!' zei Lynnie. De lucht die er eerst niet uit had gekund, ontsnapte, en ze zoog nieuwe lucht naar binnen. 'Ik wil het wel zien!'

'Maar je raakt erdoor van streek...'

'Nee,' zei Lynnie nogmaals. 'Kijk hem nou! Rijd eens langzamer... Kijk!'

Met een uitdrukking van afgrijzen op haar gezicht minderde Kate vaart. Toen ze niet ver meer van de man af waren, liet hij de telefoonpaal los, zette wankelend een stap en viel voorover in de modder.

'Stop,' zei Lynnie tegen Kate.

'Weet je het zeker...'

'Ja.'

Kate bracht de auto tot stilstand, en samen keken ze door de voorruit. Hoewel hij nu vlakbij was, zag hij hen niet. Hij lag op zijn zij, met zijn gezicht in de modder.

'Wat een viezerik,' merkte Lynnie op.

'Dat kun je wel zeggen.'

'Een dronkenlap.'

'Dat denk ik ook.'

'Allemachtig!'

'Gaat het?'

Dat verstikte gevoel was verdwenen. Lynnie kreeg weer gemakkelijk lucht. Ze voelde even aan de hanger.

'En nu, Lynnie?'

Lynnie dacht aan dingen die ze anderen had zien doen. Op tv had ze eens gezien dat een groepje losgeslagen jongeren drank over een zwerver had uitgegoten, ze hadden hem geschopt en daar erg om moeten lachen. Ook had ze een keer meegemaakt dat een vrouw ruzie met een buschauffeur maakte en hem had uitgescholden en bespuugd. En ze had de Paffer zelf ooit een bezemsteel kapot zien slaan op het hoofd van een man.

Dat wilde ze allemaal bij hem doen. Ze wilde uit de auto springen en hem bijten. Maar bijten, dat deed ze niet meer, en ze schopte ook niet meer, zelfs niet iemand als hij. Ze wist niet eens of ze nou bang voor hem was, of hem de moeite niet waard vond.

'Toe maar,' zei ze.

Kate gaf gas. 'We kunnen rechtstreeks naar de politie gaan,' zei ze. 'We weten waar hij woont.'

'Nee.'

'Toe, Lynnie, jij kunt vertellen wat hij heeft gedaan. Het is alleen maar rechtvaardig als hij voor zijn daden moet boeten.'

'Ik wil niet naar de politie.'

'Waarom niet?'

'Omdat...'

'Omdat wat?'

Ze waren hem voorbijgereden en naderden de hoek.

'Kun je me helpen op het juiste woord te komen?' vroeg Lynnie.

Kate keek haar aan. 'Natuurlijk. Begin jij maar, en dan kijken we of ik het kan afmaken.'

'Omdat hij pa... pa... pathetisch is.'

Er verscheen een glimlach op Kates gezicht. 'Je hebt mijn hulp helemaal niet nodig.'

'Weet je, Kate?' reageerde Lynnie. 'Dat geloof ik ook.'

'Klopt helemaal,' zei Kate.

Lynnie dacht er nog over achterom te kijken voor een laatste blik op hem. Maar het was fijner om vooruit te kijken.

Om drie uur zat Lynnie in de grote ruimte van het Capitool waar de hoorzitting zou plaatsvinden. Een man aan de andere kant stond op en zei: 'Deze hoorzitting zal gaan over de eventuele sluiting van de overgebleven instellingen voor personen met een beperking. We luisteren graag naar reacties uit de gemeenschap.'

Om de beurt namen Lynnies vrienden en vriendinnen plaats op een stoel in het midden en vertelden hun verhaal. Lynnie kon zich er niet goed op concentreren. Ze draaide de rol tekeningen in haar handen om en om.

Uiteindelijk klonk haar naam. 'Lynnie Goldberg.'

Ze stond op, lachte even naar Kate, liep naar de grote houten stoel en ging daarop zitten.

'Ik ben Lynnie Goldberg,' zei ze, en ze lette goed op haar uitspraak en zorgde ervoor dat ze niet ging ratelen. 'Van 1957 tot 1980 heb ik in de Pennsylvania School gewoond. Ik wil graag mijn verhaal vertellen, en daarvoor heb ik iets meegenomen.' Ze rolde de tekeningen uit en hield de eerste hoog. 'Zo zag de School eruit toen ik er voor het eerst kwam. Ik was bang, ik wist niet wat het was. Er gebeurden heel nare dingen, en daar ga ik niet allemaal over vertellen. Alleen over een paar.'

Ze liet hun haar tekeningen zien. Het leren kennen van Tonette. Het boenen van de woonkamervloer. Het weggeduwd worden door boze bewoners. Het naar binnen werken van gemalen eten. Het opvouwen van de was. Het stappen over vieze plasjes om bij de wc te komen. Het verbergen van de tekeningen in een archiefkast. De angst voor begeleiders met honden.

Ze vertelde niets over Buddy, en ook niet over... Julia. Ze vertelde niet dat ze nu nog elke avond uit het raam keek en zich afvroeg waar onder de Beker en de Raaf haar echtgenoot en haar kind konden zijn.

Met een ernstige uitdrukking op hun gezicht luisterden de wetgevers naar haar. Een van de vrouwen kreeg vochtige ogen, en een van de mannen drukte een vuist tegen zijn kin.

'En daarom moeten alle inrichtingen dicht,' zei Lynnie tot besluit.

Vervolgens stond ze op, en opeens drong het tot haar door dat de anderen voor haar klapten. Ze lachte naar hen, blij dat ze de moed had gevonden om voor zichzelf op te komen, en voor nog zo veel anderen.

'Kate, ik heb het gedaan!' zei Lynnie toen ze uit de lift stapten en de rotunda in. Ze pakte Kate bij de hand en trok haar mee.

'Dat heb je zeker,' reageerde Kate, die zich gewillig liet meetrekken. 'Je hebt in het openbaar gesproken, Lynnie. En je tekeningen worden steeds mooier, je bent echt goed. Ik ben heel blij dat ik erbij mocht zijn.'

Lynnie bleef verder lopen tussen de mensen door totdat Kate en zij in het midden van de rotunda waren aangekomen.

'Het was me het dagje wel,' zei Kate zacht, maar toch leek het geluid van haar stem op te stijgen.

'Een van de beste dagen ooit,' zei Lynnie, harder dan Kate, en het geluid van haar stem leek hoger te stijgen.

Vervolgens keek ze omhoog naar de koepel, zo heel hoog boven haar, en ze fluisterde het woord dat al urenlang in haar hoofd hing, het woord dat haar had geholpen haar verhaal zo krachtig en sterk te maken. 'Julia.' Het woord kreeg vleugels zodra het uit haar mond was gekomen en opsteeg. Het kringelde omhoog en verdween uiteindelijk door het glas. Het zou vast over het land zweven, over de hele wereld, en het zou naar beneden kijken en Julia vinden.

Stof

Homan

1995

‘Volgens de kaart zijn we bij de School,’ zei Sam, en hij minderde vaart.

Vanuit het busje had Homan de stenen muren ook al gezien. Hij hoefde niet naar Jean te kijken, die naast hem op de achterbank zat om te vertalen wat Sam zei. Hij liet zich niet om de tuin leiden doordat er zo veel was veranderd, zoals de nieuwe huizen aan de overkant van de verbrede weg, of door de vele veranderingen in hemzelf nadat hij de officiële gebarentaal had geleerd en vriendschap had gesloten met Sams collega’s bij het Independent Living Center. De afgelopen jaren had hij heel veel geleerd. Hij kon in die malle vogelpootjes letters ontdekken, hij had woorden leren lezen, en vervolgens hele zwermen woorden, waardoor hij boeken kon lezen. Hij had ook leren kaartlezen, hij had geleerd met geld om te gaan, en hij had officieel rijles gehad. En toch herkende hij die muren meteen.

Daar was de poort, met het hoge zwarte hek met de speerpunten. En daarachter, hoog op de heuvel, stond de toren. De klok was vervangen door letters die samen spelden: VETERANS MEDICAL CENTER. Sam, die zoals Homan nu wist eigenlijk Terence heette maar die voor Homan altijd Sam zou blijven, zette het busje stil in de berm, en ook al werd Homans blikveld voortdurend verstoord door passerende SUV’s en grote vrachtwagens, toch stroomden er krachtige gevoelens van zowel afkeer als verlangen door hem heen.

Hij had met een aantal vragen gezeten. Niet lang nadat hij had ontdekt dat hij kon communiceren, had hij geen behoefte aan tintelsigaretten meer gehad. Terwijl hij las en allerlei dingen leerde, werd hij steeds meer vervuld van afschuw omdat de School hem zo gemakkelijk had laten verdwijnen. Het was prettig dat hij iets had kunnen regelen met de koning en de koningin, zoals een redelijk salaris plus de kost en inwoning die hij altijd al had gehad in hun boeddhistische retraite. Hij besefte ook beter wat hij allemaal kon, en was een zaakje begonnen waarin hij bedden, busjes en rolstoelen aanpaste voor zijn vrienden en kennissen. Bovendien wilde hij zich verder ontwikkelen, en hij had zich dan ook ingeschreven voor een technische opleiding. En toch speet het hem dat hij de grote bazen niet kon afstraffen omdat ze op hem neer hadden gekeken, of de beveiligers die als haantjes hadden rondgelopen. Hij had zich afgevraagd wat er met de School zou zijn gebeurd, en natuurlijk met Mooi Meisje en Kleintje. Om de eerste vraag te kunnen beantwoorden, zou onderzoek moeten worden gedaan. Op de tweede vraag was geen antwoord. Hij kon nu eenmaal niet zoeken naar mensen van wie hij de naam niet kende.

'En jij dan?' had Sam een keer gevraagd terwijl Jean, die kon horen maar heel goed was in gebarentaal, voor tolk speelde. Jean was eigenlijk Gele Jurk, maar tegenwoordig droeg ze rokken en blazers en was ze met Sam getrouwd.

Homan had gebaard: *Hoe bedoel je? Wat is er met mij?*

'Er moet toch een dossier over jou bestaan. Misschien staat er iets in over Mollige Roodhaar, of over iemand anders, en kun je er daardoor achter komen hoe Mooi Meisje in werkelijkheid heet.'

Ze wisten niet eens wie ik was...

'Hoe noemden ze je dan?'

Hoe moet ik dat nou weten?

Heel lang had Homan zich zorgen gemaakt over Mooi Meisje en Kleintje. Wat kon er met hen zijn gebeurd? Er waren zevenentwintig jaren voorbijgegaan. Mooi Meisje kon wel dood zijn. Trouwens, wat had hij nog met haar te maken? Of met Kleintje? Ze leidden vast hun eigen leven, misschien hadden ze een gezin, vrienden en vriendinnen, en een baan. Ze dachten vast nooit aan hém.

Een vriend van hem had gebaard dat het heel normaal was om te willen weten hoe het je eerste grote liefde verder was vergaan. Een ander had beweerd dat Homan last had van schuldgevoelens.

Op een avond, toen Jean nog niet met Sam was getrouwd, had ze gebaard: *Wij denken dat je nog steeds zo veel aan haar denkt omdat je nog steeds van haar houdt en...*

Homan was weggelopen voordat ze de zin kon afmaken.

Een maand geleden waren Sam en Jean met een voorstel gekomen. Allebei moesten ze voor een sollicitatiegesprek naar de stad Washington, en ze hadden besloten er een aangename tocht van te maken. Ze wilden het hele stuk rijden en onderweg Yosemite en Mount Rushmore aandoen, en misschien ook plekken waar ze jeugdherinneringen aan hadden. En als Homan wilde, mocht hij mee.

Ik heb een baan, had Homan gebaard.

Is er niets wat je graag zou willen zien?

Nee.

Zonder jou zou het geen echte reis voor ons zijn.

Ik zei toch: Nee.

Die avond, toen hij in zijn huisje op de futon had gelegen, had hij voor het eerst in lange tijd Mooi Meisje weer voor zich gezien. Haar droomgestalte, die niet vaag was maar gedetailleerd en levensecht, was bij hem in bed gestapt. Hij had zich naar haar toe gedraaid, en daar lag ze in het maanlicht naar hem te kijken. Haar lichaam had echter nergens het zijne geraakt, hij had de uitdrukking op haar gezicht niet kunnen duiden, en hoewel hij dolgraag haar warme huid had willen voelen, had hij geen vinger naar haar uitgestoken. Ze had naar de muur gewezen, die opeens bedekt was met haar tekeningen. Hij had ernaar getuurd, maar voordat hij er eentje had kunnen herkennen, waren ze vervaagd, het waren lege vellen papier geworden. En toen hij zijn blik weer op haar had willen richten, bleek ze verdwenen te zijn.

De volgende dag had hij de koning en de koningin verteld dat hij een poosje vrijaf wilde. De week daarop had hij al het benodigde onderhoudswerk gedaan, zodat ze een tijdje zonder hem konden. En vlak voordat hij zou vertrekken, had hij de onderkant van de gele stoel opengesneden, het geld eruit gehaald en het eindelijk op de bank gezet.

Ze gingen in het busje van Sam en Jean. Sam en hij zaten om de beurt achter het stuur, en Jean fungeerde als tolk.

En opeens waren ze er en stond het hek open.

We gaan naar binnen, gebaarde Homan.

Het was de geur die hem ongelooflijk voorkwam toen het busje door de poort reed. Het was niet de stank van de School, maar de geur van frisse buitenlucht. Homan draaide het raampje naar beneden en snoof die diep op. Het rook nog net zoals vroeger, zo ver van de paviljoens vandaan, naar gras en aarde, schoon. Mooi Meisje had ook van die geuren genoten, hoewel ze niet zo ver had mogen komen als hij. Wanneer er iets gerepareerd had moeten worden bij het poorthuis, had hij over de oprit mogen lopen en hadden zijn longen even respijt gehad van de stank in de paviljoens. Inmiddels was het poorthuis verdwenen en stond het gras een heel stuk hoger dan indertijd toegestaan was. Zouden de mensen die door deze poort kwamen beseffen hoe het hier vroeger was geweest?

Terwijl ze verder reden over de oprit, verscheen het eerste gebouw in hun blikveld. Het was een ziekenhuis van vier verdiepingen, opgetrokken uit glanzende rode steen. Er stonden vlaggen voor te wapperen, er was een overkapping bij de ingang, en de ramen hadden getint glas, zonder ook maar één tralie.

Homan vroeg zich af waarvoor het in de plaats was gekomen. De oprit maakte heel andere bochten, het was lastig zich te herinneren hoe het vroeger was.

Hij keek door het zijraampje, langs Jean heen, en toen zag hij het hoofdgebouw met de toren. Het was oud, maar zag er goed uit, het houtwerk keurig in de verf, de marmeren treden zonder barsten, en de reling glanzend gepoetst.

Hij klom langs Jean heen en schoof het portier open.

Terwijl hij voor de treden stond, keek hij omhoog naar de klokkentoren. Het steen was nog net zo grauw als hij het zich herinnerde, de hoeken even scherp. Naarmate hij zijn blik hoger liet gaan, kwamen er meer herinneringen in hem op. Hij wist nog hoe hij hier de eerste keer had gestaan. Met die handboeien om was hij toen heel kwaad en bang geweest. Hij had niet geweten waar hij was. In Well's Bottom was hij alleen maar op zoek geweest naar een plekje om te slapen.

Hij dacht terug aan die avond. Nadat hij van een trein was gesprongen, had hij zich in een klein plaatsje bevonden waar hij op zoek was gegaan naar iets eetbaars en een plek om te slapen. In een steegje had hij een jasje gevonden dat iemand in de tuin had laten liggen, en hij had via de achterdeur van een bakkerij een brood gegapt. Tevreden had hij zich opgekruld in een steegje achter een café en was in slaap gevallen. Een heel gewone avond.

Alleen, toen hij de volgende ochtend bij zonsopgang ontwaakte, had hij een vuilnisbak gezien met het deksel er ondersteboven op liggend. Er stond water in het deksel, en toen hij overeind kwam en in het water keek, had hij zijn eigen gezicht gezien. Hij had er smoezelig uitgezien, en de vlassige baardharen waren rommeliger dan ze hadden aangevoeld. Maar met een scheermes en een beetje zeep zou hij er prima kunnen uitzien, zelfs respectabel. Misschien als iemand die een station binnen kon lopen en daar dan kon worden behandeld als een normaal mens.

'O-muh...' Een paar keer had hij geprobeerd zijn naam uit te spreken, voor de eerste keer in jaren. Hij had het voelen trillen in zijn keel, en omdat hij niet wist hoe het klonk, had hij zijn hand voor zijn mond gehouden om de luchtstroom te kunnen voelen. 'O-muh...' Hij had geglimlacht. Hij was iemand die iets kón. Hij kon immers een auto besturen. En hij had een lange tocht overleefd.

'Ig eed O-muh...' Ik heet Homan. Hij had op het deksel geslagen. 'Ig eed O-muh...'

Ineens was er licht achter hem gaan schijnen.

Met een ruk had hij zich omgedraaid. Politie! Hij had helemaal niet gemerkt dat die was gekomen, zo geconcentreerd had hij zijn best gedaan te spreken.

Hij had zich hevig verzet en gevochten om weg te komen. Maar ze hadden hem toch handboeien omgedaan en meegenomen naar de gevangenis en vervolgens naar een rechtszaal, waar een rechter had beweerd dat hij een dief was en te achterlijk om ook maar iets te begrijpen. Hij was een gevaar voor anderen, en daarom was hij naar deze plek overgebracht. Hij wist nog dat hij bij deze treden uit de patrouillewagen was gesleurd, bang en in de war. Terwijl hij omhoog had gekeken naar de klok, had hij bij zichzelf gedacht: ze kunnen verdomme lang wachten voordat ik mijn stem weer gebruik.

Op dit moment keek hij weer naar de toren, steeds een raam hoger. Er scheen geen licht achter, zelfs niet uit het raam links van de trap, waar de secretaresse van de grote baas – nee, van Luke Collins – haar kantoortje had gehad. Homan beklom de treden om alles beter te kunnen zien. Er zat een bordje op de eikenhouten deur geschroefd waarop stond: GESLOTEN. Hij keek over de heg heen en door het raam naar binnen.

Het vertrek bestond uit niets anders dan muren en een vloer. Er was niemand.

Hij draaide zich terug naar het busje en gebaarde: *Staat er ergens dat je hier niet mag rijden?*

Wil je dat dan?

Nee, maar het moet.

De paviljoens stonden er allemaal nog, en terwijl Sam het busje er langzaam langs stuurde, zag Homan op elke deur zo'n bordje zitten met: GESLOTEN. Daar was het paviljoen waar hij Ukkie en Draaitol had leren kennen. En daar was de eetzaal, waar hij suikerklontjes had gejat. Daar was de wasserij, waar hij haar boeketjes veren had gegeven.

En daar was het pad waarop hij de andere dove bewoner wel eens had gezien, een Afro-Amerikaan die gek was op uniformen en die gebaren had gebruikt die Homan betekenisloos had gevonden, maar die dat waarschijnlijk niet waren, net zoals die van Homan niet betekenisloos waren geweest. Eindelijk was hij erachter gekomen. Homan had leren gebaren in een dialect dat de vader van de McClintocks had opgepikt in een dovenschool, een dialect dat door zwarte Amerikanen werd gebruikt. Blanken kenden die gebarentaal niet, in het diepe zuiden hadden die aparte scholen gehad. En blijkbaar wisten sommige zwarten niet dat het een dialect was.

Homan had een lange weg afgelegd. Als hij toen ook maar een fractie had geweten van wat hij nu wist...

Sla af naar de akkers, gebaarde hij.

De schuur was ontzettend vervallen, begroeid met klimop, en een boom was dwars door het dak gegroeid. In die schuur had hij de tekening van de zee bewaard. In de ochtend had hij er vaak naar gekeken, gefascineerd door het blauwe water dat schuimend tegen de rotsen aan sloeg en de toren nat spatte. Op dit moment kon hij de schuur niet in, maar dat gaf niet. Als de akkers overwoekerd waren met wilde bloemen, en de huizen van de begeleiders van de kaart waren geveegd, zou die tekening vast tot stof zijn vergaan.

Ik snap het niet, gebaarde hij naar Jean toen ze bij de begraafplaats kwamen, die ook al overwoekerd was. *Waarom hebben ze alles hier zo gelaten?*

Misschien was het terrein te groot en konden ze niemand vinden die het wilde overnemen, gebaarde Jean terug.

Terwijl ze terugreden naar het hoofdgebouw, dacht Homan: misschien wil niemand geconfronteerd worden met geesten.

Weer bij het nieuwe ziekenhuis gekomen moesten ze een heleboel mensen af voordat ze de juiste bureaucraat troffen.

'Ik vrees dat ik er weinig van weet,' zei mevrouw Raja nadat ze haar stoel achter haar bureau vandaan had gerold zodat ze in een kringetje konden zitten, met Jean als tolk. 'Ik weet alleen dat alle bewoners bij familie zijn gaan wonen, of in kleine groepshuizen. Sommigen wonen nog in de buurt, anderen verder weg. Ik zou jullie een lijst kunnen geven van de stichtingen die de groepshuizen beheren.'

We weten niet hoe ze heet, gebaarde Homan.

'Is ze geen familie?'

Even aarzelde hij, en hij zag haar voor zich zoals ze op die laatste avond naar hem toe was gekomen in de witte jurk van de oude vrouw, en met de denkbeeldige ring die hij om haar vinger had geschoven.

Jawel.

'Maar u kent haar naam niet?'

Zijn gezicht betrok. *Nee.*

'Dan zal ik heel eerlijk tegen u zijn. Soms komen hier mensen zoals u. Meestal zijn ze er pas later achter gekomen dat een familielid hier heeft verbleven, en ze willen die verloren gewaande broer of zuster graag traceren. Ik geef ze dan die lijst met stichtingen, maar meestal loopt hun zoektocht op niets uit. De inrichting is opgehouden te bestaan voordat er computers in gebruik kwamen, en bovendien ontbreken er veel gegevens in de papieren dossiers. Soms werden bewoners ondergebracht met alleen een voornaam, en er zijn zelfs gevallen waarbij een valse naam is gebruikt. En sommige bewoners hadden niet eens een naam.'

Even keek Sam Homan aan, toen vroeg hij: 'Er waren er die geen naam hadden?'

'Niemand wist wie ze waren. Ze waren hier op de een of andere manier beland, en als er geen dossier was en ze zelf niet konden praten, was hun identiteit onbekend.'

Homan gebaarde: *Hoe werden ze dan in het dossier genoemd?*

'Ze kregen nummers, in volgorde van binnenkomst. Nummer 1, nummer 2, enzovoorts.'

Homan keek uit het raam naar een grote esdoorn. Mooi Meisje had ook niet geweten hoe hij heette. Hij herinnerde zich nog dat ze een speciaal gebaar voor hem had gehad, maar dat zou ook een getal kunnen zijn.

Een eekhoorn klom via een tak omhoog, en hij besefte tot zijn schrik dat hij dit al eerder had gezien, vanuit precies hetzelfde standpunt. De werkkamer van mevrouw Raja bevond zich op exact dezelfde plek als waar het kantoortje van Mollige Roodhaar was geweest. Dit gebouw was voor dat andere in de plaats gekomen. Hier had Mooi Meisje haar tekeningen gemaakt.

Hij keek weer terug naar mevrouw Raja, die opstond. 'Het spijt me dat ik jullie niet verder heb kunnen helpen,' zei ze.

We vinden het heel jammer voor je, gebaarde Jean nadat Homan de motor had gestart en haar even aankeek.

Hij reed het parkeerterrein af. Met zijn handen op het stuur had hij tenminste ergens macht over. Op deze manier kon hij zijn neiging onderdrukken tegen bomen te schoppen. Hij nam zichzelf flink onder handen. Je had kunnen weten dat er uit dit bezoek niets zou komen, dacht hij. Terwijl hij terugdacht aan de persoon die hij toen was geweest, vroeg hij zich ook af waarom hij haar per se wilde vinden. Goed, dacht hij, ze accepteerde je zoals je was, en dat was prettig. Maar Sam accepteert je ook zoals je bent, en Jean, de koning en de koningin, al de vrienden die je de laatste tijd heb gemaakt. Is dat dan niet voldoende? Waarom blijf je je maar schuldig voelen, waarom kun je geen vrede hebben met wat er in het verleden is gebeurd?

Met zijn stok tikte Sam hem op de rug.

Jean gebaarde: *We hebben de oprit naar de grote weg gemist.*

Homan schudde zijn hoofd en richtte zijn blik weer op de weg. Inderdaad was hij langs de oprit gereden. De weg was een rondweg geworden en voerde door de heuvels. Hij keek om zich heen en zag niets dan weilandwinkels en restaurants die bij grote ketens hoorden. Geen bossen meer. Nou ja, zo gaat dat nou eenmaal, dacht hij. Aan alles komt een eind, of je dat nou wilt of niet. Al die vrije natuur: weg. De Valstrik: weg. Zelfs een liefde waar je helemaal duizelig en romantisch van wordt, die je hoop verleent en een ongekende vreugde, die ervoor zorgt dat je een sprong in het ongewisse waagt en alles bijna tot een goed einde brengt, zelfs zo'n liefde komt aan haar eind. Het leven bestaat uit stof waartoe gij zult wederkeren. En daar kun je helemaal niks aan doen.

Jean sloeg op het stuur. *Ik weet dat je je rot voelt, maar we moeten keren*, gebaarde ze.

Klopt, gebaarde hij terug.

Hij moest tot zichzelf komen. Hij moest goed uitkijken of er niet een afrit was, zodat hij kon keren en de andere kant op gaan. Ze waren vlak bij een brug, en daarop wilde hij niet keren. Zoiets was iets voor filmhelden, en hij was geen held. Hij was gewoon een man die had liefgehad. Een man die zich door Mooi Meisje zo gekoesterd had gevoeld dat hij meer was geworden dan hij voor mogelijk had gehouden. Een man die werd geaccepteerd door zijn vrienden en werkgevers, die hun respect had verkregen, maar om de waarheid te zeggen had hij zich nooit meer zo gekoesterd gevoeld.

Na de brug werd de weg smaller, met aan weerskanten boerderijen en bossen. Na een paar kilometer zag hij eindelijk een open plek tussen de bomen waar hij kon keren. Hij zette de richtingaanwijzer al aan, en toen hij bij de plek was gekomen, merkte hij dat daar een onverharde weg liep waar een bord bij stond: RIVERSIDE BOY SCOUT CAMP. En ineens viel er een puzzelstukje op zijn plaats.

Dit was de plek waar hij al rennend in die nacht was geweest. Hier was hij van de steiger gedoken om de rivier over te zwemmen.

Dit was de weg. Dezelfde weg als toen.

Voordat Sam en Jean iets konden zeggen, gebaarde hij: *Ik weet waar ik ben. Er is nog één ding dat ik wil zien.*

Hij zette de richtingaanwijzer uit en reed verder.

Het was belachelijk, dacht hij terwijl hij steeds harder ging rijden, langs roestige auto's, langs boerderijen en bosschages. Hier zou hij haar echt niet vinden. Onderdakgever was vast al dood. Kleintje kon onmogelijk op die boerderij zijn.

En toch moest hij erheen. Als hij dat niet deed, zou zijn zoektocht altijd incompleet blijven.

Veel sneller dan toen op die regenachtige avond bereikte hij de afslag. Tegenwoordig kon hij lezen wat er op de borden stond, maar hij wist toch al dat hij op deze weg moest blijven, de Old Creamery Road. Op die avond had hij niet geweten wat hij moest doen. Het was puur toeval geweest dat ze op deze weg waren gebleven. Hoeveel meer bewijs heb je nodig om zeker te weten dat er geen grote tekening bestaat, dacht hij. Het was puur toeval dat je toen rechtdoor liep. Het was puur toeval dat je dat deksel oppakte waar water in stond.

De bomen vlogen voorbij. Hij vroeg zich af of hij het nog zou herkennen.

Natuurlijk zou hij het herkennen!

Daar was het witte huis waar ze bijna naartoe waren gegaan. Maar zij had haar hoofd geschud, dus waren ze verder gelopen.

Daar waren de andere huizen waar ze langs waren gekomen, ouder en verweerder. Misschien zou de oude vrouw er toch nog zijn. Misschien zou zij het antwoord weten op zijn vragen.

Hij kwam bij de bocht in de weg en het drong tot hem door dat hij er bijna was. Links, nadat de weg weer recht was geworden, een paar honderd meter verder maar.

De weg liep weer recht, en de bomen aan weerskanten van het asfalt maakten plaats voor huizen. Honderden, met een verdieping, op de heuvel aan de linkerkant, en zover hij kon kijken rechts.

Hij minderde vaart en keek naar links. Hij herinnerde zich het hellende terrein. Hij was samen met Mooi Meisje de helling op gerend. En later was hij gevlucht via het bos.

De ingang naar de wijk was een eindje verder al te zien, geflankeerd door twee lage muren van baksteen. Naarmate ze dichterbij kwamen, zag hij voor de muurtjes keurig onderhouden struikjes staan, en siergras, aan beide zijden precies hetzelfde. Het enige verschil was dat er voor de rechtermuur een bord was geplaatst waarop met goudkleurige letters stond: MEADOW HILLS ESTATES.

Hij reed het wijkje in. De weg was hier breed, met smallere zijstraten die over de hellingen kronkelden. Naast de stoeprand zette hij het busje stil, opende het portier en stapte uit.

Het rook naar gemaaid gras, mulch en bladblazers met benzinemotor. Een paar inwoners reden op grasmaaiers over hun gazon, of waren op hun oprit de auto aan het wassen. Maar hij zag vooral huizen, en geen daarvan leek op dat van de oude vrouw. Dat had op deze heuvel gestaan, maar het was weg, net als het kantoortje waar Mooi Meisje de radio in haar zak had gedaan, zich tegen hem aan had gedrukt en waar ze samen hadden gedanst.

Niemand zou ooit weten van de blijdschap en het verdriet dat met deze plek verbonden was.

Eigenlijk had hij het liefst heel lang willen blijven, maar algauw drong het tot hem door dat hij had gedaan wat hij van plan was geweest, en ook wat hij niet van plan was geweest. Zonder enig resultaat.

Nadat hij was ingestapt, draaide hij zich naar zijn twee vrienden toe. *Sorry voor het omrijden,* gebaarde hij. *Ik ben nu klaar om te vertrekken.*

Jean vroeg: *Waar zijn we?*

Hier heb ik haar voor het laatst gezien. Nee, hier heb ik hen voor het laatst gezien.

Via Jean vroeg Sam: *Hier?*

Hier.

Weer stelde Sam een vraag: *Hoe weet je dat zo zeker?*

Ik weet het gewoon.

Maar ik dacht dat het op een boerderij was.

Dat was het ook.

We hebben dat verhaal al zo vaak gehoord, gebaarde Jean. *Het is iets heel anders om hier daadwerkelijk te zijn.*

Alleen, je bent er niet echt, gebaarde Homan. *Het is weg.*

Wanneer je vertelt over die avond en nacht, gebaarde ze, *dan klinkt het alsof Mooi Meisje precies wist waar ze naartoe moest.*

Dat wist ze niet. Ze dacht dat het op die boerderij veilig zou zijn, en dat was ook zo.

Totdat de politie kwam, voegde Sam eraan toe.

Nee, ze had gelijk, vond Homan. *De oude vrouw behandelde ons heel vriendelijk. Hoeveel anderen zouden dat hebben gedaan?*

Jean gebaarde: *Maar waarom denk je dat ze die boerderij had uitgekozen? Waarom niet een andere?*

Homan keek van de een naar de ander, en ondertussen beleefde hij die avond en nacht weer. Het elkaar stevig vasthouden in de gutsende regen. De bocht in de weg volgen. Het zien van de brievenbus.

De brievenbus. Met het vuurtorenmannetje. De vuurtoren die op haar tekening van de zee had gestaan.

Hij gooide het portier open en rende naar de ingang van het wijkje.

Er waren alleen de goed onderhouden struikjes, het siergras en de lage muurtjes. Hij keek heen en weer, naar de huizen. Ze hadden allemaal een heel gewone brievenbus aan de straat. Het vuurtorenmannetje was weg. Maar de herinnering is machtiger dan stof.

Opeens spreidde hij zijn armen en draaide met in de nek geworpen hoofd in het rond, lachend en opkijkend naar de lucht. Hij wist waarvoor hij hier was, en hij wist wat hem te doen stond.

Terwijl de lucht om hem heen leek te draaien, dacht hij: die Grote Kunstenaar heeft mij misschien net zo hard nodig als ik hem.

De tweede soort hoop

Lynnie

2000

Het was heel snel gegaan met Doreen. Terwijl Lynnie tijdens de afscheidsdienst naar de dominee luisterde, kon ze nog nauwelijks geloven hoe snel.

Het was het jaar daarvoor begonnen. Op een zaterdag, toen Lynnie op bezoek was om zoals gewoonlijk naar een video te kijken, had Doreen gevraagd: ‘Weet jij waar ze zijn?’ Ze hadden gezocht, en toen ze de banden in een kast bij het wc-papier hadden gevonden, had Doreen gezegd: ‘Wat ben ik toch een sul!’ Ze hadden er hartelijk om moeten lachen. Maar niet veel later was ze vergeten haar busabonnement mee te nemen, en op een dag was ze de Wal-Mart uit gelopen en had ze zich niet meer kunnen herinneren waar ze was.

Een week daarna had Doreen Lynnie in tranen opgebeld. Ze was naar de bank gegaan en daar had ze te horen gekregen dat er nog maar twintig dollar op haar rekening stond. Meteen waren Carmen en Lynnie naar Doreen toe gegaan, en Doreen had verteld dat haar begeleider al in tijden niet meer bij haar was geweest. Carmen was een rondje gaan bellen, en na een poosje was gebleken dat de begeleider veel geld van Doreens rekening had gehaald.

‘Het zou fijn zijn als ik kon zeggen dat dit slechts zeer zelden gebeurt,’ had de rechercheur gezegd toen ze proces-verbaal kwam opmaken.

‘En de huur dan?’ had Doreen gejammerd. ‘En het gas en het licht?’

‘Ik kijk wel of ik je boven aan de wachtlijst kan krijgen,’ had Carmen gezegd. ‘Dan kun je weer in een huis van BridgeWays komen wonen.’

Dat was haar gelukt, en Doreen was terechtgekomen in een groepshuis aan de andere kant van de stad. Toch was het snel bergafwaarts met haar gegaan. Ze was niet meer naar buiten gegaan omdat ze het zo verwarrend vond op straat. Ze had niet aan tafel kunnen zitten tijdens de maaltijden zonder tegen iemand te snauwen. En na een poos had ze alleen nog maar uit het raam gekeken en beweerd dat er diamanten in de heuvels zaten.

Na elk bezoekje had Lynnie moeten huilen, en toch was ze blijven komen. Carmen had gezegd dat dat heel lief van haar was, dat ze een echte vriendin was.

De begrafenis was niet de eerste die Lynnie ooit had bijgewoond. Voordat ze in de School zat weggestopt, was ze op de begrafenis van haar opa geweest. Het was een drukke begrafenis geweest, met veel mensen. Op de begraafplaats had ze steentjes op sommige van de grafstenen zien liggen, en toen had Hannah verteld dat ze van hun moeder had gehoord dat wanneer je het graf van iemand bezoekt op wie je erg gesteld was geweest, je er een steentje op kon leggen. Dan wist iedereen dat de overledene nog niet was vergeten. De tweede begrafenis die Lynnie had bijgewoond, was die van Tonette. Daar waren slechts een paar mensen bij aanwezig geweest, en Lynnie had Tonette willen laten zien dat ze haar niet was vergeten en had een steentje op het graf gelegd.

Hier, op de begrafenis van Doreen, was het ook niet druk. Lynnie was gekomen, Carmen, twee van Doreens buren uit het appartementencomplex, Vince en Dale de buschauffeurs, en drie van de verkoopsters met wie Doreen door de jaren heen veel babbeltjes had gemaakt.

De dominee sprak heel beleefd over Doreen, hij noemde haar rein van hart en een frisse wind voor iedereen die haar had gekend. Niet grappig, brutaal of koppig, of, zoals Lynnie haar vaak had meegemaakt, pisnijdig omdat haar familie nooit bij haar op bezoek was gekomen. Maar de dominee had Doreen alleen op het laatst gekend, en toen hij ging praten over het eeuwige geluk dat ze nu had gevonden in het huis van de Heer, hield Lynnie op met luisteren. Doreen had het nooit over God gehad, en Lynnie wist niet zeker of ze zelf wel in God geloofde. Mensen die over God praatten, zoals Kate, zeiden dat ze zich in hun hart bewust waren van Zijn aanwezigheid. Lynnie voelde niets in haar hart. Als er een God bestond, waarom moest Doreen dan dood om naar huis te kunnen? Als er een God bestond, waarom had Doreen dan geld van haar vader gekregen, maar was hij nooit bij haar op bezoek geweest? Als er een God bestond, waarom kon Lynnie zich dan Buddy en Julia nauwelijks voor de geest halen?

Toen de dominee bijna klaar was, had Lynnie niets nieuws ontdekt over God, maar ze had wel iets anders beseft. Heel, heel lang was ze ervan overtuigd geweest dat Buddy zou terugkomen. Ze had Kate gezegd dat dat zou gebeuren, uiteindelijk. Ze had dat woord geleerd toen ze klein was en ze met Hannah hun heel eigen versie van verstoppertje had gespeeld, waar niemand hem was en er ook geen buut-vrij bestond. Nee, ze hadden zich samen voor mama en papa verstopt, en voor elkaar, en dan gekeken hoe lang het duurde voordat ze elkaar al te zeer zouden missen. En dan gingen ze naar elkaar op zoek, en zodra ze elkaar hadden gevonden, had Hannah geroepen: 'Veilig!' Dat spel kende altijd een einde, uiteindelijk.

Terwijl Doreens kist werd weggedragen en het kleine gezelschap erachteraan kwam, drong het tot Lynnie door dat er voor Buddy en haarzelf misschien geen uiteindelijk zou komen. Kijk maar naar Doreen. Als er een God bestond, zouden haar ouders wel zijn gekomen, uiteindelijk. Maar nooit was eerder gekomen.

In de weken daarna vroeg Lynnie zich 's ochtends bij het aankleden elke keer af of ze de ketting met de hanger met het rode veertje wel moest omdoen. Sinds ze die van Hannah had gekregen, had ze hem dagelijks om gehad, en wanneer ze de ketting om haar hals deed en het glazen rondje op haar borst kwam te rusten, voelde het alsof Buddy daar zijn hand hield en het hoorde trillen terwijl ze sprak. En elke keer dat ze zich ervan bewust was dat de hanger rees en daalde met haar ademhaling, dacht ze aan Julia, die ergens onder de weidse luchten ook ademhaalde. Ze ging zich afvragen of ze niet juist verdrietig werd van de ketting om haar hals. In het kantoor van BridgeWays hoorde ze wel eens iemand praten over een collega die zich ergens 'overheen moest zetten', wanneer iemands vriend het had uitgemaakt. En thuis hoorde ze op tv mensen zeggen: 'Je moet verdergaan met je leven.' En: 'Het is afgelopen, voorbij.'

Doreen had gelijk gehad: hij kwam nooit meer terug. Na tweeëndertig jaar te hebben gehoopt, werd het tijd om verder te gaan.

Dus trok Lynnie een paar maanden na Doreens overlijden de kastdeur open, tilde de extra deken op en haalde daar het houten kistje met houtsnijwerk onder vandaan dat ze jaren geleden van Eva en Don Hansberry had gekregen. Diezelfde avond, nadat Lynnie haar verhaal had gedaan in het Capitool, had ze samen met Kate alles bekeken wat erin zat. In de hotelkamer hadden Kate en zij zuchtend naar de foto's van Julia gekeken. Julia was echt mooi. Kate had gevraagd of Lynnie wilde dat ze het gele lint om het stapeltje brieven van de bejaarde dame losknoopte om ze voor te lezen, en de twee dagen daarna waren ze in het hotel gebleven en waren ze heel veel over Martha en Julia te weten gekomen. De geweldige Martha, die de ouder was geworden die Lynnie graag zou hebben gehad, en die ze dolgraag had willen zijn. De laatste brief van het stapeltje was geschreven door Pete, de man met wie Martha was getrouwd. Hij had geschreven dat Martha op een nacht in haar slaap was overleden, toen Julia veertien jaar oud was geweest. Hij had geschreven dat hij heel veel van allebei hield, en hij had beloofd Julia op te voeden op de manier die Martha had gewild. Hij was een goed mens, net zoals Buddy. Later had Kate het gele lint weer om het stapeltje gestrikt, en Lynnie had alles teruggelegd in het kistje en het in het groepshuis goed verstopt.

Het was de ideale plek om de ketting te bewaren. Ze legde die in het kistje en sloot de kastdeur.

Het ging dooien, de bloesem verscheen, de zomer kwam en kleurde met haar hete zonnestralen het gras geel. Op een ochtend, toen de wind de bladeren weer eens van de takken deed dwarrelen, op de dag dat Hannah op bezoek zou komen, werd Lynnie wakker met een heel nieuwe gedachte in haar hoofd. Al heel lang verlangde Hannah naar een kind, maar het lukte Hannah en haar echtgenoot John maar niet om kinderen te krijgen. Lynnie wist dat Hannah daar verdrietig om was, want elke keer dat er ergens een zwangere vrouw liep, keek ze gauw weg. En toch klonk ze altijd vrolijk wanneer ze Lynnie belde om haar te vertellen dat er weer nieuwe schilderijen in de galerie hingen en dat het een groot succes was. En dan had je ook nog Kate. Kate had graag gewild dat haar eerste huwelijk iets blijvends zou zijn, maar haar toenmalige echtgenoot had daar heel andere ideeën over gehad. En toen had Kate Scott leren kennen, en toen ze met hem ging trouwen, had ze tegen Lynnie gezegd: 'Scott is al het gedoe van voordat ik hem tegen het lijf ben gelopen dubbel en dwars waard.' En dan had je nog Doreen. Hoewel Doreen nooit haar ouders te zien had gekregen, had ze wel de beste vriendin gehad die je je maar kon voorstellen.

Opeens begreep Lynnie het. Er waren twee soorten hoop. Er was het soort waar je niets aan kon doen, en het soort waar je wel iets aan kon doen. Zelfs als het soort waar je wel iets aan kon doen anders uitpakte dan je had gedacht, was het toch de moeite waard iets te doen. Een regenachtige dag was beter dan helemaal geen dag. Een klein geluk kan een groot verdriet minder verdrietig maken.

Dus terwijl Lynnie zich aankleedde voor het bezoek van Hannah, dat eigenlijk de jaarlijkse bespreking was tussen Hannah en Lynnies begeleiders, kwam ze tot een besluit. Ze besefte dat het iedereen zou verbazen, en toch was het precies wat ze wilde. Eigenlijk had ze het al heel lang gewild.

Ze zette de kastdeur open, haalde het kistje eruit en deed de ketting weer om haar hals.

‘Hoe gaat het, Lynnie?’ vroeg Carmen.

Ze hadden net allemaal plaatsgenomen in de vergaderruimte; Carmen, Sharona, Antoine, Hannah en Lynnie. Iedereen droeg een van de sweatshirts die Hannah had uitgedeeld, en die waren bedrukt met een tekening van Lynnie.

‘Beter,’ antwoordde Lynnie.

‘Ben je er al een beetje aan gewend dat Doreen er niet meer is?’ vroeg Carmen.

Lynnie wist best dat Carmen het antwoord wel wist, maar dat ze het graag van Lynnie zelf wilde horen. ‘Een beetje. Het went vast wel.’

‘Dat is een goede houding,’ zei Antoine met een lach op zijn ronde gezicht. Hij maakte een aantekening op het papier dat hij voor zich had liggen. Hij was Lynnies case manager, Carmen was de coördinator bewoners en Sharona had een ondersteunende functie.

‘En heeft je bowlingteam niet voor de derde keer op rij gewonnen?’ vroeg Hannah.

‘Jazeker!’

‘Is dat niet geweldig?’ vroeg Carmen aan de hele groep. Carmen kwam oorspronkelijk uit Puerto Rico, waar zandstranden en palmbomen zijn. Lynnie vond dat haar stem klonk als golven van de zee.

Vervolgens begon het officiële gedeelte van de bijeenkomst. In de tijd dat BridgeWays Doreens belangen nog had behartigd, had Doreen een grote hekel aan dit soort bijeenkomsten gehad. Lynnie vond ze niet erg, ook al waren ze elk jaar hetzelfde. Je moest met de begeleiders om de tafel zitten en vragen beantwoorden over dingen die iedereen al wist. Doreen had gezegd dat gewone mensen dit nooit hoefden mee te maken, maar Lynnie vond het fijn dat ze mocht uitnodigen wie ze maar wilde. Kate woonde te ver weg, maar Hannah kwam elke keer, en dan bracht ze mokken, sleutelhangers of briefkaarten mee met een door Lynnie gemaakte tekening erop, en die deelde ze uit. Zo leek het net een feestje. Dus wilde Lynnie iedereen best vertellen hoeveel geld ze van de bijstand kreeg, en wanneer ze voor het laatst bij de tandarts was geweest, of dat ze nog wist wat te doen bij brand. Lynnie had vaak tegen Doreen gezegd dat het niks voorstelde, hoewel ze zich tijdens zo'n bijeenkomst eigenlijk net een klein kind voelde.

Antoine was degene die de formulieren invulde, dus stelde hij de vragen. 'Werk je nog in het kantoor van BridgeWays?'

'Ja.'

'Bevalt het je daar?'

'Ja.'

'Zou je niet eens ergens anders willen werken?'

'Nee.'

'Woon je nog op Dowdall Avenue 210?'

'Ja.'

'Bevalt het je daar?'

'Patricia speelt aldoor de baas over de tv, en van Lois mag je niet over het tapijt lopen als ze net heeft gestofzuigd.'

'Zou je liever ergens anders willen wonen?'

'Op mezelf.'

'Als het programma daarvoor gefinancierd wordt, kunnen we het daar eens over hebben. En, wat doe je in je vrije tijd?'

En zo ging het maar door. Lynnie gaf dezelfde antwoorden als altijd, maar ze popelde om bij de laatste vraag te komen. Het duurde een uurtje voordat ze daar zouden zijn, en in de ochtend had ze het antwoord daarop al bedacht.

Eindelijk! 'Is er een doel dat je dit jaar wilt bereiken?'

Heel lang was er slechts één doel geweest. Maar alleen Kate wist van Buddy en Julia, en bovendien was het een doel waarover Lynnie geen macht had. Daarom had ze altijd geantwoord dat ze geen bepaald doel voor ogen had. Antoine verwachtte zeker datzelfde antwoord, want hij zat al klaar om Lynnies dossier dicht te doen en de bijeenkomst te sluiten.

'Ja,' antwoordde Lynnie.

Antoine trok zijn wenkbrauwen op.

‘Goed zo, meid,’ reageerde Carmen. ‘Een beetje verandering kan nooit kwaad.’

‘Ik wil op vakantie,’ zei Lynnie.

‘Dat heb je nog nooit verteld,’ zei Sharona.

‘Ik wil met Hannah en Kate op vakantie. En ik wil alles zelf betalen.’

‘Dat is lief van je.’ Hannah streelde even over Lynnies arm.

‘Het gaat waarschijnlijk meer geld kosten dan je hebt,’ zei Antoine. ‘Waar wil je naartoe?’

Tegen Hannah zei Lynnie: ‘Weet je nog waar we zijn geweest toen we klein waren?’

‘Wil je daarnaartoe?’

‘Waar was dat dan?’ vroeg Carmen.

‘Aan de kust van Jersey,’ antwoordde Hannah. ‘Het is de enige keer dat we op vakantie zijn geweest voordat... Voordat Lynnie naar de School ging.’ Nieuwsgierig keek ze Lynnie aan. ‘Waarom wil je daarheen?’

Lynnie zou Hannah wel willen zeggen waarom ze dat wilde. Maar er was heel veel wat Hannah al heel lang niet wist, en Lynnie kon zich niet voorstellen dat ze Hannah nu alles zou vertellen. Dus gaf ze maar ten dele antwoord: ‘Dat lijkt me leuk.’

Antoine bemoeide zich ermee. ‘Een vakantie voor drie personen, al is het maar naar het strand, zou iets gaan kosten van...’

‘We kunnen buiten het hoogseizoen gaan,’ viel Hannah hem in de rede.

‘Het zal een hele tijd duren om alles bij elkaar te sparen.’

‘Ik wil het zelf doen,’ zei Lynnie.

‘Hoe dan, Lynnie?’ vroeg Hannah.

‘Jij kunt mijn tekeningen verkopen.’

‘Meen je dat?’ vroeg Hannah.

‘Ja.’

‘Maar je zegt vaak dat je nu alles goed bewaart omdat je vroeger niks mocht hebben.’

‘Ik wil mijn tekeningen verkopen om dit te kunnen doen.’

‘Weet je het heel zeker?’

Lynnie knikte.

‘Hoe wil je dat doen?’ vroeg Carmen. ‘Bedrukte shirts?’

‘Nee,’ antwoordde Lynnie, ‘ik heb een veel beter idee.’

Het was heel druk op de dag dat de nieuwe expositie in de galerie in Ithaca werd geopend.

‘Ik ben dol op uw werk,’ zei een lange vrouw met driehoekige oorbellen.

‘Ik had iets verwacht in de trant van de primitieven,’ voegde een man eraan toe die een zakdoek in het borstzakje van zijn jasje had gestopt. ‘En toch doet het me denken aan Howard Pyle, N.C. Wyath of Frank E. Schoonover.’

‘De Brandywine School,’ zei een man met een kaalgeschoren hoofd die veelbetekenend knikte. ‘De grote, narratieve illustratoren.’

Hannah overhandigde Lynnie een bordje met kaas en crackers en zei tegen de mensen om hen heen: ‘Haar werk is zich steeds meer gaan ontwikkelen in de loop der jaren.’

‘Ik dacht dat kunst van iemand met een beperking amateuristisch zou zijn,’ sprak de man met de zakdoek. ‘Voor mij is dit een paradigmaverschuiving.’

Lynnie snapte er niets van. Ze wist alleen dat Hannah en zij hier maanden naartoe hadden gewerkt. Eerst hadden ze hun best gedaan de tekeningen uit te zoeken die Lynnie bereid was te verkopen, maar toen had Hannah erop gewezen dat de meeste daarvan bij elkaar hoorden en een verhaal vertelden, en dat ze er grote moeite mee had die verhalen uit elkaar te rukken. Toen had Lynnie alle tekeningen afgestaan, behalve van het verhaal waarvan Hannah niet op de hoogte was. Hannah had het zo weten te regelen dat de inkomsten van de verkoop er niet voor zouden zorgen dat Lynnie werd gekort op haar toelage. Daarna hadden ze een datum geprikt en had Hannah uitnodigingen verstuurd. De weken waren voorbijgegaan, en een paar dagen voor de opening had Lynnie haar werk ingelijst aan de muren zien hangen, en verschenen er artikelen over haar in de kranten. En nu was het grote moment aangebroken.

Met al die onbekenden om zich heen voelde Lynnie zich verlegen, dus observeerde ze de aanwezigen die haar werk bestudeerden en dingen zeiden als: 'En dan te denken dat Hannah al zo lang deze schatten geheim heeft gehouden.'

'Hoe gaat het?' vroeg Hannah terwijl ze Lynnie meenam naar een rustigere plek. In haar hand had ze een glas wijn.

'Goed.'

'Dat kun je wel zeggen! Je bent waarschijnlijk opgetogen.'

'Zoiets.'

'Zeg, het kan nauwelijks geweldiger worden, toch?'

Lynnie wist iets wat nog veel geweldiger zou zijn, maar dat hield ze voor zich. 'Het is een fijne dag,' zei ze.

'Nou, ik ben blij dat je dat vindt, want ik heb een vraagje voor je.'

Lynnie zou niet weten wat Hannah haar zou willen vragen. Ze keek neer op het bordje met kaas.

'Je doet dit allemaal voor ons, en dat is heel lief van je. Maar weet je, ik neem je toch altijd mee uit lunchen als ik bij je kom? Dan weet je vast wel dat John en ik het ook fijn zouden vinden jóú op een vakantie te trakteren, en dat je dan uiteraard iemand zou mogen meenemen. Je had dus ook je tekeningen kunnen houden en toch op vakantie kunnen gaan. Dus wil ik graag weten: waarom doe je dit, Lynnie? Het is een ontzettend gul gebaar, maar ik begrijp niet goed waarom je dat maakt.'

'Omdat...' begon Lynnie. En ze zei tegen zichzelf: je kunt niet zeggen dat er twee soorten hoop bestaan, want dan zal Hannah vragen wat de andere soort is. En je kunt ook niet zeggen dat je je veilig wilt voelen, omdat Hannah het al akelig genoeg vindt dat je zo lang bent weggestopt. Maar er is nog een andere reden.

'Omdat je bent teruggekomen,' zei Lynnie. 'En omdat je steeds terugkomt. Net zoals Kate.'

‘Lynnie,’ zei Hannah, en ze zette het wijnglas neer en sloeg haar armen om haar zusje heen. ‘Dat is het liefste wat iemand ooit tegen me heeft gezegd.’

Lynnie keek langs Hannah heen door de grote etalageruit van de galerie. Buiten huilde de lucht, en terwijl ze naar de regendruppels keek, dacht ze: een regenachtige dag kan een heel belangrijke dag zijn. En een kleine hoop is niet echt klein als een verloren hoop daarmee minder verdrietiger wordt.

In het licht

Kate

2001

Op het parkeerterrein ontdekte Kate Lynnie vrijwel meteen.

Kate had gedacht dat ze te moe zou zijn na de vroege vlucht vanuit Indianapolis, gevolgd door de treinreis naar het plaatsje Poseidon aan de kust van Jersey. Ze had ook gedacht dat ze hen op dat enorme parkeerterrein toch niet zou zien uit het raampje terwijl de trein steeds langzamer reed en tot stilstand kwam. Maar zodra ze op het perron stapte, de zilte zeelucht diep inademde en om zich heen keek, zag ze het portier van de groene Volvo openvliegen en een lange vrouw met zilverkleurig haar uitstappen. Als Kate niet naar Lynnie zou hebben uitgekeken, zou ze haar niet hebben herkend met dat korte haar, de bril op haar neus en haar vollere figuur. Ondanks haar vijftig jaren was Lynnie nog duidelijk heel blij om Kate te zien, dat was goed merkbaar aan het uitbundig zwaaien terwijl ze naar het perron holde. Kate zwaaide terug en hees haar weekendtas een beetje hoger. En ondertussen rende Lynnie op haar toe.

'Je bent er! Eindelijk!' riep Lynnie uit terwijl ze haar armen om Kate heen sloeg.

'Het hele weekend,' zei Kate. 'Precies zoals je wilde.'

Het was heerlijk om Lynnie zo blij te zien. Kate haakte bij Lynnie in en gearmd liepen ze de treden af. Het bezoek, jaren geleden, aan Harrisburg had Kate diep geroerd, en nog steeds sprongen er tranen van trots en bewondering in haar ogen wanneer ze eraan dacht. Uit de brieven en telefoontjes daarna had Kate kunnen opmaken dat Lynnie steeds zelfverzekerder en onafhankelijker was geworden en heel goed wist wat ze wilde.

Terwijl ze op Hannah afliepen, kon Kate dat zelfvertrouwen goed zien, en even speet het haar dat ze niet meer met Lynnie werkte. Nou ja, de tijd vliegt, en het leven heeft me elders gebracht, dacht ze toen ze Hannah omhelsde. Kates collega's plaagden haar vaak omdat ze zo veel deed voor de mensen die ze onder haar hoede had, maar ze waren wel onder de indruk geweest toen Kate hun over dit reisje had verteld. 'Het is geen werk,' had Kate hen verbeterd, 'Lynnie is voor mij als een oude vriendin.' Een oude vriendin met een treurige geschiedenis, had ze erbij gedacht. Een oude vriendin die verlossing had gevonden door een baby'tje, een bejaarde vrouw en tientallen jaren eigen inspanningen.

Hannah zette Kates tas in de kofferbak en zei: 'Ik hoop dat je het niet erg vindt, maar de plannen voor vanmiddag zijn gewijzigd.'

'De weerman zei dat er onweer komt,' vertelde Lynnie.

Kate keek op. In de trein had ze verrast naar de mooie blauwe lucht gekeken en gedacht dat het uitgelezen weer was om minigolf te spelen, een ritje in het reuzenrad te maken en iets lekkers te eten bij een kraampje. Dat waren de dingen waarover Lynnie het had gehad. En het leek zo'n heerlijke, rustige meidag.

'En het gaat hard waaien,' voegde Hannah eraan toe. 'Een noordooster. Zoiets komt in deze tijd van het jaar niet vaak voor, en je weet waarschijnlijk wel dat het er dan heftig aan toe kan gaan.'

Toen pas zag Kate het eerste teken dat er zwaar weer op komst was: een wolk aan de horizon.

'Dus besloten we vandaag de rondleiding te doen, in plaats van morgen,' zei Hannah.

'Een rondleiding?'

'Je weet wel,' zei Lynnie. 'Met een gids die alles laat zien.'

'Dat leek ons een goede manier om de herinneringen aan de bezienswaardigheden hier terug te halen,' vulde Hannah aan.

Net voordat ze instapten, viel het Kate op dat papiertjes op straat in beweging kwamen en dat de blaadjes aan de bomen trilden.

'Gelukkig kon de rondleiding vanmiddag ook,' zei Hannah.

'Gaat het dan al zo gauw onweren en stormen?'

'Nou ja, we kunnen het risico maar beter niet lopen,' vond Hannah. Ze nam plaats achter het stuur en startte de motor.

Kate keek even naar Lynnie, die voorin zat met een brede grijns op haar gezicht, ongetwijfeld omdat dit weekend eindelijk van start kon gaan. 'Het kan me helemaal niets schelen als het het hele weekend blijft regenen,' zei Kate. 'Het is al fijn genoeg om hier te zijn.'

De eerste regendruppels vielen al voordat ze bij de souvenirwinkel aan Ocean Avenue waren gestopt. De gids stond in regenjas met capuchon onder de luifel op hen te wachten en zwaaide. Het was een man van een jaar of zestig, met veel rimpels in zijn gezicht en helderblauwe ogen. Hij liep naar het raampje aan Hannahs kant en stelde zich voor als Tom. Nadat hij had gezegd dat hij de auto zou besturen, ging Hannah achterin bij Kate zitten, en stapte Tom in.

'We zullen waarschijnlijk een ingekorte versie van de hele rondleiding moeten doen,' waarschuwde hij. 'Meestal kunnen we de historische plaatsen wel bezoeken, maar omdat iedereen zich voorbereidt op het noodweer, zullen we misschien vaak in de auto moeten blijven.'

'Moet dat?' vroeg Lynnie.

Schouderophalend antwoordde hij: 'Op dit soort dagen moeten we maar kijken hoe het gaat.' En hij reed Ocean Avenue op.

'Dat herinner ik me,' zei Hannah toen ze langs een hamburgerkraampje reden met een enorme zeemeermin met metalen schubben ervoor.

'Dat is Ackerman's, dat kraampje staat hier al vanaf 1925.'

'Daar hebben we gegeten,' zei Hannah. 'Dat moet je nog weten, Lynnie, want die zeemeermin komt op een van je tekeningen voor.'

'Ik weet het nog.'

'En kijk daar eens?' Tom wees naar een plein waar een draaimolen in het gras stond.

'O, Lynnie!' riep Hannah uit. 'Kijk!'

‘Vroeger was er aan de rand van de stad een pretpark. Dat was iets wat veel mensen trok; het was net zo beroemd als Lucy, de tinnen olifant in Margate, of de Boardwalk van Atlantic City. Deze draaimolen was zeer geliefd. We boffen dat hij gespaard is gebleven toen het pretpark in 1956 afbrandde. Een paar jaar geleden is er toestemming verleend om hem in het centrum te zetten. Hij doet het nog goed.’

Tom reed om het plein heen. De draaimolen schudde een beetje in de wind, en voor de ingang was een koord gespannen. ‘Nou ja, vandaag kun je er dus niet in,’ zei Tom. ‘Maar in elk geval hebben jullie hem kunnen zien.’ Aan de palen waren paarden, zebra’s, tijgers en leeuwen bevestigd, allemaal met versierde zadels en hoofdstellen, en beschilderd in kleuren die in de natuur nooit voorkomen.

‘De paarden zijn het fijnst,’ zei Lynnie.

‘Ja,’ zei Hannah. ‘Ze lijken op het paardje dat mam en pap in het winkeltje voor me hebben gekocht.’

‘Dat heb je aan mij gegeven.’

‘Is dat het paardje dat we in je buideltje bewaarden?’ vroeg Kate. ‘Het paardje in blauw en groen?’

Lynnie keek achterom en knikte.

Terwijl ze verder door het plaatsje reden, vertelde Tom meer over de geschiedenis van Poseidon. Het was een van de oudste nederzettingen na de komst van de kolonisten en had tijdens de Amerikaanse Revolutie nog een kleine Britse invasie afgeslagen. In het begin van de negentiende eeuw was het een belangrijke overslaghaven geworden, en hadden rijke reders er huizen laten bouwen om het hele jaar door in te wonen. Nadat er een glasblazerij was geopend, ging het het plaatsje nog meer voor de wind. In het begin van de twintigste eeuw was het een geliefd oord geweest voor zowel de arbeiders uit Jersey als de gefortuneerde inwoners van Philadelphia. De grote huizen stonden er nog, sommige zelfs op het strand. ‘En daar is de Poseidon Inn,’ vertelde Tom. ‘Daar heeft Woodrow Wilson nog op de veranda gestaan omdat het daar beschut was tegen de wind. Er wordt gezegd dat

Thomas Edison er een nachtje heeft geslapen, en dat hij eindelijk had uitgevogeld hoe hij een gloeilamp in elkaar moest zetten toen hij wakker werd. Zo, nu moet ik even afslaan...' Hij sloeg rechts een straat in en meteen daarna reed hij links een brede boulevard op, omzoomd door bomen. 'En dan zijn we nu op de bekende Mansion Row.'

Aan weerskanten stonden prachtige, goed onderhouden kasten van huizen. Tom reed er langzaam langs en vertelde wie in welk pand had gewoond. Kate vroeg zich af of Lynnie wel hierin geïnteresseerd was, maar ze keek net zo geboeid door de raampjes als de rest. Na een paar huizenblokken begreep Kate waarom.

'Volgens mij logeerden we daar.' Hannah wees naar een modern huis met een plat dak.

'Daar?' vroeg Lynnie.

'Volgens mij wel.'

'Ze hadden er paarse ijsjes.'

'Klopt, van zwarte framboos. En er was een fontein in de lobby.'

De twee zusjes schoten in de lach.

'Logeerden jullie in het Paulsen House?' vroeg Tom.

Hannah legde het uit. 'Een kennis van onze ouders had hen uitgenodigd voor een feest. Meneer Paulsen zelf kenden ze niet, maar het idee van een strandfeest stond hun wel aan. Achter het huis is een terras dat aan het strand grenst.'

'Dat kunnen we van de andere kant zien,' reageerde Tom. 'We gaan daar nu naartoe.'

Hij reed een zijstraatje in dat doodliep in de duinen. Omdat het gestaag was gaan regenen, stond Kate op het punt voor te stellen maar op te houden met de rondleiding en naar het pension te gaan, maar toen hoorde ze Lynnie een gesmoorde kreet slaken.

Kate volgde Lynnies blik en keek door de voorruit. Eerst zag ze niets bijzonders. Ze boog haar hoofd om een lager blikveld te krijgen, over de duinen, begroeid met helmgras, en de grauwe lucht, die steeds donkerder werd.

En toen zag ze de vuurtoren. Een vuurtoren met het gezicht van een man.

'Kom!' riep Lynnie uit, en ze duwde het portier open en sprong uit de auto.

'Wat doe je?' riep Kate haar na.

Lachend stapte Hannah ook uit. 'Ze wil de vuurtoren nog eens bekijken. We zijn er een keer binnen geweest, toen we klein waren.'

'O ja?' vroeg Kate.

Achterom riep Hannah: 'Tijdens een onweer. We renden ernaartoe. Ik had gezegd dat we daar veilig zouden zijn, en dat was ook zo.'

'Is hij open?' vroeg Kate aan Tom.

'Hij is altijd open,' antwoordde Tom.

Kate opende het portier aan haar kant en riep: 'Lynnie, die vuurtoren lijkt toch op die van het vuurtorentje op de brievenbus?'

Maar Lynnie was al een eind op het pad door de duinen en hoorde het niet, en Hannah rende vlak achter haar aan.

Toen Kate en Tom over de duinen waren geklommen, waren Lynnie en Hannah al op het strand en halverwege de vuurtoren. Er stond een fikse bries vanaf zee. De golven hadden schuimende koppen, en de jaspanden van de jassen van de twee zusjes stonden uit als vleugels. Toch holden die twee snel verder, Lynnie sneller dan Hannah, allebei op weg naar de vuurtoren die oprees uit het zand.

'Heb jij ooit eerder een vuurtoren met een gezicht gezien?' vroeg Tom, die zijn stem moest verheffen om boven de wind uit te komen.

'Om heel eerlijk te zijn: ja,' antwoordde Kate, ook met stemverheffing. Ze trok haar sjaal over haar hoofd.

'Ben je hier dan al eens geweest?'

'Nee.'

'Maar deze is de enige op de hele wereld!'

'Echt waar?'

'Het is de Poseidon Lighthouse!'

'En die is altijd open? Konden ze er daarom als kind in?'

'Tegenwoordig is hij altijd open. Toen ze nog klein waren, was de vuurtoren onbemand. Ik denk dat ze gewoon naar binnen zijn gegaan.'

'Hannah had indertijd gezegd dat ze daar veilig zouden zijn,' dacht Kate hardop, na wat ze daarnet had gehoord. 'Het onweerde, ze gingen de vuurtoren in, en daar waren ze veilig.'

'Daar zijn vuurtorens voor,' reageerde Tom. 'Voor de veiligheid.'

Plotseling begreep Kate het. Dus daarom had Lynnie gedacht dat ze die avond veilig zouden zijn...

Dat was ook het geval geweest.

En toch ook weer niet.

Ze zag dat Hannah Lynnie inhaalde, aan de voet van de toren, een heel eind verderop. Aan de ene kant van de toren stond het huis van de vuurtorenwachter, waar geen licht uit de ramen scheen. Aan de andere kant was een kleine pier, en de golven sloegen schuimend tegen het zwarte steen.

Lynnie trok de deur van de vuurtoren open.

'Is de vuurtoren niet meer onbemand?' vroeg Kate. Ze moest roepen om boven het geraas van de wind en de zee uit te komen.

'Hij is helemaal gerestaureerd.'

Achter Lynnie aan stapte Hannah de vuurtoren binnen.

'Hoe weet je dat het in orde is om daar naar binnen te gaan?' riep Kate uit. 'Wie weet wie daar binnen is...'

'Ik maak me geen zorgen,' zei Tom.

'Nou, ik ga achter ze aan.'

Vervolgens worstelden ze tegen de wind in naar de deur van de vuurtoren.

Het was kil in de vuurtoren, en toen Tom de deur achter hen sloot, weergalmde het. Kate hoorde echoënde voetstappen en keek omhoog. Ze zag een zwartmetalen wenteltrap die maar door leek te kronkelen, hoger en hoger. Omdat er gaatjes in de treden zaten, kon ze Lynnie en

Hannah zien, die al bijna boven waren. Ze hoorde hen ook lachen.

Vastberaden pakte ze de leuning beet. 'Ik kom eraan!' riep ze naar boven. Haar stem galmde net zoals toen in de koepel van het Capitool in Harrisburg, en toen Lynnie zei: 'Kom maar achter ons aan, Kate,' hoopte Kate dat de echo Lynnie ook was opgevallen.

Terwijl ze naar boven klommen, vertelde Tom het een en ander over de geschiedenis van de vuurtoren. Die was in 1838 gebouwd, en had in de hoogtijjaren vele schepen behoed voor een ramp. Het gezicht bestond uit een metalen hekwerk voor de ruiten, en wanneer het licht werd ontstoken, was het aparte ontwerp van mijlenver zichtbaar. De vuurtoren was ruim achttien meter hoog, en het gerucht ging dat de architect nog zo'n vuurtoren aan de oostkust had laten neerzetten. Hoewel velen daarnaar op zoek waren gegaan, was die nooit gevonden, en niemand wist zeker of het verhaal waar was of dat de architect het maar had verzonnen, of dat die andere vuurtoren ten prooi was gevallen aan de zee. In elk geval, dit exemplaar was in 1947 opgehouden met werken en daarna in verval geraakt. Uiteindelijk werd hij vergeten en kwam hij niet meer op landkaarten voor.

Kate zag Lynnie en Hannah verdwijnen. 'De lantaarnkamer,' zei Tom. Hoog boven hen hoorde ze Hannah opgetogen juichen: 'We zijn er weer!' Lynnie reageerde met: 'Ja, cool!'

'Nu de vuurtoren gerestaureerd is, kom ik hier graag met groepen toeristen,' ging Tom verder. 'Ook in verschrikkelijk weer komen mensen eropaf. Iedereen vindt de vuurtoren geweldig.'

Eindelijk was Kate boven en kon ze de ruimte in stappen met glas rondom, en in het midden een enorme lamp. Die was hoger dan Kate, breder dan drie tegen elkaar aan gedrukte mensen, en opgebouwd uit concentrische ringen van glazen prisma's. Gelukkig was de lamp niet aan, dus konden ze goed van het geweldige uitzicht genieten. Kate, Lynnie en Hannah konden alle kanten uit kijken zonder last te hebben van spiegelingen. Aan de ene kant strekte het strand zich uit, met daarachter de prachtige huizen. Kate schuifelde een eindje verder en zag de woest opgezweepte zee. De lucht leek hier heel laag, met de donkere wolken en de regenslierten. Overal om hen heen ging het hevig tekeer.

'Zijn jullie hier als kinderen geweest?' vroeg Tom, nauwelijks hoorbaar door al dat geraas.

Hannah en Lynnie waren op hun plek bij het raam blijven staan, maar Hannah draaide zich om. 'We waren op dat feest in het huis van de Paulsens, en ik was met Lynnie gaan wandelen, toen er ineens een onweer losbarstte. Ik dacht dat dit een veilige plek was om te schuilen, dus deden we dat.'

'De toren zag er toen vast niet zo fraai uit als nu.'

'Dat kun je wel zeggen.'

'Was deze lamp er toen ook al?'

'Volgens mij was het een andere. Die zag eruit als een bijenkorf van glas, maar dat glas was op veel plekken kapot.'

'Nou, en toch was het deze. De lamp is ook gerestaureerd. Het is een lens met veel prisma's: een fresnellens. Dit is een middelgrote. Vroeger brandden ze op kerosine, maar deze gebruikt al elektriciteit.' Terwijl Tom vertelde, bekeek Hannah de lamp en drentelde Kate naar Lynnie.

Lynnie keek in de richting waar ze zowel het land als de zee kon zien. Achter de ramen van de huizen scheen licht. Hoewel het strand in dit duistere weer niet goed te zien was, leek het Kate duidelijk dat het verlaten was.

Nadat Kate haar arm om Lynnie heen had geslagen, bracht ze haar gezicht heel dicht bij dat van Lynnie, hun wangen bijna tegen elkaar aan. Toen fluisterde ze zo zacht dat alleen Lynnie het kon horen: 'Hierom wilde je deze vakantie, hè?'

Met haar blik op het uitzicht gericht knikte Lynnie.

'Je wilde hier terug zijn, met je zusje.'

'Ja.'

'Je hebt haar heel gelukkig gemaakt.'

'Daar ben ik blij om.'

‘En je hebt mij ook gelukkig gemaakt. Weet je waarom?’

‘Omdat ik je hier heb gebracht?’

‘Ja, Lynnie, omdat je me hier hebt gebracht.’

Lynnie keek haar aan, en Kate had het gevoel dat ze recht in Lynnies kwetsbare ziel kon kijken. Het kind dat niet bij haar familie kon blijven. De moeder die haar kind niet kon houden. De vrouw die al bijna haar hele leven wachtte op een man die nooit zou terugkomen.

‘Ben je nog verdrietig om wat er is gebeurd?’ vroeg Kate.

‘Ja.’ Ineens veranderde er iets aan de blik in Lynnies ogen. De broosheid veranderde in zekerheid. Het verdriet veranderde in iets vredigs. ‘Maar ik heb het juiste huis uitgekozen om naartoe te gaan.’

‘Dat heb je zeker,’ zei Kate.

Lynnie draaide zich weer terug naar het raam. Toen pakte ze Kates hand, en terwijl ze samen naar het noodweer keken, kneep Kate in Lynnies hand.

Achter zich hoorde Kate voetstappen de wenteltrap op komen. Het was niet in haar opgekomen dat andere toeristen ook het verschrikkelijke weer zouden trotseren voor een bezoekje aan de vuurtoren.

Maar toen ze zich omdraaide, zag ze in het schemerduister geen groepje toeristen. Ze zag een man, een lange, slanke Afro-Amerikaan, met een bos wit haar en een allervriendelijkst gezicht.

‘Lynnie...’ zei Kate, maar Lynnie bleef uit het raam kijken.

Tom schudde de hand van de man hartelijk, alsof ze elkaar al heel lang kenden. Vervolgens stak de man zijn hand op om Hannah te begroeten, waarna hij een gebaar maakte naar de fresnellens, alsof hij die aan haar wilde voorstellen. Blijkbaar was dit routine, iets wat Tom en hij al vaak hadden gedaan.

De man draaide zich om naar een schakelaar en deed het licht aan.

Ineens verscheen er zo’n fel licht dat Kate haar ogen gedeeltelijk dichtkneep. En Lynnie draaide zich om.

Ze zag de man, en de man zag haar. Badend in het felle licht keken ze elkaar aan.

Op hun gezicht verscheen een verwonderde uitdrukking. Heel langzaam draaide de man zich naar Hannah en toen naar Kate. Vervolgens draaide hij zich terug naar Lynnie, en liet toen zijn blik zakken naar het medaillon om haar hals.

De man slaakte een kreet die niet te beschrijven was.

Zijn ogen werden vochtig. Zijn lippen bewogen, en hij haalde hijgend adem. Toen opende hij zijn mond, en produceerde een geluid. 'Ve...'

Lynnie staarde hem aan.

'Ve...' herhaalde de man, en hij voegde eraan toe: 'Er.'

Met tranen in de ogen bracht Lynnie haar hand naar haar hals. Toen hief ze haar handen en maakte een gebaar. 'Veer,' zei ze.

Allebei deden ze een stap naar voren. De jaren vielen van hen af toen ze elkaar in hun armen namen.

Hoeveel anderen zijn er? vroeg Kate zich af. Hoeveel anderen leiden verborgen levens, hoeveel harten smachten? Hoeveel mensen zouden er alles voor overhebben om in de armen van hun geliefde te liggen?

Terwijl het noodweer buiten raasde richtte ze in het vuurtorenwachtershuis hoofdschuddend haar aandacht op Tom en Hannah. Met z'n drieën zaten ze in de woonkamer, en op Hannahs gezicht wisselden schok en blijdschap elkaar af. 'Dus, zes jaar geleden komt die man zomaar opeens aanzetten,' vertelde Tom. 'Hij stapt binnen bij de belangrijkste makelaar hier en schrijft op een papiertje dat hij doof is. Vervolgens schrijft hij dat hij al heel lang op zoek is naar een vuurtoren met een gezicht, en dat hij die eindelijk heeft gevonden en hem wil kopen. De meeste vuurtorens zijn niet te koop, en trouwens, wie heeft er nou het geld voor zoiets? Maar de makelaar pakte de telefoon en belde de kustwacht, en die dachten dat ze door de vuurtoren te verkopen de sloopkosten konden uitsparen. Dus gaven ze een prijs op, en voordat de makelaar had opgehangen had de man al een cheque uitgeschreven. Niet veel later is hij hier gaan wonen.'

'Hoe heet hij?' vroeg Kate.

'Homan. Homan Wilson. Hij is vernoemd naar *homing pigeons*.'

'Homan...' zei ze langzaam.

'Meestal is hij in de werkplaats achter het huis te vinden. Hij maakt van alles en nog wat. Bijvoorbeeld een rolstoel die goed over het strand kan rijden. Toen hij de vuurtoren gerestaureerd had, dacht ik dat toeristen die wel zouden willen bezichtigen, dus vroeg ik of ik die in de rondleiding mocht opnemen. Hij schreef toen dat ik te allen tijde mocht komen, en ook dat hij de deur nooit zou afsluiten. Het enige wat hij vroeg, was dat ik de bel zou laten overgaan zodat hij wist dat er iemand boven was...'

'De bel?'

'Deze lichtjes.' Hij wees naar het plafond. 'Voordat we naar boven gingen, heb ik op de bel gedrukt. Had je dat niet gezien?'

'Nee,' antwoordde Kate. 'Ik was zo gespitst op de vuurtoren dat het me is ontgaan.'

'Nou, er zijn twee regels. De eerste is dat ik op de bel druk, of het nou dag is of nacht.'

'En de andere regel?' vroeg Hannah.

'Iedereen die ik hier breng, moet zijn of haar naam in het boek schrijven.'

'O? Waar is dat boek dan?'

'In de lantaarnkamer,' antwoordde Tom. 'Iedereen moet voor vertrek zijn of haar naam erin schrijven, wie het ook is en hoe laat het ook is. Op een dag vroeg ik hem waarom hij dat wilde. Zelfs de eigenaar van de Poseidon Inn maakt zich niet zo druk om het gastenboek. En weet je wat hij toen zei?' Tom keek uit het raam omhoog naar de vuurtoren, waaruit de fresnellenslamp fel licht deed schijnen. Achter het glas waren twee silhouetten te zien, veilig voor de storm. Ze hadden hun armen om elkaar heen geslagen. Zij liet haar wang tegen zijn borst rusten, en hij had zijn hoofd tegen haar hals genesteld, en zo bewogen ze heen en weer, alsof ze langzaam dansten op muziek die alleen zij konden horen.

Tom schudde zijn hoofd. 'Hij zei toen dat hij op iemand wachtte. Ja, dat zei hij: "Ik wacht op iemand."'

DEEL IV

Veilig

Dromen van thuis

Mooie meisjes

2011

De schoolkinderen dromden de lobby van het gebouw in Washington in, en de beveiliger achter de balie vroeg zich zoals gebruikelijk af waarom ze niet meer onder de indruk waren van het schitterende glazen mozaïek op de muur. Zelfs zeven jaar nadat het kunstwerk daar was geïnstalleerd, dacht hij nog altijd dat kinderen het toch onweerstaanbaar zouden moeten vinden dat de lichten achter het glas elk stukje van het vijftien meter lange mozaïek deden fonkelen wanneer de toeschouwer erlangs liep. Hij wou dat de begeleidende leerkrachten en ouders de kinderen erop wezen en hun aandacht zouden afleiden van de sleutelhangers van het Washington Monument of de T-shirts van het Lincoln Memorial die ze net op de Mall hadden gekocht, en van hun gegiechel en ge-sms.

Deze dag verschilde echter in niets van een andere. Het groepje van een stuk of zestig zesdegroepers bleef maar lachen en stoeien terwijl ze door de volwassenen de stijlvolle lobby in werden geleid. Alleen een paar kinderen viel het op dat ze over een marmeren vloer naar de volgende bezienswaardigheid liepen. Eén jongetje, met een grote bos blonde krullen, keek even naar het mozaïek. Verder was het gewoon een groep lawaaiige kinderen. 'Kom op, jongens, we hebben maar een paar minuten!' riep een van de begeleiders. Zoals gewoonlijk stelden de begeleiders de kinderen op met de rug naar het mozaïek, omdat het zo'n geweldige achtergrond voor een foto was. Op Google waren dan ook veel van dergelijke foto's te vinden.

Het duurde een poosje voordat de kinderen rustig werden. Uiteindelijk lachten ze allemaal braaf, afgezien van de jongen met de krullen. Hij had een normale lengte, en stond in het midden, maar draaide zich steeds om naar het mozaïek. Pas toen er werd geroepen: 'Ryan, jij ook!' bleef hij netjes staan.

De camera maakte met een klikje een opname van de zestig lachende kinderen. 'Oké, nu kunnen we verder,' zei een van de leerkrachten.

Meteen renden de leerlingen al pratend naar de deuren. Twee volwassenen jutten de achterblijvers op.

'Wat heb je toch, Ryan?' vroeg een van de begeleiders.

'Die muur,' zei Ryan, nog steeds diep onder de indruk. 'Ik heb nog nooit zoiets gezien. Het is echt heel cool.'

De begeleider was het met hem eens. 'Ja, het is een schitterend kunstwerk.' Haar stem klonk net zo gladjes als haar kapsel; duidelijk iemand die je niet moest dwarsbomen. Ze droeg een getailleerd pakje en was de enige die niet het T-shirt aanhad waarop stond: BESTE SCHOOL VAN CHAPEL HILL. Ze had wel iets weg van een nieuwslezeres op tv. 'We moeten ons aan het rooster houden,' zei ze.

'Jawel, maar mam...'

'Toe, je houdt iedereen op.'

Hij kreunde geërgerd als een echte prille puber, maar liet zich toch aansporen verder te lopen. Het viel de beveiliger op dat er een glimlach om de mond van de moeder speelde, en dat de strenge uitdrukking op haar gezicht had plaatsgemaakt voor een liefdevolle. De deuren schoven open, en weg waren ze.

De beveiliger richtte zijn aandacht weer op de monitoren op de balie. Alles in orde in de parkeergarage, alles in orde bij de liften.

Pas toen hij het klikklakken van hoge hakken op het marmer hoorde, keek hij op. Het was die vrouw weer, zonder haar zoon.

Er was nog nooit iemand teruggekomen nadat de foto's waren genomen. En toch liep ze nu langs hem, steeds langzamer naarmate ze dichter bij het enorme mozaïek kwam. Ze leek zich vooral aangetrokken te voelen door het middelste gedeelte, een ingewikkeld landschap bestaande uit zee en land dat zich tot heel ver uitstrekte, en waar ook negentiende-eeuwse huizen in te zien waren, plus een machtige trein, draaimolenpaarden, een bos met knoestige bomen en een zonovergoten boerderij. Vervolgens ging ze meer naar links, waar het tafereel schemeriger was. Daar stond een zilverige pier afgebeeld, plus een vuurtoren met een gezicht.

Hoofdschuddend keek ze naar het licht dat de vuurtorenman uitstraalde. 'Net zoals die waarover mijn oma het altijd had...' hoorde de beveiliger haar prevelen. Vervolgens keek ze zoekend verder, waarschijnlijk wilde ze weten wie het mozaïek had gemaakt. Er was echter geen bordje met een naam erop, maar een scherm, en toen ze dichterbij kwam, verscheen er een man in beeld. Omdat de man gebarentaal gebruikte, was er een voice-over. Het bleek dat het kunstwerk *Dromen van thuis* heette, en het was gemaakt door een aantal kunstenaars met verschillende beperkingen die in samenwerkingsverband kunstvoorwerpen maakten die voor iedereen toegankelijk waren. 'Bezoekers die bij de voelbare lijn op de vloer gaan staan, kunnen een visuele beschrijving krijgen. U kunt die beschrijving volgen door mee te lopen met de lijn.'

De vrouw keek naar de groef in de marmeren vloer. Toen keek ze op naar de beveiliger en vroeg: 'Is er iemand die me hier meer over kan vertellen?'

'Ik zal even bellen met de pr-afdeling,' antwoordde de beveiliger.

'Nee,' zei de vrouw. 'Niet iemand van de pr. Ik wil graag spreken met degene die dit kunstwerk hierheen heeft gehaald.'

O jee, dacht de beveiliger, zo iemand die geen genoegen neemt met iemand anders dan een hoge pief. 'De conservator,' zei hij. Hij schreef de naam en het adres op, liep naar haar toe en overhandigde haar het velletje papier.

Dus terwijl Ryan Campbell in het National Air and Space Museum naar de raketten keek, werd hij op zijn mobiel gebeld door Julia

Campbell, die zei dat hij goed bij de andere leerlingen van zijn klas moest blijven, en dat ze over een uurtje terug zou zijn. Ze moest namelijk even naar de kunstacademie aan de andere kant van de Mall.

Edith, de conservator, was een pezige vrouw met stekeltjeshaar, en een modieuze bril met een rood montuur op. Ze begroette Julia hartelijk. Staand bij de receptie legde ze uit dat ze een paar keer per jaar een expositie hadden van kunstenaars met een beperking. Het mozaiek was een van hun spectaculairste aankopen, maar omdat het te groot was voor hun zalen, stond het opgesteld in de lobby aan de overkant van de Mall.

'Het vertelt een verhaal, toch?' zei Julia.

'O ja!' Ediths ogen lichtten op. 'Een heel bijzonder verhaal.'

'Een... een waargebeurd verhaal?'

'Jazeker.'

'Dus die vuurtoren bestaat echt.'

'Dat klopt.'

'O. Wauw. Ik had niet gedacht...' Julia schraapte haar keel. 'Zou u me dat verhaal willen vertellen?'

'Het is een nogal lang verhaal. Om het recht te doen, zou ik u moeten meenemen naar mijn werkkamer. Daar heb ik iets wat bij het verhaal hoort maar dat niet wordt tentoongesteld.'

'Maar ik moet me bij mijn groep voegen...'

Er verscheen een glimlach op Ediths gezicht. 'Laat hun dan maar weten dat u nog even wegblijft.'

In de werkkamer die Julia betrad, waren overal kunstwerken te zien. Portretten, landschappen, abstracte schilderijen, beelden, textiel, meubels en aardewerk. In het midden stond een groot eikenhouten bureau, het bureaublad bedolven onder origamifiguren, voorwerpen van draadstaal, en handgemaakte muziekinstrumenten.

Langzaam liep Julia verder. Ze was altijd dol op kunst geweest en zat zelfs in het bestuur van het Nasher Museum of Art van Duke University, hoewel haar echtgenoot daar totaal niets mee had. Eigenlijk dacht ze erover om zodra de scheiding rond was, meer met haar liefde voor kunst te doen, bijvoorbeeld een studie kunstgeschiedenis. Maar kunstvoorwerpen zoals ze hier zag, had ze nog nooit gezien.

Ze deed haar best het allemaal in zich op te nemen toen ze opeens iets zag wat ze herkende. Achter een groepje lampen in de vorm van kraanvogels, en onder een collectie bollen van papier-maché, zag ze een houten kistje. Een houten kistje versierd met uitgesneden bloemen, dieren en planten.

'Wat is dat?'

'Dat was wat ik u wilde laten zien,' antwoordde Edith verrast. 'Toen we het mozaïek kregen, gaven de samenwerkende kunstenaars ons ook dit kistje om in het archief te bewaren. Er zitten veel documenten in, en andere dingen. Een interessante achtergrond bij het verhaal dat het mozaïek vertelt.'

'Mag ik het pakken?'

Voorzichtig schoof Julia de bollen van het kistje en tilde het deksel op.

Daar was het allemaal. Rodneys halsband. De twijgjes in de vorm van letters, die samen 'liev' spelden. De foto's van Ivamae en Betty. De envelop met een plukje van haar babyhaar. De bruinwollen pet, waarvan oma had gezegd dat die van Julia's vader was geweest. Verder wist ze niets van hem, alleen dat hij knap was om te zien.

En daar, helemaal onderop, was een stapeltje brieven met een geel lint eromheen.

Die middag las Julia gezeten op de vloer de brieven en kwam erachter dat de wereld waarin ze leefde en die haar altijd zo verwarrend en frustrerend had geleken, slechts een onderdeel was van iets veel groters. Naarmate ze dieper en dieper doordrong in herinneringen en begrip, en ze achter het verhaal kwam dat ze nooit had kunnen raden, voelde ze een grote bewondering in zich opkomen. Nooit eerder had

Julia haar oma als een heldin beschouwd. Maar ze ontdekte dat dat precies was wat haar oma op een avond toch was geworden. Ze had een belofte gedaan waaraan ze zich had gehouden, ook toen Julia een lastige, gevoelige puber was geworden. Ook al had de ontevreden Julia alleen aan zichzelf gedacht, toch had haar oma naar haar geluisterd. Toen Julia door foute vrienden in de problemen was geraakt, of toen ze verdriet had gehad omdat de jongen op wie ze verliefd was haar niet zag staan, had haar oma haar gesteund door haar hand vast te houden. En toen haar oma was overleden, had Pete haar taak overgenomen en haar vaderlijke raad gegeven. Hij had haar gewaarschuwd niet met Brian Campbell te trouwen, maar had haar wel naar het altaar gebracht toen ze dat toch deed. En toen was ook hij gestorven.

Aandachtig las ze alle brieven door, te zeer overmand door emotie om te kunnen stoppen. Nadat ze de laatste brief bij de andere had teruggelegd, zag ze onder in het kistje een mapje met knipsels. Die moest haar oma hebben verzameld omdat ze met Julia te maken hadden. Er waren knipsels over John-Michael Malone en zijn strijd om de School te laten sluiten. Er was een foto, genomen op de dag dat de School ophield te bestaan, waarop twee stralende vrouwelijke bewoners trots een spandoek hooghielden. Het laatste knipsel was oma's overlijdensbericht.

Julia beet op haar lip. Ze hield het vergeelde krantenknipsel vast en dacht aan alles wat woorden niet kunnen zeggen. Nadat ze haar vinger over het fotootje had laten gaan, legde ze het knipsel terug in de map.

Er zat nog één ding in het kistje: een verzegeld envelopje. Er stond op geschreven: VOOR MIJN ALLERLIEFSTE JULIA. Het was in het vertrouwde handschrift van haar oma, maar kriebelig, zoals het op het laatst was geworden. Met trillende handen maakte Julia het envelopje open, en meteen rook het naar oma's handlotion.

De brief begon met: 'Mijn lieve Ju-Ju.'

Julia hoorde zichzelf zuchten toen ze dat vertrouwde koosnaampje las. Ze las verder: 'Op een avond werd me door twee onbekenden een kind toevertrouwd, en ik ben heel erg veel van dat kind gaan houden. In ons leven samen heb ik veel geleerd, en ontdekt wat ik zonder het te beseffen miste. Ik weet nu ook dat onze band me een stap vooruit heeft gebracht. Al heel lang deed ik alsof ik je oma was, maar nu begrijp ik dat ik diep vanbinnen echt je oma ben en dat altijd zal zijn. Ook wanneer ik er niet meer ben, hoef je maar iemand aan te kijken om wie je heel veel geeft, en dan zul je mij zien. Ik zal er altijd voor je zijn.'

Julia vocht tegen de tranen. Pas na een hele tijd keek ze op naar Edith, die rustig aan het werk was. 'Wie heeft het mozaïek gemaakt?' vroeg Julia.

'Een kunstenaar heeft het ontworpen,' antwoordde Edith. 'En haar echtgenoot heeft voor de akoestische techniek gezorgd. Het collectief heeft het in elkaar gezet.'

'En dat echtpaar... Hoe heten ze?'

Edith richtte haar blik op het kistje. 'De man heet Homan Wilson, en de vrouw Lynnie Goldberg.'

'Dat was mijn moeder,' zei Julia met een snik die ze niet meer kon tegenhouden. 'Dan moet Homan mijn vader zijn geweest.'

'Dan zijn ze nog steeds je vader en moeder,' merkte Edith op. 'Wil je hun adres hebben?'

Toen Lynnie die ochtend wakker werd, snoof ze zoals altijd de zilte zeelucht diep op en voelde ze Homans warmte naast zich in bed. Vaak vertelden ze elkaar hoe dol ze waren op het moment van ontwaken, samen onder de zachte lakens, vlak voordat ze bespraken of ze zouden ontbijten met een eitje of met muesli, en het zonlicht over het plafond speelde en de zee als diamantjes weerkaatste. Maar Homan was nog niet wakker, dus terwijl Lynnie op hem wachtte, liet ze haar blik gaan langs de spullen om zich heen. Alles wat ze zag, gaf haar een geluksgevoel. De nachtkastjes die hij zelf had gemaakt en die zij had beschilderd. De ingelijste tekeningen aan de muur, zijn computer op het bureau. En het raam, waarvan de gordijnen bewogen in het briesje zodat ze door een kier de vuurtoren kon zien.

Later die dag, als ze uit het raam aan de voorkant uitkijkt over het strand, zal ze een vrouw en een jongen over de duinen zien komen. Ze zullen over het strand naar het vuurtorenwachtershuis lopen, hun krullen glanzend in de zon. Ze zullen op de bel drukken, en de gekleurde lichtjes zullen gaan knipperen.

Maar de dag begon heel gewoon zoals alle andere.

Haar echtgenoot sloeg zijn arm om haar middel om haar te laten merken dat hij wakker was. Glimlachend draaide ze zich naar hem toe. *Hallo,* gebaarde ze.

Er verscheen een brede lach op zijn gezicht. *Goedemorgen, Mooi Meisje,* gebaarde hij terug. Toen stak hij zijn hand uit naar haar die ooit zijn droommeisje was geweest, maar nu echt naast hem lag. Hij schudde zijn hoofd, nog steeds verbaasd dat ze echt bij elkaar waren, en streek het haar uit haar gezicht. En toen gebaarde hij wat hij elke dag gebaarde: *Kun je je een mooiere dag voorstellen dan deze?*

Nawoord en woord van dank

Zoals velen die een broertje of zusje met een beperking hebben, hoorde ik als kind voor het eerst over inrichtingen. Beth, mijn zusje, had een geestelijke beperking, en mijn ouders hadden het erover dat kinderen zoals Beth soms werden 'weggestopt' in zo'n inrichting. Veel vertelden ze er niet over, maar ze wilden Beth per se niet 'wegstoppen'. Daar hadden ze persoonlijke redenen voor: in de crisistijd van de jaren dertig was mijn vader een kind, en zijn vader was weduwnaar en te arm om zijn kinderen te kunnen onderhouden. Dus werden mijn vader en zijn broer naar het weeshuis gebracht. Hoewel ze daar redelijk goed werden behandeld, vertelde mijn vader ons steeds weer: 'Wanneer je in een inrichting verblijft, weet je diep vanbinnen dat niemand echt van je houdt.' Daarom bleef mijn zusje thuis wonen en was ik niet op de hoogte van het alternatief.

Er begon me iets te dagen toen Beth en ik op het punt stonden volwassen te worden, in 1972. We keken tv en toen het tijd was voor het nieuws, zagen we een item dat was verzorgd door de toen nog jonge Geraldo Rivera. Hij had een onrechtmatig verkregen sleutel gebruikt om binnen te dringen in de Willowbrook State School en daar met een verborgen camera opnamen gemaakt. De naar buiten gesmokkelde beelden waren voor ons – en voor iedereen in het land – schokkend.

Zevenentwintig jaar later, toen ik een boek schreef over mijn leven met Beth, kwam ik erachter dat documentaires zoals die van Rivera tot sluiting van veel van dergelijke inrichtingen hadden geleid, en daaruit was een beweging voortgekomen om mensen met een beperking weer een plaats in de maatschappij te geven. De gedachte ontstond dat mensen met een beperking het recht hebben zelf over hun leven te beschikken. Pas toen mijn boek, *Met mijn zusje in de bus: een waargebeurd reisverhaal*, was verschenen en ik werd uitgenodigd her en der lezingen te geven, hoorde ik meer over inrichtingen. Na vrijwel elke lezing werd ik benaderd door mensen die in een inrichting hadden gewoond, er hadden gewerkt of familie in een inrichting hadden, en die zich sterk hadden gemaakt voor sluiting. Hun verhalen ontroerden me diep, want ze gingen meestal over strijd, verdriet en frustratie, en ik kreeg last van wroeging omdat deze tragedies zich hadden afgespeeld in een parallel universum waarvan ik, als zusje van iemand met een beperking, geen weet had gehad. Eindelijk begreep ik dat in ons land iets was gebeurd wat aan het zicht onttrokken was geweest en voor de meesten niet had bestaan. Ik ging er alles over lezen wat ik te pakken kon krijgen, en dat was bedroevend weinig.

Op een dag was ik na een lezing in Illinois aan het snuffelen in een boekenkraampje en ontdekte een boek met de intrigerende titel: *God Knows His Name: The True Story of John Doe No. 24*, geschreven door de journalist Dave Bakke. Op het omslag stond een foto van een jongeman van Afro-Amerikaanse afkomst die angstig keek. In de flaptekst stond dat het een waargebeurd verhaal was, en dat het boek na veel onderzoek en vraaggesprekken tot stand was gekomen. Ik kocht het en had het al uit voordat ik in het vliegtuig stapte.

Dit is de korte inhoud van het boek: op een ochtend in 1945 trof de politie een dove jongen van een jaar of vijftien aan in een steegje in Illinois. Niemand begreep de gebaren die hij maakte, en hij leek niet te kunnen lezen of schrijven. De jongen werd niet naar een dovenschool gebracht, en er werd ook niet in kranten bekendgemaakt dat een vermiste tiener was gevonden. Nee, hij kreeg het etiket opgeplakt dat hij achterlijk was en werd naar een inrichting gestuurd, waar hij een nummer kreeg omdat niemand wist hoe hij heette. Een tijdlang leek hij woedend, maar na verloop van tijd ging hij zich verantwoordelijk gedragen. Het personeel mocht hem graag en vermoedde dat hij helemaal niet achterlijk was. Niemand wilde echter naar hen luisteren, en toen er werd geprobeerd in de officiële gebarentaal met hem te communiceren, liep die poging op niets uit. Gebruikte de jongen een andere taal? Had hij geen enkele vorm van onderwijs genoten, zoals indertijd vaker voorkwam bij arme zwarten? Niemand die het wist, en hij verbleef in verschillende inrichtingen tot zijn dood bijna vijftig jaar later.

Ik vond het een hartverscheurend verhaal en moest steeds aan deze man denken. Wie was hij? Was iemand hem dierbaar geweest, had iemand van hem gehouden voordat hij werd opgesloten? Waarom was niemand naar hem op zoek gegaan? Wat zou er zijn gebeurd als hij verliefd was geworden op een andere bewoner? Stel dat hij zou zijn ontsnapt? Zou hij dan uiteindelijk toch een gebarentaal hebben geleerd, een thuis hebben gevonden en zich bewust zijn geworden van zijn rechten? Zou hij gelukkig zijn geworden?

Ik kon niets aan zijn verhaal veranderen, maar ik kon nummer 24 wel het leven schenken dat hij nooit had gehad.

Het schrijven van dit boek stelde ik een tijd uit. Als horende besefte ik dat ik slechts bij benadering kon vertellen hoe iemand als Homan de wereld beschouwde en wat zijn gedachten zouden kunnen zijn, en datzelfde gold voor Lynnie. Ik besefte ook dat de stemmen van mensen met een beperking altijd zijn onderdrukt, en dat als hun verhalen al naar buiten kwamen, dat via artsen, ambtenaren of familieleden gebeurde. En toch bleef ik aan nummer 24 denken, zijn verhaal vond ik te belangrijk om te negeren. Uiteindelijk woog het belang van hem recht doen, en alle anderen die werden weggestopt, zo zwaar dat ik hoopte door veel onderzoek, vraaggesprekken en de nodige verbeelding toch het een en ander te kunnen benaderen.

Dit boek bevat dus allerlei details die ik te weten ben gekomen van verschillende mensen, onder wie voormalige bewoners en personeelsleden van inrichtingen, bewoners en begeleiders van groepshuizen en bejaardentehuizen, van vrienden, bekenden en familieleden van mensen met een beperking, mensen die zich in de problematiek hebben verdiept, en mijn zus Beth en haar vriend Jesse. Ook heb ik me gebaseerd op krantenberichten, boeken en documentaires, en heb ik een bezoek gebracht aan de tegenwoordig gesloten Pennhurst State School.

De gesprekken die ik voerde met mensen die opkomen voor de rechten van mensen met een beperking, en met de voormalige bewoners van inrichtingen, waren meestal informeel en spontaan, en ik heb niet altijd hun naam genoteerd, dus geef ik hier graag de namen van de congressen waar ik behulpzaam te woord werd gestaan: Everyday Lives, in Hershey, PA; het New Jersey Self-Determination Initiative, in Edison, NJ; PEAK Parent Conference, in Denver, CO; Indiana's Conference for People with Disabilities, in Indianapolis, IN; en de Community Residential Support Association, in Yakima, WA. Ik heb ook veel geleerd van mensen die worden gesteund door Keystone Human Services in Pennsylvania. Anderen die inzicht hebben gegeven in het leven van iemand met een beperking, een familielid, een vriend of vriendin, of een activist, zijn Katharine Beals, Susan Burch, Allison C. Carey, Vicki Forman, Dan Gottlieb, Kathleen McCool, Jim Moseley, Nick Pentzell, en leden van het Sibling Support Project en van het Sibling Leadership Network. Aan mijn vriendschap met wijlen Bethany Broadwell heb ik heel, heel veel gehad. Ik mis haar nog steeds.

De vraaggesprekken met de volgende professionals waren uiterst waardevol: Nancy Grebe en Robin Pancura, die in Pennhurst hebben gewerkt; Frederika Ebel, Michael McClure, Tracey Schaeffer, Bill Gingrich, Nancy Greenway en Wade Hosteder, die allen een ondersteunende functie hebben of hadden; Lillian Middleton, een verzorgende; het personeel van een groepshuis waar ik een poosje als vrijwilliger heb gewerkt; Dennis Felty, Charles Hooker, Ann Moffit, Janet Kelley, Michael Powanda, Joanna Wagner en Patti Sipe van Keystone Human

Services, die me toestemming verleenden hun groepshuizen te bezoeken; dr. Paul Nyirjesy van het Drexel University College of Medicine, die me heeft ingelicht over bepaalde aspecten van Lynnies zwangerschap; Karl Williams, die herinneringen heeft opgehaald aan de periode dat hij in een inrichting werkte, en die Roland Johnson, die opkwam voor de rechten van mensen met een beperking, heeft geholpen met zijn autobiografie, *Lost in a Desert World*; Beth Mineo van het Center for Disability Studies van de University of Delaware, die met me heeft gesproken over selectieve stomheid en de fysiologische aspecten van spraak; en William Gaventa van het Elizabeth M. Boggs Center on Developmental Disabilities, die me inzicht heeft verschaft in de theologie van beperkingen.

Ik had het geluk mensen te vinden die bereid waren me te helpen bij de geografische details: David A. Hoag, Susan Hoag, Joey Lonjers, Cece Motz, Julie Hiromi Nishimura, Rob Spongberg en Harriet Stein. Mijn bezoeken aan Ginny en Eliza Hyde, en mijn gesprekken met Lauren Lee, hebben me erg geholpen bij de gedeelten over Martha en Julia. Wil en Sylvia Cesanek voorzagen me van talloze boeken over vuurtorens, en lieten me zelfs een aantal replica's bestuderen.

Andere bronnen waar ik veel aan heb gehad waren de documentaires *Without Apology* van mijn vriendin Susan Hamovitch, die net zoals ik de zuster is van iemand met een beperking, en *Through Deaf Eyes* van Diane Garey en Lawrence R. Hott. En de volgende boeken: *Inventing the Feeble Mind: A History of Mental Retardation in the United States,* door James W. Trent Jr.; *Minds Made Feeble: The Myth and Legacy of the Kallikaks,* door J. David Smith; *Raymond's Room: Ending the Segregation of People with Disabilities,* door Dale DiLeo; en *Unspeakable: The Story of Junius Wilson,* door Susan Burch en Hannah Joyner.

Het eerste hoofdstuk van dit boek had ik op tijd klaar voor de verjaardag van Bonnie Neubauer, omdat ze vanaf de dag dat ze me leerde kennen en in de jaren daarna in me geloofde. Beth Conroy en Mark Bernstein hebben me al in het begin van het project gesteund en van informatie voorzien. Terwijl het boek vorderde, stelde Anne Dubuisson Anderson me gerust nadat ze gedeelten aandachtig had doorgelezen, en ze hield indien nodig mijn hand vast. Mary McHugh voorzag me van vriendelijk commentaar en juichte me langs de zijlijn toe. Marc Goldman zorgde ervoor dat ik nooit het belang van het project uit het oog verloor. Een aantal oud-leerlingen inspireerde me door me uit te nodigen op hun bruiloft, me voor te stellen aan hun kinderen, me te vertellen over hun publicaties, me deelgenoot te maken van hun worstelingen tijdens hun carrière en ook van hun overwinningen, me om raad te vragen op het gebied van wat ze schreven en hun leven, en door gewoon – nee, het is juist heel bijzonder – contact te houden.

Mijn oneindige dank gaat uit naar Anne Edelstein, mijn literair agent met grote redactionele kennis, enthousiasme, hartelijkheid en eenvoudige, ouderwetse vriendschap. En ook veel dank aan Annes assistent Krista Ingebretson, voor haar opgewekte en ruimhartige steun. Jullie zijn het team dat me heeft laten doorgaan, zonder jullie zou ik deze schrijversberg niet hebben kunnen beklimmen.

Ik voel me gezegend dat dit boek wordt uitgegeven bij Grand Central Publishing. Deb Futter, de redacteur, heeft het manuscript omarmd met het enthousiasme waar een auteur alleen maar van kan dromen. Vervolgens gaf ze aanwijzingen waardoor het verhaal in alle opzichten krachtiger is geworden. Dianne Choie, haar assistent, handelde met haar zonnige karakter uiterst efficiënt allerlei details af. Anne Twomey ontwierp een omslag dat de aandacht trekt en je bijblijft. Leah Tracosas en Sona Vogel stonden me heel lief bij in de correctiefase. Het team van de verkoop, mensen die oprecht van het geschreven woord en boeken houden, verleende de personages en degenen op wie ze zijn gebaseerd de hoop waarnaar ze altijd hebben verlangd: dat hun verhalen voor het grote publiek toegankelijk zouden worden gemaakt.

Zoals altijd gaat mijn grootste dank uit naar Hal. Hij is mijn Blue, mijn Buddy, mijn vuurtorenman.